Veit Heinichen

Die Zeitungsfrau

PIPER

Zu diesem Buch

Der kapitale Raubzug im Freihafen von Porto Vecchio trägt die Handschrift seines alten Feindes Diego Colombo – Commissario Laurentis Jagdeifer ist geweckt. Insgeheim nötigt ihm die Präzision des Verbrechens zwar einigen Respekt ab, doch ein Unschuldiger stirbt, und Proteo Laurenti ist entschlossen, Diego, an dessen angeblichen Selbstmord er nie geglaubt hat, endlich Handschellen anzulegen. Was für einen Grund aber könnte Diego haben, nach so vielen Jahren aus der Deckung zu kommen? Laurenti begreift, dass er die Antwort auf diese Frage in den feineren Kreisen Triests finden wird, zu denen Diegos Komplizen von einst längst gehören ...

Veit Heinichen, geboren 1957, lebt seit über fünfundzwanzig Jahren in Triest. Seine Romane wurden in zahlreiche Sprachen übersetzt und erfolgreich verfilmt. Ausgezeichnet u. a. mit dem Radio Bremen Krimipreis und zahlreichen italienischen Literaturpreisen gilt Veit Heinichen nicht nur als glänzender Autor, sondern auch als »großartiger Vermittler italienischer Lebensart« (FAZ).

Veit Heinichen

Die Zeitungsfrau

Commissario Laurenti in schlechter Gesellschaft

PIPER

Mehr über unsere Autorinnen, Autoren und Bücher:
www.piper.de

Wenn Ihnen dieser Krimi gefallen hat, schreiben Sie uns unter Nennung des Titels »Die Zeitungsfrau« an *empfehlungen@piper.de*, und wir empfehlen Ihnen gerne vergleichbare Bücher.

Von Veit Heinichen liegen im Piper Verlag vor:
Die Zeitungsfrau
Scherbengericht
Bordeless
Entfernte Verwandte
Beifang

Dies ist ein Roman, er erhebt keinen Anspruch auf Wahrheit, doch kommt er zu Schlüssen, die so stattgefunden haben könnten. Personen und Orte entspringen der Fantasie des Autors. Ähnlichkeiten mit lebenden oder verstorbenen Personen sind unbeabsichtigt, rein zufällig und entbehren jeglichen realen Zusammenhangs. Walter hingegen ist real, seine Gran Malabar gilt als Laurentis zweites Büro.

Ungekürzte Taschenbuchausgabe
ISBN 978-3-492-31194-6
1. Auflage September 2017
5. Auflage Juli 2026

Für direkten Kontakt und Fragen zum Produkt wenden Sie sich an: *info@piper.de*
Umschlaggestaltung: zero-media.net, München
Umschlagabbildung: FinePic®, München
Satz: Satz für Satz, Wangen im Allgäu
Gesetzt aus der Arno Pro
Druck und Bindung: CPI books Gmbh, Leck
Printed in the EU

Ever tried. Ever failed. No matter.
Try again. Fail again. Fail better.

Samuel Beckett

Mit Erleichterung, mit Schrecken verstand er,
dass auch er eine Illusion war,
dass eine andere Person von ihm träumte.

Jorge Luis Borges

Gute Reise

Mild spiegelte sich die Beleuchtung der Uferstraße auf dem glatten Meer. An den Anlegern in der Sacchetta warteten Hunderte Segeljachten und Motorboote darauf, mit dem Frühjahr aus der Winterruhe geführt zu werden. Nur vereinzelt vernahm der Maresciallo mit der Uniform der Guardia di Finanza, der sich auf dem Molo Fratelli Bandiera hinter einem Müllcontainer verbarg, das melodische Klingeln und Klappern der Wanten und Stege, wenn eine Brise übers Wasser hauchte. Mit weit geöffneten Augen folgte er in der Dunkelheit des neuen Monds und der matten Kaibeleuchtung den flinken Bewegungen eines schlanken Mannes, der keine hundert Meter weiter aus einem BMW Touring gestiegen war, dessen Tür er leise ins Schloss drückte, und dann die Absperrung eines Stegs überwand.

Mit einem katzenhaften Sprung landete der akrobatische Kerl an Bord einer enormen Motorjacht, wo er sich sogleich an der Tür zur Kabine zu schaffen machte. Metallisches Kratzen drang herüber. Der Klang eines schweren Vorhängeschlosses, das auf das Deck aus Edelholz fiel, zerriss wie ein Hammerschlag die Stille der Nacht, dem das Geräusch einer Schiebetür folgte, die bis zum Anschlag geöffnet wurde.

Ein greller Blitz zerriss die Dunkelheit, meterhohe Stichflammen jagten zeitgleich mit der Druckwelle der Explosion empor und setzten auch die beiden Segelboote neben der

Jacht in Brand. Trümmer fielen in weitem Umkreis herab. Der Maresciallo taumelte ein paar Schritte zurück und fand an einer grauen Hauswand Halt, deren von salzigen Meerwinden mitgenommener Putz unter seinen Händen abbröckelte. Er klopfte sich eilig den Staub von der Uniformjacke, stieg in seinen ginstergelben Lancia Delta in Rallyeausstattung und hielt neben dem Fahrzeug des Einbrechers, aus dessen Kofferraum er drei flache Kartons zog, die er gerade noch mit seinen gespreizten Armen zu umfassen vermochte. Er überprüfte die Aufschriften und hievte sie eilig auf den Rücksitz seines Wagens, den er sogleich wendete und wieder die Mole entlangfuhr, um wenige Meter weiter in den Hof der Guardia di Finanza einzubiegen, aus der bereits die Kollegen der Nachtschicht gelaufen kamen und zum Ort der Explosion hinüberschauten.

»Haben Sie das gesehen, Maresciallo?«, rief ein aufgeregter junger Brigadiere und fuchtelte mit dem ausgestreckten Arm, als hätte er sich verbrannt.

»Alles habe ich gesehen, von Anfang an. Es war Diego Colombo. Er ist in die Jacht eingebrochen. Ich wollte euch gerade rufen, um ihn endlich einzulochen, als die Bombe hochging. Diesmal hat er ganz offensichtlich einen Fehler gemacht. Seinen letzten. Früher oder später passiert das jedem. Es war auf die Sekunde 4 Uhr 44. Montag der 14. April 1991, um 4 Uhr 44.«

Er wiederholte noch einmal Datum und Uhrzeit, als wollte er sie dem jungen Beamten einbläuen, doch das Sirenengeheul der herbeirasenden Feuerwehrautos und Streifenwagen der Polizia di Stato und der Guardia Costiera überlagerte seine Stimme.

»Nach dem Schreck brauche ich eine Zigarette. Hast du eine, Brigadiere?«

»Aber dann ist das unser Fall, Maresciallo.« Der Kollege

reichte ihm aufgeregt die Packung und das Feuerzeug. »Worauf warten Sie?«

»Lass das die anderen erledigen. Schau, wie eilig sie es haben. Die Ersten von ihnen laufen schon hinüber. Ich war doch erst auf dem Weg zum Dienst. Ich sage als Zeuge aus. Falscher Ehrgeiz lenkt nur von der eigenen Arbeit ab. Merk dir das. Wir haben schon genug zu tun mit Steuersündern, illegaler Devisenausfuhr und Geldwäsche.« Er tat ein paar tiefe Züge, dann stampfte er mit dem Stiefel auf den Asphalt. »Mit Colombos Tod ist wenigstens Schluss mit den Raubzügen und seinen Bombenanschlägen in der Stadt. Eine wahre Befreiung.«

»Sind Sie sicher, dass er tot ist, Maresciallo?«

»Er hat ein großes Paket hineingeschleppt.« Er spreizte beide Arme. »Wenn du die Detonation so wie ich gesehen hättest, würdest du nicht so dämlich fragen. Von dem blieb höchstens Frikassee übrig, und das werden die Fische fressen, noch bevor die Kriminaltechniker etwas aus dem Wasser ziehen können.«

»War er denn drinnen?«

»Ja. Da ist er nicht mehr rausgekommen.«

Das Heck der Jacht versank immer tiefer, während sein Bug mit der Vertäuung bedrohlich am Steg zerrte. Vom Kabinenaufbau war lediglich ein metallener Stumpf übrig geblieben. Dampfwolken stiegen auf. Oder war es der Rauch von einem Feuer unter Deck? Die Polizisten auf dem Steg wichen zurück, um den Feuerwehrleuten Platz zu machen, die ihre Wasserkanonen auf die in Flammen stehenden Schiffe neben dem Wrack richteten. Trotz der frühen Stunde standen bereits Schaulustige an der Uferstraße.

»Brigadiere, ich hoffe nur, dass mein Wagen nichts abbekommen hat.«

»Solch einen würde ich auch gerne fahren, Maresciallo.«

»Dann musst du sparen. Du bist grad halb so alt wie ich.«

Der Rallye-Lancia kostete mehr als drei seiner Jahresgehälter, doch niemand fragte danach, wie er ihn bezahlt hatte.

»Wie viele Exemplare wurden davon gebaut?«

»In Ginstergelb nur 220.« Der Marescallio trat die Kippe aus. »Den Staub allein kann man abwaschen. Kümmere dich darum, aber mach keine Kratzer in den Lack. Ich will, dass er wie immer glänzt, sobald es hell wird. Und sag mir dann Bescheid, ob der Wagen mehr abbekommen hat. Ich spendier dir später einen Kaffee.«

Der junge Beamte salutierte beflissen und machte sich an die Arbeit, während Maresciallo La Rosa sich am Empfang der Dienststelle in die Anwesenheitsliste eintrug.

Die Nachricht von der Explosion im Sporthafen verbreitete sich wie ein Lauffeuer und erreichte Teresa Fonda, kurz nachdem sie ihren kleinen Zeitungsladen an der Piazza San Giovanni geöffnet hatte und die ersten Kunden bediente. Vor wenigen Monaten hatte sie das neun Quadratmeter große Geschäft gegen eine erhebliche Abstandszahlung übernommen, für die Diego Colombo aufgekommen war. Sie waren ein Paar seit Teresas achtzehntem Geburtstag, und sie kannte den acht Jahre älteren, in Argentinien aufgewachsenen Cousin zweiten Grades, seit sie vierzehn war und er in Triest Unterschlupf bei den Verwandten gesucht hatte. In den Falklandkrieg hätte er damals ziehen sollen, stattdessen war er mit einer gestohlenen Jacht aus dem Hafen von Mar del Plata geflohen und hatte es über Brasilien mit dem Boot bis nach Europa geschafft. Rasch fasste er Fuß in der fremden Stadt und hatte sich als Skipper auf den Segeljachten reicher Leute verdingt oder für einen Finanzpolizisten Jobs erledigt, über die er selbst auf die Fragen Teresas schwieg. Erst kurz vor ihrer Hochzeit letztes Jahr hatte Diego sie eingeweiht.

Dank der stets guten Laune der 1,85 Meter großen jungen

Frau mit dem schulterlangen dunklen Haar und den üppigen Formen, die sie nicht versteckte, schnellte der Umsatz der Bude an der belebten Piazza rasch empor. In vier Monaten erwartete sie ihr erstes Kind, was ihr noch mehr Energie zu verschaffen schien. Aber als sie das Gesicht des Inspektors sah, der mit einem Kollegen darauf wartete, dass sie alleine im Laden war, verflog ihr strahlendes Lächeln.

»Teresa Fonda?«, fragte der Polizist, der Jeans, T-Shirt und eine Lederjacke trug und seine Dienstmarke zückte.

Teresa schätzte ihn auf Mitte dreißig. Trotz seines Ernstes prägte ihn ein sympathischer Gesichtsausdruck. Blaue Augen, südlicher Teint, leicht welliges, schwarzes Haar. Sie nickte.

»Und wer sind Sie?«

»Ispettore Laurenti, Questura di Trieste. Wo ist Diego Colombo?«

Sein noch jüngerer, blässlicher und schlecht rasierter Kollege starrte wie gebannt auf das tiefe Dekolleté der Ladenbesitzerin.

»Im Urlaub, weshalb?«

Sie zupfte an ihrem leichten zitronengelben Pullover. Der jüngere Polizist errötete.

»Wann kommt er zurück?«

»Weshalb wollen Sie das wissen?«

Der Inspektor hob eine versiegelte Plastikhülle mit einem durchnässten Dokument empor. »Sein Personalausweis schwamm im Sporthafen in der Sacchetta zwischen den Trümmern einer Motorjacht, die mit Sprengstoff in die Luft gejagt wurde.«

Teresas Blick verfinsterte sich, als sie das Passbild erblickte. Rasch sperrte sie vor dem nächsten Kunden die Ladentür ab. »Diego kommt heute aus den Bergen zurück. Er war ein paar Tage im Urlaub.«

»Kann man ihn dort telefonisch erreichen?«

Laurentis Blick war streng. Teresa Fonda biss sich auf die Lippen und schüttelte stumm den Kopf.

»Wohin ist er gefahren? Wir werden die Kollegen bitten, ihn ausfindig zu machen.«

»In die Berge, hat er gesagt. Er nannte keine Adresse. Diego ist schon seit Jahren sauber, Ispettore, dass er ein halbes Jahr im Knast saß, war eine Intrige von diesem Maresciallo von der Guardia di Finanza. Eine üble Falle, doch das Wort eines Uniformierten zählte wie üblich mehr als das eines normalen Bürgers. Weshalb suchen Sie ihn?«

Der Jungspund an der Seite des Inspektors plusterte sich plötzlich auf, als wollte er sich für den süßen Traum rächen, den Teresas Dekolleté bei ihm ausgelöst hatte. Seine Stimme klang rechthaberisch wie das Bellen eines Zwerghundes.

»Ich hoffe, er hat eine gute Reise. Hätte das Dokument länger im Wasser gelegen, wäre es auf den Grund gesunken. Gehen Sie vom Schlimmsten aus, Signorina.«

»Signora, bitte.« Sie schenkte dem Kläffer keinen Blick und wandte sich nur an den Inspektor. »Wie kann ich Sie erreichen?«

Laurenti zog eine Visitenkarte aus dem Portemonnaie und schrieb die Nummer seines ersten Mobiltelefons auf die Rückseite, das er seit einer Woche besaß. Ein klotziges Gerät mit einer langen Antenne. »Rufen Sie mich bitte an, sobald er sich meldet.«

Sie schenkte ihm ein flüchtiges Lächeln und starrte noch immer auf den Schriftzug, als die beiden Polizisten schon auf der Straße waren. Teresa Fonda sah, wie sie die Piazza San Giovanni überquerten und an der Gran Malabar haltmachten, um einen Kaffee zu trinken. Kaum hatte sie den Kunden, die vor ihrem Laden warteten, fast wortlos Zeitungen, Zigaretten und das Wechselgeld ausgehändigt, drehte sie das Schild mit den Öffnungszeiten um, auf dessen Rückseite »Torno subito« zu lesen stand. Zweimal drehte sie den Schlüssel um und eilte zum Taxistand, wo sie den Fahrer anwies, sie zur Sacchetta zu chauffieren.

Diego Colombo, der zukünftige Vater ihres ersten Kindes, war bereits gestern von einer Reise in die Schweiz mit seinem Wagen zurückgekommen und hatte gesagt, er müsse noch einen letzten Auftrag für Maresciallo La Rosa von der Guardia di Finanza erledigen. Danach sei er ihn endgültig los.

Von Weitem schon sah Teresa die Fahrzeuge von Polizei und Feuerwehr, ein riesiger Kranwagen fuhr soeben die hydraulischen Stützen aus, die Köpfe von Tauchern ragten aus dem Wasser, die sich mit Handzeichen verständigten. Der Verkehr der morgendlichen Rushhour musste sich auf einer Fahrspur vorbeiquetschen, das Taxi kam nur schrittweise voran. Der Fahrer schimpfte, als sie ihm den Betrag in die Hand drückte, den der Taxameter gerade anzeigte, und lange vor dem Ziel ausstieg. Zu Fuß war sie deutlich schneller. Sie ließ das Hafenbecken keine Sekunde aus den Augen, erst als sie auf der gegenüberliegenden Landzunge am Molo Fratelli Bandiera vor dem Gebäude der Sektion der Finanzpolizei stand, wendete sie sich um und fragte am Empfang nach Maresciallo Lino La Rosa.

»Du hast ihn umgebracht, du Schwein«, brüllte sie schrill, kaum dass der Uniformierte nach einer langen Viertelstunde endlich auf sie zukam. Er hatte Teresa Fonda am Empfang schmoren lassen, wo sie nervös auf und ab gegangen war. Ein falsches Lächeln zeichnete seine Züge, die Hände steckten in den Hosentaschen.

»Das war kein Unfall, Lino. Das war Mord. Du hast das eingefädelt, weil du wusstest, dass du nichts mehr gegen Diego in der Hand hattest, und Angst bekamst, dass er dich hochgehen lässt. Du hast uns lange genug ausgepresst, dein Spiel ist aus.«

Teresas zeternde Stimme hallte durch den ganzen Flur, die Kollegen des Maresciallos schauten neugierig aus ihren Büros.

»Ah, hat man ihn also gefunden? Das ging ja schnell. Reg dich ab, ich habe nur die Explosion des Schiffes gesehen, als ich zum Dienst fuhr. Es war noch dunkel, aber die Gestalt, die sich dort zu schaffen machte, war eindeutig Diego. Um 4 Uhr 44 genau, heute am 14. April 1991. Das habe ich als Zeuge zu Protokoll gegeben. Dass sein Ausweis aufgetaucht ist, hörte ich auch erst vor Kurzem.«

»Du warst gestern mit ihm verabredet, du Dreckschwein.«

»Du hast eine blühende Fantasie, Mädchen. Liegt wohl an der Schwangerschaft.«

»Wo sind die Bilder? Ein Mantegna, eines von Daniele Crespi und *La Maddalena* von Tintoretto, die er aus der Schweiz holte. Sie gehören ihm.«

»Kunst interessiert mich einen feuchten Dreck, mir gefällt das richtige Leben. Du spinnst, Mädchen. Ich habe den Verbrecher seit Monaten nicht gesehen. Gott sei Dank. Such dir bessere Gesellschaft. Und verschwinde von hier, bevor ich dich wegen Beleidigung einer Amtsperson und Rufschädigung anzeige und verhaften lasse. Dann kommt die Brut dieses Teufels im Gefängnis zur Welt. Raus hier, und zwar sofort.«

Zwei weitere Uniformierte bauten sich hinter ihm auf. Teresa wich keinen Millimeter vom Fleck und fixierte ihn mit loderndem Blick, der andere in Angst und Schrecken versetzt hätte.

»Du wirst dich noch wundern«, zischte die aufgebrachte junge Frau.

La Rosa drehte sich wortlos ab und entfernte sich im langen Flur. Als er die Tür seines Büros öffnete, wagte er einen Blick zurück. Teresa Fonda war verschwunden. Er ging sofort zum Fenster und versuchte sie vergebens unter den Schaulustigen am Ufer auszumachen. An seinem Schreibtisch hielt er den

Vorfall mit Datum und Uhrzeit und Teresas Wortlaut fest, brachte das Blatt dann dem Beamten am Empfang, der es als Zeuge unterschrieb. Man wusste nie.

Wütend und voller verzweifelter Sorge ging Teresa Fonda die Mole entlang und blickte immer wieder zum Anleger hinüber, an der die Taucher die Taue festgemacht hatten, mit denen ein riesiger Kran der Feuerwehr das Wrack bergen sollte. Am gegenüberliegenden Ufer standen noch mehr Gaffer, ein Pressefotograf hatte sich vorgedrängt, und der Kameramann des Regionalfernsehens hatte sein Stativ aufgebaut. Die Sportskanonen der anliegenden Ruderklubs mussten auf ihr heutiges Training verzichten, ein Schiff der Küstenwache blockierte die Hafeneinfahrt, solange die Untersuchungen und die Bergung andauerten.

Erst als Teresa die Bucht zur Hälfte umgangen hatte, schrak sie auf. Der Liegeplatz der *Esperanza* war leer. Wo zum Teufel war das alte, zwölf Meter lange Segelboot geblieben, mit dem Diego Colombo einst aus Argentinien geflohen war? Er hatte es wie seinen Augapfel gehütet. Teresa biss sich auf die Unterlippe – hatte Maresciallo La Rosa sich vielleicht getäuscht?

Geschäfte bis zum Ende

»Du schuldest mir 36 000 Euro Provision! Ich habe dir im letzten Monat sieben Leichen geschickt und in dem zuvor fünf. Ich kenne die Kalkulation. Du verdienst gut genug, und du kennst die Konsequenzen. Das Spiel ist aus.«

Die fahrige, gedrungene Handschrift Darias war unverkennbar. Früher hatte Corrado Giuliani unzählige Liebesbekundungen aus ihrer Hand erhalten, doch seit sich das Blatt gewendet hatte, ließ sie ihn nicht mehr aus dem eisernen Griff entkommen und presste ihn aus. Der 45-jährige Bestattungsunternehmer atmete tief durch, faltete ungeschickt das Papier zusammen und wischte sich den Schweiß von der Stirn, gegen den die Klimaanlage machtlos war, es lag nicht an der ungewöhnlichen Wärme des Septembertags. Corrado Giuliani bebte vor Angst, und seine ohnehin helle Haut war jetzt fast so weiß wie Wandfarbe, als er zu den beiden Typen aufsah, die sich vor ihm aufgebaut hatten.

Seit einer Stunde parkte der klapprige und zerbeulte Lieferwagen vor dem Bestattungsinstitut Pace Eterna am Campo San Giacomo. Die beiden Kerle im Führerhaus hatten unablässig durchs Fenster zu ihm ins Büro im Erdgeschoss des schmucklosen Gebäudes hereingeschaut, wenn sie nicht gerade mit ihren Smartphones spielten. Giuliani war es schwergefallen, sich so lange auf das bedrückte Ehepaar zu konzentrieren, das vor ihm saß und die Beerdigung ihres soeben verblichenen Anverwandten zu regeln hoffte. Unkonzentriert musste er immer wieder nach den Wünschen fragen, die sie bereits genannt hatten, und dann verrechnete er sich auch noch beim Preis und musste die Liste noch einmal kontrollieren. Und als es um die Bezahlung ging, verhaspelte er sich gleich wieder, weshalb die beiden einen langen stummen Blick austauschten, den Vertrag aber dann doch unterzeichneten.

Nur einmal waren die zwei Männer eine Viertelstunde lang in der Spielautomatenbar schräg gegenüber verschwunden. Dann standen sie plötzlich vor ihm, mussten eingetreten sein, als seine letzten Kunden an diesem Tag das Institut verließen. Beide in schmutzigen Bluejeans und T-Shirts, die über ihren tätowierten Oberarmen spannten.

Der eine hielt ihm grob den Zettel vor die Nase, während der Dünnere und Nervösere der beiden sich sogleich an den Schränken und Vitrinen mit den Mustern zu schaffen machte, Stoffe herausnahm, Kruzifixe und Trauerkarten zu Boden fallen ließ, Holzstücke in den Farben der bestellbaren Särge ins Licht hielt, schließlich die Urnen in jeder Form, Material und Größe begutachtete. Nachdem er erst lange mit dem Schlüsselbund auf diesen herumgeklimpert hatte, knallte er demonstrativ eine auf den Schreibtisch.

»Du kannst uns deine Wünsche gleich mitteilen, wenn du nicht bezahlst.« Seine sizilianische Herkunft war nicht zu überhören. »Wir werden sie berücksichtigen, soweit uns dies möglich ist, wenn wir dich in einem Wald verscharren. Du hast die Wahl zwischen den Wurzeln von Eichen, Kastanien oder Pinien.«

»Oder ziehst du einen Stein an den Beinen vor, mit dem wir dich ins Meer werfen? Seebestattungen sind schwer in Mode gekommen.« Der Akzent klang nach Balkan, der Mann setzte sich vor Giuliani auf den Schreibtisch und scherte sich nicht darum, dass er den soeben abgeschlossenen Bestattungsvertrag zerknitterte. »Für eine Einäscherung garantieren wir dir einen Sonderplatz in der städtischen Müllverbrennung.«

»Du weißt, dass die Chefin zornig ist, weil du ihr ihren Anteil an deinem jämmerlichen Geschäft schuldest«, übernahm der Dünne nahtlos das Wort. »Wir beide aber sind stinkwütend auf dich. Auch wir bekommen unsere Kohle erst, wenn du ihren Anteil zahlst. Und wir warten nun schon zwei Monate.«

Der Sizilianer öffnete eine weitere Schranktür und warf den erstbesten Stapel Unterlagen zu Boden.

»Sie bekommt das Geld schon.« Giulianis blaues Hemd zeigte dunkle Schweißflecken. Seine Stimme war gepresst, der Blick starr. »Ich habe Daria erklärt, dass ich einige Investitionen tätigen musste, damit die Geschäfte weiterlaufen. Fragt sie gefälligst, bevor ihr hier noch weiteren Schaden anrichtet.«

»Vergiss es, Aasgeier. Die Chefin sagt, was Sache ist. Und auch du tust besser, was sie will, weil wir uns sonst selbst bedienen. Wo ist der Tresor?« Der Akzent aus dem Osten war so hart wie der Blick des Mannes.

»Habe ich nicht, schaut euch um. Die Leute bezahlen per Überweisung.«

»Nur den kleinen Teil, die Fünfzehnhundert, die sie von der Steuer absetzen können. Den Rest kassierst du schwarz.« Toni ließ ein Messer aufspringen und putzte sich mit der blitzenden Klinge demonstrativ die Nägel. »Rück die Kohle raus.«

»Ich habe kein Geld hier. Kommt morgen wieder. Zur gleichen Zeit.«

»Du hast gar nichts zu befehlen, du sollst blechen. Jetzt.«

Corrado Giuliani zuckte vor Schreck zusammen, als das Stilett schlagartig vor ihm auf der Tischplatte einschlug und ausfederte. Doch bevor er danach greifen konnte, hielt es bereits der Mann vom Balkan in der Hand und setzte ihm die

Klinge an die Kehle. Im selben Moment zog er die Brieftasche des Bestatters aus dessen Jackett und entnahm das Bargeld.

»Was? Nur dreihundert Euro trägst du mit dir? Und wie bezahlst du deine Lieferanten? Ihr arbeitet doch alle schwarz. Und niemand kontrolliert euch.«

»Führ dich nicht auf wie ein Heiliger«, trotzte Giuliani. »Du hast mit Sicherheit noch nie eine Steuererklärung abgegeben. Kommt morgen wieder, habe ich gesagt.«

Sein Blick folgte sogleich dem Klirren einiger Urnen, die Toni am Boden zerschmetterte. Eine aus Gusseisen kullerte übers Parkett, dann fiel ihr Deckel ab und gab ein Bündel zusammengerollter Scheine frei. Der Sizilianer grinste breit, hob es auf und zählte durch.

»Wenigstens eine Anzahlung. Das sind 10 000.«

»Es sind 15 000. Spinnst du?«, krächzte Giuliani aufgebracht.

»Verzugszinsen und Fahrtkosten, Aasgeier. Mal sehen, was sich in den anderen befindet.«

»Sie sind alle leer«, rief Giuliani panisch und konnte dennoch nicht verhindern, dass die ganze Kollektion auf dem Boden landete.

Alabaster, Terrakotta, Kristallglas splitterten in feinste Scherben, nur die Urnen aus Gusseisen und Marmor hielten stand. Geld fand sich keines mehr.

»Du hast Zeit bis morgen Vormittag um neun, Aasgeier.«

Dardan klappte das Messer zu und warf es in Tonis Richtung, der es mit der linken Hand auffing und es gelassen mit den Banknoten einsteckte.

»Eine Quittung können wir dir leider keine ausstellen«, feixte der Sizilianer.

Corrado Giuliani saß zusammengesunken in seinem Bürostuhl und starrte ihnen stumm nach. Als er kurz darauf aus dem Fenster schaute, sah er, wie Toni ihm aus dem Führerhaus des Lieferwagens fröhlich zuwinkte.

Er griff zum Telefon und wählte die Nummer des Altenheimes Golden Age Residenz. Er wusste, dass dies die einzige Möglichkeit war, Daria zu erreichen, denn wenn sie seine Nummer auf dem Mobiltelefon erkannte, würde sie gewiss nicht antworten. Eine der Altenpflegerinnen nahm nach langem Klingeln ab und stellte ihn ins Büro durch, nachdem er sich unter falschem Namen nach einem Pflegeplatz für seine Mutter erkundigt hatte, die in Wirklichkeit schon vor zwei Jahren verblichen war. Noch immer erschauderte er, als er den gutturalen Klang von Daria Bonos Stimme vernahm, die sich in geschäftsmäßiger Freundlichkeit meldete.

»Ich habe ihnen 15 000 gegeben, Daria«, platzte der Bestatter sofort los. »Sie werden behaupten, dass es nur zehntausend Euro gewesen wären, und den Rest selbst einstreichen.«

»Das ist nicht mein Problem. Du bist ein elender Betrüger, Corrado. Du warst es, als du mich gevögelt und mir eine rosige Zukunft ausgemalt hast, bis ich nach Jahren entdecken musste, dass du verheiratet bist und zwei Kinder hast. Und jetzt traust du dich tatsächlich, mich noch einmal hinzuhalten. Vergiss es.«

»Du hast dich dabei nicht gerade zurückgehalten, du konntest ja nicht genug kriegen von mir und meinem Schwanz.«

Sein Blick fiel auf eine goldglänzende Ikone; die Grababnahme Christi war der einzige Wandschmuck in seinem Büro. Ein Geschenk von Daria, als sie noch über beide Ohren in ihn verliebt war und sie große Pläne schmiedete. Sie stammte aus dem Nachlass eines verstorbenen Bewohners der Golden Age Residenz.

»Du bist ein Schwein, wie alle Männer. Das vergesse ich nicht. Wir haben längst eine geschäftliche Übereinkunft, und wenn du deinen Teil nicht erfüllst oder zu dumm bist, deine Schulden richtig zu begleichen, dann ist das dein Problem.

Außerdem bist du mit deutlich mehr im Rückstand. Keiner hat mich je so lange hingehalten.«

»Aber, Daria, ich habe dir doch gesagt, dass ich investieren musste …«

»Deine Probleme interessieren mich nicht. Wann bezahlst du den Rest?«

»Sobald ich kann, Daria. Hab ein bisschen Geduld.«

»Geduld hatte ich mehr als genug mit dir. Du bist seit Juli im Rückstand, der September kommt noch dazu. Ich will das Geld jetzt. Wenn du nicht bezahlst, kommen die beiden wieder und schneiden es dir aus den Rippen. Hast du das verstanden?«

»Aber, Daria, es ist nicht so einfach, wie du …«

»Wenn du willst, dann treffe ich mich gerne auch mit deiner Frau, Corrado. Sie wird dich auf die Straße setzen, das garantiere ich, wenn sie von deinen Schweinereien erfährt. Nicht nur mich hast du über Jahre betrogen, vergiss das nicht. Du hast das Bestattungsinstitut von ihrem Vater übernommen. Es gehört noch immer ihr, auch wenn du jeden Monat eine Menge Geld an ihr vorbeischleust.«

»Vergiss nicht, dass ich ein paar Dinge weiß, über die sich die Polizei freuen würde. Deine Ikone an meiner Wand, die du mir so hingebungsvoll vermacht hast, hat dich keinen Cent gekostet, weil deine Handlanger sie gestohlen haben.«

»Beweise es, du Idiot. Du kannst es von mir aus drauf ankommen lassen.« Daria war nicht einzuschüchtern. »Heute ist der 22. September 2015. Morgen will ich das Geld, sonst …«

»Beruhige dich, das habe ich doch schon deinen beiden Eintreibern versprochen. Sorg dafür, dass sie nichts unterschlagen. Du kannst mich nicht ewig ausquetschen.«

Giuliani vernahm nur noch das Tuten in der Leitung. Er wählte sogleich die Nummer der Wohnung im letzten Stock des Gebäudes und behauptete mit falscher Fröhlichkeit, dass er an diesem Tag erst später nach Hause komme. Er habe die Chance, gemeinsam mit Kollegen eine neue Kollektion preisgünstiger Urnen zu erstehen.

Der Bestatter schloss sein Institut an diesem Tag bereits am Nachmittag, rangierte den silbergrauen Mercedes-Leichenwagen aus dem Innenhof und wählte den schnellsten Weg aus der Stadt hinaus, um zwanzig Minuten später am italienisch-slowenischen Grenzübergang Fernetti Ausblick nach Patrouillen zu halten, die den Verkehr von und nach Osteuropa kontrollierten. Täglich kam es hier zu Festnahmen von Gesuchten, die Italien nach verübter Tat verlassen wollten, und zur Beschlagnahme von Diebesgut, das so rasch wie möglich auf den Balkan gebracht werden sollte. In der Gegenrichtung ging es um Flüchtlinge aus dem Nahen Osten oder Afghanistan, Drogen und Waffen.

Corrado Giuliani stellte beruhigt fest, dass im Moment kein besonderes Aufkommen an Polizeibeamten oder Zöllnern den Verkehr unter die Lupe nahm, und fuhr direkt ins nächstgelegene Einkaufszentrum der benachbarten Kleinstadt Sežana. Im Seitengebäude eines Supermarkts befand sich die slowenische Bankfiliale, bei der er noch immer seine unversteuerten Bareinnahmen deponierte, obgleich er diese wegen des kommenden internationalen automatischen Datenaustauschs längst aufgelöst haben müsste. Nicht einmal mehr in einer Urne ließen sie sich verstecken, wie er am Nachmittag lernen musste. Abertausende Bewohner von Grenzstädten in Europa traf das gleiche Problem. Sie waren sich so wenig wie er darüber im Klaren, dass Bares wieder nur unter dem Kopfkissen vor dem Fiskus sicher war.

Giuliani hob 50 000 Euro ab, die er in zwei Briefumschlägen in die Innentaschen seines Jacketts steckte, bevor er die Bank verließ. Er durchquerte den angrenzenden Supermarkt, ohne Einkäufe zu tätigen. Als er sicher war, dass ihm niemand folgte, setzte er sich in seinen Wagen, steckte fünfhundert Euro in seine Brieftasche und versteckte die beiden Umschläge daraufhin unter dem Fahrersitz. Einen Leichenwagen würden auch nervenstarke Diebe kaum anrühren, solange der Parkplatz mit genügend anderen Fahrzeugen voll stand.

Nachdem er sich vergewissert hatte, dass der Mercedes verschlossen war, ging er zu dem Gebäude zurück und wählte den Eingang zu einem Etablissement namens Paradiso, das er stets in jeglichen Belangen der Körperpflege und Entspannung aufsuchte: vom Haarschnitt bis zum Beischlaf mit einer kaum seiner Sprache kundigen, blutjungen Osteuropäerin aus der Gruppe der Mädchen im Foyer.

Bei Eintritt der Dunkelheit fuhr er zurück nach Triest und genehmigte sich noch einen Aperitif in einer Bar im Zentrum, bevor er den Rest des Abends als biederer Familienvater mit seiner Frau vor dem Fernseher verbrachte. Die Kinder tobten noch mit ihren Freunden auf dem Campo San Giacomo, dem großen Vorplatz der Kirche.

Die Zeitungsfrau

Teresa Fonda spielte ihre Klaviatur meisterhaft: Zeitschriften und Zeitungen, Schreib- und Papierwaren, Zigaretten und Feuerzeuge, die neben Lotterielosen das große weiße T auf dunklem Grund an der Fassade rechtfertigten, das von weithin auf ihren Laden aufmerksam machte. Auch kleinere Steuern und Strafzettel konnte man bei Tessie begleichen. Mehr als die Ware aber bestachen ihr breites Lächeln und ihre kecke Art, sich zu kleiden, deren leuchtende Farben von Tag zu Tag wechselten. Sie musste einen Kleiderschrank in der Größe eines Warenhauses haben; zumindest wusste sie zu variieren. Teresa war voller Überraschungen. Presse und Tabak bekam man auch anderswo, nicht aber ihre Fröhlichkeit und Sinnlichkeit, die Männerfantasien schweifen ließen und sie den kritischen Blicken und weniger wohlgesinnten Bemerkungen ihrer weiblichen Kundschaft aussetzten.

Die Zeitungsfrau wohnte nur fünf Bushaltestellen entfernt am Fuß eines ärmeren Stadtviertels am oberen Teil der Via Giulia, das wegen der engen Bauweise und der einstmals verwunschenen Gärtchen im Volksmund »Piccola Parigi« genannt wurde. Manche behaupteten, Napoleon habe hier einst vor der Eroberung Triests übernachtet, doch vermutlich hofften die Bewohner, ihre simplen Häuschen erinnerten an den Montmartre zu jener Zeit, als die Impressionisten dort ihre Staffeleien aufstellten, auch wenn in der Nähe weder Türme noch Kuppeln einer erhabenen Kirche emporragten und die überwiegend verwahrlosten Anwesen kaum Ansätze zeigten, wieder herausgeputzt zu werden. Dafür zeichneten Graffitis sorgloser Hände die Wände sowie dilettantische Plakate, die zum Protest gegen jedes Übel der Welt aufriefen.

Nur Teresa Fondas Garten war akkurat gepflegt und von einer dichten, penibel beschnittenen Hecke umsäumt, während die angrenzenden Grundstücke voller Unrat waren. Ihre geometrisch angelegten, üppig tragenden Gemüsebeete waren abgeerntet, der Feigenbaum und die Rebstöcke trugen reife Früchte, die Fassade ihres zweistöckigen Häuschens war tadellos verputzt und malvenfarben gestrichen, die Fenster, das sah man auf den ersten Blick, ließen keine Böen der Bora hindurch.

Wie immer war Teresa um 5 Uhr 50 in den Bus der Linie 6 eingestiegen und wenig später in der fünfspurigen Via Carducci wieder auf die Straße getreten, die sie sonst unbekümmert überquerte, weil noch wenige Autos unterwegs waren. Doch seit diese eigenartigen Hinterlassenschaften bei ihr zu Hause und am Laden auftauchten, schaute sie sich immer wieder um. Und an diesem Morgen hatte sie sich über das ungewohnte Sirenengeheul und die vielen Blaulichter gewundert, die in beiden Richtungen vorbeirasten. Kurz darauf schob sie den blechernen Rollladen vor dem Laden mit kreischendem Lärm nach oben, was manche Anwohner täglich verärgerte, anderen wiederum als zuverlässiger Wecker diente.

Sie schleppte die Pakete mit den Zeitungen in den Laden, ihr Blick fiel auf ein Blatt Papier, das zwischen ihnen steckte. Eine schlechte Schwarz-Weiß-Kopie eines Gemäldes von Giorgio Morandi. Sie starrte sie kurz an, biss sich auf die Unterlippe, schrieb das Datum darauf und legte sie zu den Lieferscheinen auf den Tresen. Wie jeden Morgen schnitt Teresa die Zeitungsstapel auf und entnahm einige Exemplare, klemmte sie sich unter den Arm und überquerte damit die kleine Piazza San Giovanni. Sie klopfte an den nur halb geöffneten Blechvorhang der Gran Malabar, schlüpfte mit eingezogenem Kopf unter ihm durch und rief einen fröhlichen Gruß ins Lokal. Und wie jeden Morgen, als sie die Zeitungen auf den Tresen legte, kam Walter, einer der beiden Inhaber, aus der engen Küche im Hintergrund, wo Tramezzini, Piadine, Toasts, Brioches oder andere Magentröster angerichtet wurden. Er hob die Augenbrauen, bereitete ihr fraglos einen Latte macchiato zu und stellte das dampfende Glas vor sie auf den Tresen. Als er die Zeitungen jeweils am Bund heftete und mit dem Stempel der Malabar versah, glitt sein Blick über die Schlagzeilen. Bei der Meldung, dass Super-Curvy-Models mit Plus-Size-Maßen die Magersüchtigen von den Laufstegen drängten, lächelte er breit.

»Du kannst eine neue Karriere beginnen, Teresa.« Seine Ironie, gepaart mit scharfer Beobachtungsgabe, war entwaffnend. »Deine Figur wird zum Kult, wie im Mittelalter für Klerus und Adel. Diese anorektischen Klappergestelle, die den Augen wehtun, sind out, und du betörst mit deinen Kurven schon lange die halbe Stadt. Ohne dich bräche auf der Piazza der Umsatz ein wie 1929 die Kurse an der Wall Street.«

»Red keinen Mist, Lieber. Großer Busen, schmale Taille, dicker Hintern. Alles von Mamma. Ich muss sie nur füttern, sonst wirken sie erbärmlich.« Teresa ließ zwei Tütchen Zucker in den Milchschaum rieseln und rührte um. »Gott sei Dank liegen unsere Geschäfte kaum zehn Schritte auseinander. Ohne die Malabar und deine Kommentare würde ich mir nur die Füße in den Bauch stehen und Trübsal blasen. Sag mir lieber, was heute früh passiert ist. Überall Sirenengeheul, Streifenwagen, Krankenwagen ...«

»Weiß nicht, wie jeden Morgen bist du die Erste. Noch war keine der Tratschtanten hier.«

In den Wochen, in denen Walter die Frühschicht übernahm, tauschten die beiden lachend die letzten Anekdoten aus, die ihre Kundschaft ihnen Tag für Tag frei Haus lieferte. Der Zeitungsfrau und dem Wirt entging wenig vom Alltagsleben auf der Piazza, und beizeiten ergänzten sie sich vergnügt, wobei sie stets auf die Diskretion des anderen setzen konnten.

»Ich muss rüber und den Laden vorbereiten. Du wirst sehen, sie stehen schon eine Viertelstunde vor Öffnung an und schimpfen. Seit zwanzig Jahren haben sie es nicht begriffen.«

»Hier ist es nicht anders, Teresa. Die Leichenschänderin mit ihrem Hündchen wartet schon draußen.« Er deutete auf sechs Füße, die unter dem Blechrollladen zu sehen waren.

»So ist es, wenn man die Lektüre der Todesanzeigen und Nachrufe den Liebhabern vorzieht.«

»Erinnerst du dich an Galvano, den alten Gerichtsmediziner, Gott hab ihn selig? Er erzählte, dass in den Fünfzigerjahren dafür die Frauen am späten Vormittag mit ihren Taschen voller Lebensmittel stets noch in der Leichenhalle halt machten, um zu sehen, wer gestorben war, bevor sie nach Hause gingen, um das Mittagessen zu kochen.«

»Aber die raucht nicht und kauft keine Zigaretten, die Zeitungen liest sie gratis bei dir in der Bar. Bei mir taucht sie nur auf, um Kondolenzkarten zu kaufen und kurz vor Silvester das Los der Jahresziehung der Lotteria Italia. Ich kenne nicht einmal ihren Namen.«

»Leichenschänderin« oder »Todesengel« nannten sie je nach Laune die zuverlässig erste Kundin, sobald die Bar öffnete. Eine offensichtlich alleinstehende, schlanke und energische Frau von vierzig Jahren, von der sie als Einziger der Stammgäste nichts Privates wussten. Scharf geschnittene Gesichtszüge, das rotbraune Haar zu einem strengen Knoten gefasst, grüne Augen und kaum Make-up, war sie konservativ, aber teuer gekleidet. Und stets lief ein kleiner, weißer Malteser an der Leine neben ihr her, der ständig zu seinem Frauchen aufschaute und auf den Namen »Gulasch« hörte.

»Aber sie hat ein Auge auf dich. Du hast es vielleicht noch nicht bemerkt. Sie beobachtet dich seit einiger Zeit.«

»Die? Das ist mir entgangen.« Tessie schüttelte ungläubig den Kopf. »Warum sollte sie?«

»Fast so schlimm wie einst, als die Bullen Diego suchten. Falls sie deinen Laden nicht vom Auto aus beobachteten, saßen sie draußen auf der Piazza und konsumierten höchstens einen Espresso.«

»Damals hatte ich auf Schritt und Tritt Begleitung. Das Telefon war auch angezapft. Welch Aufwand, nur um ein Phantom zu fassen.«

»Ich würde ihn eher Fantomas nennen, bei dem, was Diego alles gestohlen hat, ohne dass sie ihn je zu fassen bekamen. Er wurde ja fast zur Legende.«

Teresa überging seine Bemerkung, wie immer, wenn jemand über ihren Mann sprach, den sie vor einem Vierteljahrhundert verloren hatte. »Und seit wann ist die Leichenschänderin hinter mir her, wie du glaubst?«

»Aus den Augen gelassen hat sie dich nie, aber erst seit ein paar Wochen observiert sie dich richtig. Immer wieder kommt sie vorbei und lässt ihren weißen Köter sein Geschäft dort beim Verdi-Denkmal machen, als reichte dem Armen nicht schon der Möwenschiss auf seinem Bronzekopf. Während das Vieh vor den Sockel kackt und die Sträucher markiert, schaut sie zu dir rüber, als vergewissere sie sich, dass du im Laden bist. Und wenn du über Mittag zusperrst, folgt sie dir mit großem Abstand.«

»Wir begegnen hier doch ständig denselben Gesichtern.«

»Für Zufall halte ich das nicht. Ich wollte es dir erst sagen, wenn ich sicher bin. Vielleicht eine Detektivin? Von den Polizisten unter unseren Gästen kennt sie auf jeden Fall keiner.«

»Danke. Aber in Triest hat doch jeder Zweite einen Tick.«

»Gib mir irgendein Päckchen Leichte und *Il Piccolo,* Tessie. Ich habe die ganze Woche keine Zeitung gelesen.«

Das Licht des frühen Septembermorgens war noch fahl, die Sonne hatte sich erst vor ein paar Minuten über den Karst gehoben, und Proteo Laurenti gehörte zu den ersten Kunden in dem kleinen Zeitungs- und Tabakgeschäft, in dem der Geruch ihres betörenden Parfums die Sinne noch zusätzlich zum Anblick der Inhaberin tanzen ließ. Nichts für nervenschwache Männer.

»Versuchst du wieder einmal, das Rauchen anzufangen, Commissario? Bisher bist du jedes Mal gescheitert.«

Teresa lachte aus vollem Herzen, ihre dunkelroten, vollen Lippen gaben blitzweiße Zähne frei, und ihr mächtiger Busen unter dem giftgrünen Sommerpulli machte freudige Sprünge, den Commissario begrüßen zu dürfen.

Wie jeden Morgen zog das Dekolleté der Zeitungsfrau mehr männliche Kunden an als die Schlagzeilen der Zeitungen oder ihr Tagesbedarf an Zigaretten. Der Duft des teuren Parfums, das sie üppig verwendete, tat den Rest. Aus den kleinen Lautsprechern an der Decke zelebrierte Aretha Franklin ihren legendären Song *You make me feel like a natural woman.*

»Hast du keine andere CD? Jedes Mal, wenn ich vorbeikomme, höre ich nur sie.«

»So oft kommst du leider nicht. Wenn du willst, leg ich Gianna Nannini auf. Aber die hindert die Leute am Geldausgeben, und mir geht sie mit ihrem Gegröle auf die Nerven.«

»Dann nimm Mina oder Adriano Celentano. Die passen zum Durchschnittsalter deiner Kundschaft.«

»Jammer nicht, wir sind alle älter geworden.«

Kaum mehr als neun Quadratmeter maß der Laden, dessen einzige natürliche Lichtquelle die verglaste Ladentür zur Piazza San Giovanni war. Kaum jemand ging hier einfach vorbei, für den dieser zentrale Platz in Reichweite des täglichen Rennwegs lag. Allein nach der Zahl der verkauften Exemplare der größten Triestiner Tageszeitung waren es ein paar Hundert Kunden, zu denen noch viele Raucher zu zählen waren. Die meisten kannte sie mit Namen, genauso wie ihre Gewohnheiten.

»Wie geht's den Kindern, Tessie?« Sie hatte zwei Söhne und eine Tochter.

»Nur Jacqueline weiß nicht, was sie mit sich anfangen soll. Derzeit arbeitet sie in einem Restaurant als Küchenhilfe. Jacopo fährt auf einem Öltanker und freut sich, bald nach Hause zu kommen. Dann schleppt er wohl wieder alle Mädchen ab, die er in der Zwischenzeit entbehren musste. Jago quält sich dafür durchs Abendgymnasium, um das Abitur zu machen, und tagsüber jobbt er im Marmorbruch in Aurisina. Ich bewundere seine Disziplin.«

»Und wenn du nicht im Laden stehst, dann vertritt dich Jago. In letzter Zeit habe ich öfter ihn gesehen als dich, Tessie.«

»Nur bei schlechtem Wetter, wenn im Steinbruch nicht gearbeitet werden kann. Entweder ich schließe den Laden einen halben Tag, wenn ich etwas erledigen muss, oder ich lasse mich eben vertreten, Proteo. Nicht alle haben wie du einen privilegierten Zugang zu den Ämtern, wir müssen Schlange stehen.«

»Jago ist ein guter Junge, du kannst stolz auf ihn sein. Und er gleicht seinem Vater wie ein Ei dem anderen.«

»Woher weißt denn du, wer sein Vater ist, wenn ich selbst keine Ahnung habe? Ich hatte damals einiges zu kompensieren, wenn du gestattest. Diego kann es nicht gewesen sein, er war bereits über zwei Jahre tot, als Jago zur Welt kam.«

»Alle drei gleichen deinem Diego. Jago ist wie sein Vater

deutlich kleiner als du und ist ihm wirklich wie aus dem Gesicht geschnitten.«

»Du kannst es einfach nicht lassen. Such dir lebende Dämonen, Commissario. Erzähl mir lieber, wie es deinen Kindern geht. Ist Livia nicht in Deutschland?«

»In dieser Woche sind alle zu Hause. Dass die ganze Familie zusammenfindet, kommt nur noch selten vor. Die drei sind ständig in alle Winde verstreut. Livia hat sich einen Anwalt aus Frankfurt geangelt, an den muss ich mich erst noch gewöhnen, ein Besserwisser und Tennisspieler. Die kleine Barbara, Patrizias Töchterlein, hat längst die ersten Schritte gemacht und brabbelt ohne Unterlass. Marco hat dafür seinen Dienst in der Küche eines Kreuzfahrtschiffes nach einem halben Jahr aufgegeben, weil er nicht in einer Fabrik arbeiten wollte, und muss sich davon offenbar erst erholen, bevor er sich nach einem neuen Job umsieht.«

»Was ist eigentlich heute Morgen passiert, dass du so früh auf den Beinen bist?«

Von den meisten Kunden kannte Teresa die täglich gleichen Wünsche und hätte sie stumm bedienen können, doch wartete sie stets artig, bis sie diese vorbrachten. Dass aber der Chef der Triestiner Kriminalpolizei um diese Zeit vorbeikam, war ungewöhnlich.

»Höhere Gewalt. Ein Termin beim einzigen Staatsanwalt, der an Schlafstörungen leidet.«

»Und das Sirenengeheul, das kein Ende nimmt? Rück schon raus damit. Du weißt, ich bin die personifizierte Auskunftsstelle. Deute wenigstens etwas an, das erhöht meinen Umsatz.«

Sie strahlte sonnig und beugte sich ihm dabei so weit entgegen, dass er ihr unmöglich noch in die Augen sehen konnte.

»Ich bin eigentlich im Urlaub, Tessie. Aber ich habe gehört, es hätte mit dem Porto Vecchio zu tun. Es heißt, es sei eindeutig Diegos Handschrift. Hast du wirklich nie wieder etwas von ihm gehört?«

Teresa Fonda senkte für einen Moment den Blick, der Commissario glaubte ein sanftes Lächeln um ihre Mundwinkel zu sehen.

»Keine Sorge, ich weiß selbst, dass du es mir nicht sagen würdest. Falls sich die Sache aber bestätigen sollte, ist mein Urlaub zu Ende, und du wirst mich in nächster Zeit öfter zu Gesicht bekommen, als dir lieb ist.«

»Warum brauchst du dafür einen Vorwand, Proteo?« Sie hatte sich wieder im Griff. »Du weißt doch, welche Männer mir gefallen. Du gehörst zur engeren Auswahl, auch wenn deine Haare immer grauer werden. Lass mich nicht zu lange warten.«

Wieder lachte sie mit voller Stimme und strich eine kastanienfarbene Strähne ihres Pixie Cuts aus der Stirn. Hätte sein Beruf nicht zwischen ihnen gestanden, wären sie sich womöglich längst viel nähergekommen, als es sich für solide verheiratete Bürger gehörte.

»Du jagst ein Phantom, Proteo«, sagte Teresa lächelnd und gab ihm das Wechselgeld heraus.

Als sie vor vielen Jahren versucht hatte, ihren Ehemann nach Ablauf der gesetzlichen Frist und aufgrund von Zeugenaussagen für tot erklären zu lassen, schritten der Commissario und Staatsanwalt Scoglio vehement ein. Zu schwer wogen deutlich sichtbare Zeugnisse, dass Diego Colombo bei der Explosion der Motorjacht damals nicht ums Leben gekommen war: die drei Kinder Teresas, die sich zum Verwechseln ähnlich sahen und die sie alleine großgezogen hatte. Mit Jacopo war sie im fünften Monat gewesen, als Laurenti sie kennenlernte. In diesem Fall stand die Vaterschaft fest. Als dann zwei Jahre später Jago das Licht der Welt erblickte, gab sie keine Auskunft über dessen Erzeuger, und so hielt sie es auch bei

Jacqueline, der Jüngsten, die sie wieder zwei Jahre später gebar.

Nur der Personalausweis des Mannes und die Zeugenaussage des vierschrötigen Maresciallo La Rosa, eines Kollegen von der Guardia di Finanza, sprachen dafür, dass er damals auf der Jacht war. Der schiere Verdacht aber reichte formal nicht aus, um eine legale gentechnische Analyse des Erbgutes der Kinder durchzusetzen. Teresa Fonda hätte sich jederzeit juristisch gegen ihr Vorhaben wehren können. Auch wenn Laurenti und Scoglio noch so sehr davon überzeugt waren, dass es sich eindeutig um einen geschickten Schachzug handelte, Diego Colombo von den Fahndungslisten verschwinden zu lassen. Wie leicht hätte er sich mit einer kosmetischen Operation eine neue Identität verschaffen können.

»Auch du musst einmal eine Niederlage einstecken lernen. Ihr wurdet Diegos zu Lebzeiten einfach nicht habhaft. Das ist alles. Es würde mich zwar mehr als glücklich stimmen, wenn er von den Toten auferstanden wäre, aber das kannst du vergessen.«

Sie überlegte, ob sie die Ansammlung der Fotokopien, die sie seit einiger Zeit zu Hause im Briefkasten fand oder hier im Laden, nicht doch dem Commissario zeigen sollte. Aber was sagten sie schon aus? Vermutlich war es nur ein verklemmter Verehrer, der Diegos Raubzüge, die damals durch die Presse gegangen waren, kannte und zu schüchtern war, sie direkt zu hofieren. Schnell kehrte ihr vitales Lächeln zurück.

»Trotz allem freue ich mich aufrichtig, wenn du vorbeischaust, Commissario. Wir könnten uns so viel näher sein.«

»Man kann nie wissen, Tessie. Außer du bekommst demnächst noch ein viertes Kind von ihm.«

Teresa lachte schallend. »Mit siebenundvierzig, Proteo? So groß kann keine Liebe sein.«

»Diegos Geruch hängt in allen Straßen und Winkeln der Stadt.«

Geld hatte der Mann damals mit seinen sorgfältig geplanten Einbrüchen wahrscheinlich mehr gemacht, als die Behörden wussten, denn viele Bestohlene schwiegen, weil sie ihre Anschaffungen mit Schwarzgeld bezahlt hatten, das in rauen Mengen kursierte. Die Ermittler rechneten allerdings auch damit, dass Teresa eines Tages einfach ihren Laden nicht mehr öffnen und sich über Nacht absetzen würde, sobald die Kinder ihre Ausbildungen abgeschlossen hätten.

»Du siehst Gespenster, Commissario.«

»Welchen Mückenfänger trägst du eigentlich auf, Tessie? Damit kannst du Tote zum Leben erwecken.«

»Es ist ein alter Duft von Cartier, Proteo. Man muss wissen, wo man ihn noch findet. Passt er zu mir?«

»Du bist in fast allem hundertprozentig überzeugend. Alle Achtung.«

»Bis auf Diego natürlich, wolltest du noch anfügen. Ich wünschte, du hättest recht.«

Äquinoktium

Der Staatsanwalt hatte Laurenti mit seinem Anruf vor einer Stunde aus dem Bett geholt und einbestellt. Seit der unberechenbare, notorisch missgelaunte Mann von seiner Frau vor die Tür gesetzt worden war, verbrachte er vermutlich auch die Nächte im Büro. Laura hatte sich bei dem anhaltenden Telefonklingeln nur die Decke über den Kopf gezogen und friedlich weitergeschlafen. Sie war seit Jahrzehnten daran gewöhnt, dass Proteo zur Unzeit aus dem Bett geholt wurde – im Stillen bewunderte sie seine Disziplin.

Laurenti möge direkt zu ihm kommen und nicht vorher zum Tatort fahren, hatte Staatsanwalt Carlo Scoglio angewiesen. Für ihn schien die Sache bereits so klar, dass eigener Augenschein durch langjährige Erfahrung ersetzt werden konnte. Der Commissario aber ließ sich auf der Fahrt ins Zentrum telefonisch von seinen Kollegen am Einsatzort in Kenntnis setzen und entschied, zuvor Teresa Fonda einen Besuch abzustatten und auf ihre Reaktion zu achten. Doch die Zeitungsfrau zeigte sich entspannt wie immer. Und wenn es stimmte, dass Diego in die Stadt zurückgekehrt war, hatte sie allen Grund zur Fröhlichkeit. Zumindest solange ihn der Commissario nicht endlich fasste.

Wenn er in der Stadt zu tun hatte, ließ Proteo Laurenti den Dienstwagen meist auf dem reservierten Parkplatz vor der Questura stehen. Noch immer machte er sich darüber lustig, dass die Triestiner selbst heute noch wie Fußkranke auch die kürzesten Wege mit dem Auto zurücklegten, obgleich die Strafzettelschreiber der Stadtverwaltung versessen darauf waren, ihren Block zu ziehen, sobald sie ein Auto im Halteverbot erblickten. Lag kein Einsatz vor, bevorzugte der Commissario den Weg zwischen den stattlichen Palästen mit ihren reich verzierten Fassaden. Von Kapitellen und Friesen folgten ihm tausend Augen. Löwen, Tiger und Panther, Schlangen, Adler, Phönixe, Drachen, Chimären, antike Gottheiten, mystische Symbole, Monster blickten auf die Passanten herunter. Oder die steinernen Köpfe eitler Bauherren, von Kriegern und vermögenden Kaufleuten, großzügigen Mäzenen und ruchlosen Schurken, die es zu unsagbarem Reichtum gebracht hatten. Die einladenden Blicke üppiger, freizügiger Damen aus Marmor schienen ihren Bewegungen zu folgen und diese Aufgabe an die Nachbarinnen einen Palast weiter zu reichen.

Doch irgendwann war Laurenti es leid geworden, stets die gleichen Wege zu gehen von seinem Büro im Polizeipräsidium gegenüber der römischen Arena bis zum Gerichtspalast, wo der Staatsanwalt sein Büro hatte, oder auch nur bis zur Gran Malabar an der Piazza San Giovanni, die alle sein zweites Büro nannten. Sie war eine Instanz des städtischen Lebens und seine einzige fixe Anlaufstelle, während er sonst wechselnde Wege über abgelegene Straßen wählte und die sozialen Veränderungen in der Stadt wahrnahm, die ihm sonst entgangen wären.

Selbst das gegenüber dem rasanten Fortschreiten der Zeit lange resistente Triest wandelte sich. In den Räumen einst renommierter Läden im Zentrum machten sich die Filialen der großen Marken breit, weil deren Vermietung die Kinder und Enkel der Hauseigentümer zu einem sorgenfreien Leben zwang. In entlegenen Nebenstraßen eröffneten jüngere Leute alternative Geschäfte, die bald wieder schlossen, um schließlich von Chinesen, Pakistani, Afrikanern oder Händlern aus

Osteuropa übernommen zu werden. Und in den näher am Meer gelegenen Straßenzügen öffneten so viele neue Restaurants und Bars, als hätte sich die Bevölkerung in nur wenigen Jahren verdoppelt.

Die Piazza San Giovanni aber blieb konstant. Die Malabar und die angrenzende, mehr als hundert Jahre alte Drogerie Toso widersetzten sich erfolgreich den opportunistischen Einrichtungstrends und florierten dank der reichen Auswahl an Qualitätsprodukten, kompetenter Bedienung und ihrer Unverwechselbarkeit. Dort erfuhr Laurenti beiläufig auch Details vom städtischen Leben, die ihn kaum im Büro erreichten. Walter und Adriana, Mario und Laura, die das Lokal seit jeher führten, heiterten Laurenti zusammen mit ihrem gut ausgebildeten, freundlichen Personal stets auf. Und der Plausch mit anderen zur Großfamilie zusammengewachsenen Gästen, die stets zu festen Uhrzeiten einkehrten, lenkte ihn von der Arbeit ab. Oder von den Problemen der Familie, über die er mit seiner Frau Laura oft stundenlang beraten musste. Die Belange der drei erwachsenen Kinder, seiner hinreißenden eineinhalbjährigen Enkelin Barbara, vor allem aber seiner zunehmend vergesslicher werdenden Schwiegermutter sorgten eher für Stirnfalten als für Heiterkeit.

Eine ausgelassene klassenlose Gesellschaft jeglichen Alters frequentierte die zentral gelegene Piazza im Herzen der Hafenstadt. Für die Anwohner ein Paradies, weil sich in nächster Umgebung der Bedarf für alle Lebenslagen decken ließ. Cafés, Büfetts und Restaurants, Reisebüro, Delikatessengeschäft, Supermarkt, Drogerien, Kolonialwarenladen und Bäckereien, Anwaltskanzlei, Physiotherapeut sowie Zahnarzt, Apotheke, Parfümerien und Kleidergeschäfte. Eine Straße weiter die einst stattliche, aber zunehmend vernachlässigte Markthalle mit ihrem reichen Gemüseangebot. Dazu Fischläden, Elektrogeräte, Spielwaren und ein Sanitätshaus. Und immer mehr kleinere, privat geführte Altersheime fand man in manchen Etagen der neoklassizistischen Paläste der Nachbarschaft.

Durch den Nebeneingang betrat Proteo Laurenti den Gerichtspalast, grüßte die wachhabende asketische blonde Kollegin an der Sicherheitsschleuse und zog wie immer die breite Marmortreppe zum zweiten Stock dem Aufzug vor. Trotz ihrer langen Zusammenarbeit hielten der Vicequestore und der Staatsanwalt gehörige Distanz, doch im Fall Diego Colombo waren sie sich bis ins Detail einig. Ein kühl denkender und skrupelloser Verbrecher, der seine Raubzüge sorgfältig plante und in solcher Windeseile durchführte, dass ihm kreischende Alarmanlagen und rasch anrückende Sicherheitskräfte kaum Kopfzerbrechen zu machen schienen. Allein diese Kaltschnäuzigkeit, wegen der sie ihn in flagranti nie hatten zu fassen bekommen, war eine Herausforderung. Und dann war er vor vielen Jahren abgetaucht. Nur einmal konnte Laurenti ihn als noch junger Polizist festnehmen, als er ein Gemälde an einen Antiquar verhökern wollte, das nicht ihm gehörte. Dessen Eigentümer hatte aber nach drei Tagen die Anzeige wegen Diebstahls unerwartet in seinen Auftrag verwandelt, und der Meisterdieb war ohne Strafe davongekommen. Unbeantwortet blieb die Frage, was den Zeugen zur Änderung seiner Aussage gebracht hatte. Ein weiteres halbes Jahr hatte Diego aufgrund eines Hinweises von Maresciallo La Rosa wegen Schmuggels antiker Gemälde aus der Schweiz eingesessen. Colombo hatte seine Schuld vehement abgestritten, nach seiner Aussage sollte er lediglich Hausrat aus einem Umzug überführen, ohne den Inhalt der Kartons gekannt zu haben.

Die ersten Hinweise auf Diegos Rückkehr erhielten sie vor einigen Wochen aus schierem Zufall, als ein dilettantischer Kleinkrimineller im renommierten Juweliergeschäft Janesich in der Via San Nicolò gefasst wurde und die Kriminaltechniker auf der edlen Schatulle eines hochkarätigen Schmuckstücks einen Fingerabdruck des angeblich längst Verstorbenen fanden. Der kleine Gauner, ein zwanzigjähriger Sohn aus bestem Elternhaus, konnte schon aufgrund seines Alters Diego Colombo kaum kennen. Dafür brachten Laurentis Kollegen vom Kommissariat für Eigentumsdelikte mit ihren Fragen nach der Herkunft des wertvollen Stücks den Juwelier ins Schwitzen, der sich darüber wiederum beim Commissario bei einem gemeinsamen Espresso bitter beschwerte. Er habe es seit Ewigkeiten im Caveau und erst jetzt wieder einmal ausgestellt. Das alteingesessene, seit 1835 bestehende Geschäft sei frei von jeglichem Makel, habe unbeanstandet alle Steuerprüfungen durchlaufen und genieße über die Grenzen hinaus hohes Ansehen.

Und heute Nacht der Überfall, über den der Staatsanwalt den Commissario noch am Telefon unterrichtet hatte. Ein geheimes Freilager im alten Hafen, das bisher niemandem bekannt gewesen war. Die Handschrift sei zweifelsfrei die von Diego Colombo. War er von den Toten auferstanden? Hatte er sein Vermögen bereits verprasst und versuchte nun aufs Neue sein Glück in Triest, das ihm über lange Jahre Asyl gewährt und das, seit er sich vor fünfundzwanzig Jahren abgesetzt hatte, sich doch deutlich verändert hatte? Der vom Tatort weit entfernte Sprengstoffanschlag riss um halb fünf die halbe Stadt aus dem Schlaf, und die Täter schlugen zeitgleich ungestört im alten Hafen zu.

»An Ihrer Stelle, Commissario, wäre ich stinksauer.« Staatsanwalt Scoglio fiel grußlos über ihn her, noch bevor Laurenti die Tür hinter sich geschlossen hatte. »Nehmen Sie das persönlich, als eine gezielte Provokation, dass er nach so vielen Jahren wieder in Ihrem Zuständigkeitsbereich zugeschlagen hat. Colombo führt Sie vor wie einen blutigen Anfänger. Er treibt sich in der Stadt herum, ohne dass Ihre Leute es bemerken. Was tun die eigentlich die ganze Zeit?«

»Dann werden Sie genehmigen, dass wir Teresa Fonda sofort wieder überwachen? Noch vor einem Monat haben Sie es verweigert, Staatsanwalt.«

Laurenti nahm eine Beuge Akten vom Besucherstuhl, legte sie auf einen der Stapel auf dem Schreibtisch und setzte sich Carlo Scoglio gegenüber.

»Commissario, was Sie betrieben haben, überschritt die Grenze zur Spannerei. Jahrelang waren Sie wie ein Stalker hinter der Fonda her und ließen sie ergebnislos überwachen. Als wären Sie in die Frau verliebt.«

»Na, na, na, lieber Herr Staatsanwalt, da geht vermutlich die Fantasie mit Ihnen durch.« Laurenti lächelte vergnügt bei den Vorhaltungen.

»Bei der aktuellen Finanzlage müssen wir mehr denn je auf die Kosten achten und dürfen die ohnehin knappe Personaldecke nicht unnötig belasten, über die Sie sich ständig beschweren.«

Das fahle Gesicht des mageren Mannes zeigte dunkle Ringe um die Augen, sein schütteres Haar war noch dünner geworden, nervös trommelte er mit den Fingern auf die einzige Stelle, die nicht von Akten bedeckt war. Den mausgrauen Anzug, der perfekt zu seinem Teint passte, schien er seit Tagen zu tragen, den strengen Bügelfalten nach hatte er das Hemd vermutlich soeben erst aus der Verpackung gezogen. Sie kannten sich seit Langem und begegneten sich mit gegenseitigem Respekt, sofern Carlo Scoglio nicht von einem seiner berüchtigten Tobsuchtsanfälle überwältigt wurde, deren Ursache meist außerhalb des Büros lag.

»Und jetzt ist es vielleicht zu spät. Diego ist gerissen genug und hat sich vermutlich schon wieder aus dem Staub gemacht.«

»Die Grenzen sind heute doch viel höher als früher, Laurenti, als es sie noch materiell gab. Und nicht nur wegen der

Flüchtlinge aus dem Nahen Osten oder Afrika und der Terroristenabwehr. Die Welt hängt inzwischen voller Überwachungsgeräte und ist transparent geworden, die Zusammenarbeit mit den Nachbarländern funktioniert. Überwachen Sie von mir aus diese Frau, aber nutzen Sie vor allem die neuen Technologien zur Ermittlung seiner Wege und Bewegungen. Die Bombe am MIB-Institut, die Fahrtwege durchs Zentrum, der Eingang zum Porto Vecchio, die Mobilfunkzellen. Um das Lager wird sich hauptsächlich die Guardia di Finanza kümmern, außerdem ist das Zollsache. Die haben in den letzten Jahren genauso geschlafen wie die Polizia di Stato, die Carabinieri und die Küstenwache.«

»Vergessen Sie nicht die Feuerwehr und die Müllabfuhr, Dottore.«

»Ungeheuerlich, dass ein solches Depot unentdeckt blieb, und das wohl schon seit Jahrzehnten. Und Sie, Laurenti, machen sogar Urlaub.«

»Darf ich denn wenigstens erfahren, was sich dort befand?«

»Befand, Laurenti?« Carlo Scoglios Gesicht nahm die Farbe des Kamms eines erregten Puters an. »Es sieht so aus, als wäre alles noch dort.«

Laurenti lachte.

»Die gute Laune wird Ihnen schon vergehen. Es ist ein geheimes Freilager voller Kunstwerke. Allein schon die enorme Stromrechnung für die Klimatisierung hätte jemandem auffallen müssen. Aber in dieser Stadt schlafen alle.«

»Kunst?«

»Gemälde, Commissario. Und was weiß ich noch alles, das Inventar muss erst erstellt werden.«

»Und keine Alarmanlage?«

»Ich habe doch gesagt, dass in Triest alle pennen. Wenn niemand davon weiß, braucht es auch keine Sicherung.«

»Und wem gehört das Ding?«

»Einer Firma namens GelFish, ein Tiefkühlbetrieb zur Weiterverarbeitung und zum Export der Ware. Fisch, Fisch und Fisch. Keine Kunstwerke.« Er hieb mit der flachen Hand auf seinen Schreibtisch.

»Im alten Hafen? Nie gehört.«

»Es gibt auch keine Spur von Fisch dort.«

»Wer ist der Geschäftsführer?«

»Rechtsanwalt Carfì, der jüngere. Domenico Carfì.«

»Das ist doch schon etwas, Staatsanwalt. Haben Sie beide nicht sogar zusammen studiert?«

»Er ist ausgezeichnet vernetzt, Commissario. Vergessen Sie das nicht. Bedenken Sie das bei Ihrem Vorgehen, sonst lässt er Sie früher an die Wand fahren, als Sie es sich vorstellen.«

»Sein Vater war deutlich verschlagener. Ich habe Erfahrung mit der Familie. Doch weshalb sind Sie so sicher, dass Diego Colombo wiederaufgetaucht ist? Seine früheren Beutezüge haben ihm genug eingebracht. Abgesehen davon, geht auch er inzwischen auf die sechzig zu.«

»Abgesehen davon, dass viele zuletzt viel Geld verloren haben, Laurenti. Vergessen Sie nicht die Finanzmarkteinbrüche der letzten fünfzehn Jahre, von den Anschlägen vom 11. September bis zur jetzigen Finanzkrise, dem Gezeter um den Euro, Grexit und Brexit. Colombos Millionen hatten unter keiner Matratze Platz und in keinem Kopfkissen. Es ist seine Handschrift. Der Anschlag auf das Institute for Business and Management im Ferdinandeum musste einen Großeinsatz auslösen. Es wird von hiesigen Weltfirmen getragen, Versicherungen, Banken, Kaffeeröstereien, Schiffsbau. Also von Generali und Illy bis Benetton alles, was Rang und Namen hat. Spätestens in einer Stunde wird bei mir das Telefon klingeln und Druck gemacht werden, um die Untersuchungen zu beschleunigen, damit umgehend wiederaufgebaut werden kann.«

»Ablenkungsmanöver sind Colombos Spezialität. Damals

der Funkmast der RAI auf dem Karst, worauf die ganze Stadt tagelang ohne Fernsehen und Radio war …«

»… um aus der Nationalgalerie *Diana und die Nymphen* von Lucas Cranach zu stehlen. Ein Wachmann, der im falschen Moment vorbeikam, wurde bei dem Anschlag getötet.«

»Und am Tag vor dem Endspiel die Bombe am Fußballstadion, um ein Werk von Lucio Fontana in der Via Romagna aus der Wohnung des Gerichtspräsidenten abzugreifen. Eine ganze Ladung TNT am Autobusdepot wegen eines Caravaggio in der Via San Nicolò bis zu der Jacht im Hafen, bei der er angeblich selbst mit hochgegangen ist. Seine Akte nimmt in meinem Büro noch immer einen prominenten Platz ein.«

»Um Ihre nächste Frage vorwegzunehmen, Commissario, an Nachahmer glaube ich nicht. Dazu liegen seine Coups zu weit zurück, und Mittäter hatte er nie. Es gibt einen Unterschied zu früher: Bis in die Neunziger hinein waren Überwachungskameras selten, während man heute höchstens noch auf hoher See unbeobachtet bleibt, sofern gerade kein Satellit auf einen herunterschaut und die Schamhaare zählt.«

»Idioten, die es dennoch versuchen, gibt es immer noch genug, Scoglio. Gab es damals, als Diego Colombo noch in der Stadt war, eigentlich Verbindungen zwischen ihm und Rechtsanwalt Carfì?«

»Lediglich später und nur indirekt zu dessen Vater, der Lino La Rosa bei der Schmerzensgeldsache gegen Teresa Fonda vertrat, nachdem sie ihn auf der Via Carducci über den Haufen gefahren hatte. Seither sitzt er im Rollstuhl. Sie kam mit vierzehn Tagen Führerscheinentzug und einer Geldbuße davon, obgleich keine Bremsspuren zu sehen waren. Ich hatte schon damals Zweifel, dass es ein Unfall war, Laurenti.«

»Wir standen beide am Anfang der Laufbahn, Staatsanwalt. Heute käme Teresa nicht so glimpflich davon, doch für eine Mörderin halte ich sie nicht.«

»Immerhin hatte La Rosa ausgesagt, Diego Colombo habe sich beim Versuch, die Jacht zu sprengen, selbst in die Luft gejagt.«

»Kein guter Zeuge, er war korrupt bis über die Ohren und hatte viele Feinde. Und vermutlich hat damals niemand Teresa Fonda nach den Verbindungen zwischen den beiden gefragt. Aber das lässt sich nachholen.«

Als Proteo Laurenti um acht Uhr den Justizpalast durch den Seiteneingang verließ, hatte sich die Sonne bereits durch den Septemberdunst gekämpft. Es würde wieder einer dieser schönen Tage des Vorherbstes werden, den er nun doch nicht entspannt am Meer verbringen konnte, nur weil ein alter Kunde ausgerechnet während seines Urlaubs aufgetaucht war. Falls der Staatsanwalt recht hatte. Der Commissario hielt einen vorbeifahrenden Streifenwagen an und ließ sich zum alten Hafen hinunterfahren, wo er nun endlich einen Blick in das ominöse Freilager werfen konnte. Die leise Hoffnung, dass die Kollegen dort bereits völlig andere Spuren gefunden hätten, verflog rasch durch die Schilderungen der beiden Streifenpolizisten von den Zerstörungen an der Business School. Auch dort würde er noch vorbeischauen. Für heute Abend waren Freunde zu Hause eingeladen, die Tagundnachtgleiche, das Herbstäquinoktium, und die bald kürzer werdenden Tage bei einem ausgiebigen Grillfest mit viel Wein zu betrauern und in Erinnerungen an einen langen Jahrhundertsommer zu schwelgen. Laura würde wenig erfreut sein, alles alleine vorbereiten zu müssen, mit der Hilfe eines der drei Kinder war kaum zu rechnen. Zu lange hatten sie die verwöhnt und von allen Pflichten ferngehalten, und die Schwiegermutter war zwar bereitwillig, doch hatte sie den Großteil ihrer Kochkünste längst vergessen, und auch wenn man sie um etwas bat, konnte man nie davon ausgehen, dass sie es zu Ende führen würde.

»Hast du die Pissflasche? Ich habe keine Lust, dir ständig die Windeln zu wechseln und dich neu einzukleiden. Es ist immer das Gleiche. Wann erwischt dich endlich ein Lastwagen?«

Schrill hallte Darias Stimme durch den Flur, der kleine weiße Köter zu ihren Füßen kläffte zweimal. Der achtundsiebzigjährige Lino La Rosa winkte schwach mit der linken Hand, während die andere am Steuerknopf des elektrischen Rollstuhls lag, mit dem er wie jeden Morgen um neun Uhr mit eingeschalteten LED-Scheinwerfern und einem surrenden Geräusch durch den langen Flur im vierten Stock des Jugendstilpalazzos an der Via Carducci fuhr. Ängstlich zogen die Pflegerinnen die Besucher der Alten zur Seite, für die sie dort günstig ein letztes Heim gefunden hatten, ohne sie in ein preiswertes Altersheim in Rumänien oder anderen Billiglohnländern der Europäischen Union abzuschieben. Der alte Mann mit dem aufgedunsenen Gesicht, dessen Kinn auf der Brust lagerte, drückte den Aufzugknopf und wartete ungeduldig. Eine Stofftasche mit der Urinflasche und einigen Plastikbeuteln voller Münzen ruhte auf seinem Wanst, der grüne Filzhut saß an den Ohren auf, reichte ihm bis zu den Augenbrauen und drückte auf das goldglänzende Brillengestell. Trotz der Wärme trug er einen Schal um seinen kurzen Hals und eine Strickjacke.

Die grellen Leuchten seines Gefährts blendeten die Passanten auf dem breiten Gehweg entlang der sechsspurigen Via Carducci, die ihm oft in letzter Sekunde Platz machten, weil sie zu spät erfassten, dass zu bremsen oder gar auszuweichen der griesgrämige Mann keine Anstalten machte. Lino La Rosa fühlte sich im Recht. Nicht erst seit dem Unfall vor fünfundzwanzig Jahren, als ihn ein Auto nicht weit von hier überfahren hatte. Keine Sekunde hatte er das Bewusstsein verloren, doch lag er bewegungsunfähig auf dem Asphalt, atmete tief wegen der Schmerzen am ganzen Körper und sah schließlich wie die hochschwangere junge Frau aus dem Wagen stieg, sich kurz darauf schweigend über ihn beugte und wie der tiefe Ausschnitt ihres Dekolletés den Blick bis zum Nabel ihres dicken Bauchs freigab.

»Schade«, hatte sie nur gesagt und verächtlich neben ihm auf den Asphalt gespuckt, als sie feststellte, dass Lino La Rosa noch lebte. Sie war zu ihrem Wagen zurückgegangen und hatte auf die Polizei gewartet, während Passanten sich aufgeregt um den Verletzten kümmerten.

Noch während der Mann abtransportiert wurde, reichte sie einem der Polizisten ihre Papiere und sagte aus, der Fußgänger sei ohne Grund so knapp vor ihr auf die Straße getreten, dass sie unmöglich reagieren konnte. Die Zeugen konnten keine brauchbaren Aussagen zu dem Unfall machen. Monate später erhielt sie ein Strafmandat und musste für zwei Wochen ihren Führerschein abgeben.

Jeden Morgen, wenn der alte Lino La Rosa auf seinem Weg zu den ersten Spielautomaten hier vorbeifuhr, musste er an den Unfall denken, der seinen Plänen ein Ende setzte und ihn ins Unglück stürzte, als er gerade zweiundfünfzig Jahre alt gewesen war. Kaum hatte er aber die nächste Kreuzung überquert, holten ihn seine Gedanken zu seinem Ziel zurück, mit Erfolg die Spielautomaten in den Lokalen auszuräumen, die in der Reichweite seines Gefährts lagen. Seine erste Station war der Spielsalon in der ehemaligen Galleria Fabris, deren hohe, denkmalgeschützte Säle ab 1857 ein elegantes Café beherbergten, das schon Italo Svevo in seinem Roman *Senilità* literarisch verewigt hatte. Eine melancholische Geschichte, die La Rosa einst im Krankenhaus gelesen hatte: lebensfreudige, schon um die Jahrhundertwende emanzipierte Triestinerinnen und ein sich unnütz fühlender Mann, wie er. Nur jünger.

Vor einigen Jahren hatte sich der letzte Pächter des Lokals der Wirtschaftskrise gebeugt, chinesische Geschäftsleute unterteilten daraufhin die Räumlichkeiten und stellten Automaten auf. Mit gehässiger Genugtuung stellten die Anwohner bald fest, dass das Chinarestaurant nebenan trotz niedriger Preise nicht florierte und bald aufgab.

Auf dem Weg waren noch nicht alle Randsteine an den Fußgängerampeln rollstuhlgerecht abgeflacht; sobald sie ihn aufhielten, gab La Rosa den Passanten garstige Anweisungen, ihm behilflich zu sein; er bat nicht darum, er befahl. Musste er zu lange auf einen hilfsbereiten Menschen warten, fuhr La Rosa, ohne sich um den lebhaften Verkehr zu kümmern, einfach auf der Fahrbahn weiter. Um Viertel nach neun steuerte der ehemalige Finanzpolizist ins Automatenlokal, kramte ein paar Münzen aus dem prallen Plastikbeutel und testete den ersten Apparat. Seit Beginn der Wirtschaftskrise stiegen trotz der Not des schwächsten Teils der Bevölkerung paradoxerweise die Ausgaben der Bedürftigen fürs Glücksspiel. Die Chancen, dann zu kassieren, wenn die Verlierer kein Geld mehr hatten, waren eklatant gestiegen. Oft saßen die Leute stundenlang und schweigend vor den Maschinen und kamen, trotz kleinerer Gewinne zwischendurch, mit noch weniger Geld wieder heraus. Die Medien sprachen von Krankheitsbildern und dem Bedarf an Suchttherapien sowie von der Notwendigkeit, die Automaten gesetzlich aus den Bars zu verbannen, doch die Regierung stellte weitere Lizenzen in Aussicht, in der Hoffnung, so ein wenig die Löcher der öffentlichen Kassen zu stopfen. Und wer wie Lino La Rosa die Funktionsweise der Maschinen kannte, wartete gelassen ab, bis ein Spieler alles verloren hatte und seinen Apparat freigeben musste, um ihn dann mit wenig Einsatz zu leeren.

An diesem Tag war seine Spielzeit begrenzt geblieben. Nur einmal hatte er die Urinflasche aus dem Stoffbeutel an seinem Hals gezogen und sie drohend in der Luft geschwenkt, worauf eine kleine Chinesin, die Aufsicht im Saal führte, ihm lächelnd die Tür zur Toilette öffnete und dem surrenden Rollstuhl folgte.

Selbst in anonymen Spielhöllen förderten umsichtige Dienstleistungen den Umsatz. Und Lino La Rosas Aktivitäten schädigten schließlich nicht die Inhaber, sondern folgten lediglich dem Prinzip der Umverteilung durch die präzise kalkulierten Maschinen, die niemals Verluste machten. Sobald sie einen hohen Gewinn ausspuckten, sorgten die herausfallenden Euromünzen für Aufmerksamkeit. Dem lauten Klappern konnte sich niemand entziehen, es schien der simple Beweis dafür zu sein, dass man im Leben nicht nur ein Verlierer sein könne. Und dem nachlässig gekleideten alten Rollstuhlfahrer war sein Wohlstand nicht anzusehen. Er war der Einzige, der an den Apparaten verdiente. Vierzig Prozent des Umsatzes standen einer seiner Firmen durch die Vermietung der Apparate zu.

Als die Chinesin ihn aus der Toilette geleitete, war die Urinflasche wieder in seiner Umhängetasche verschwunden. Bevor er sich erneut den Automaten widmen konnte, stürmte ein gebräunter, knapp fünfzigjähriger Mann herein. Seine Kleidung, sein Habitus unterschieden ihn von den Spielern, er stellte sich vor den Rollstuhl.

»Es ist etwas passiert, Lino. Komm mit«, sagte er knapp.

Domenico Carfìs Ausdruck ließ kein Zögern zu. Von draußen drang schrilles Klingeln herein. La Rosa hob die Augenbrauen und folgte ihm. Ein dunkelblauer Mercedes Van mit heruntergelassener Rampe stand auf den Schienen der Tram de Opcina, der seit 1902 zwischen der Stadt und dem hoch über dem Meer auf dem Karst liegenden Vorort verkehrenden Standseilbahn, und blockierte den blauweißen Straßenbahnwaggon. Carfì winkte dem wütenden Bahnführer beschwichtigend zu, während der Alte den Rollstuhl in das Fahrzeug manövrierte.

»Ein Raub im Freilager der GelFish, Lino«, knurrte Carfì, als sie losfuhren.

»Was fehlt? Wie war das möglich?«

»Ich kann es noch nicht sagen. Es wimmelt von Polizisten, und deine Kollegen von der Guardia di Finanza sind auch dort. Bist du dir noch immer sicher, dass Diego Colombo damals mit der Jacht in die Luft geflogen ist?«

»Du meinst wegen des Bombenanschlags aufs Ferdinandeum? Ich hab's in den Morgennachrichten gesehen. Warum hätte ich lügen sollen, nach dem, was er und seine Schlampe mir angetan haben?«

»Damit ist dein ganzes Depot bekannt, Lino. Es wird unangenehme Fragen geben.«

»Da musst du den Kopf hinhalten, der Geschäftsführer bist du, Domenico. Ich habe noch nie eine Bilanz unterschrieben. Dafür verdienst du zu gut an meinen Geschäften.«

Es war nicht weit zur Einfahrt in den Porto Vecchio, wo sie sich ausweisen mussten. Bald würde auch diese Barriere fallen. Nach Jahrzehnten würde die Freihafenzone endlich aus dem riesigen, brachliegenden Areal verbannt, das in der Vergangenheit ein Spielball obskurer politischer Kräfte gewesen war. An seinem früheren Niedergang hatten solange nur die anderen Häfen in der nördlichen Adria prächtig verdient – und vielleicht auch jene Politiker, die dafür verantwortlich gezeichnet hatten. Vermutungen darüber, wer von den Blockierern der Korrupteste war, die diesem antiökonomischen Prinzip Vorschub leisteten, gab es wie Sand an den Stränden Grados und Lignanos. Der kühne Überraschungscoup eines aufstrebenden jungen Senators hatte sie bei einer nächtlichen Abstimmung im Parlament überwältigt und danach in der Stadt bei der alten herrschenden Kaste für enormes Unbehagen gesorgt und zu unzähligen Diskussionen geführt. Wenn es nach ihr ginge, sollte sich nie etwas ändern. Doch bald schon sollte die riesige denkmalgeschützte Speicherstadt ins städtische Leben integriert werden, auch wenn es an Zweiflern an der Kompetenz der Stadtverwaltung nicht mangelte. Wer im Sperrgebiet bisher frei von Kontrollen sein Spiel getrieben hatte, musste rasch und sorgfältig planen, seine Pfründe so schnell wie möglich an andere sichere Plätze zu verlagern, ohne dass der Fiskus davon Wind bekam. Über beträchtliche Depots voller illegal erwirtschafteter Werte wurde gemunkelt, den Beweis dafür blieb man freilich schuldig. Verschwörungstheorien in Umlauf zu bringen war ein Massensport.

»Du wirst dein Eigentum an den Bildern belegen müssen, Lino. Kannst du das?«

»Es ist noch immer Zollfreigebiet, das geht sie nichts an.«

»Ich fürchte, sie werden es anders sehen. Ein Blick in die Register gesuchter Kunstwerke wird ihnen die Augen öffnen.«

»Bist du Rechtsanwalt, oder bist du eine Flasche?«

Nach dem Einfahrtstor und der Kontrolle fuhr Carfì die lange Reihe angeblich leer stehender Speicher entlang und bremste bei den Behördenfahrzeugen, hinter denen Kriminaltechniker in steriler Kleidung an der Arbeit waren. Dann drehte er sich zu La Rosa um.

»Du sagst kein Wort, und wenn irgendeiner der Bullen zu aufdringlich wird, ziehst du deine widerliche Pissflasche hervor und schwenkst sie, als müsstest du wirklich.«

Kurz darauf stoppte er.

»Dieser Laurenti ist auch da.« La Rosas Tonfall war abschätzig. »Was hat der damit zu tun?«

»Gulasch, auf geht's.« Daria Bono griff wie jeden Morgen gegen zehn nach der Leine, woraufhin der kleine weiße Malteserrüde freudige Sprünge machte.

Sie hatte ihre Arbeit an der Liste der säumigen Angehörigen der Bewohner der Altenheime abgeschlossen, die Daria für ihren Vater Lino La Rosa betrieb. Wie immer würde sie das Geld mit der Drohung eintreiben müssen, die Greise sonst unmittelbar vor die Tür zu setzen. Länger als einen Monat war ihr bisher niemand das Geld schuldig geblieben, das sie überwiegend bar kassierte. Nur ein symbolischer Teil der gesamten Summe wurde überwiesen, um sich der Aufmerksamkeit der Steuerbehörde zu entziehen. Mit zusammengekniffenen Lippen legte sie die Liste weg, kontrollierte mit einem Griff den strengen Knoten, mit dem ihr fuchsfarbenes Haar gerafft war, und griff nach der roten falschen Birkin Bag, die sie während eines Urlaubs in Sharm el-Sheikh von einem fliegenden Händler erstanden hatte. Zweimal drehte sie den Schlüssel der Bürotür, während das Hündchen aufgeregt an der Leine zerrte und einen Freudentanz vollführte.

Zwei alte Damen im Morgenrock schlurften am Rollator durch den langen Flur des Altenheims in einer umfunktionierten großbürgerlichen Wohnung in der vierten Etage des Jugendstilpalazzos. Das ehemalige Herrenzimmer am Ende des Flurs belegte das Büro, von dem eine Tür zu den Gemächern von Lino La Rosa im Nebenhaus führte. Ein illegaler Durchbruch, den Daria trotz der Ablehnung des Baugesuchs in Auftrag gegeben und mit einem Drehregal gut getarnt hatte. Dort drüben lag das zweite Altersheim. Zweimal acht Zimmer, die mit je zwei oder drei Greisen belegt waren. Die breiten, künstlich beleuchteten Flure waren der einzige gemeinsam nutzbare Aufenthaltsraum. Schwaden von Essensduft und scharfen Putzmitteln lagen in der Luft, als rührte jemand Salzsäure ins Püree. Daria rümpfte die Nase und wartete auf den Aufzug. Aus einem der Räume drang das heisere Gebrüll eines dementen alten Mannes, der die immer gleichen Worte wiederholte: »Gib den Ball ab, Giorgio. Spiel ihn rüber. Und jetzt looooos. Triestina, Triestina, Serie A, Serie A, canta tutta la città.« Dem Greis war dank seiner Umnachtung zumindest der Niedergang der einst so ruhmreichen Fußballmannschaft erspart geblieben. Nicht einmal mehr in der zweiten Liga befand sie sich nach Schiebereien und Blendereien bei jedem Eigentümerwechsel. Auch der Sport erfüllte seine Funktion bei der Geldwäsche.

Wie jeden Morgen setzte Gulasch seine erste Marke direkt neben der Haustür des Palazzos mit der Messingtafel der Golden Age Residenz. Sein Frauchen wartete, bis das Tier wieder auf vier Beinen stand, und zog dann entschieden an der Leine. Daria wechselte die Straßenseite und schickte Gulasch auf der Piazza San Giovanni auf die Grünfläche, die das Denkmal des Komponisten säumte, dort löste sie das Teleskopband der Leine und schaute hinüber zum kleinen Zeitungsladen, wo Teresa Fonda wie immer freundlich mit ihren Kunden plauderte, während sie Zeitungen und Zigaretten aushändigte. Einmal begegnete sie Teresas Blick auf die Piazza hinaus, der einige Sekunden auf Daria Bono verharrte, die gut zehn Minuten lang und starr wie eine Säule darauf wartete, dass der Köter mit gekrümmtem Rücken sein Geschäft erledigte. Schließlich klaubte die Fuchshaarige mit einem Plastikbeutel seine Hinterlassenschaft auf, legte sie flugs in einen Aschenbecher auf den Tischchen der Bar und entfernte sich hinter dem Taxistand in Richtung Piazza Goldoni und von dort weiter zum Mercato Coperto, der einst so schmucken Markthalle. Wie immer streifte sie zuerst zwischen den Ständen durch, die von selbstbewussten rotwangigen Frauen geführt wurden, die Gemüse aus dem lokalen Anbau anboten. Für zwei Euro erstand sie eine große Tüte frisch geschnittenen Spinat und ein paar Knollen Knoblauch. Dann trank sie einen Espresso am Tresen der Bar, wo er zwanzig Cent weniger kostete als in der Umgebung. Sie hielt vergebens Ausschau nach dem Marktleiter, dessentwegen sie eigentlich herkam, seit sie ihm vor geraumer Zeit zufällig über den Weg gelaufen war: ein kleiner wendiger Mann von gut fünfzig Jahren im grauen Arbeitsmantel, in dessen Taschen er stets seine Hände verbarg. Sein leicht narbiges Gesicht hatte den dunkleren Teint eines Süditalieners, und seine kurzen

Haare ließ er offensichtlich bleichen, sein gepflegter Dreitagebart und seine schwarzen Augenbrauen hoben sich deutlich ab. Eine sympathische Erscheinung mit einem breiten Lächeln, die von den Marktleuten für ihre Ordentlichkeit und Hilfsbereitschaft geschätzt wurde. Er war Daria aufgefallen, doch wusste sie nie, wie sie ihn in ein längeres Gespräch verwickeln konnte. Viel zu sehr erinnerte der Mann sie an Diego Colombo. Sie war erst vierzehn Jahre alt gewesen, als er starb, doch vergessen konnte sie ihn nicht, und sie stellte sich den Mann vom Markt mit langen Locken und deutlich jünger vor, legte in ihrer Fantasie das Bild aus ihrer Erinnerung wie eine Schablone über dessen Gesicht.

Bevor sie weitere Einkäufe tätigen konnte, klingelte ihr Telefon. Es war die Nummer von Linos Anwalt Domenico Carfì, der auf dem Papier als Geschäftsführer seiner Firmen fungierte, während Daria sie tatsächlich führte. Lino hatte es so gewollt, weil er und seine Tochter juristisch aus dem Schuss sein sollten.

»Es ist gut möglich, dass das Wetter umschlägt, Daria. Bereite dich darauf vor.«

Sie warf einen Blick zum Himmel, bevor sie verstand.

Carfì informierte sie so vage wie möglich. Seit Jahren hatten sie sich zur Regel gemacht, am Telefon knapp zu bleiben, weil jeder mit heimlichen Mithörern rechnen musste. Wer wusste schon, ob nicht einer seiner Gesprächspartner mit jemandem gesprochen hatte, der mit dem Gesetz in Konflikt gekommen war und abgehört wurde. Um Netzwerke zu ermitteln, mussten ihre einzelnen Fäden verfolgt werden. Viele Menschen hatten sich inzwischen angewöhnt, sich mit angeblich unverdächtigen Codes zu verständigen, in bestimmten Arten übers Wetter zu reden oder sich über Zutaten zu Kochrezepten zu unterhalten, wenn es andere Waren betraf. Rechtsanwalt Carfì war doppelt auf der Hut.

»Bei der GelFish gab es einen Stromausfall. Wir reden gerade mit den Sachverständigen. Kontrollier, ob alle Sicherungen funktionieren, Daria. Ich möchte nicht, dass das Mittagessen gestört wird.«

Entgegen allen Gewohnheiten riss die Frau das Hündchen an der Leine und verzichtete auf die üblichen Wege des Tages, um ins Büro zurückzukehren, wo sie die inoffizielle Buchhaltung zusammenpackte, sie in La Rosas Räume im Nebenhaus brachte und in einem Wandsafe hinter dem Porträt *La Maddalena Penitente* von Tintoretto verstaute. Zurück in ihrem Büro, verschloss sie die Verbindungstür hermetisch mit einem Regal voller Pflegemittel, Seifen und Medikamenten. Beruhigt setzte sie sich an den Schreibtisch, gab den Sicherheitscode an ihrem Computer ein und anschließend noch einen weiteren für eine verschlüsselte Liste mit Künstlernamen und dem Verzeichnis der Werke aus dem Bestand der GelFish. Sie wählte ein Ölgemälde von Daniele Crespi aus der ersten Hälfte des siebzehnten Jahrhunderts, das Christus als Weltenretter darstellte. Das kleinformatige Bild hatte Diego Colombo vor fünfundzwanzig Jahren aus einem privaten Anwesen in der Lombardei gestohlen und sofort nach der Tat über einen kleineren Grenzübergang am Ostufer des Lago Maggiore in die Schweiz geschmuggelt und von dort über Österreich schließlich nach Triest. Ganz so, wie es ihm Lino La Rosa damals aufgetragen hatte, als er noch als Finanzpolizist im Staatsdienst war.

Daria Bono wählte das Bild, weil das Antlitz Christi in ihrer Erinnerung dem jungen Diego ähnelte: Mittelscheitel, dunkles gewelltes Haar, das bis auf seine Schultern fiel, und seine freundliche, fast schüchterne Miene spiegelte sich in der Sanftheit, mit der Jesus einen kleinen Globus schützend in der Hand hielt. Daria war verdammt jung gewesen, als Diego sich, wie Lino ausgesagt hatte, in die Luft sprengte. Sie druckte das Bild aus und steckte das Blatt in ihre rote Handtasche. Dann rief sie

Domenico Carfì an, der sich erst nach langem Klingeln meldete und in knappen Worten berichtete, dass er sich noch immer am Freilager der GelFish aufhalte, während La Rosa mit seinem elektrischen Stuhl längst abgefahren sei. Gewiss warf er längst Münzen in die Automaten einer Bar auf dem Weg zurück zur Via Carducci.

Als sie das Haus verließ, traf sie auf Dardan und Toni, die als Mädchen für alles in Lino La Rosas Reich tätig waren. Hausmeisterdienste, Automatenauslieferung, Besorgungen, Geldeintreibungen. Dardan, ein Kosovo-Albaner, und Antonio, ein Italiener aus dem nahen Monfalcone mit sizilianischen Werftarbeitern als Eltern, hatten trotz ihrer jungen Jahre einiges an Erfahrung und ein beachtliches Vorstrafenregister. Daria aber gehorchten sie aufs Wort. Sie hieß die beiden, am Nachmittag auf die Piazza San Giovanni zu kommen.

Raffaele Maran streifte wie jeden Tag um 13 Uhr seinen grauen Arbeitsmantel ab, nahm die Badetasche, strich mit seiner gekrümmten, schrundigen Hand durch den gebleichten Igelschnitt, als wolle er sich vergewissern, dass seine Haare nicht abgefallen waren, und verschloss das fensterlose Kabuff, das die Stadtverwaltung »Büro des Marktleiters« nannte. Erst zum Ende des Markttages musste er wieder da sein und die Portale hinter dem Reinigungspersonal schließen.

Er schwang sich auf sein Fahrrad und hielt dreihundert Meter weiter an der Gran Malabar, wo er ein Glas Spumante vom Karst bestellte. Der Wirt erzählte einem befreundeten Gast begeistert von einer Münze aus dem dreizehnten Jahrhundert, die er auf einer Auktion in Wien zu erstehen hoffte. Seine Sammlung umfasse schon jetzt ein Jahrhundert Stadtgeschichte und sei fast komplett, nachdem er seit Jahrzehnten diese Leidenschaft pflege.

Raffaele umfasste den Stil seines Glases mit der Faust, um

wie stets seine Fingerkuppen im Handballen zu verbergen, er drehte sich zur Piazza. Auf der Grünfläche um die Verdi-Statue hob das weiße Hündchen des Todesengels das Bein, während sein Frauchen wie gebannt zur anderen Straßenseite schaute, wo Teresa Fonda den klappernden Blechrollladen vor ihrem Laden herabließ. Am Morgen hatte Raffaele Maran sich sogleich unsichtbar gemacht, als die Rothaarige mit dem Köter an der Leine in die Markthalle kam, und sie verstohlen von der Galerie im Obergeschoss aus beobachtet. Sie erstand eine Tüte Grünzeug und blickte sich ständig forschend um. Seit einigen Wochen hatte er den Eindruck, dass er der wahre Grund für ihre Einkäufe war, versuchte sie ihn doch hartnäckig in ein Gespräch zu verwickeln.

Kurz nach 13 Uhr verließ die Zeitungsfrau ihren Laden, winkte Walter in der Malabar zu, als sie die Piazza überquerte und die Via delle Torri hinunterging. Die Fuchshaarige folgte Teresa Fonda mit so viel Abstand, dass sie sie im Auge behielt, aber sogleich in einem der Hauseingänge verschwinden könnte, falls die Zeitungsfrau sich umdrehte. Maran legte ein paar Münzen auf den Tresen und folgte den beiden mit dem Rad. Nach Sant'Antonio Taumaturgo wählte Teresa das rechte Kanalufer, das zur Hälfte von den Tischen der gut besuchten Lokale belegt war, an denen die Angestellten der umliegenden Büros ein schnelles Mittagsmahl einnahmen. Sie sah nur kurz zu dem Tisch, an dem der Commissario sich zu seiner blonden Ehefrau vor dem feinsten der Restaurants setzte. Kein einziges Mal wendete sie sich um. Teresa überquerte die Riva Tre Novembre und ging zielstrebig zum Molo Audace, wo das Fährboot zur Badeanstalt auf der Antica Diga anlegte.

Um Daria Bono auf keinen Fall begegnen zu müssen, war Raffaele Maran schon vorher abgebogen, sobald klar war, dass die Fuchshaarige mit dem weißen Köter ausreichend Abstand zu Teresa hielt. Er erwartete die Zeitungsfrau bereits an Bord, wo er hinter anderen Badegästen in Deckung gegangen war, die auf dem alten Deich, der den Porto Vecchio vor Stürmen schützte, den Mittag verbringen wollten.

»Schick Jacqueline zum Studium ins Ausland, es ist keine Frage des Geldes. Sie soll nicht hierbleiben, Tessie. Zwei Jahre Küchenhilfe und Tellerwäscherin bringen sie kein Stück weiter. Wofür hat sie ein so gutes Abitur gemacht?«

Sie hatten zwei Liegestühle gewählt, die nicht allzu eng beieinanderstanden, aber erst miteinander geredet, nachdem sie sich umgezogen hatten und weit genug vom Ufer hinausgeschwommen waren. Teresas sonnenverwöhnte Formen zogen die Blicke der anderen Badegäste schon genug auf sich. Die der Frauen schwankten zwischen Bewunderung, Neid und Geringschätzung, bei den Männern gab es keine Varianten. Manche von ihnen gehörten zur täglichen Stammkundschaft an der Piazza San Giovanni und lächelten ihr zu, doch in ihrer Mittagspause schien Teresa einfach durch sie hindurchzusehen. Auch Raffaele Maran zog die Blicke an, ein gut aussehender, fast zierlicher Mann mit der Figur eines Akrobaten, der selbst am Strand stets die Fäuste ballte und sie erst beim Schwimmen öffnete.

»Ich rede ihr jeden Tag ins Gewissen, Raff, aber sie hat diesen neuen Freund und ist über beide Ohren verliebt und schwärmt nur so von den Gerichten, die er zubereitet. Dabei weiß ich nicht einmal, wie er heißt. Sie schläft kaum mehr zu Hause. Aber was soll ich machen? Sie ist zwanzig, und sie will einfach nicht aus Triest weg. Zumindest solange der Kerl sie nicht loswerden will.«

»Male ihr aus, dass sie sich abhängig macht, dass sie so nie genug verdienen wird, wenn sie keinen Beruf ergreift oder studiert. Sag ihr, dass du dir ihretwegen nicht bis zum Lebensende die Beine in deinem Laden in den Bauch stehen wirst.«

»Das habe ich schon, da hat sie geantwortet, dass sie dann

eben das Geschäft übernehmen werde. Stell dir das vor. Im Gegensatz zu mir hätte sie die Chance zum Studieren. Außerdem wird es bis dahin kaum noch Zeitungen geben, Rauchen wird unter Todesstrafe stehen, und Geburtstags- oder Kondolenzkarten sind eh längst durch Whatsapp ersetzt und Facebook oder wie der ganze Mist bis dahin heißt. Und von wegen Unabhängigkeit und so, die Kids von heute ticken nicht wie wir. Das weißt du doch.«

»Biete ihr eine Belohnung an. Sie fahren darauf ab, etwas geschenkt zu bekommen. Red mit ihr über Argentinien. Sie soll die Verwandten ihres Vaters kennenlernen, nach dem sie ständig fragt. Sag ihr, dass du auch die Reise für den Neuen bezahlen würdest, dann wird Jacqueline ihn wirklich kennenlernen und nicht nur zwischen Restaurantküche und Bett.«

Raffaele tauchte in eine große Welle, die von einem riesigen türkischen Fährschiff voller LKWs aufgeworfen worden war. Bevor er wieder an die Oberfläche kam, zog er Teresa an den Beinen unter Wasser. Sie balgten albern, bis sie sich nach einer Weile wieder im warmen Meer treiben ließen.

»Ich hoffe, sie verhütet richtig. Sonst wirst du Großmutter, bevor du fünfzig bist.«

Er lachte, seine Beine umschlangen Teresas Hüfte. Er war einen Kopf kleiner als sie und hatte einen fast schmächtigen, drahtigen Körper. Sein gebleichter Igelschnitt kontrastierte mit seinem dunklen Teint – wie eine Sahnehaube auf Haselnusseis.

»Zumindest das habe ich ihr beigebracht, Raff. Du weißt, dass ich nicht wie eine Nonne gelebt habe.«

Sie packte seine Beine und ließ sich unter Wasser sinken, dann riss sie ihm die Badehose von der Hüfte und schwenkte sie triumphierend, als sie wieder auftauchte.

»Mach keinen Mist, Tessie. Sonst verschlinge ich deinen Bikini.«

Er versuchte sie mit schnellen Schwimmzügen zu erreichen,

doch Teresa kraulte, die Badehose zwischen den Zähnen, weit über die Absperrung aus roten Bojen hinaus.

»Du musst mir schon etwas dafür geben«, rief sie, als sie ihn endlich näher kommen ließ.

»Alles, was du willst, Tessie. Auch gratis.«

»Hast du rausbekommen, wer diese Frau ist, die mich beobachtet?«

»Ach die. Vergiss es. Dich beobachtet sie nur, mich belästigt sie. Jeden Tag kommt sie in die Markthalle und versucht, verlegen wie eine pubertierende Vierzehnjährige, mich in ein Gespräch zu verwickeln. Mich wundert, dass sie dir fremd ist.«

»Warum?«

»Uns Marktleuten entgeht kaum etwas. Sie ist die uneheliche Tochter von Lino La Rosa und arbeitet in einem privaten Altenheim in der Nähe.«

»Was?« Sie strich eine Strähne ihres dunklen nassen Haares aus der Stirn.

»Genau der, den du umbringen wolltest.«

»Ich habe den Gedanken nicht aufgegeben.«

»Sie war vierzehn oder fünfzehn, und der Geizhals hat sie erst anerkannt, als er eine Pflegerin brauchte.«

»Bist du dir sicher?«

»Auf jeden Fall. Der vulgäre Drecksack kommt manchmal mit seinem Rollstuhl an die Bar in der Markthalle, säuft billigen Brandy und spielt an einem der beiden Automaten. Und wenn er pissen muss, schwenkt er seine Urinflasche, damit eine der Kellnerinnen ihn zur Toilette begleitet.«

»Was erzählst du bloß für Geschichten, Raff?« Angewidert schüttelte Teresa den Kopf, dass die Wassertropfen aus ihrem Haar flogen.

»Irgendwann war dann auch diese Daria dort und hat ihm eine Szene bereitet, weil er zum Mittagessen überfällig war. Sie spuckte eine Beschimpfung nach der anderen aus und kümmerte sich nicht im Geringsten darum, dass die Leute sie hören konnten, während das Hündchen aufgeregt an ihrem Bein hochsprang. Sie bereue den Tag, an dem er sich zur Vaterschaft bekannt habe, und jenen, an dem er nicht unter dem Auto gestorben sei, das ihn überfuhr. Das warst du, Tessie. Er ließ alles stumm über sich ergehen und fuhr anschließend wie ein begossener Pudel hinter ihr her, bis sie weiter unten auf der anderen Straßenseite in dem Palazzo mit dem Altenheim verschwanden. Manchmal sehe ich sie auch auf der Straße mit zwei schrägen Typen reden, die einen zerbeulten Lieferwagen fahren. Und jetzt gib mir endlich meine Badehose wieder.«

»Hättest du wohl gerne. Was bekomme ich noch dafür?«

»Ich muss zurück zum Dienst, Tessie. Ich bin ein städtischer Angestellter und kann mir nicht so lange Pausen erlauben wie du. Was machst du heute Abend?«

»Was willst du damit sagen?«

»Das weißt du genau. Lass uns irgendwo in ein Hotel fahren, wo uns niemand kennt.«

»Ich überleg's mir, Raff.«

Endlich segelte ihm seine Badehose über die Wellen entgegen.

»Das ist wirklich unglaublich«, sagte Laura, ohne zu lächeln, als ihr Ehemann im verabredeten Lokal eintraf, wo sie seit geraumer Zeit an einem Tisch in der Sonne auf ihn wartete. Ein leeres Champagnerglas und sechs leere Austernschalen auf einem Teller vor ihr. Ihr langes blondes Haar glänzte unter der Sonne.

Proteo rechnete bereits mit einem Anschiss, weil er über eine Viertelstunde zu spät war, doch selbst mit dem Streifenwagen hatte es auf dem Rückweg von der MIB School of Management am Ferdinandeum kein Durchkommen gegeben, weil wegen eines Unfalls einer der Tunnel zum Zentrum blockiert war und der ganze Mittagsverkehr sich durch die Seitenstraßen quälte.

»Entschuldige, Liebe, aber es ging wirklich nicht früher. Das Ferdinandeum hat unbeschadet 160 Jahre europäische Geschichte und die Bombardements zweier Weltkriege überstanden, und jetzt hat ein Irrer die halbe Fassade in Schutt und Asche gelegt, durch die man mit dem Bus direkt in die Aula Magna fahren könnte. Hab Nachsicht, immerhin ist es mein Urlaub, der versaut wird, wenn es dumm läuft. Konntest du dir wenigstens einen Überblick in diesem Lager im Porto Vecchio verschaffen?«

»Das ist es doch, was ich sage. Einfach unglaublich, was dort alles lagert. Was tut ihr eigentlich bei der Polizei, der Guardia di Finanza und beim Zoll?«

»Warum fragst du nicht auch noch nach der Müllabfuhr oder der Feuerwehr? Hast du dich etwa mit dem Staatsanwalt getroffen? Der redet genauso. Diese Bluse steht dir übrigens ausgezeichnet.«

»Diese Frage müsst ihr euch schon gefallen lassen, Proteo.« Laura lächelte süffisant und warf mit einem Kopfschütteln ihre Haarpracht über die Schulter. »Das sind Millionenwerte. Und soweit ich es erfassen konnte, hingen die meisten davon einmal in Museen oder den Häusern sehr reicher Leute. Wie kamen sie also dorthin? Auch wenn es Zollfreigebiet ist, müssen sie zumindest den Weg hinein finden. Alles muss gemeldet werden, doch bei euch kann man anscheinend deklarieren, was man will.«

Laurenti hatte seine Frau noch vor neun Uhr angerufen und gebeten, zu Hause alles stehen und liegen zu lassen und sich gleich auf den Weg zu machen. Als Gesellschafterin von Triests feinstem Versteigerungshaus und Leiterin der Kunstabteilung konnte sie zumindest eine erste Einschätzung geben, bevor amtlich bestellte Gutachter sich viel Zeit zur Prüfung nahmen und, um das eigene Renommee nicht zu schädigen, bis zur Abgabe ihrer Expertisen auch gegenüber den Ermittlern äußerst zurückhaltend blieben. Diese Erfahrung hatte der Commissario schon früher gemacht, als Lauras Auktionshaus ein Caravaggio angeboten worden war, der sich dann immerhin noch als Kopie aus der gleichen Epoche und der Schule des Meisters entpuppt hatte.

»Nun rück schon raus mit deiner Einschätzung.« Genervt sah er auf dem Display seines Telefons die Nummer der verantwortlichen Redakteurin der Chronik des *Piccolo*. Er stellte den Ton ab, das Gerät vibrierte eine ganze Weile auf dem Tisch.

»Alles andere als eine systematische Sammlung, sondern kreuz und quer durch die Epochen und Stile. Die wenigsten Kunstdiebstähle erfolgen aus Liebhaberei, die meisten aus der Hoffnung, rasches Geld zu machen. Oft werden die Werke danach gegen Lösegeld zum Rückkauf angeboten, oder der Dieb hofft, dass irgendwann Gras über die Sache wächst, und bringt sie später auf den Markt. Dazu gibt es natürlich Auftragsdiebstähle von fanatischen Sammlern. Wir Auktionatoren sind inzwischen extrem wachsam und prüfen vor einem Ankauf alle Register. Besteht der geringste Zweifel, lehnen wir ab. Wobei es durchaus Kollegen gibt, die trotzdem zuschlagen. Das kann gut gehen oder auch nicht.«

»Aber den Behörden meldet ihr es nie?«, fragte ihr Ehemann mit einem undurchsichtigen Lächeln.

»Lass uns bestellen, sechs Austern machen niemanden satt.« Laura winkte dem Kellner.

Ein talentierter Koch zauberte in dem kleinen Restaurant aus frischesten Zutaten vom Meer delikate Gerichte auf den Teller. Das Lokal lag am hinteren Teil des »Canal Grande« genannten Meeresfingers, an dem bis vor hundert Jahren noch kleine Handelsschiffe angelegt hatten und der im Faschismus mit dem Abraum des ehemaligen Gettos aufgefüllt worden war, um dem Bau der heutigen Questura und anderen Architekturverbrechen Platz zu machen. Wenigstens hatte der damalige Vandalismus die Reste des römischen Amphitheaters freigegeben, auf die Proteo Laurenti vom Fenster seines Büros aus blickte. Endlich verhandelte man in der Stadt über die Wiederherstellung des letzten Kanalabschnitts, der einst fast bis zu den Stufen der Kirche Sant'Antonio Taumaturgo gereicht hatte. Ein einleuchtendes urbanes Konzept. Der peinliche Springbrunnen an seiner Stelle war im Sommer meist ohne Wasser, und der Platz wurde wegen seiner abschreckenden Hässlichkeit höchstens von Hundehaltern genutzt, die dort die Hinterlassenschaften ihrer vierbeinigen Untertanen angetan lächelnd in Plastikbeutelchen sammelten. Und trotzdem kamen schon wieder die Stimmen derer auf, die grundsätzlich gegen jede Veränderung wetterten – wehe, die Gewohnheiten wurden gestört, auch wenn sie noch so hässlich waren.

Nach Lauras Meinung handelte es sich bei den Kunstgegenständen im Freilager kaum um Fälschungen, denn solche wären längst in Umlauf gebracht worden. Die mussten sofort Rendite bringen. Nach ihrer Logik waren die Bilder entweder Raubgut oder vor dem Fiskus versteckte Wertanlagen sowie Edelsteine oder Edelmetalle, wie sie im großen Stil in den Freeports Genf, Luxemburg oder Singapur von neureichen Russen, Asiaten oder geizigen Erben westlicher Vermögen gebunkert wurden.

»Der Dieb, und ich gehe von nichts anderem als von Diebstahl aus, hat keine Ahnung vom Markt. Es liegt auf der Hand, dass der oder die Eigentümer über keinen großen Kunstverstand verfügen. Die Klimatisierung des Lagers ist geradezu lachhaft und entspricht nicht den Standards. Damit kann man höchstens Schimmelbildung verhindern. Der Rahmen des Frauenporträts von Gustav Klimt hat sich verzogen, der Sironi mit dem Titel *Die Arbeit* ist mehrere Hunderttausend auf dem

Markt wert, und Modiglianis *Frau mit Fächer* würde zig Millionen bringen, aber alle müssen gereinigt und restauriert werden. Dazwischen finden sich Pontormo, Mantegna, Caravaggio, Velazquez und de Chirico. Dann ein kleines Stillleben von Morandi oder ein Lasar Segall, ein aus Litauen stammender Vertreter der brasilianischen Moderne, auf den ich vor vielen Jahren zufällig gestoßen bin. Mitte der Achtziger hatte Diego Colombo mir ein Werk von ihm und eines von Giacomo Balla angeboten. Damals musste ich erst lange recherchieren. *Paesaggio Illuminato* hieß das zweite und war eines von drei Bildern, die ich schließlich für ihn versteigerte. Er brachte die Bilder während seiner Flucht aus Argentinien mit. Erinnerst du dich an ihn, Proteo?«

Sanft, als wolle sie ihn trösten, legte sie ihre Hand auf den Unterarm ihres Mannes, während sein Telefon schon wieder läutete. Die Journalistin insistierte, wieder drückte er den Ton weg.

»Machst du Witze? Nur seinetwegen haben sie mich aus dem Urlaub geholt. Es scheint, er sei von den Toten auferstanden und zurückgekehrt.«

»Ich fürchte, du wirst mit einem gigantischen bürokratischen Apparat konfrontiert werden, mein Lieber. Der Superintendent wird als Vertreter des Staates bei der Wahl des Gutachters reinreden, und der wird für seine Arbeit viel Zeit brauchen. Ich habe über siebzig Werke gezählt. Und dann steht da noch eine Menge Familiensilber rum, von dem ich gar nicht wissen will, woher es stammt.«

»Damit muss sich der Staatsanwalt quälen.«

»Und wo werdet ihr die Bilder zwischenzeitlich einlagern?«

»Sicher stellen sie die in einem der Museen unter oder in der Filiale der Banca d'Italia, wo sie als Erstes fotografiert werden. Aber auch das liegt außerhalb meines Entscheidungsbereichs. Soll ich vorschlagen, sie bei euch zu deponieren, Laura? Dann verdient ihr vielleicht etwas daran.«

»Vergiss es, bis der Staat bezahlt, ist längst die nächste Generation am Werk. Außerdem wählen wir die Gutachter, die unsere Depots betreten dürfen, sehr sorgsam aus.«

»Was hab ich für ein Glück, ausgerechnet meine Frau arbeitet im grauen Bereich zur Illegalität.«

»Beweise es. Ein Generalverdacht ist nicht erlaubt, Commissario. Wem gehört eigentlich das Lager im Porto Vecchio?«

»Auf dem Papier steht ein Fischverarbeitungsbetrieb mit Hauptsitz in Montenegro, dessen Geschäftsführer Domenico Carfì ist.«

»Er war da und hat mich nur vorgelassen, weil deine Kollegen dafür sorgten. Und er war unfreundlich und nervös, obwohl wir in den letzten Jahren immer wieder Bilder für ihn zur Versteigerung gebracht haben. Nach Fisch hat es übrigens nicht im Geringsten gerochen.«

»Verlass dich drauf, dass Carfì sich mit dir in Kontakt setzen wird, Laura. Einerseits wird er von dir erfahren wollen, wie weit dein Gatte mit den Ermittlungen ist, andererseits wird er versuchen, dich zum Schweigen zu verdonnern. Das tue ich allerdings auch. Red bitte wirklich nicht darüber.« Wieder klingelte das Telefon, diesmal war es die Nachrichtenredaktion der RAI. »Was glauben die eigentlich?«, empörte er sich. »Am liebsten wüssten sie schon Bescheid, bevor eine Tat begangen wird, damit sie gleich vor Ort mitfilmen können. Also bitte, Laura, kein Wort zu niemandem.«

»In meinem Beruf ist Verschwiegenheit mindestens so wichtig wie bei euch. Verlass dich drauf, dass in der Questura mehr durchsickert als in Auktionshäusern.«

»Ich kann dafür sorgen, dass du eine Einzelzelle mit Hofblick bekommst, Liebe.«

»Mein Mann, ein Denunziant.« Laura lachte schallend.

»Lass uns lieber darüber reden, was wir heute Abend für die Gäste kochen. Wann kommst du nach Hause? Ich werde Marco kaum überreden können, mir zu helfen. Er trudelte heute früh erst ein, als du längst weg warst. Es wird Zeit, dass du mit deinem Sohn ein ernstes Wort redest. Er befindet sich in einem Dauerrausch, er soll sich endlich um einen Job kümmern. Erholt hat er sich lange genug.«

An seinem geraubten Urlaubstag betrat Vicequestore Proteo Laurenti die Questura erst nach dem Mittagessen und durch den Seiteneingang, um sich nicht durch die lange, bis auf die Straße reichende Schlange der Flüchtlinge kämpfen zu müssen, die sich um eine Aufenthaltsbewilligung bemühten.

Die Sonderschalter zur Bearbeitung ihrer Fälle waren genauso verstärkt worden wie die Beamten in der ausladenden Haupthalle, die Übergriffe zwischen den verzweifelten Menschen verhindern sollten. Wer hier eine Schicht lang Dienst tat, trug Atemschutzmaske und Latexhandschuhe und musste sich das konzentrierte Elend ansehen, das der demokratische Westen in jahrzehntelanger Arroganz durch die blinde Unterstützung der Diktatoren in anderen Kontinenten verursacht hatte, anstatt einst die demokratischen Bewegungen zu stärken, bevor sie mit brutaler Gewalt ausgelöscht wurden. In der ganzen westlichen Welt schien es keine Politiker mehr zu geben, die Krisen weitsichtig zu lösen vermochten. Wohlstand und schier unaufhaltsames Wirtschaftswachstum hatten zur Degeneration geführt. Die Politik hatte sich zum Handlanger der Interessen multinationaler Konzerne machen lassen, und Meinungsumfragen ersetzten Visionen. Die Nachrichtensender waren gleichgerichtet, Hintergrundberichte kosteten Marktanteile. Mit dem Krieg in Syrien, dem Irak und in Nordafrika hatte sich die Situation, der man in den Mittelmeerstaaten schon seit Jahren ausgesetzt war, so verschärft, dass nun auch Nordeuropa sie wahrnehmen musste, das, mal mehr, mal weniger, mit nationalistischen Abschottungsstrategien reagierte. Dem kurzen Traum von Gleichheit vor dem Gesetz, Reisefreiheit und einem Kontinent ohne Grenzzäune und Mauern drohte ein schnelles, herbes Ende. Nur der freie Warenverkehr würde weiter ausgebaut werden.

Das im Entree des Polizeipräsidiums versammelte Elend war bedrückend. In den Mienen der Wartenden war keine Zuversicht zu erkennen, kein Lächeln, kein Leuchten in den müden und abgestumpften Augen. Ein jeder trug das Entsetzen und die Gräuel, die zu seiner Flucht geführt hatten, schweigend mit sich. Und das Personal vom Medizinischen Dienst hatte alle Mühe, die Kranken herauszusuchen und zur ärztlichen Behandlung zu überreden.

Bereits auf dem Weg zu seinem Kommissariat war Laurenti mehrfach von neugierigen Kollegen aufgehalten worden, die nicht das geringste Mitleid zeigten, dass sein Urlaub ein vorzeitiges Ende hatte.

»Kam nicht dein Diego Colombo damals als Flüchtling zu uns?«, fragte Roberto Fiano, ein Kollege vom Kommissariat für Vergehen an Minderjährigen und Sexualdelikte, der kurz vor der Pensionierung stand. »War er nicht vor der Militärjunta aus Argentinien geflohen und hat hier politisches Asyl beantragt? Damals hatte man im Westen noch Sympathien für Flüchtlinge.«

»Ein italienischstämmiger Argentinier wie der Papst, für die war das einfach.«

»Aber Papa Francesco ist doch nicht im Exil, Kollege.«

»Verwechsle bitte Exil nicht mit Asyl. Ich kenne Colombos Akte auswendig. Er desertierte, um nicht in den Falklandkrieg geschickt zu werden. Er setzte sich aus Mar del Plata mit einer gestohlenen Segeljacht nach Brasilien ab, mit der er schließlich alleine den Atlantik überquerte und bis zu uns kam, weil er in

Triest entfernte Verwandte hatte. *Esperanza* hieß das Schiff. Komischerweise verschwand es in der Nacht, in der er sich bei einem seiner Sprengstoffattentate selbst in die Luft sprengte. Und mittlerweile dichtet man ihm so viel an, dass er bald zur Legende wird.«

»Des Menschen Willen ist sein Himmelreich. Mein ganzes Berufsleben frage ich mich, weshalb die Bourgeoisie Sympathien für Verbrecher entwickelt, nur weil sie durch ihre Intelligenz und Skrupellosigkeit bei ihren Raubzügen aus der dumpfen Masse herausstechen. Hollywood hat ein Vermögen mit Storys über Gentlemanverbrecher verdient.«

»Vergiss nicht, dass mancher Politiker noch dreister ist und trotzdem wiedergewählt wird. Diego Colombo war alles, aber kein Gentleman. Die Diebstähle sind längst verjährt, aber als er damals den Sendemast der RAI sprengte, kam ein Wachmann ums Leben. Eiskalt und skrupellos ist er. Dass man ihn bewundert, hängt nur damit zusammen, dass wir ihn nicht erwischt haben.«

»Du hast ihn nicht erwischt, Laurenti. Er war stets dein Fall. Du und Staatsanwalt Scoglio. Selbst der beste Polizist muss damit leben, dass er trotz aller Erfolge wunde Stellen hat. Ich hatte nur mit Jago Fonda zu tun, dem zweiten Sohn der Zeitungsfrau.«

»Diegos zweitem Sohn.«

»Nur eine deiner Vermutungen, Laurenti.«

»Mein lieber Fiano, Anfänger sind wir doch beide nicht. Versprich mir eines, bitte. Wenn du ihn noch einmal schnappst, nimm ihm eine DNA-Probe ab, die wir mit seinem Vater vergleichen können. Hast du das eigentlich in der Vergangenheit nie gemacht?«

»Er ist jetzt zweiundzwanzig und scheint sauber zu sein. Seine Delikte waren zu lächerlich, als dass sie den Aufwand rechtfertigten. Die Ladendiebstähle waren ein Pubertätsphänomen, damit haben die besten Familien beim Nachwuchs zu kämpfen. Seine Mutter hat ihn damals vor meinen Augen derart zur Sau gemacht, dass ich einschreiten musste.«

»Tessie?«

»Ja, deine hübsche Freundin Teresa Fonda, Laurenti. Das hättest du sehen sollen.«

Proteo Laurenti fragte sich, weshalb Roberto Fiano übers ganze Gesicht grinste. Auf die spitze Bemerkung durfte er nicht reagieren, und der Kollege setzte sogleich nach.

»Was macht eigentlich dein Sohn, Proteo? Kifft er immer noch so viel?«

Bis auf die jüngeren Beamten wussten fast alle in der Questura, dass Marco Laurenti und der Sohn von Staatsanwalt Scoglio unweit des Wohnhauses der Familie auf einem verwilderten Landstück an der Küste eine kleine Plantage angelegt und dabei erstaunliche botanische Fähigkeiten entwickelt hatten. Nur den Berufen ihrer Väter hatten sie es zu verdanken, dass die Angelegenheit unter den Teppich gekehrt worden war. Ansonsten unterschieden sie sich nicht von ihren Altersgenossen dadurch, dass sie offensichtlich ihre Väter herausforderten, die sie am Ende schützten.

»Lieber Fiano, auch das war eine Pubertätsgeschichte. Ich habe ihm zwar keine gescheuert, wie Teresa es getan haben soll. Aber du kannst dich darauf verlassen, dass Laura ihrem Jüngsten schon auf die Sprünge geholfen hat. Er ist sauber. Und du solltest bei deinem Job froh sein, keine eigenen Kinder zu haben, die du einlochen müsstest.«

Er machte eine wegwerfende Handbewegung und beschloss, nicht länger auf den Aufzug zu warten, sondern nahm die Treppe, wo er sicher sein konnte, die nächsten drei Etagen lang niemandem zu begegnen. Oben begann sein Reich, wo vom grauen Flur die Büroräume mit dem Blick aufs Teatro Romano abgingen.

»Wegen dir habe ich eine Wette um eine Flasche Spumante verloren, Proteo.«

Diesmal war Marietta dabei, ihre Fußnägel zu lackieren, wobei sie mit zu weit aufgeknöpfter schwarzer Seidenbluse auf ihrem Bürostuhl so weit nach hinten gerutscht war, dass sie den linken Fuß an der Schreibtischplatte aufstützen konnte, der sowieso schon kurze Rock war fast bis zur Hüfte hochgerutscht. Inspektor Gilo Battinelli, der vor dem Schreibtisch stand, schien ihr mit seinen Blicken bei der Pediküre behilflich zu sein, was Laurentis langjährige Assistentin nicht im Geringsten zu irritieren schien.

»Ich sehe gar keine Kameras.« Proteo Laurenti schaute sich demonstrativ in seinem Vorzimmer um.

»Welche Kameras, Chef?«, fragte Battinelli. Der penible Ermittler errötete wie ein beim Abschreiben ertappter Schüler.

»Ermittlungen auf allen Ebenen.«

»Ich habe mit dem Kollegen gewettet, dass du spätestens um zehn Uhr im Büro bist. Und jetzt ist es halb drei.«

Battinelli verdrückte sich stumm, und Marietta klang beleidigt. Sie runzelte die Stirn, steckte das Pinselchen in das Fläschchen mit kirschrotem Nagellack und verschraubte es sorgfältig, bevor sie es in die Schublade ihres Schreibtischs warf, auf dem wie üblich der Aschenbecher voll ausgedrückter Kippen überquoll.

»Und die Wette ging darum, dass er dir bei der Pediküre zusehen darf und du gleichzeitig deine Spitzenwäsche vorführst. Was, wenn du gewonnen hättest? Ich brauche die Akte Diego Colombo, und leer endlich den Aschenbecher aus, bevor die von der Gewerkschaft wieder eine Beschwerde an den Personalchef schreiben.«

»Die Akte liegt seit neun Uhr auf deinem Schreibtisch, Proteo. Und die Kollegen habe ich im Griff.«

»Jeden Einzelnen von ihnen, und zwar auf deine Art, fürchte ich.«

Laurenti verzog sich kopfschüttelnd in sein Büro und ließ die Tür offen. Eine Woche nur war er zu Hause geblieben, und hier ging es zu wie in einem billigen Nachtclub. Er warf einen Blick auf die in seiner Abwesenheit angehäufte Eingangspost, der Stapel war relativ dünn und betraf vorwiegend die interne Organisation in der Questura. Ansonsten hatten Marietta und Gilo Battinelli und die aus Kalabrien stammende, kleinwüchsige Chefinspektorin Pina Cardareto die meisten Dinge selbst geregelt. Die Früchte eines Abkommens, das er einmal mit seinen Mitarbeitern getroffen hatte, damit sich jeder nach seiner Rückkehr so schnell wie möglich wieder dem Tagesgeschäft zuwenden konnte, ohne wochenlang riesige Papiermengen von einem Schreibtischende zum anderen befördern zu müssen.

Nach einer raschen Durchsicht der Post platzierte Laurenti die dicke Akte in der Mitte seines Schreibtischs, ohne sie zu öffnen. Er machte stichwortartige Notizen und rief zu Marietta hinüber, sie möge die Inspektoren Cardareto und Battinelli rufen, damit sie ihn auf den neuesten Stand brächten. Zwar hatte er angeordnet, dass das Kommissariat sich auch in seiner Abwesenheit koordinierte, konnte jedoch darauf wetten, dass dies noch nie erfolgt war. Noch hegte er die Hoffnung, die ersten notwendigen Schritte delegieren und danach seinen Urlaub fortsetzen zu können – zumindest so lange, bis das Material zusammengetragen war. Alte offene Rechnungen drängten nicht nach schneller Erfüllung; wenn der Meisterdieb wirklich nach so vielen Jahren zurückgekehrt war, hatte er so weit geplant, dass er wohl kaum einfach ins Netz der Fahnder ging. Doch zuerst galt es zu hören, was sich in seiner Abwesenheit zugetragen hatte.

Mariettas knapper Rock saß jetzt tief auf der Hüfte und

bedeckte den Großteil ihrer Oberschenkel, ihre Bluse war um mindestens zwei Knöpfe zu viel geschlossen, ihr dunkles Haar hatte sie zu einem Pferdeschwanz zusammengebunden, nur Lippenstift, Finger- und Zehennägel leuchteten kirschrot wie die Leuchtraketen eines Bootes in Seenot. Sie war tief gebräunt und hatte wohl wie immer ihre Freizeit am Nudistenstrand an der Steilküste verbracht, solange das Wetter es erlaubte. Dort übernachtete sie auch unter Gleichgesinnten am Lagerfeuer, was ihr eine Note von frisch geräuchertem Speck aus dem Bergdorf Sauris in den Karnischen Alpen verlieh.

Chefinspektorin Pina Cardareto schien dafür auch die letzte Sommerwoche über keine Sonne gesehen zu haben, doch immerhin trug sie ihre Haare minimal länger als den üblichen Sträflingsschnitt. Der Commissario behauptete, die letzten Tage nicht einmal in die Zeitung geschaut zu haben, und bat sie als Ranghöchste, den Stand der Dinge zusammenzufassen.

»Solange Sie nicht da sind, Chef, bringt niemand einen anderen um. Es war nichts Besonderes los«, hob die Kalabresin an. »Die Statistik hat sich bestätigt, dass Triest die Stadt mit den meisten Streitereien unter Nachbarn ist. In Opicina warf eine Frau Messer, Knallkörper und Chlorbleiche nach den Leuten von nebenan. Und in einem Einkaufszentrum die Festnahme eines serbischen Drogenbosses, der in mehreren Ländern gesucht wurde. Drüben in Muggia lag eine Frau über sieben Jahre lang tot in ihrem Haus, ohne dass sie jemand vermisst gemeldet hatte. Mitte fünfzig nur. Erst als die überfälligen Stromrechnungen eingetrieben werden sollten, fand man sie. Bisher ist keine Fremdeinwirkung feststellbar.«

»In Mietshäusern merkt man das schneller, wenn es von der Decke tropft und stinkt«, zischte Marietta. »Das haben wir jedes Jahr mindestens einmal. Allerdings sind die meist älter.«

Sie kannte nur einen Chef, und den vertrat sie, wenn er außer Haus war; Dienstgrade interessierten sie nicht. Sie arbeitete seit Ewigkeiten mit Laurenti zusammen und hatte schon viele Beamte kommen und gehen sehen. Sie war sein Gedächtnis und seine moralische Stütze, und überhaupt hatte sie mehr Zeit mit ihm verbracht als selbst seine Ehefrau. Mit einer kurzen Handbewegung gebot Laurenti ihr vergeblich, die Klappe zu halten.

»Europa nennt sich das. Eine überalterte Gesellschaft. Wir werden das immer öfter haben.« Marietta konnte sich einfach nicht im Zaum halten. »Angeblich gehören alle zusammen, aber dann bleibt jeder mit sich allein. Pass auf, Pina, so asozial, wie du lebst, kann dir das auch passieren, falls du dich mal beim Kampfsporttraining zu Hause selbst erschlägst.«

»Aber du würdest mich doch sicher vermissen, Süße.« Pina spannte den gewaltigen Bizeps, bis die Haut unter dem Stoff ihres T-Shirts zu platzen schien. Dabei vergrößerte sich das durchgestrichene Herz mit dem Schriftzug »Basta Amore« auf ihrem linken Oberarm wie auf einem Luftballon.

»Schluss jetzt«, schritt der Commissario ein. »Wir sind zum Arbeiten hier. Wenn sonst nichts vorgefallen ist …«

Marietta unterbrach ihn. »Pina, vergiss bei deiner Aufzählung der Banalitäten der letzten Tage bitte nicht den Container voller gefälschter Präservative mit EU-Gütesiegel aus China, die im Hafen aufgeflogen sind. Du weißt halt nicht, wozu man die braucht.«

»Ganze Familienpackungen davon hast du in deiner Schreibtischschublade, Süße.« Die Chefinspektorin lächelte bitter. »Die gleiten bei Hausdurchsuchungen besser als Latexhandschuhe über deine zarten Händchen. Nur entspricht das nicht den Dienstvorschriften.«

»Hack nicht immer auf ihr herum, Pina. Marietta ist Pragmatikerin.« Gilo Battinelli, der die Rivalität der so ungleichen Frauen fast sadistisch genoss, grinste über beide Ohren.

Der knapp Vierzigjährige war seit zwei Jahren im Kommissariat und schätzte die Stadt wegen ihrer Lage am Meer. Im Sommer fuhr er fast täglich mit seinem kleinen Segelboot und mit häufig wechselnder weiblicher Begleitung hinaus. Innerhalb der Questura hatte er das große Los gezogen und war einer Arbeitsgruppe von sechs Beamten zugewiesen worden, die parallel zum üblichen Dienst durch den Einsatz neuester Technologien Licht in die ungeklärten Mordfälle seit Ende des Zweiten Weltkriegs bringen sollten. Alte Spuren gentechnisch auswerten oder die Gesichter namenloser Toter rekonstruieren, von denen nur die Knochenreste gefunden worden waren, sowie früher aus gutem Grund vernachlässigtes Material untersuchen lassen, das heute relevant sein konnte. Dazu brauchte es Beamte, die nicht mit den Gewohnheiten und Legenden eines Ortes groß geworden waren, sondern unbeeinflusst an die Fälle gingen. Das bedeutete langes Stöbern in muffigen alten Akten voller Spinnweben und in den Asservaten der Kriminaltechnik. Battinelli war ehrgeizig und war immer tiefer in die Stadtgeschichte eingetaucht. Auch das Archiv des *Il Piccolo*, Triests meistgelesener Tageszeitung, ließ er nicht aus, da die Journalisten der Stadtchronik oft mehr Randgeschichten kannten als die Polizei, der gegenüber die Bürger sich oft ängstlich zurückhielten. Auch aus Tratsch, so Battinelli, konnte ein Fünkchen Wahrheit geborgen werden, vor allem wenn es darum ging, wen die Opfer frequentiert hatten.

»Ich will es nicht beschwören, Commissario«, sagte er nachdenklich. »Vor einer Stunde wurde der Fahrer eines Unternehmens für Kanalisationsreinigung und Abwässerbeseitigung in bedenklichem Zustand in die Universitätsklinik eingeliefert, wo er auf der Intensivstation liegt. Vermutlich mit einem schweren Schädel-Hirn-Trauma, wenn nicht schlimmer. Er hatte um 4 Uhr früh den Dienst begonnen, aber später antwortete er nicht auf die Anrufe der Firmenzentrale. Man fand ihn im Industriegebiet in einem Gebüsch, nur ein paar Meter von der Ausfahrt aus dem Firmengelände entfernt. Gefesselt, geknebelt und ohne seine Dienstkleidung, einem Overall mit Firmenschriftzug. Und sein Laster fehlte, einer mit Tank und Pumpe, um die Kanalisation abzusaugen. Der wurde inzwischen auch gefunden, er steckte mit offener Fahrertür seit 5 Uhr in der viel zu niedrigen Einfahrt des Parksilos am Bahnhof fest, direkt neben dem Porto Vecchio, und wurde dann von der Feuerwehr herausgezogen. Laut den Kollegen wurde er dort wohl absichtlich verkeilt.«

»Und?«, fragte Laurenti.

»Und der Wachposten an der Einfahrt zum Freihafengelände sagte aus, dass er um Viertel nach vier ein Kanalreinigungsfahrzeug durchgelassen habe, das eine halbe Stunde später wieder herausfuhr. Das Kennzeichen ist das gleiche, die Personendaten sind die von dem Fahrer im Krankenhaus.«

»Du meinst, dass es das Tatfahrzeug beim Einbruch ins Lager der GelFish war?«, fiel ihm Marietta ins Wort.

»Zumindest eine Möglichkeit.«

»Gehen wir also von drei Tatorten aus. Es gibt einiges für euch zu tun«, sagte Laurenti. »Marietta, du besorgst die Aufnahmen aus den Überwachungskameras und wertest sie aus. Beginne mit der Zeitspanne von 3 bis 7 Uhr. Angefangen bei der Kanalisationsfirma, dann auf allen denkbaren Fahrtrouten zum Ferdinandeum und der MIB School. Und alle in der Umgebung des Porto Vecchio und des Parkhauses. Frag auch die Küstenwache und die Hafenbehörde, ob sie Kameras installiert haben, die das Gebiet von der Meerseite aufnehmen, falls er mit einem Boot gekommen ist. Genauso brauchen wir eine Analyse des gesamten Telefonverkehrs, der sich in die Funkzellen dieser Gebiete eingeklinkt hat, das ist was für Gilo, Archivarbeit.«

»Alte Akten sind sinnlicher.«

»Dazu kommen die Aktualisierung des internationalen Haftbefehls für Colombo und die Information der Grenzpolizei. Pina, veranlassen Sie, dass Teresa Fonda ab sofort wieder rund um die Uhr überwacht wird. Die erneute Anfrage bei Interpol nach Neuigkeiten über Diego Colombo. Manchmal hilft es, eine alte Sache wieder in den Vordergrund zu rücken.«

»Falls er wirklich noch lebt, dann hat er längst die Identität gewechselt.«

»Immerhin haben wir von ihm die Fingerabdrücke und die DNA. Wer weiß.«

»Und, Pina, noch etwas: diese GelFish, die Kunstwerke anstatt Fisch verarbeitet. Firmenregister, Bilanzen, Steuererklärungen et cetera. Das Gleiche über Anwalt Carfì und über Lino La Rosa, der mit ihm zum Lager kam. Ich will wissen, was er damit zu tun hat.«

»La Rosa, der ehemalige Maresciallo der Guardia di Finanza?«, fragte Marietta mit einem Unterton, der neugierig machte.

»Genau der.«

»Dass der damals nicht in den Knast musste, hatte er nur seiner Invalidität zu verdanken. Nachdem er dienstunfähig wurde, ist ein Teil seiner Schweinereien aufgeflogen. Eine davon werde ich nie vergessen. Erinnerst du dich noch an den Mord mit anschließendem Selbstmord in Barcola, Proteo? Als ein Spediteur vor den Augen seiner kleinen Tochter seine Frau erschoss und sich dann selbst richtete? Und La Rosa hat später das Mädchen als seine leibliche Tochter anerkannt. Die ganze Stadt redete davon.«

»Das ist zwar ewig her, Marietta, aber ich habe keinen einzigen unserer Fälle vergessen.«

»Fast so lange wie der Fall Diego Colombo.«

»Ihr habt erst einmal Arbeit für die nächsten Tage. Und noch etwas: Kein Wort gegenüber den Medien. Ist das klar?«

Proteo Laurenti schob die Papiere übereinander.

»Und was machst du?«, fragte Marietta mit großen Augen.

»Ich bin immer noch im Urlaub, und den vermasselt mir so schnell keiner. An die Arbeit.«

Daria Bono machte kehrt, sobald das Shuttleboat mit Teresa Fonda an Bord am Molo Audace ablegte und Kurs zur Badeanstalt auf der Antica Diga nahm. Daria hatte nichts übrig für Meer und Sonne. Sie schob die riesige Sonnenbrille auf die Nase zurück und gab dem Hündchen mit einem kräftigen Ruck an der Leine zu verstehen, dass es nicht an jeden Poller am Ufer zu tröpfeln hatte. In der Via San Lazzaro kehrte sie in eine alteingesessene Trattoria ein, wo eine riesige Mortadella wie ein fetter König auf dem Tresen thronte. Sie war gesteckt voll mit Gästen, doch an einem der Tische erhob sich ein Gast und bezahlte. Daria drängte sich durch und nahm Platz, bestellte einen Teller Kutteln und hielt dem Köter namens Gulasch immer wieder ein Stückchen vor die Nase, an dem er nur schnupperte. Gulasch mochte keine Kutteln.

Als sie mit einem Stück Brot die letzten Spuren Soße aufgesaugt hatte, bestellte Daria einen Teller im Brotteig gebackenen Schinken und bat um eine Extraportion frisch gehobelten Kren dazu. Sie begnügte sich mit nur einem kleinen Bier zu beiden Gängen, gab beim Bezahlen kein Trinkgeld und verließ grußlos das Lokal.

Als sie zurück ins Altersheim in der Via Carducci kam, stand in der für Lino La Rosa abgetrennten Wohnung das Mittagessen noch immer unberührt auf dem Tisch in seinem Wohnzimmer und war längst kalt geworden. Daria fluchte derb, setzte sich an ihren Schreibtisch, blätterte in ihren Unterlagen und schrieb in Blockbuchstaben den Familiennamen »Sermione« sowie die dazugehörige Adresse und eine Uhrzeit auf einen kleinen Zettel, den sie in ihre falsche Birkin Bag steckte.

Edvige Sermione stammte aus einer einstmals vermögenden Reederfamilie und hatte die letzten drei Jahre in der Golden Age Residenz verbracht, wo sie vor einigen Tagen im Alter von einundneunzig Jahren verblichen war. Ihre Angehörigen, denen sie einen Palazzo in der Via Macchiavelli hinterließ, hatten sich nur wenig um die alte Dame gekümmert und besuchten sie nur an hohen Festtagen, doch waren sie wenigstens nie die monatlichen Zahlungen schuldig geblieben. Immer wieder hatte Edvige Sermione in der Vergangenheit geschwelgt und Daria, die ihr aufmerksam zuhörte, von ihrem Leben und den schönen Bildern in ihrer Wohnung erzählt, dem kostbaren Familiensilber und der wertvollen Münzsammlung ihres Vaters, die heute ein Vermögen wert war. Und sie zeigte immer Verständnis dafür, dass ihre Kinder keine Zeit hatten, sie zu besuchen, seien doch beide so erfolgreich in ihren Berufen: die Tochter als Buchhalterin in Mailand, der Sohn in einem Callcenter in Kalabrien. Wiederholt musste Daria nach dem Ableben der Frau versuchen, diese telefonisch zu informieren, und selbst das Beerdigungsinstitut von Corrado Giuliani verständigen, um den Platz für einen neuen Insassen frei zu machen. Der kleinen Todesanzeige in der Tageszeitung hatte sie am frühen Morgen in der Malabar den Beerdigungstermin entnommen.

Dardan und Toni meldeten sich nach dem zweiten Klingeln. Zuerst berichteten sie, dass sie zweimal bei dem Bestattungsunternehmer vorbeischauen mussten, weil er am Morgen Kunden hatte und die Eingangstür zu seinem Institut mit dem Schlüssel versperrt war. Auch die Jalousie am Fenster zur Straße hatte Corrado Giuliani heruntergelassen, wo sie gestern Nachmittag noch in sein Büro hereingeschaut und ihn nervös gemacht hatten. Erst gegen Mittag habe er die Scheine vorgezählt, die von ihm vorbereitete Quittung allerdings hatten die beiden nicht unterschrieben. Daria bestellte ihre Handlanger für halb fünf auf die Piazza San Giovanni.

Sie beschäftigte sich schon seit geraumer Zeit mit den Listen der Waren, die nachbestellt werden mussten. Warum auch immer das Personal viel zu spät meldete, wenn etwas ausging, blieb unergründlich, war aber offensichtlich nicht zu ändern. Doch belastete es unnötig das Budget, wenn Daria dann selbst zum billigsten Supermarkt fahren musste, um dort Reis, Brühwürfel oder Inkontinenzwindeln zu kaufen, die auch in den preiswertesten Packungen noch immer mehr kosteten als im Großmarkt.

Daria würde den Laden so lange führen, wie Lino La Rosa lebte. Doch seine Boshaftigkeit verlieh ihm mit seinen achtundsiebzig Jahren eine fast rostfreie Vitalität, als wäre es seine Bestimmung, für ungewiss lange Zeit ein Fluch für seine Umgebung zu sein. Würde Daria alles zu Geld machen, was er und sie in den letzten drei Jahrzehnten angehäuft hatten, könnte sie ein lustiges Leben führen. Doch was ist ein lustiges Leben? Für Männer interessierte sie sich kaum, weil sie der Überzeugung war, dass die meisten von ihnen sich Frauen suchten, von denen sie sich dann aushalten ließen, Sport hasste Daria, das Meer mochte sie nicht, die Berge waren ihr zu karg. Und solange alles so war, wie es war, musste sie sich über das eigene Leben keine Gedanken machen. Sie ging zur Massage, zur Kosmetikerin und zum Friseur, und abends zu Hause öffnete sie manchmal eine Flasche teuren Weines. Begleitung wollte sie nicht.

Derbe Flüche und Gepolter drangen vom Flur herein. Erschrocken riss sie die Tür auf und sah ihren Vater, der die Pflegerinnen, die ihm zu Hilfe kommen wollten, mit derben Schimpfwörtern belegte und mit seinem Rollstuhl keine zwei Meter geradeaus fahren konnte, ohne entweder an die Wand zu stoßen oder einen der durchgesessenen Sessel oder Beistelltische zu rammen. Scherben klirrten.

»Du rücksichtsloses altes Arschloch«, rief eine Greisin im

geblümten Morgenrock und trat erschrocken zur Seite. »Bist du völlig verrückt geworden? Was fällt dir ein, hier solch einen Radau zu machen? Dir werd ich's zeigen, du dreckiger Schürzenjäger.«

Erst als ihm eine noch ältere Dame mit ihrer Krücke auf den Kopf hieb, rutschte seine Hand vom Steuerknopf, und er kam zum Stehen. »Jeder weiß, dass du die armen Mädchen abtatschst, die dir die Windeln wechseln, und ihnen damit drohst, sie rauszuwerfen, wenn sie nicht stillhalten. Und dann fährst du auch noch stockbesoffen mit diesem Teil hier rum, als wärst du alleine auf der Welt. Na warte.«

Sein Hut war noch tiefer ins Gesicht gerutscht und verdeckte die Augen. Regungslos ließ er das Gezeter über sich ergehen, sodass Daria bereits die Hoffnung hatte, die entscheidende Stunde wäre früher eingetreten, als sie es sogar ersehnt hatte.

»Elvira, Annarosa«, brüllte sie. »Hört sofort auf, und geht in die Zimmer zurück.«

Die Alte mit der Krücke warf einen mitleidigen Blick zur Chefin und zog sich wortlos und mit kleinen tippelnden Schritten zurück, ihre Mitbewohnerin folgte ihr und schimpfte vor sich hin. Daria hob La Rosas Hut an, konnte aber keine Wunde entdecken. Er grunzte, als sie seinen Schädel abtastete. Seine Fahne war so penetrant, dass sie die Nase rümpfte.

»Lino?«

Wieder grunzte er, dann rülpste er. Sie zog den nassen Stoffbeutel über seinen Hals, die Pissflasche hatte den Aufprall offensichtlich nicht überstanden. Die Münzen in der Tasche rosteten wenigstens nicht, und ihrem Gewicht nach hatte er ordentlich abgezockt. Mit entschiedenem Schritt schob Daria den Rollstuhl in ihr Büro und knallte die Tür mit einem Fußtritt hinter sich ins Schloss.

»Wie viele Brandys hast du getrunken? Ich habe es dir oft

genug verboten. Wenn du das noch einmal machst, nehme ich die Batterien aus dem Rollstuhl, und du bleibst hier, wie alle anderen. Und dein Zimmer da drüben verwandelt sich in eine Einzelzelle, in der du ohnehin seit Jahrzehnten schmoren solltest. Hast du mich verstanden? Wo warst du eigentlich?«

Er grunzte, ein dicker Speichelfaden lief über sein Kinn.

Angeekelt zog Daria die prall mit Münzen gefüllten Plastikbeutel aus den Scherben der Urinflasche im Stoffbeutel hervor. Dann schaute sie in den Dienstplan und rief eine der Pflegerinnen. Eine stämmige Ukrainerin mit breitem Kreuz und tiefen Falten im Gesicht, aber sehr kräftigen Armen trat ein.

»Jevgēnia, kümmere dich um ihn. Wasch ihn und seine Klamotten, und bring ihn ins Bett. Keine Sorge, er tut dir nichts, so besoffen, wie er ist.«

»Mir tut keiner was, das ich nicht will, Chefin.« Jevgēnias Lächeln zeigte eine breite Zahnlücke im Oberkiefer, sie krempelte die Ärmel hoch und fuhr Lino La Rosa hinaus.

»Gulasch, lupf den Arsch.« Daria schwang die Leine, der kleine Hund sprang schwanzwedelnd an ihr hoch.

Wie jeden Tag war sie am Nachmittag kurz vor halb fünf wieder auf der Piazza San Giovanni und führte den weißen Malteser zur Grünfläche. Als der Inhaber der Drogheria Toso wie immer zur gleichen Uhrzeit die Malabar verließ und geräuschvoll die Blechrollos vor dem angrenzenden Laden emporschob, steckte auch die Zeitungsfrau den Schlüssel in die Tür ihres Geschäfts. Zwei junge muskulöse Kerle mit tätowierten Armen traten auf ihren Fersen ein. Der jüngere verlangte mit osteuropäischem Akzent Zigaretten, der andere sah auf die Piazza hinaus. Teresa stellte ihre Badetasche ab und legte ein Päckchen der gewünschten Marke auf den Tresen. Der andere reichte ihr einen Hunderter, doch schüttelte sie lächelnd den Kopf, und ohne die Ladenkasse zu öffnen, behauptete sie, leider nicht genug Wechselgeld zu haben. Zu oft waren in letzter

Zeit kleine Geschäfte ausgeraubt worden. Man war auf der Hut, doch niemand hatte bisher belegen können, dass es wirklich Gauner vom Balkan waren. Die ausgeschmückten Zeitungsmeldungen und das Getratsche der Bürger taten ihr Übriges, die Vorurteile weiter aufzubauschen. Der junge Mann steckte den Schein ein, gab ihr die Zigaretten zurück und sagte, er komme später wieder. Teresa schaute den beiden nach, wie sie auf die Piazza hinübergingen und am Rande der Grünfläche darauf warteten, dass die Leichenschänderin ihr Hündchen vom Sockel der Verdi-Statue wegzog und zu ihnen trat. Sie nahm einen Zettel aus der falschen roten Birkin Bag, verlor nur wenige Worte, um die beiden zu instruieren, und drückte ihnen einen Schlüssel in die Hand, bevor sie sich wieder zur Via Carducci aufmachte, worauf die beiden Männer vor der Malabar zwei Bier bestellten und sie sogleich mit dem Hunderter bezahlten. Einer der beiden ging nun mit Kleingeld zu Teresa hinüber und kaufte die Zigaretten. Als er wieder bei seinem Kumpel saß, sah sie den Kameramann der RAI, der auf der Piazza sein Stativ aufbaute.

Es war die Stunde, zu der die senegalesischen Verkäufer ihre Runden begannen und die Passanten ansprachen, um ihnen allen möglichen Krimskrams anzudrehen. Eine Viermannband vom Balkan schlenderte mit Blechinstrumenten, Melodica und Ziehharmonika von Kneipe zu Kneipe und bettelte um Almosen oder Zigaretten. Sie spielten stets nur ein paar laute rhythmische Takte an, als geizten sie mit ihrer Musik, bevor sie weiterzogen. Wenig später, wenn immer mehr Menschen die Büros verließen und sich zum Aperitif einfanden, würden auch die Asiaten mit den Rosensträußen ihr Glück versuchen.

Proteo fuhr, gleich nachdem er dem Polizeipräsidium den Rücken gekehrt hatte, auf den Karst hinauf, um die mit Laura besprochenen nötigen Besorgungen zu machen. Es würde kein opulentes Abendessen wie üblich werden, dazu waren zu viele Gäste eingeladen und zu wenig Zeit. Unterstützung durch die Kinder war nicht zu erwarten. Patrizia war mit ihrem Töchterlein beim Kinderarzt, und Livia kraulte unten am Strand die spärliche Brustbehaarung des Frankfurter Rechtsanwalts, dem zur Hand zu gehen so nahe lag wie dem Teufel das Weihwasser, als könnte die kostbare Jaeger-LeCoultre am Handgelenk Schaden nehmen, wenn er eine Schüssel in die Küche trug. Er war knapp vierzig Jahre alt und arbeitete in einer großen Wirtschaftskanzlei mit Geschäftsbeziehungen in verschiedene Länder der Europäischen Union. Die paar Brocken Italienisch, die er hervorbrachte, beinhalteten zwar kein *grazie* oder *per favore*, reichten dafür aber allemal aus, den Italienern die Situation in ihrem Land zu erklären. Doch immerhin hatte Livia Karriere gemacht, nachdem sie bei ihm als Sekretärin begonnen hatte.

Vor allem konnten Proteo und Laura nicht auf die Hilfe von Marco rechnen, dem vielversprechenden Nachwuchskoch, der erst am Nachmittag mit einem erheblichen Kater erwacht war. Seit Wochen erklärte er, dass er erst sein Trauma als Koch auf dem Kreuzfahrtschiff überwinden müsse, bevor er sich wieder um eine Stelle in einem guten Lokal in der Stadt bemühen könne. Was er in den vergangenen Jahren in Triests berühmtestem Restaurant gelernt hatte, durfte er auf hoher See nicht nutzen. Die Menüpläne für die dreitausend Passagiere, die meist eine Woche an Bord verbrachten, waren längst von Schreibtischhengsten nach den Budgetvorgaben des Reeders festgelegt und die Zutaten dementsprechend containerweise geordert worden. Marcos stickige Innenkabine, die er sich im siebten Unterdeck über dem Maschinenraum mit einem polnischen Kollegen teilte, war nach seinen Worten fast so unmenschlich gewesen wie seine Arbeitszeit im Schichtdienst. Ganz abgesehen davon, dass auch das Küchenpersonal zu den ständigen Sicherheitsübungen zugezogen wurde. Die Enge war er so wenig gewohnt wie die stressgeplagte Monotonie und die Unmengen an Gerichten mit amerikanisch-europäischem Durchschnittsgeschmack. Selbst die Zutaten für die sogenannten typischen lokalen Menüs der fernen Länder, die serviert wurden, wenn der Kübel vor deren Küsten vorbeifuhr, lieferten die Lebensmittelkonzerne, mit denen die Zentrale Geschäftsabschlüsse getätigt hatte. Von der Romantik einer Seefahrt war so wenig zu spüren wie in einem auf Grund gelaufenen U-Boot. Nach einem halben Jahr auf der Strafgaleere, in dem er kaum mehr verdiente als in einem Restaurant auf dem Festland, müsse er seine alte Handfertigkeit erst mühsam wieder erlernen, behauptete Marco und glaubte, dies bei seinen nächtlichen Streifzügen durch die Triestiner Kneipen mit viel Alkohol, Joints und Mädchen zu schaffen.

Proteo Laurenti hatte den Schilderungen seines Sohnes nach der Rückkehr mit neugierigem Abscheu zugehört. Er und Laura entschieden von Tag zu Tag, was auf den Tisch kam, je nach den frischen Zutaten, die sie bei befreundeten Landwirten auf dem Karst bekamen, oder nach dem Tagesfang der Fischer. Grünzeug wuchs in ihrem eigenen Garten, wo auch noch die letzten Tomaten und Peperoncini der Saison an den Stauden hingen. So steuerte er den Alfa Romeo über die gewundenen Straßen des Kalksteinhochplateaus, um in der Bajta bei der Ortschaft Sales einen ganzen luftgetrockneten Schinken und Grillfleisch von glücklichen Schweinen in den Wagen zu laden sowie mit dem Bauern ein Glas Vitovska zu trinken, während er die Rechnung beglich. Seine nächste Station war die Käsemacherei von Dario und Sandra Zidarič in Prepotto, wo er bei der Verkostung ein weiteres Glas von dem köstlichen Weißwein des Karsts kredenzt bekam und dann einige Laibe Käse ins Auto lud. Auf dem nahen Weingut von Edi Kante wurde er wieder zu einem Glas eingeladen, während ein Gehilfe die Flaschen des Visionärs unter den Weinmachern ins Auto lud. Schließlich musste er sich beeilen, sie rechtzeitig genug nach Hause zu bringen und den Kühlschrank zu füllen. Desserts mitzubringen hatte Laura in ein paar Telefonaten ihren Freundinnen aufgetragen, doch bei allem hatten sie in der Eile des Vormittags vergessen, Brot zu besorgen. Sie teilte es ihrem Mann mit, der bereits auf der Heimfahrt war. Sein Freund Emiliano, der Wirt des Tre Noci, eines Restaurants in Sistiana, half aus und offerierte ein weiteres Glas, das Proteo Laurenti unter diesen Umständen auf gar keinen Fall ablehnen konnte. Bestimmt würde ihn kein Beamter bei einer eventuellen Kontrolle einem Alkoholtest unterziehen, und die zu erwartenden Kommentare von Lauras Freundinnen zu den neuesten Nachrichten und über die Arbeit der Polizei zu ertragen würde ihm einiges abverlangen.

Den Salat in den Beeten im Garten zu schneiden und zu waschen war Proteo schließlich doch noch gelungen, seinem von Selbstmitleid geplagten Sohn aufzutragen. Dreißig Gäste verschlangen schließlich nicht die Mengen der Kreuzfahrtpassagiere. Nachdem er die Tische und Stühle auf der Terrasse aufgestellt hatte und das Feuer loderte, trug Lauras Mutter Gläser, Besteck und Teller heraus. Er konnte sie gerade noch aufhalten, bevor sie in ihrer unbekümmerten Vergesslichkeit den Korb voller Geschirr sogleich wieder ins Haus zurückschleppte. Den langen Tisch zu decken übernahm Proteo und verzog sich schließlich unter die Dusche, wo er von draußen bereits die Stimmen der ersten Gäste vernahm, die zu früh eintrafen. Die drei Freundinnen Lauras füllten die Kühlschränke mit Unmengen gekaufter Torten und Eiskreme. Er würde sich später wie üblich einen Platz weit entfernt von ihnen suchen, stützten sich ihre Gespräche doch vorwiegend auf die unzähligen Talkshows im Fernsehen, die kein Thema ausließen und eine breite Schicht neuer Spezialisten herausbildeten, die zu allem eine Meinung hatten. Laurenti verdrückte sich mit einem Glas Weißwein zum Meer hinunter, wo er von einem Felsbrocken die Füße ins warme Wasser baumeln ließ. Seine Gedanken galten Diego Colombo und dessen Frau Teresa. Wenn Tessie wirklich seit mehr als zwanzig Jahren wusste, dass er lebte, mit ihm auf unerklärliche Weise kommunizierte und ihr dennoch nichts davon anzumerken war, zeugte dies von einem felsenfesten Charakter, den sie geschickt mit ihrem Charme überspielte. Eine Gangsterbraut wie aus einem Hollywoodmärchen. Und die drei Kinder? Aus den frühen Jahren ihrer Überwachung wussten die Behörden, dass sie im Februar stets für vier Wochen mit ihnen nach Santo Domingo geflogen war, das einst noch kein Auslieferungsabkommen mit Italien hatte. Als Jacopo schulpflichtig wurde, legte sie die Abreise auf die langen Sommerferien. Nicht einmal in ihren Telefonaten war Tessie damals auf die Schliche zu kommen, selbst verdächtige Post hatte sie keine bekommen. Laurenti war auf die ersten Ergebnisse ihrer neuerlichen Überwachung gespannt, die er am nächsten Tag im Büro erfahren würde. Erst das Rufen Lauras holte ihn wieder in die Gegenwart, um sieben Uhr prostete er der wie ein Feuerball im Meer versinkenden Sonne zu und widmete sich schließlich den Gästen.

Zu Beginn konnte Proteo Laurenti die Fragen noch abwimmeln, weil er ständig neue Gäste begrüßen und sich nebenher noch um den Grill kümmern musste, bis Marco ihn schließlich hochmütig von der Glut wegschob und behauptete, sein Vater möge sich besser um menschliche Leichen kümmern, weil ihm jegliches Gefühl für Küchenarbeit fehle. Später am Abend, als bereits viel Wein geflossen war, rührte ausgerechnet seine geliebte Tochter Patrizia das Thema Diego Colombo an, weil sie so tolle Geschichten über den Mann gehört habe und der Meinung war, dass die Gäste im Alter ihrer Eltern sich vielleicht noch an ihn erinnerten. Livia hingegen übersetzte kichernd für den Deutschen, während jede von Lauras Freundinnen sogleich behauptete, Diego besser gekannt zu haben als die anderen. Insbesondere die botoxsüchtige, dauergebräunte Carlotta mit ihrem vorwitzigen Plastikbusen, die jährlich einmal ihr Geld zu den Fettabsaugern einer Beauty-Klinik in Südtirol trug, ging ins Detail. Sie war die relativ junge Witwe eines Notars, die einst allen Männern den Kopf verdreht hatte und schließlich dem Wohlhabendsten von ihnen den Zuschlag gab. Sie sei ja in einfachen Verhältnissen groß geworden, ganz oben in der Via Giulia, erzählte sie, und ihre ältere Schwester habe im gleichen Friseursalon gearbeitet wie Teresa Fondas Mutter. Sie selbst habe es wenigstens recht bald in bessere Viertel geschafft, und dort in der Via Romagna, in einem Haus der Nachbarschaft, habe Diego zugeschlagen.

»Du erinnerst dich doch, Proteo«, rief sie laut, obwohl er ihr den Rücken zugekehrt hatte. »Er hat dort einen Trevi geklaut, der nie wieder gefunden wurde.«

»Ein Fontana di Trevi war es, Carlotta«, knurrte Laurenti, um nicht lachen zu müssen.

Seine Frau warf ihm einen bittenden Blick zu.

»Er hat euch ganz schön an der Nase herumgeführt, der Kerl, gib's zu, Commissario! Ich habe ihn gekannt, er hat mich sogar ein paarmal auf der *Esperanza* mitgenommen.«

»Und was hast du mit ihm gemacht, wenn Flaute war, Carli?«

Sie war zu sehr mit ihrer Erinnerung beschäftigt, als dass sie seine Bemerkung verstand, das Gelächter der anderen hielt sie für Applaus und legte nach.

»Tut nicht so, Mädels, ihr wart alle hinter ihm her. Nur schade, dass er sich dann auf einmal nicht mehr alleine in den Bars blicken ließ. Diese Teresa war gerade volljährig geworden, und er zog nur noch mit ihr herum, dabei war er einen Kopf kleiner als sie und wog gerade die Hälfte. Keine Ahnung, was er an ihr fand. Geld hatte sie keines, der Vater arbeitete irgendwo als Lagerarbeiter, das Abitur hat sie allerdings geschafft, aber vermutlich stand er auf ihren Arsch. Klar, dass Diego irgendwann abgehauen ist, als er den endlich durchgeknetet hatte.«

Proteo Laurenti suchte nach einem Fluchtweg. Er kannte Carlotta lange genug, um zu wissen, dass sie auch während ihrer Ehe mit dem Notar einen Männerverschleiß gehabt hatte wie seine unverheiratete Assistentin Marietta, die noch nie ein Verhältnis länger als einen Sommer ausgehalten hatte.

»Warum gab es eigentlich in den Nachrichten kein Interview mit dir zu diesem Fall?«, fragte Carlotta, als übte sie sich für die Moderation einer Talkshow.

»Proteo ist im Urlaub«, schritt Laura endlich ein. »Verschon ihn wenigstens heute Abend mit der Arbeit.«

»Ach so. Und ich wollte wissen, ob Diego vielleicht zurückgekehrt ist. Es würde mich brennend interessieren, ob er noch immer so ein scharfer Kerl ist. Erinnert ihr euch etwa nicht mehr an ihn?«

Sie wurde von Marco unterbrochen, der ihr einen Teller mit einem scharf marinierten Hühnerbein in die Hand drückte, das er noch extra mit Chilisauce bestrichen hatte. Nach einem gierigen ersten Biss riss Carlotta Augen und Mund auf, wedelte mit ihrer Hand und griff sofort zu einem Stück Brot und dann zu ihrem Weinglas. Manchmal funktionierte die schützende Hand des Familienbunds doch noch.

Pünktlich wie jeden Abend drehte die Zeitungsfrau um 19 Uhr 30 der verglasten Ladentür den Rücken zu und verdeckte mit ihrem breiten Rücken den Blick auf die Ladenkasse. Sie entnahm das Geld, steckte es in einen Beutel und diesen in ihre Handtasche. Kurz darauf stellte sie die Remittenden zur Abholung bereit, schaltete die Lichter aus und verschloss sorgsam die Tür. Sie ließ das Blechrollo vor dem Eingang mit lautem Rasseln zu Boden krachen und ging ganz gegen ihre Gewohnheit nicht zur Malabar hinüber, um einen Aperitif mit den anderen Ladenbesitzern zu nehmen, sondern eilte schnellen Schrittes zur Piazza Goldoni, um den nächsten Bus nach Hause zu erreichen.

Viele Menschen, die wie sie auf dem Heimweg waren, bevölkerten die Bürgersteige. Teresa schaute sich immer wieder um, ob sie irgendjemanden ausmachen konnte, der ihr folgte. Als sie den Bus bestieg, prägte sie sich jedes Gesicht ein. Auch als sie sechs Haltestellen später wieder bei dem trostlosen Einkaufszentrum aus grauem Stahlbeton ausstieg und die Straße in Richtung Piccola Parigi überquerte, konnte sie niemanden ausmachen, der ihr auf der Spur war. Durch eine kleine Gasse kam sie zum Corte Fedrigovez, wo aus einem der Häuser temperamentvolle Klänge einer Mischung aus Balkanrock, Klezmer und westlichen Rhythmen auf die Straße drang. Eine kehlige Frauenstimme sang im Triestiner Dialekt von der Verführung durch Sardoni in Savor – süßsauer eingelegte, frittierte Sardellen, die eine aus dem Alltag nicht wegzudenkende Vorspeise der Triestiner waren. Normalerweise lauschte sie gerne den vergnügten Proben des Maxmaber Orkestar, doch an diesem Abend hatte sie es eilig. Als sie die Gartentür hinter sich schloss, fiel ihr Blick auf ein zusammengefaltetes Blatt, das aus dem Briefkasten schaute. Teresa atmete tief durch und faltete es schließlich auf. Wieder war es die Fotokopie eines antiken Kunstwerks, doch es war bereits zu dunkel, um es richtig erkennen zu können.

Sie trat in den Hausflur und hörte ihre Tochter in der Küche mit Geschirr hantieren. Teresa hielt das Blatt ins Licht und erschrak. In das Porträt Christus von Daniele Crispi, das ihr wohlbekannt war, hatte jemand mit einem dicken Stift die Umrisse eines Totenkopfs gemalt. Nach einem zweiten Blick darauf steckte sie es rasch in die Handtasche. Sie wollte weder ihre Tochter Jacqueline noch ihren Sohn Jago damit beunruhigen. Teresa warf einen Blick in den Spiegel und musste lachen über ihren Versuch, ein künstliches Lächeln zu üben.

»Mamma, ich koche für drei Freunde, die bald kommen. Isst du mit uns?«, fragte Jacqueline und begrüßte sie mit einem Kuss auf die Wange.

»Wie war dein Tag, Jackie? Hast du heute Abend etwa frei?«

»Aber du weißt doch, heute hat das Restaurant Ruhetag. Du stellst immer die gleiche Frage an meinem freien Tag.«

»Und wer kommt?«

»Freunde, sagte ich doch. Alles Kollegen. Diesmal bin ich dran, etwas zu essen zu machen.«

»Und was gibt's?«

»Ach, ein opulentes Sauté. Ich habe tonnenweise Muscheln eingekauft. Miesmuscheln, Venusmuscheln, Canestrelli, Jakobsmuscheln, Stabmuscheln. Danach Scampi vom Grill. Gott sei Dank haben wir diese riesige Pfanne und die Tomaten und Peperoncini aus dem Garten.«

»Nimm so viel Wein, wie du willst. Der Keller ist voll damit.«

»Wein bringen die anderen mit, Brot auch. Ich habe auf der Terasse gedeckt. Isst du jetzt mit uns oder nicht?«

Teresa schüttelte lächelnd den Kopf.

»Ich lass euch allein. Ich nehme eine Dusche, dann gehe ich aus.«

»Ach, mit wem?«

»Einem alten Freund.«

»Wie, hast du vielleicht einen neuen?«

»Ach, Jackie, sei doch nicht so neugierig. Wo ist dein Bruder?«

»Jago ist vor einer Viertelstunde gegangen. Nach dem Abendgymnasium trifft er wohl Freunde in der Stadt.«

Teresa Fonda ging in ihr Zimmer im ersten Stock und setzte sich aufs Bett. Wieder schaute sie auf das Blatt mit dem Totenkopf und erwog kurz, zum Telefon zu greifen und nun doch den Commissario anzurufen. Vor knapp zwei Monaten hatte sie die erste Kopie eines Kunstwerkes bekommen und achtlos weggeworfen. Erst ein paar Tage später begriff sie, dass eine klare Strategie dahinterstecken musste. Zwei Blätter an einem Tag hatte sie aber bisher nie erhalten. Was bedeutete das? Und was sollte sie Laurenti eigentlich sagen? Sie war zwar beunruhigt, doch Angst verspürte Teresa eigentlich keine. Sie wurde weder bedroht noch direkt belästigt, weder verleumdet noch erpresst. Viel lästiger waren doch die ständigen Versuche der Callcenter, mit Anrufen zum Kauf von irgendwelchen Produkten zu überreden. Sie schrieb Datum und Uhrzeit auf die Rückseite des Blatts und steckte es wieder in ihre Handtasche, um es morgen im Laden zu den anderen zu legen. Sie nahm eine lange heiße Dusche, cremte sich ein, schminkte sich akkurat und wählte die Kleidung für den Abend. Ihr Mobiltelefon ließ sie zu Hause. Mit dem Taxi fuhr Teresa schließlich ins Zentrum, betrat ein Hotel und verließ es sogleich wieder durch den Hintereingang, stieg in ein zweites Taxi und ließ sich zurück in die Via Giulia fahren, jedoch erst ein paar Kreuzungen weiter absetzen. Wo sie wartete, bis das Auto nicht mehr zu sehen war, bevor sie zu ihrem Wagen ging und durch eine enge gewundene Straße aus der Stadt hinaus Richtung Grenze fuhr.

An diesem Abend war es das erste Mal, dass Jago nicht zum Unterricht am Abendgymnasium ging. Den ganzen Tag über war er zu aufgewühlt gewesen, und auch seiner Arbeit war er nur zerstreut nachgekommen, womit er sich mehrere Ermahnungen eingehandelt hatte. Es war Sprengtag gewesen, für den es strenge behördliche Auflagen gab. Die Uhrzeiten dafür waren genauso fixiert wie die Sicherheitsmaßnahmen. Alles musste wie am Schnürchen laufen, doch er überhörte mehrfach die Kommandos aus dem Walkie-Talkie und löste das Horn mit dem Warnsignal erst nach mehrmaliger Aufforderung aus. Sein Meister fragte ihn sogar, ob er krank sei. Jago antwortete nur mit einem stummen Kopfschütteln und wurde für den Rest des Tages und den nächsten nach Hause geschickt. Er wartete dort, bis im Steinbruch Feierabend war, um erst wieder auf den Karst zu seinem Wohnwagen zu fahren, wenn ihn niemand sehen konnte. Er musste einige Kartons und einen schweren Stoffbeutel von der Matratze räumen, bevor er sich ausstrecken konnte und die Nachrichten des Regionalfernsehens im Streaming auf seinem Mobiltelefon einschaltete.

»Brutaler Bombenanschlag auf das Ferdinandeum und der spektakuläre Fund eines unbekannten Lagers im Porto Vecchio. Ein Unschuldiger wurde beim Raub von alten Kunstwerken schwer verletzt, die Ärzte der Universitätsklinik Triest kämpfen um sein Leben.«

Jago Fonda machte die Beine lang, folgte den Titeln und drehte den Ton auf. Die Fassade der MIB Business School sah verheerend aus. Im Freihafengelände sah man hingegen vorwiegend die Rücken von Uniformierten und den Eingangsbereich in den Speicher mit den Bildern sowie neben einem blauen Kombi einen alten Mann mit Hut im Rollstuhl sitzen.

»Von Mitte der Achtzigerjahre bis Anfang der Neunziger wurden unzählige Raubzüge in Triest und Umland nach diesem Muster verübt. Staatsanwaltschaft und Polizia di Stato sahen sie als das Werk eines damals jungen Argentiniers italienischer Abstammung, konnten den Mann namens Diego Colombo jedoch wegen seiner Alibis zur Tatzeit nie überführen.«

Das Passfoto des jungen Colombo wurde in die Stadtkulisse eingeblendet.

»1991 kam er nach Zeugenaussagen bei einem seiner Sprengstoffanschläge ums Leben. Seine Witwe Teresa Fonda betreibt einen Zeitungs- und Tabakladen im Herzen Triests.«

Eine Aufnahme der Piazza San Giovanni mit der Verdi-Statue im Vordergrund und anschließendem Fokus auf den Laden seiner Mutter illustrierte die Szene, um schließlich von einer Luftaufnahme des Porto Vecchio abgelöst zu werden.

»Über den detaillierten Inhalt des Freilagers, in dem Kunstwerke aus mehreren Epochen und von unbeschreiblichem Wert lagern, wurde bisher aus ermittlungstechnischen Gründen offiziell nichts verlautet. Allerdings wurde bekannt, dass in der Vorbereitung des Coups der Fahrer eines Kanalreinigungsunternehmens brutal überfallen und zusammengeschlagen wurde. Mit seinem Lastwagen und seinen Dokumenten gelang es dem Räuber anscheinend, problemlos und unerkannt die Kontrollen bei der Einfahrt ins Hafengelände zu überwinden. Die Ärzte kämpfen um das Leben des zweiundvierzig Jahre alten Vaters zweier Kleinkinder.«

Jago schaltete sein Gerät aus und setzte sich auf. Erst vor einem halben Jahr hatte er für wenig Geld den klapprigen Wohnwagen auf einem dicht bewachsenen Grundstück weit genug weg von der Ortschaft übernommen. Seiner Mutter hatte er gesagt, dass er dort besser lernen könne, und in der Tat war das Gefährt voller Aktenmappen und Unterlagen. An den Wänden hingen alte Zeitungsberichte, die er mit der Zeit gefunden hatte. Dennoch schlief Jago Fonda fast jede Nacht zu Hause in Piccola Parigi.

Nur selten sah Teresa ihren zweiten Sohn, seit er beschlossen hatte, neben seinem Job im Steinbruch an der Abendschule das Abitur nachzuholen, und sich konsequent dem Lernstoff widmete. Wenn sie in aller Frühe aus dem Haus ging, schlief er meistens noch, und wenn sie zurückkam, war er in der Schule. Nach den Scherereien als Sechzehnjähriger, Ladendiebstähle meist, die ihn ständig in Konflikt mit den Behörden brachten, hatte er damals die Schule abgebrochen und Aushilfsjobs jeder Art angenommen, für die er bar bezahlt wurde. Er war sich für keine Arbeit zu schade gewesen, bis der Eigner des Marmorbruchs in der Karstgemeinde Aurisina ihm anbot, in seinem Betrieb anzufangen.

Schon die Römer hatten hier den Stein abgebaut und die schweren Blöcke auf steilen hölzernen Rutschen die einhundertfünfzig Höhenmeter vom Steinbruch zum Meer hinuntergelassen, wo sie auf Schiffe verladen wurden. Jahrhunderte später diente er im Weißen Haus in Washington als Dekor einer Innentreppe, er wurde nach Budapest, Wien und Mailand geliefert. Auch die Säulen vor dem Kongress in Buenos Aires, heißt es, kamen von hier, während heute das feine Material in der ganzen Welt zum Einsatz kommt. Jago zog die Schwerarbeit im Bruch, wo die riesigen Blöcke aus dem Berg geholt wurden, der in den Hallen zur Weiterverarbeitung vor. Draußen wurde gesprengt und mit diamantenbesetzten Stahlseilen und Laserstrahl unter steil aufragenden Felswänden gearbeitet, während hoch über ihm Schwalben und Mauersegler nisteten und ihre Kunststücke flogen.

Zu der Zeit, zu der sein Unterricht geendet hätte, schob er die Kartons wieder unter die Matratze, verschloss sorgfältig den Wohnwagen und fuhr mit seinem uralten, zitronengelben BMW Touring zurück ins Stadtzentrum Triests. Der Wagen hatte einst Diego gehört, dem Mann seiner Mutter und Vater seines älteren Bruders Jacopo. Er kannte ihn nur aus den Legenden, die alle außer seiner Mutter erzählten. Jago mochte die Geschichten über den Mann, der auch ihm als Vater gefallen hätte; über seinen hatte Teresa nie ein Wort verloren. Den klapprigen gelben BMW hatte er seiner Mutter immerhin abspenstig machen können, und seine dunkle gelockte Haarpracht trug Jago mit Pferdeschwanz, so wie Diego auf einem alten Foto zu sehen war.

Er parkte den Wagen an den Rive und ging zur Via Torino hinüber, wo in letzter Zeit eine Kneipe neben der anderen eröffnet hatte. Wie fast jeden Abend traf er sich mit seinen Freunden in diesem neuen Szeneviertel. Die verpasste Lektion würde er morgen in der Pause zwischen Feierabend und Schulbeginn nachlernen. Jago hatte gute Zeugnisse. Er gab sich alle Mühe, dieses Mal den Abschluss zu erreichen, und wollte danach Ingenieurwissenschaften studieren.

Erster Herbsttag

»Das ist ungeheuerlich, Commissario. Ich würde wirklich gerne wissen, wo die undichte Stelle ist. Meiner Meinung nach sollte der Generalstaatsanwalt ermitteln und diese Kanäle ein für alle Mal unterbinden. Man kann wirklich nichts geheim halten.«

Inspektor Gilo Battinelli sah seinen Chef mit einem Ausdruck zwischen Tragik und Vorfreude an. Seine Augen loderten, den angespannten Wangenknochen nach zwang er sich zur Ruhe. Der Aschenbecher auf Mariettas Schreibtisch war an diesem Morgen noch unberührt. Battinelli saß auf ihrem Platz und hatte die Artikel der Lokalpresse überflogen, die mit Fotos der zerbombten Aula Magna der MIB Business School und einer Luftansicht des Porto Vecchio und dem im Parkhaus verkeilten Lastwagen der Kanalreinigungsfirma illustriert waren. Irgendjemand im Polizeipräsidium oder bei der Staatsanwaltschaft hatte den Journalisten trotz der von Laurenti und Scoglio verhängten Nachrichtensperre Informationen über den wahren Inhalt des Lagers der GelFish zukommen lassen, wie aus den genannten Kunstwerken hervorging.

»Halb so wild«, sagte der Commissario. »Seit es Menschen gibt, regiert der Tratsch die Welt. Warum regst du dich auf?«

»Kümmert Sie das wirklich nicht, dass Ihre Anordnungen unterlaufen werden?«

»Man merkt, dass du keine Familie hast, Gilo. Aber weshalb schaust du wie ein verhinderter Jagdhund?«

»Wir haben einen Toten, Commissario. Ich habe nur gewartet, dass Sie eintreffen. Der Fahrer der Kanalreinigungsfirma hat es nicht geschafft. Er ist gegen Morgen seinen Verletzungen erlegen.«

Laurenti horchte auf. »Damit ist das endgültig unser Fall. Sind die Papiere schon hier?«

Der Inspektor schüttelte den Kopf. »Haben Sie etwas dagegen, wenn ich mich damit befasse? Noch ist außer uns niemand hier.«

»Komm mit. Wir reden bei einem Espresso darüber. Aber nicht unten in der Bar. Wir machen einen Besuch.«

Proteo Laurenti war bereits vor sechs auf den Beinen gewesen, hatte auf der Terrasse die letzten Gläser und das verbliebene Geschirr von den Tischen geräumt und in die Küche getragen, während der Mokka auf der Herdplatte brodelte. Die Tasse stellte er schließlich unten am Meer auf einen Felsbrocken und stürzte sich ins laue Wasser, um die letzten Alkoholschwaden des gestrigen Fests abzuspülen. Sein Vorsatz war, trotz seines Urlaubs so früh wie möglich ins Büro zu kommen, die neuesten Erkenntnisse anzuhören und seinen Kollegen die nötigen Anweisungen zu geben, um dann noch vor der Mittagszeit wieder zu Hause zu sein, wo er am Strand unter der milden Septembersonne den nötigen Schlaf nachholen könnte.

»Sind eigentlich die ersten Überwachungsberichte über Teresa Fonda eingetroffen?«, fragte er, während sie die Piazza della Repubblica überquerten.

»Noch nichts Schriftliches. Sie hat ihr Haus gegen 21 Uhr verlassen, fuhr mit einem Taxi zur Piazza Oberdan, betrat eine Bar, die sie vermutlich gleich wieder durch den Hintereingang verließ, und stieg in ein anderes Taxi, dessen Fahrer aussagte, er habe sie zur Piazzale Gioberti gebracht. Sie hat unsere Leute aufs Billigste abgehängt, als hätte sie davon gewusst, dass wir sie überwachen.«

»Das wundert mich nicht. Was ist mit ihrem Telefon?«

»Ich frage kurz nach.«

Battinelli hatte noch den Hörer am Ohr, als Laurenti zehn Minuten nach sieben in der Malabar zwei Espressi bestellte und sich von Walter Neuigkeiten über die Auktion der alten Triestiner Münze erzählen ließ. Der Wirt bereute, zu wenig geboten zu haben, und war leer ausgegangen. Vor einem Jahr hatte er dem Commissario sogar eine Dublette aus seiner Sammlung geschenkt und die lange Geschichte des Münzrechts der Stadt im Mittelalter erzählt.

»Aber eine Sache wird nicht einmal dir bewusst sein, obwohl du ständig hier bist«, sagte Walter schließlich. »Und die Möwe auf Verdis Kopf weiß es noch viel weniger, auch sie sitzt jeden Tag zur gleichen Zeit dort. Dass die Statue schwarz ist, war einer der Frevel der Achtzigerjahre, als man glaubte, mit einem Schutzanstrich alles lösen zu können. Die Skulptur selbst wurde 1926 zum zweiten Mal und als Bronzeguss aufgestellt. Die erste stammte von 1913 und war aus Stein und wurde dem alten Verdi zum Hundertjährigen gewidmet. Zwei Jahre später zerstörten proösterreichische Horden sie nach der italienischen Kriegserklärung, und auch das Caffè San Marco, das Gebäude des *Piccolo* an der Piazza Goldoni und viele andere Einrichtungen wurden abgefackelt. Und noch früher, deswegen erzähl ich dir das, stand an der Stelle eine kleine Hütte für die Ordnungskräfte. Wenn du dort dein Büro hättest, wäre es bequemer für dich. Du bräuchtest nur noch eine Telefonleitung bis zum Tresen legen lassen. Von hier aus hättest du alles unter Kontrolle, die Leute nehmen immer die gleichen Wege durch die Stadt und interessieren sich einen feuchten Kehricht für ihre Umgebung.«

Am Tresen saß nur eine Frau in Begleitung eines struppigen

weißen Hündchens auf einem Barhocker, studierte die Todesanzeigen in der Tageszeitung und machte sich ein paar Notizen. Ihren Kaffee hatte sie längst getrunken. Alle anderen Gäste konsumierten im Stehen und eilten sogleich danach weiter.

Dann wechselten sie ein paar Worte über die kommende Olivenernte, die üppig ausfallen würde. Der Sommer hatte sich großzügig gezeigt, Schädlinge ferngehalten und Rebstöcken wie Olivenbäumen zu üppigen Früchten verholfen. Auch wenn weder die Laurentis noch Walter über große Mengen verfügten, ein paar Liter eigenes Öl würden sie am Ende nach Hause bringen. Sie verabredeten, sich wie immer gegenseitig bei der Ernte zu helfen und dann ihre Ausbeute zusammen zur Ölmühle Starec nach Bagnoli zu bringen, wo die Früchte sorgfältiger als anderswo verarbeitet wurden.

»Sie hatte das Telefon nicht dabei«, unterbrach Gilo Battinelli resigniert, als er zurückkam. »Was meinen Sie, Commissario, hat auch ihr jemand aus unseren Reihen etwas gesteckt?«

»Keine Sorge, Gilo, das ist nicht nötig. Ich kenne sie ewig, seit ich wie du Inspektor war. Seit über zwanzig Jahren kennt Teresa sich so gut wie wir mit der Überwachung aus. Ich habe nicht im Geringsten damit gerechnet, dass sie uns so banal zu Diego Colombo führt. Sie brauchte keine Warnung mehr nach dem Überfall im Porto Vecchio. Die Tatsache, dass sie alle Vorsichtsmaßnahmen ergriffen hat, ist viel interessanter. Hätte sie nichts zu verbergen, würde sie sich einen Scheiß darum scheren und unbekümmert ihren Gewohnheiten folgen. Einen besseren Hinweis konnte sie uns nicht geben. Wir gehen sie besuchen, und falls du sie noch nicht kennst, dann verliebe dich bitte nicht.«

Teresa Fonda hatte noch weniger geschlafen als er selbst, dachte Laurenti. Heute hatte sie sich mit viel zu rascher und unsicherer Hand geschminkt, der Lidschatten war zu groß geraten und lief an den Augenwinkeln grob aus, ihren tiefroten

Lippenstift hatte sie eilig und zu dick aufgetragen. Doch wie jeden Tag überraschte sie mit den neuen Farben ihrer Kleidung. Das Dekolleté ihres lavendelfarbenen Tops war noch großzügiger als sonst und floss komplementär zum pfirsichfarbenen sehr kurzen Rock über, der über ihrem Hinterteil spannte. Nur die hochhackigen Pumps in der Farbe ihres Lippenstifts hatte sie abgestreift. Auf ihnen würde sie kaum den ganzen Tag im Laden durchhalten. Sie standen sichtbar neben der Registrierkasse, der rechte war umgekippt, ein dünnes Lederbändchen schlängelte sich wie eine dünne Blutspur über das Cover einer Illustrierten mit dem Foto eines amerikanischen Showgirls von ähnlichen Maßen wie Teresa. An diesem Morgen klang nicht die Stimme Aretha Franklins aus den Lautsprechern an der Decke, sondern ein Tango von Astor Piazzolla. Gilo Battinelli war überwältigt vom Anblick der Zeitungsfrau, was sie, trotz seines Versuchs, es sich nicht anmerken zu lassen, mit einem süffisanten Lächeln zur Kenntnis nahm. Und ihr Parfum raubte ihm fast die Sinne.

»Brauchst du jetzt schon einen Bodyguard, wenn du zu mir kommst, Commissario?«, fragte sie neckisch.

»Er könnte mich kaum retten. Du bist einfach überwältigend, Tessie. Und dann legst du auch noch Piazzolla auf, ein Italiener aus Mar del Plata wie Diego, dabei ist hier kein Millimeter frei zum Tangotanzen. Wo warst du letzte Nacht?«

»Ach, Proteo, du und Tango, erzähl das, wem du willst. Nach dem Schlag gestern war es doch klar, dass du mich wieder einmal überwachen lässt. Oder bist du plötzlich eifersüchtig?«

»Ich meinte dein Make-up, Tessie. Du siehst ein bisschen mitgenommen aus.«

»Du könntest das wirklich viel einfacher haben, und den Staat würde es auch nichts kosten. Aber bis du anbeißt, muss ich mir anders behelfen, das wirst du hoffentlich akzeptieren.«

Gilo Battinellis Fantasie zeigte sich an seinem errötenden

Teint, obgleich er kein Mauerblümchen war und schon viele Nixen erfolgreich auf sein Segelboot locken konnte. Teresa entging es nicht.

»Die Vorzeichen haben sich geändert«, sagte Laurenti. »Zum zweiten Mal in Diegos Laufbahn gibt es einen Toten, Teresa.« Er nannte sie nicht bei ihrem Kosenamen.

Sein Tonfall ließ sie aufhorchen, ihr Lächeln verschwand für einen Augenblick, doch der Commissario musste warten, weil drei Kunden sich die Ladentür in die Hand gaben und Zeitungen und Zigaretten erstanden. Erst als sie wieder alleine waren, fuhr er fort.

»Selbst dem größten Perfektionisten unterlaufen Fehler. Inspektor Battinelli ist ein begabter Ermittler. Er wird sich direkt um diesen Teil der Untersuchungen kümmern. Es kann also durchaus sein, dass ihr euch wiederbegegnet. Deswegen habe ich ihn mitgebracht. Versuch bloß nicht, ihn um den kleinen Finger zu wickeln.«

»Du bleibst hier, Lino.« Daria Bono stellte sich mit ausgebreiteten Armen dem elektrischen Rollstuhl in den Weg, als der Alte wie jeden Morgen durch ihr Büro hinaus in den Flur fahren wollte. »Du glaubst doch nicht, dass ich noch einmal einen solchen Zirkus wie gestern mitmache. Sturzbesoffen, wie du warst, hast du auch noch in die Hosen geschissen, als Jevgēnia dich ins Bett verfrachten wollte, und du hast es nicht einmal mitbekommen. Gott sei Dank ist sie nicht besonders zartbesaitet.«

»Geh mir aus dem Weg, Rotzgöre. Ich bin immer noch dein Vater.«

»Leider war ich minderjährig und konnte mich nicht dagegen wehren, als du mich mit vierzehn Jahren Verspätung anerkannt hast, weil du jemanden zum Windelnwechseln gebraucht hast. Und leider war diese Teresa Fonda zu blöde, dich umzubringen. Einen Haufen Scheiße im Rollstuhl habe ich als Vater.«

»Als würde dir etwas fehlen. Der Mann, den du vorher Vater nanntest, war ein Steuerbetrüger und ein Mörder. Mach endlich Platz. Ich muss los.«

»Carfì kommt gleich, wir müssen uns für die Ermittlungen abstimmen. Und wir haben einen Neuzugang anstelle von Edvige Sermione, zu deren Beerdigung ich nachher gehe.«

»Du gehst doch sonst nie hin, wenn hier jemand abgekratzt ist.«

»Manchmal muss man sich zeigen, das spricht sich rum und ist gut fürs Image. Dich zu schicken wäre kontraproduktiv.«

Grob riss Daria ihm den Stoffbeutel mit der neuen Urinflasche und den Plastiktütchen voller Münzen aus den Händen, während Gulasch schwanzwedelnd an ihrem Bein hochsprang. Eine Tasche in den Händen seines Frauchens bedeutete Gassigehen. Sie ließ Linos grünen Filzhut ins Regal segeln und entwand ihm auch den Schal.

»Mach dir jetzt lieber Gedanken, wie wir mit dem Einbruch umgehen«, herrschte sie ihn an. »Ich nehme an, Carfì bringt auch eine Inventarliste mit, noch wissen wir nicht, was gestohlen wurde. Bist du eigentlich wirklich sicher, dass es Diego war und niemand anderes, der damals in die Luft geflogen ist?«

»Spinnst du, Daria? Nenn mir einen Grund, weshalb ich hätte lügen sollen.«

»Weil du schon immer gelogen hast. Schon damals, als du noch im Dienst warst und Steuersünder erpresst hast. Verlogen und korrupt bist du. Hatte Diego Colombo etwas gegen dich in der Hand?«

»Wir waren quitt, ich habe es dir hundertmal gesagt. Er war mir nur noch diese drei Bilder schuldig, die ich aus seinem Wagen holte. Und er wollte sich absetzen.«

»Wo ist dann sein Segelboot geblieben?«

»Teresa hatte es tags zuvor über die Grenze nach Izola gebracht. Sie wollten sich später zusammen absetzen.«

»Ich glaub dir nicht, Lino. Sie hatte erst kurz zuvor den Laden übernommen. Niemand, der abhauen will, bezahlt vorher eine Ablösesumme an den Vorbesitzer. Investments bedeuten Zukunftsplanung. Und sie war schwanger.«

»Glaub, was du willst, Daria. Und hör mit diesem lächerlichen Verhör auf.«

Beleidigt wendete Lino La Rosa seinen Rollstuhl, fuhr ans Fenster und schaute auf die belebte Via Carducci hinunter, wo gerade mehrere Strafzettelschreiber der Stadtverwaltung mit sadistischer Genugtuung ihre Papiere unter die Scheibenwischer der Fahrzeuge klemmten und sich von niemandem erweichen ließen, der schwer bepackt aus der nahen Markthalle herbeilief und um Verständnis für die angeblich fünf Minuten im Halteverbot bat. Selbst Lino La Rosa hatte vor Kurzem die Unbarmherzigkeit zweier dieser Rächer der öffentlichen Ordnung über sich ergehen lassen müssen, nur weil er mit seinem Gefährt in der Rushhour bei Rot diagonal über die fünfspurige Via Carducci gefahren war. Und weil der Uniformierte lange nach dem entsprechenden Paragrafen für die Geldbuße suchen musste, denn diese galten für Kraftfahrzeuge, Radfahrer und Fußgänger und sprachen nicht von Rollstuhlfahrern, hatte Lino genug Zeit gehabt, ihn mit den unflätigsten Ausdrücken zu belegen, was als Bonus noch eine Anzeige wegen Beleidigung einbrachte. La Rosa war es egal, offiziell galt er als mittellos, seine Invalidenrente floss direkt an das Altersheim – und damit wieder in die eigene Tasche, aber einzutreiben war bei ihm kein Cent. Nicht einmal den Rollstuhl könnte man ihm wegnehmen, auch der gehörte der Golden Age Residenz.

»Offiziell hat die GelFish das Lagerhaus im Freihafen seit fünf Monaten an eine Privatperson vermietet. Das ist der Vertrag.« Rechtsanwalt Domenico Carfì legte ein erst gestern

Nachmittag aufgesetztes und rückdatiertes Schriftstück von einer Seite auf den Tisch, das er als Geschäftsführer der Firma unterzeichnet hatte. »Und das sind die Quittungen für die ersten drei Mietzahlungen, die in bar entrichtet wurden, sowie die Mahnungen für die letzten beiden Monate. Mario Rossi, der Mieter, ist allerdings, wie den Todesanzeigen zu entnehmen war, vor drei Tagen verblichen. Damit sind wir vor dem Gesetz sicher.«

»Du spinnst, Domenico.« Lino La Rosa hieb mit der Faust auf den Tisch, noch bevor der Anwalt seine Ausführungen beenden konnte. »Das würde bedeuten, dass ich alle Bilder verliere. Das lasse ich nicht zu.«

»Und ich werde ganz gewiss nicht für dich wegen Hehlerei geraubter Kunstwerke ins Gefängnis gehen, Lino. Hast du eine bessere Lösung?«

»Warum so umständlich, Domenico? Nur die wenigsten Bilder im Lager befinden sich auf der Liste gesuchter Kunstwerke. Die meisten Diebstähle wurden von ihren Eigentümern gar nicht angezeigt, weil sie die mit Schwarzgeld angeschafft hatten oder von Lino im Gegenzug für Devisen erhielten, die Diego Colombo für sie illegal nach Österreich oder in die Schweiz ausführte«, riss Daria Bono das Wort an sich. »Vertragspartner muss jemand sein, auf den wir Zugriff haben und der trotzdem nicht belangt werden kann. Und da fällt mir nur einer ein: körperbehindert und mittellos, aber geschäftsfähig und zu alt, um im Knast zu landen.« Sie lächelte süffisant, ihr Blick fiel auf den alten Mann im Rollstuhl. »Außerdem ist er tatsächlich der Eigentümer. Allein Lino zu verhören wird die Ermittler zur Verzweiflung bringen. Da du dich nicht selbst belasten musst, genügt es, wenn du die Klappe hältst, Lino. Verstanden? Und es ist nur noch Sache des Rechtsanwalts, zu verhindern, dass der gesamte Bestand beschlagnahmt wird.«

»Dann kommst aber du in die Schusslinie, Daria«, gab La Rosa plötzlich ungewohnt milde zu bedenken.

»Eine Begründung für den rechtmäßigen Besitz der Kunstwerke brauche ich schon«, warf Carfì ein. »Seit wann du sie hast, wie du dazu gekommen bist und warum du sie bei der GelFish eingelagert hast. Lass dir was einfallen. Heute noch.«

La Rosas Blick verfinsterte sich schlagartig. Seit er vor 25 Jahren seinen Dienst quittieren musste, hatte sich einiges verändert. So einfach wie damals, als die Welt erst am Anfang der Digitalisierung stand und nicht annähernd so transparent war wie heute, ging es nicht mehr. Auch die Ermittlungsmethoden hatten sich verändert. Doch wenigstens die Bankdaten lagen lange genug zurück, als dass sie noch von strafrechtlicher Relevanz gewesen wären.

»Daria hat nichts zu befürchten, Lino«, fuhr der Anwalt fort. »Sie hat einen Anstellungsvertrag als Leiterin des Pflegedienstes der Altersheime, ihr Gehalt ist dementsprechend gering. Und weil sie deine Tochter ist, wird auch sie keine Aussagen machen. Ein hermetischer Schutzschirm, dem beweispflichtig kaum beizukommen ist und der dafür garantiert, dass keiner von uns in den Knast muss. Dafür werde ich als Geschäftsführer Scherereien bekommen, weshalb der Mietzins für das Lager nicht in den Kassenbüchern steht und ich das Untermietverhältnis nicht der Hafenbehörde gemeldet habe. Es kommt höchstens zur Prüfung beider Gesellschaften, die der GelFish gehören. Chance Slotmachines, dein Automatenverleiher, sowie die Golden Age Residenz. Aber das ist nicht weiter tragisch, die Bücher sind in Ordnung. Wichtiger ist, dass wir endlich erfahren, welche Bilder fehlen. Sie arbeiten mit Sicherheit noch an der Inventarliste. Wie viele Werke standen wirklich dort? Soweit ich mich erinnere, waren es keine hundert.«

»Achtundsiebzig, Domenico. Eines für jedes Lebensjahr, das solltest du wissen.«

»Du täuschst dich. Ich habe auch ein paar Werke dort, sowie ein paar andere Sachen.«

Der Rechtsanwalt und der Alte schauten Daria verblüfft an.

»Du?«, fragte ihr Vater ungläubig. »Woher hast denn du Bilder? Wieso weiß ich das nicht?«

»Elf Stück genau, sowie einiges an Edelsteinen, Schmuck und Silber. Sie stammen aus dem Nachlass einiger unserer früheren Gäste, die sie mir persönlich noch mit warmer Hand vermacht haben, ohne dass ihre Erben davon wussten. Es gibt darüber keine Verträge.«

»Ihr beide seid ja noch verschlagener, als ich dachte.« Domenico Carfì steckte kopfschüttelnd die Papiere ein. »Und du glaubst wohl, Daria, dass ich auch diese Stücke vor einer Beschlagnahmung retten kann?«

»Ja, schaffst du das denn nicht?«, fragten Vater und Tochter wie aus einem Mund.

»Erinnerst du dich wenigstens, was du aus welchem Nachlass erhalten hast?«

»Ich habe es fein säuberlich aufgelistet.«

»Seit wann?«

»Seit ein paar Jahren, Bester.«

Darias Lächeln war hintergründig, doch Domenico Carfì wusste, dass es sinnlos war, tiefer zu bohren. Zumindest in Anwesenheit ihres Vaters würde sie es ihm nicht verraten.

»Rechne damit, dass die rechtmäßigen Erben Protest einlegen, sobald sie Lunte riechen. Wenigstens ist die GelFish sicher, an die Firmenunterlagen der Muttergesellschaft in Montenegro kommen die hiesigen Behörden nicht ran. Bei mir befinden sich lediglich die Geschäftspapiere der italienischen Niederlassung, die nur Verluste angehäuft hat. Überlegt euch eine triftige Begründung, wie ihr ins Zollfreigebiet gekommen seid.«

»Gulasch, auf geht's, wir gehen aus.« Daria winkte mit der Leine in der Hand und lächelte selbstzufrieden, kaum dass sich die Tür hinter dem Rechtsanwalt geschlossen hatte.

Carfì brauchte nicht zu wissen, woher sie die Bilder hatte. Und sollte sie eines Tages wirklich selbst einen Rechtsanwalt brauchen, würde sie sich dem besten Strafverteidiger in der Stadt anvertrauen, dessen Telefonnummer seit Langem in ihrem Portemonnaie steckte. Das weiße Hündchen tollte vor Freude durchs Büro und ließ sich kaum die Leine anlegen.

»Und du bleibst heute zu Hause, Lino. Hast du das verstanden? Jevgēnia weiß Bescheid, sie wird dich weder rauslassen noch dir etwas Alkoholisches zu trinken geben. Bereite deine Liste vor, wie Carfì es gesagt hat. Finde plausible Begründungen, weshalb die Bilder dein Eigentum sind. Gib dir Mühe. Ich bin in einer Stunde zurück. Wir essen dann hier zu Mittag.«

»Diesen Schweinefraß rühre ich nicht an«, maulte La Rosa und fuhr zu seinen Gemächern hinüber, worauf Daria den Durchlass wieder mit dem Regal versperrte und das Büro hinter sich abschloss.

Es war ihr üblicher Rundgang zur Piazza San Giovanni, wo Teresa Fonda sie durch die Glastür anstarrte, als hätte sie Daria bereits erwartet. Nur wenn ein Kunde ihren Laden betrat, behandelte sie ihn wie immer zuvorkommend, um gleich darauf wieder hinüber zur Grünfläche um die Verdi-Statue zu schauen, wo Gulasch sein Geschäft verrichtete. Daria, die sie seit Langem beobachtete, fragte sich, ob und von wem Teresa auf sie aufmerksam gemacht worden war, und zog Gulasch eilig an der Leine fort, um früher als sonst zur Markthalle zu gehen. Immer wieder schaute sie sich um, doch Teresa folgte ihr nicht. Wieder suchte sie vergebens nach dem blondierten Marktleiter und beschloss zornig, ihm morgen noch eine letzte Chance zu geben. Ohne Einkäufe getätigt zu haben, eilte sie nach einem Blick auf ihre Uhr zum Parkhaus am Largo della Barriera Vecchia.

Pünktlich zur Mittagszeit ließ Daria Bono Gulasch im Auto auf dem überfüllten Parkplatz des katholischen Friedhofs Sant'Anna in der Via Costalunga zurück. Nach kaum vier Schritten musste sie einem viel zu schnell heranfahrenden Motorrollerfahrer ausweichen und schimpfte laut hinter ihm her. Es war ihr entgangen, dass er ihr während der Anfahrt in mehr oder minder großem Abstand gefolgt war. Energisch bahnte Daria sich an unzähligen anderen Trauergästen vorbei den Weg durch die Unterführung, um zielstrebig zur Anzeigetafel zu gelangen, wo die heutigen Trauerfeiern bekannt gegeben wurden. In der Stadt mit der höchsten Lebenserwartung wurde in den wie Klosterzellen aneinandergereihten Kapellen des kalten Stahlbetonbaus wie am Fließband Abschied genommen. Nachdem Daria sich an großen Trauergemeinden vorbeigekämpft hatte, fand sie endlich die von Edvige Sermione. Nur wenige Angehörige standen um den verschlossenen Sarg, auf dem nur ein Bouquet Blumen lagerte. Sie legte eine weiße Chrysantheme dazu, drückte den beiden Kindern und anderen Menschen, die sie nicht kannte, mit verbindlichem Blick und genuschelten Beileidswünschen die Hand und wartete direkt neben dem Ausgang. Zum ersten Mal in ihrem Leben war sie zur Beisetzung ihrer Eltern Luciano Bono und Lorena Mangiaterra an diesem Ort gewesen. Sie hatte einen Kloß im Hals, und Tränen füllten ihre Augen, wie bei vielen der Menschen, die in den anderen Kapellen Abschied nahmen. Sie fiel niemandem weiter auf. Nur die Angehörigen von Edvige Sermione wussten ihre Trauer nicht einzuschätzen, doch niemand sprach sie an. Wie verwurzelt blieb sie selbst dann noch stehen, als der Sarg der alten Dame, nachdem ein Priester seinen Sermon herabgeleiert hatte, hinausgefahren wurde.

Daria war noch keine vierzehn Jahre alt gewesen, als sie an einem Sommernachmittag nach Hause kam und ihre Eltern im Wohnzimmer heftig stritten. Die entsetzlichen Schreie, die sie schon im Entree hörte, sollte sie nie vergessen.

»Du hast mein Leben ruiniert, du Nutte«, hörte sie ihren Vater brüllen.

»Aber ich schwöre dir doch, es war das einzige Mal, Lucio. Ich habe es für dich getan, er hat mich erpresst.«

»Du hast dich von dem Maresciallo ficken lassen, der mir Hunderttausende abgepresst hat. Daria ist nicht meine Tochter. Ich habe dich geliebt, Lorena. Und du hast mich betrogen. Es hat alles keinen Sinn mehr.«

»Nein, Lucio. Nein, tu's nicht.«

Die Stimme ihrer Mutter war so schrill gewesen, dass Daria zwei Stiegen auf einmal genommen hatte und, als der erste Schuss fiel, ins Wohnzimmer rannte, wo ihre Mutter blutüberströmt zu Boden sank. Ihr Vater schaute sie mit großen Augen an, dann fiel der zweite Schuss. Er war rücklings über einen Sessel gestürzt, nur seine Füße ragten über die Rückenlehne empor.

Mit Tränen in den Augen setzte Daria Bono sich ans Steuer ihres roten Wagens und legte ihre Hand auf den Kopf des weißen Hündchens, das ihr auf den Schoß sprang, doch nach einigen Minuten fasste sie sich, schnäuzte in ihr Taschentuch und startete den Wagen. Wieder folgte ihr der Motorroller auf der Fahrt zurück ins Zentrum, doch bemerkte sie ihn nicht. Als sie im Parkhaus verschwand, wartete der Fahrer mit der orangefarbenen Windjacke am Ausgang und hielt das Visier seines Helms geschlossen. Zu Fuß ging sie nun an ihm vorbei. Er ließ ihr den nötigen Abstand und fuhr erst los, als sie den Eingang eines Jugendstilpalazzos auf der Via Carducci ansteuerte, das Gebäude neben dem, aus dem sie am Morgen gekommen war. Die Tür hatte sich bereits hinter ihr geschlossen, als er sein Gefährt im Halteverbot abstellte, die Firmenschilder studierte und erst eintrat, als der Aufzug losgefahren war. Er stoppte in der letzten Etage, wo sich laut Aufschrift die Golden Age Residenz No. 2 befand.

Der zierliche sportliche Mann überquerte sogleich die Straße und betrat den engen Laden eines Pizzaservices, der vorwiegend außer Haus lieferte. Er bezahlte, ohne den Helm abzunehmen, und ging mit einem farbigen Pizzakarton in der Hand zu dem Palazzo zurück, fuhr mit dem Aufzug nach oben und trat, als er keine Klingel sah, in den Flur des Altersheims, wo er sich verlegen umschaute. Zwei Pflegerinnen nahmen von der Fuchshaarigen Anweisungen in brüskem Tonfall entgegen und hatten ihren Gesichtern nach nicht den Mut, ihr zu widersprechen. Als er sich näherte, fuhr sie auch ihn an.

»Was wollen Sie?«, fragte sie den behelmten jungen Mann.

»Ich liefere die bestellte Pizza.«

»Das ist hier nicht erlaubt. Essen von draußen gibt es nicht. Gehen Sie.«

»Ein Emilio Rossi hat sie bestellt.« Er nannte Adresse und Etage des Altersheims.

»Verschwinden Sie.« Daria Bono wandte sich von ihm ab und sagte einer der Pflegerinnen, sie möge ihn hinauswerfen.

»Und wer bezahlt sie mir jetzt?«, beharrte der Pizzalieferant und blieb mit der Schachtel in der linken Hand in der Tür stehen.

»Niemand, hast du verstanden? Hier hat niemand Pizza bestellt. Verschwinde jetzt, bevor sie böse wird«, sagte die Pflegerin, während die Fuchshaarige eine schwere Tür am Ende des Flurs aufschloss und hinter sich zuzog. La Rosa stand auf dem Messingschild in Sichthöhe.

Der Mann in seiner orangefarbenen Windjacke trat wortlos den Rückzug an. Noch während er mit dem Aufzug ins Erdgeschoss hinunterfuhr, riss er das erste Stück von der Pizza ab und steckte es in den Mund. Unten legte er den Karton auf den Sattel seiner Vespa, zog seine auffällige Jacke aus und stopfte sie in den Stauraum. Als er den Helm abnahm, kam seine dichte dunkle Lockenpracht zum Vorschein. Er strich das Haar hinter die Ohren, setzte sich auf den Sattel und vertilgte gemächlich die Pizza. Den Eingang des Palazzos ließ er nicht aus den Augen, doch niemand betrat oder verließ das Gebäude während der nächsten Viertelstunde.

Ein Löschwagen stand vor der langen steinernen Fassade der Questura in der Via Teatro Romano, der Gehweg war mit Sand bestreut, den die Feuerwehrmänner aufkehrten und in Kübel füllten, als der Commissario und Inspektor Battinelli zurückkamen.

Bis in drei Meter Höhe zeugten schwarze Spuren von Ruß an der hellen steinernen Wand von den Flammen, zwei uniformierte Polizisten standen rauchend daneben und schauten der Feuerwehr bei der Arbeit zu.

»Was war denn hier los, Agente?«, fragte Laurenti.

»Sie werden es mir nicht glauben, Commissario. Besser, Sie lassen es sich von einem meiner Vorgesetzten erzählen.«

»Red keinen Stuss, raus mit der Sprache.«

Er fixierte den zweiten Mann, der seine Kippe zu Boden warf und austrat.

»Na ja«, auch dieser suchte zögernd nach einer schlüssigen Erklärung. »Sie kennen die Stadt besser als wir. Hier laufen wirklich viele Bekloppte herum. Der Mann dort hat einen Molotowcocktail gegen die Wand der Questura geworfen und seelenruhig darauf gewartet, dass man ihn verhaftete. Nicht den geringsten Versuch abzuhauen hat er gemacht. Als hätte er es darauf angelegt ...«

Der Uniformierte zeigte auf einen einfach, aber ordentlich gekleideten Mann Mitte dreißig, dessen Hände in Stahlfesseln steckten und der von zwei Zivilbeamten bewacht wurde. Er machte keinen unglücklichen Eindruck, schaute aber immer wieder verunsichert zur gegenüberliegenden Straßenseite, wo auf dem Gehweg vor dem Teatro Romano eine Laurenti unbekannte Frau anders als die sonstigen Schaulustigen nervös auf und ab ging, die Szene aber nicht aus den Augen ließ.

»Er wollte unbedingt festgenommen werden«, ergänzte der zweite Beamte. »Er hat den Kollegen gleich die Hände entgegengestreckt, damit sie ihn festnehmen konnten. Und er hat sich auch noch bedankt.«

»Gilo, geh rüber und frag, wer sie ist und was mit ihr los ist«, befahl der Commissario und ging zu dem Festgenommenen.

Das war keiner der üblichen Unglücklichen, die täglich vor der Questura darauf warteten, einen der Polizisten oder noch lieber eine Kollegin in ein Gespräch zu verwickeln, weil niemand sonst sie anhörte.

»Haben Sie etwas gegen die Polizei?«, fragte Laurenti und verbiss sich ein Lächeln.

»Ganz im Gegenteil«, antwortete der junge Mann verlegen. »Sie sind die Einzigen, die mir helfen können. Ich will ins Gefängnis.« Wieder flackerte sein Blick zu der Frau auf dem Gehweg gegenüber, der Gilo Battinelli gerade den Ausweis zurückgab. »Sperren Sie mich bitte ein. Ich ertrage sie nicht mehr. Am liebsten würde sie mich gar nicht mehr aus dem Haus lassen. Ich brauche Arbeit und eine eigene Wohnung, und ich will wieder meine Freunde sehen und ein freier Mensch sein. Seit ich den Job verloren habe, weil die Firma wegen der Krise pleitegemacht hat, geht das so.«

»Seine Mutter«, sagte der Inspektor und verdrehte die Augen, nachdem er Laurenti zur Seite gewinkt hatte. »Sie sagte, ihr Sohn brauche sie dringend. Er sei so hilfsbedürftig, und sie habe gesehen, dass er sich außerhalb beworben habe. Das könne er nie alleine schaffen. Wer würde ihn morgens wecken oder ihm zu essen machen und die Kleider waschen, wenn er in Pisa lebte? Sie war drauf und dran, mich nicht mehr loszulassen.«

»Du bist wirklich herzlos, Battinelli«, sagte Laurenti und betrat endlich die Questura.

»Sperren Sie mich bitte ein«, rief der junge Mann ihm noch hinterher.

»Lino La Rosa war Maresciallo der Guardia di Finanza in der Dienststelle am Molo Fratelli Bandiera, als Teresa Fonda ihn überfuhr«, spulte Chefinspektorin Pina Cardareto ihre ersten Erkenntnisse herunter. »Im Zeitungsarchiv des *Piccolo* bin ich auf einiges gestoßen, was weder bei uns zu finden ist noch im Gerichtsarchiv. Nachdem er den Dienst quittieren musste, stießen seine Kollegen auf eine ganze Anzahl von vom Maresciallo verschleppten Ermittlungen, die eigenartigerweise jeweils komplett zu Ende geführt, von La Rosa aber weder seinen Vorgesetzten noch der Staatsanwaltschaft vorgelegt worden waren. Die feinen Triestiner Bürger müssen in den Achtzigern ganze Vermögen illegal ins Ausland geschafft haben. Vorwiegend nach Österreich und in die Schweiz.«

»Das wissen wir«, fiel ihr Marietta ins Wort. »Die Namen derer, die erwischt wurden, gingen damals groß durch die Presse. Viele von denen hatten gewaltigen politischen Einfluss, ich kann sie einzeln aufzählen. Das waren …«

»Wir konzentrieren uns auf das, was Pina zu berichten hat.« Laurenti hob warnend die Hand. Marietta merkte darauf nur noch an, dass einige von den Überführten einst im Knast schmorten und auch zu Millionenstrafen verdonnert worden waren, die manchmal die nachgewiesenen Beträge überstiegen, weil der Richter ihnen weit höhere Summen unterstellte, die trotz allem nicht auf den Tisch gekommen waren.

»La Rosa wurde schließlich von einem Triestiner Unternehmer, der nichts mehr zu verlieren hatte, wegen Erpressung angezeigt«, fuhr Pina fort. »Im Gegenzug hatte der Steuersünder mit dem Staatsanwalt einen Deal auf Strafminderung ausgehandelt und ausgepackt. Der Maresciallo habe ihn mit den Fakten seiner Ermittlungen konfrontiert und vor die Wahl gestellt, diese zur Anklage zu bringen oder sie gegen entsprechende Gegenleistungen einzustellen. Die von La Rosa geforderte Summe machte drei Viertel seines illegalen Vermögens bei der Bank in Chiasso aus. Im Gegenzug versprach der Maresciallo, dass das Verfahren versandete. Der Mann sei in Zukunft sicher und komme um die Untersuchungshaft herum wie um die absehbare Verurteilung zu einigen Jahren Gefängnis und auch um die Geldstrafen. La Rosa habe aber trotz des Geldtransfers, der einem jungen Mann bar in der Schweizer Bank übergeben wurde, nicht von ihm abgelassen und bei einer Durchsuchung seiner Wohnung ein antikes Kunstwerk entdeckt, das von Generation zu Generation weitervererbt worden war. Der Maresciallo forderte auch dieses. Wegen seines Unfalls kam es nicht mehr zur Übergabe. La Rosas Verteidiger war übrigens ein Ennio Carfì, der Vater von Domenico Carfì, der als Geschäftsführer der GelFish zeichnet.«

Obgleich noch nicht einmal vierundzwanzig Stunden vergangen waren, hatte Inspektorin Cardareto erstaunliche Erkenntnisse zusammengetragen. Gilo Battinelli lehnte gelassen in seinem Stuhl, während Marietta ihre Fingernägel begutachtete und dann die Kollegin ergänzte.

»Damals war auch aufgeflogen, dass La Rosa sehr genau wusste, was sich an Wertgegenständen in den Wohnungen seiner Opfer befand. Ich schätze, er hat das bei den Hausdurchsuchungen gesehen und dann wahrscheinlich Diego zum Klauen geschickt.«

»Mach mal halblang, Marietta«, unterbrach Pina sie harsch. »Nur die Tatsachen zählen. Ich habe mit dem ehemaligen Vorgesetzten von La Rosa gesprochen, dessen Name in einem der

Artikel erwähnt wurde. Ich bin mit seiner Tochter zur Schule gegangen, die mir seine Telefonnummer gab. Er ist nach der Pensionierung zurück nach Kalabrien an die Costa dei Gelsomini gezogen. Er erinnerte sich bestens und erzählte, dass gegen den Maresciallo zwar Ermittlungen aufgenommen wurden, es aber nie zu einer Verurteilung kam, weil er das erpresste Geld dem Staatsanwalt bar ausgehändigt hat, zwei Koffer voller Lirascheine. In Anbetracht seiner Dienstjahre und um seine Invalidenrente nicht zu gefährden, wurde das Verfahren daraufhin stillschweigend eingestellt.«

Laurenti stieß einen kurzen anerkennenden Pfiff aus. Pina hatte wirklich gute Arbeit geleistet.

»Auf den Namen Teresa Fonda sind Sie nicht gestoßen?«

»Nur im Zusammenhang mit dem Unfall, bei dem sie ein für heutige Verhältnisse mildes Urteil bekam; sie war im achten Monat schwanger und war ein halbes Jahr zuvor als junge Witwe von Diego Colombo durch die Presse gegangen. Den Kerl hätte ich gerne kennengelernt.«

»Um was mit ihm anzustellen? Der könnte dein Vater sein, Kleine«, lachte Marietta hämisch. »Damals warst du noch im Kindergarten.«

»Damals war ich auf der Polizeischule, Dolcezza. Rechtsanwalt Ennio Carfì vertrat La Rosa bei der Schadensersatzforderung, die Versicherung hat aber wohl anstandslos bezahlt … Glauben Sie etwa nicht an einen Unfall, Commissario?«

Laurenti hob Augenbrauen und Achseln zugleich. »Tessie kenne ich inzwischen ziemlich gut, eine Mörderin ist sie nicht. Aber sehr wohl dazu fähig, offene Rechnungen auf ihre Art zu begleichen. Einiges an ihrem Leben lässt mich daran zweifeln, dass sie mit offenen Karten spielt. Ein Zeitungsladen von neun Quadratmetern mag zwar eine gute Rendite bringen, aber die reicht nie und nimmer aus, um drei Kinder so großzuziehen, wie sie es getan hat, und mit diesen einmal im Jahr eine lange

Flugreise anzutreten. In den Neunzigerjahren war das noch verdammt teuer. Anders als heute etwa die All-inclusive-Reisen Mariettas nach Jamaika.«

»Du hast ja keine Ahnung davon, was das bedeutet, Proteo.« Marietta richtete sich schlagartig auf. »Soweit ich weiß, hast du Europa noch nie verlassen.«

»Teresas Eltern hatten nicht viel Geld. Ihr Vater arbeitete auf dem Großmarkt, und die Mutter betrieb einen kleinen Friseursalon am Ende der Via Giulia. Gilo, hast du die Firmenunterlagen der GelFish gefunden? Und was gibt's über Domenico Carfì?«

Inspektor Battinelli berichtete, dass Carfì Geschäftsführer mehrerer Firmen sei, die alle zur GelFish gehörten, die seit Jahren Verluste ausweise. Mit den Steuerzahlungen oder dem Mietzins für das Lager im Porto Vecchio sei sie aber nie im Rückstand. Seit 1996 habe sie es angemietet. »Die Kollegen vom Zoll und der Guardia di Finanza geben nur zögernd Auskunft. Ein Wort von Ihnen oder dem Staatsanwalt könnte vielleicht Wunder bewirken.«

»Stellt eine Anfrage bei der Sozialversicherung zum Personal der GelFish und dem der Tochtergesellschaften. Wer arbeitet dort, wie viel verdienen die und so weiter. Rechtsanwalt Carfì ist kein leichter Brocken«, sagte Laurenti zum Abschluss der Sitzung. »Er verfügt über die besten Verbindungen. Marietta, ist eigentlich eine erste Inventarliste des Lagers eingetroffen?«

»Aber sicher. Ich dachte nur nicht, dass du sie schon in deinem Urlaub ansehen willst.«

»Deine Fürsorge rührt mich kolossal. Rück sie raus. Ich fahre mit Pina zu Carfì. Er bewohnt eine noble alte Villa in der Via Tagliapietra 1, seine Kanzlei befindet sich im Nachbarhaus. Wir werden ihn finden.«

Seine Augen sahen alles. Nie entging Walter eine Bestellung in seinem Lokal, keinen Tropfen Wein verschüttete er oder ließ einen Espresso auch nur eine Sekunde zu lange aus der Maschine laufen. Er hatte die jungen Kellner, die wie die beiden Inhaber Walter und Mario im Schichtbetrieb arbeiteten, genauso im Blick wie die Gäste drinnen am Tresen oder draußen an den Tischen auf der Piazza. Einst hatte er als jüngster Stadtrat schon die Erfahrung gemacht, dass mit der Kombination aus Geistesgegenwart, gutem Gedächtnis und Detailkenntnis viele Anliegen leichter durchsetzbar waren. So war es ihm damals als Experten der Stadtgeschichte, die man bei den Lokalpolitikern sonst leider vergebens sucht, gelungen, an einer Hausfassade im Borgo Teresiano als Huldigung der Internationalität der Stadt die vielsprachige Gedenktafel anbringen zu lassen. In den Sprachen der sieben anerkannten Nationen des Imperiums, die man einst aus den Mündern der Triestiner Bürgerschaft vernahm, vom Italienischen und Serbokroatischen übers Griechische, Ungarische, Hebräische bis zum Slowenischen und Deutschen, wurde auf ihr Kaiserin Maria Theresias Verdienst besungen, während ihrer Herrschaft Triest zur bedeutendsten Hafen- und Handelsstadt an der Adria gemacht zu haben. Bedeutsam war die Tat, weil Walter dies in einer Zeit durchsetzte, als unüberwundener Revanchismus noch immer die eigene Vergangenheit vergaß und man so tat, als ob in Triest seit jeher nur Italienisch gesprochen worden wäre, so wie in den Städten im Landesinnern. Mit falscher Nostalgie hatte diese Erinnerung an die eigene Identität allerdings nichts zu tun.

Was Walter seit fast drei Jahrzehnten von der Bar aus auf der Piazza sah und was ihm täglich alles zu Ohren kam, wäre genug Stoff für eine umfassende Chronik des Stadtzentrums. So entging ihm auch nicht, dass die Leichenschänderin pünktlich wie immer zum mittäglichen Ladenschluss um 13 Uhr neben der Grünfläche mit einem Plastiksäckchen in der Hand darauf wartete, dass Gulasch mit gekrümmtem Rücken sein Geschäft verrichtete. Wieder blickte sie starr wie eine Säule zu Teresas Lädchen hinüber und stellte erstaunt fest, dass nicht die Zeitungsfrau den Laden schloss, sondern ein zartgliedriger, aber sportlicher junger Mann Anfang zwanzig. Seine dunkle Lockenpracht hatte er zu einem Pferdeschwanz gebunden. Daria gefror bei seinem Anblick fast das Blut in den Adern, ähnelte er doch so sehr dem jungen Diego Colombo, den sie seit ihrer Kindheit nicht vergessen konnte. Er war der Einzige gewesen, der sie gut behandelt hatte, nachdem Lino La Rosa sie nach dem tragischen Tod ihrer Eltern zu sich genommen hatte. Er war oft bei ihnen gewesen und hatte Daria von seinen Reisen nach Österreich und in die Schweiz stets Süßigkeiten, lustige T-Shirts oder andere Souvenirs mitgebracht. Und wenn er ein bisschen mehr Zeit fand, dann redete er mit ihr wie mit einer Erwachsenen und hatte ihr versprochen, sie einmal auf eine Reise mitzunehmen, wovon sie seither träumte.

Jago Fonda schaute sich gemächlich um, warf Daria länger als nötig einen Blick zu und ging schließlich zur Malabar hinüber, wo er einen Espresso bestellte. Daria bückte sich, um das Häufchen des Hündchens aufzuklauben, und befreite sich nach ein paar Schritten gleich wieder von dem Päckchen, indem sie es unauffällig in den Aschenbecher auf einem noch nicht abgeräumten Tisch der Bar auf der Piazza platzierte. Sie hatte das schon öfter gemacht, ohne dass es, wie sie glaubte, dem Personal aufgefallen wäre. Doch Walter entging es auch heute nicht. Mit einem Augenzwinkern bat er einen Kellner, den Tisch abzuräumen. Der Tag der Rache kam bestimmt. Im passenden Moment würde er der Frau ein ganzes Paket voller Hundekacke überreichen.

Nach einem Blick auf die Uhr ging die Leichenschänderin unschlüssig auf der Piazza umher. Wenn Gulasch seiner Nase zu einer Hausecke oder einem Randstein folgte und an der langen Leine zerrte, über die Passanten fluchend stolperten, zog sie ihn harsch zu sich. Eine Viertelstunde umkreiste sie so den bronzenen Verdi, für den sie noch nie einen Blick gehabt hatte, bis schließlich zwei junge Kerle, die übers ganze Gesicht strahlten, auf sie zukamen. Erst gestern hatten sie an der gleichen Stelle mit dem Todesengel geredet. Dardan, der größere der beiden, war offenbar in eine Faust gelaufen, ein Pflaster klebte über dem Nasenbein. Er überreichte ihr einen Schlüssel sowie einen Briefumschlag und schien ihr etwas zu berichten, dann öffnete er fordernd seine Hand. Die herbe Fuchshaarige griff in ihre rote Birkin Bag und zog ihrerseits einen Umschlag hervor, in den er einen flüchtigen Blick warf und ihn einsteckte. Während die Frau grußlos in Richtung Via Carducci abdrehte, setzten sich die beiden Männer an einen Tisch auf der Piazza. Walter sagte dem Kellner, dass er selbst die Bestellung aufnehme, und ließ sich so lange Zeit hinauszugehen, bis sie den Umschlag öffneten. Als er ihren Tisch abwischte und sie zwei Bier bestellten, zählten sie gerade die Scheine und teilten untereinander acht Fünfhunderter. Die größte Banknote war in Italien seit geraumer Zeit als Zahlungsmittel verpönt. Barzahlungen waren nur noch unter tausend Euro erlaubt, und die Lilafarbenen wurden in Ämtern und Banken registriert. Touristen zahlten dafür so unbekümmert mit ihnen, wie die Italiener diese Banknote ihrerseits bei Reisen jenseits der Landesgrenzen ausgaben. Interessant, dass die Leichenschänderin gleich viele von den Scheinen hatte, welche die Europäische Zentralbank besser schwarz gefärbt hätte. Wenn der Wirt gewusst hätte, welcher Tätigkeit sie nachging, hätte er rasch geschlossen, dass die Angehörigen zumindest einen Teil des Pflegegelds in bar und ohne Quittung beglichen und sich so auch gleich der Schwarzgeldbestände unter der Matratze entledigten, indem sie das Problem an Daria Bono weiterreichten. Doch auch sie hatte anscheinend einen Kanal gefunden, die

Scheine unter die Leute zu bringen. Wofür aber hatte sie die Jungs bezahlt? Einen Killer vom Balkan, hieß es im Volksmund, bekam man für deutlich weniger Geld.

Daria Bonos Neugier war groß, doch musste sie zuerst nach ihrem Vater sehen. Die robuste Jevgēnia hatte ihn gewiss nicht aus dem Haus gelassen. Doch hatte er zu Mittag gegessen? Auch sie selbst verspürte jetzt Hunger; mit etwas Glück war das Küchenpersonal noch da.

Zufrieden stellte sie fest, dass Corrado Giuliani seine Schulden beglichen hatte, schloss das Geld in die Schreibtischschublade und ging hinüber zu den Zimmern von Lino La Rosa. Er saß grollend vor dem Fernseher, der mit voller Lautstärke im Programm eines abwegigen Privatsenders eine Pokerpartie aus Las Vegas zeigte, wo die Gesichter der Spieler einem Wachsfigurenkabinett zu entstammen schienen. Er wendete nicht den Kopf, als Daria eintrat. Das Essen hatte er nicht angerührt. Nicht einmal einen Schluck Wasser hatte er getrunken, wie an der vollen Karaffe zu sehen war. Dafür stand die halb gefüllte Urinflasche demonstrativ neben dem Tablett auf dem Tisch; der Inhalt war dunkel und trüb.

»Ich hatte gesagt, du sollst zu Mittag essen, Lino. Was soll das?«, herrschte ihn Daria an.

Ihr Appetit war schlagartig verschwunden. Sie drückte die Klingeltaste an der Wand und drehte dann wütend den Rollstuhl vom Fernseher weg. Gulasch stand auf den Hinterbeinen vor dem Tisch, den er mit den Vorderpfoten nicht erreichte, und schnüffelte.

»Schau dir die Sauerei an, die du gemacht hast. Deine Pisse hat neben dem Essen nichts zu suchen. Du bist widerlich.«

»Den Fraß hier fasse ich nicht an«, knurrte La Rosa, ohne Daria anzusehen.

»Was ist damit? Eine klassische Minestrone vorneweg, Polenta und Gemüseeintopf danach. Das ist gut zu beißen, niemand beschwert sich außer dir.«

»Ich will Fleisch.«

»Einmal die Woche genügt. Es ist zu teuer. Das weißt du ganz genau. Und die meisten können es nicht kauen.«

»Die anderen interessieren mich nicht.«

»Das weiß ich, seit ich dich kenne. Iss jetzt.«

»Vorher sterbe ich.«

»Den Gefallen könntest du mir gerne tun. Hast du wenigstens deine Liste begonnen oder nur wie ein Spielsüchtiger in den Fernseher geglotzt?«

»Selbst wenn ich sie gemacht hätte, würde sie dir nicht passen. Also wirst du das übernehmen.«

»Entweder bist du noch immer besoffen von gestern oder bereits im Delirium tremens.«

»Du wirst keine andere Wahl haben, Puppe, wenn du dein Erbe nicht verlieren willst. Und sag gefälligst Jevgēnia, dass sie mir nicht mehr im Weg steht, wenn ich jetzt dieses Gefängnis verlasse.«

»Mach doch, was du willst.«

Daria knallte die Tür hinter sich ins Schloss, das Hündchen konnte sich nur mit einem beherzten Sprung davor retten, eingeklemmt zu werden. Ihre wütenden Schritte hallten auf dem alten Parkett, als sie zum Aufzug ging. Sie drückte den Knopf zum Untergeschoss, doch überlegte sie es sich sofort wieder anders und betätigte dann den zum Erdgeschoss; sie konnte später nachsehen, was Dardan und Toni erbeutet hatten. Die Verletzung auf Tonis Nase stammte angeblich vom Bilderrahmen, hatte er gesagt, dessen Ecke er erwischt habe, als sie das Werk von der Wand genommen hätten. Daria steuerte den Dönerladen gleich in der Nähe an. Das Lokal war fast leer, und der Spieß vor dem Röstgrill gab kaum mehr als noch ihre Portion her. Sie fragte nach einem Bier, der Türke schüttelte den Kopf und wies auf den Kühlschrank voller alkoholfreier Softdrinks, aus dem sie sich bedienen solle. Mit einem elektrischen Messer, das an den Scherer eines Herrenfriseurs erinnerte, zog er das Fleisch ab und bereitete den Döner zu. Daria setzte sich ans Fenster, zog Gulasch auf ihren Schoß und starrte auf den zäh fließenden Verkehr auf der Via Carducci hinaus.

Sie hatte erreicht, was sie wollte. Die Inventarliste, um die Herkunft der Kunstwerke zu vervollständigen, hatte La Rosa ihr übertragen. Damit war ausgeschlossen, dass er ihr widerspräche, wenn es darauf ankam. Da Carfì blöd genug gewesen war, Lino nach dem Einbruch mit zum Freilager zu nehmen, rechnete sie fest damit, dass die Polizei bald vorbeikam und den Alten befragte. Wenn sie ihm vorher einschärfte, dass er sich in diesem Fall als gedächtnislosen senilen Trottel gerieren musste, bestand keine Gefahr, ihre Version durchzubringen. Das einzige Risiko lag darin, dass die Ermittler damit drohten, Lino La Rosa auf seinen Geisteszustand begutachten zu lassen. Die Aussicht, für unmündig erklärt und unter Vormundschaft gestellt zu werden, würde seine heftige Gegenwehr hervorrufen, um die Kontrolle über die Geschäfte zu behalten, selbst wenn er sich verriet.

Nachdem Gulasch seine letzte Marke neben der schweren Haustür mit dem Messingschild der Golden Age Residenz gesetzt hatte, führte Daria ihn ins Untergeschoss und dort in den trockenen Heizungskeller, wo sie in einer Ecke einige schwere Kartonkisten sowie ein Lager von leeren Kartonagen aufgebaut hatte. Hinter diese hatten Dardan und Toni die Beute gestellt. Daria verschloss die Tür des Raums von innen und ließ Gulasch von der Leine, der sich sofort daranmachte, alle Ecken zu durchstöbern. Sie hob ein knapp ein Meter breites Ölgemälde empor und hielt den schweren goldenen Rahmen unters Licht der einzigen Lampe in der Mitte des Kellerraums.

Edvige Sermione, zu deren Trauerfeier sie zuvor gegangen

war, hatte ihr oft von diesem Bild vorgeschwärmt, das einer ihrer Vorfahren einst persönlich von Anton Sminck van Pitloo in Neapel erworben habe, wo der niederländische Maler bis 1837 gelebt und gearbeitet hatte. Es trug den Titel *Tempesta sul mare,* ein ähnliches Gemälde des Meisters hing in der Abgeordnetenkammer, und das Museum von Sorrent sowie das Nationalmuseum Capodimonte in Neapel wiesen mehrere seiner Werke im Fundus aus. Bevor Daria es sorgfältig in eine Decke wickelte und anschließend in einen leeren Karton verpackte, sah sie den Blutfleck am Rahmen. Sodann begutachtete sie die restliche Beute. Familiensilber, edelsteinbesetzte Ohrringe und das dazugehörige Collier. Ein paar Ringe und anderer Schmuck, wie er sich bei reichen Damen dieser Generation häufig fand, Zeugnisse alten Wohlstands. Ein dünnes, in dunkelblaues Leder gebundenes Konvolut erregte ihre Aufmerksamkeit. Daria schlug es auf. Die Alte hatte also nicht übertrieben, als sie von der Sammlung alter Münzen schwärmte. Sie steckten samt ausführlichen Beschreibungen eines jeden Stücks in versiegelten Fächern, die den Blick auf Vorder- und Rückseite ermöglichten, ohne sie herauszunehmen. Die Münzen glänzten im Licht, als wären sie soeben erst der mittelalterlichen Prägung entsprungen. Daria Bono fotografierte alle Seiten, dann verpackte sie auch diese Sammlung sorgfältig. Einstweilen musste ihre Beute im Keller bleiben, bis in absehbarer Zeit in Linos alter Wohnung im Stadtteil San Giacomo einbruchsichere Türen und Fenster eingebaut waren. Sobald die Werke aus dem Speicher der GelFish in der Freihandelszone freigegeben wurden, würde sie auch diese dort unterbringen. Ihr Vater hatte ihr zwar schon vor Langem aufgetragen, die Wohnung zu verkaufen, doch hatte sie keinen Finger gerührt. Seit der Finanzkrise befand sich der Immobilienmarkt im Keller, und Daria hatte sich geschworen, in ihrem Leben nie wieder einen Verlust auf sich zu nehmen. Sorgfältig verschloss sie den Heizungskeller und fuhr mit Gulasch in die letzte Etage. Im Internet würde sie nach den fotografierten Münzen forschen, um ein Gefühl für deren Wert zu bekommen.

»Sie haben sich ja ziemlich viel Zeit gelassen, Commissario. Ich habe schon gestern mit Ihnen gerechnet.«

»Alles hat seine Zeit, Avvocato.« Laurenti zog die Inventarliste aus seiner Jackentasche und legte sie mit der Schrift nach unten auf den Tisch.

Rechtsanwalt Domenico Carfì empfing ihn und Chefinspektorin Cardareto im hübschen Garten seiner noblen Villa in der Via Tagliapietra. Sie hatten ihn zu Hause angetroffen, wo er im Gegensatz zu seinen Anwaltskollegen mehr Zeit verbrachte als in seiner Kanzlei. Der Teint des smarten hochgewachsenen Fünfzigjährigen war das ganze Jahr über von einer vitalen Bräunung. Er war sportlich gekleidet, seine nackten Füße steckten in samtweichen Mokassins. Carfì bot ihnen Stühle an einem massiven steinernen Tisch an, dessen riesige Steinplatte Tonnen wiegen musste. Er steckte sich eine Zigarette an und stieß gelassen den Rauch aus.

»Nun?«, fragte er.

»Nun sind wir hier.« Pina Cardareto litt an einer vermutlich genetisch bedingten Allergie gegenüber der Unbekümmertheit solcher Männer, deren Lebensstandard sie nie erreichen würde, obgleich sie mehr als das Doppelte arbeitete. »Sie sind Geschäftsführer einer ganzen Reihe von Firmen, Dottor Carfì.«

»Richtig.«

»Darunter die GelFish Italia, die wiederum einer Holding in Montenegro gehört. Diese Firma ist Pächterin des Lagers im Freihafengebiet«, fuhr die Chefinspektorin fort.

Carfì nickte, sie fand sein Lächeln spöttisch und täuschte sich auch darin nicht.

»GelFish Italia steht als Fischverarbeitungsbetrieb im Firmenbuch, doch abgesehen von Fischen auf ein paar mittelalterlichen Stillleben gibt es in dem Speicher keinen Fisch, Avvocato. Außerdem weist das Unternehmen nur Kosten und keine Gewinne aus. Von Jahr zu Jahr nur Verluste, die von den Einnahmen der Golden Age Residenz und der Chance Slotmachines knapp gedeckt werden.«

»In welcher Sache ermitteln Sie eigentlich?«, fragte Carfì und richtete sich auf, was Laurenti still beobachtete. »Arbeitet die Polizia di Stato seit der Wirtschaftskrise für das Finanzamt und die Steuerbehörde, weil Sie sonst keine Mittel mehr haben, um Ihre Streifenwagen zu betanken?«

»Ein Anwalt sollte wissen, dass die Gebiete sich beizeiten überschneiden, selbst wenn es keine weltumspannende Gerechtigkeit gibt.« Jetzt war es Pina, die falschen und vor allem ungewohnten Charme zeigte. »Selbst in Scheidungssachen kommen diese Dinge gelegentlich zusammen auf den Tisch.«

»Familienrecht ist nicht mein Gebiet, Inspektorin. Kommen Sie bitte zur Sache, meine Zeit ist begrenzt.«

»Weshalb lagert die GelFish Italia Kunstwerke im Freihafen ein?« Pina blieb noch immer die Ruhe selbst, nur der Bizeps spannte die Ärmel ihres T-Shirts.

»Wie Sie richtig bemerkt haben, ist dies nicht der Geschäftszweck. Wegen der Verluste mussten wir die Räume untervermieten. Die GelFish ist der Versuch eines internationalen Unternehmens, auch in Italien Fuß zu fassen, doch in diesem Land wirft man jedem, der investiert und Arbeitsplätze schafft, nur Steine in den Weg. Da braucht sich keiner darüber zu wundern, dass die jungen Leute abwandern, wenn die nicht wie Sie eine Stelle im Staatsdienst finden, wo einem nichts mehr passieren kann, selbst wenn man nur Däumchen dreht oder andere Leute von der Arbeit abhält. Und wenn Sie der Untermietvertrag interessiert, dann können Sie morgen Vormittag gerne eine Fotokopie bei meiner Sekretärin in der Kanzlei abholen.«

Carfì täuschte sich. Nun war der Moment erreicht, an dem der Commissario es nicht auf ein Armdrücken zwischen zwei ungleichen Kontrahenten ankommen lassen durfte.

»Zwei Dinge sind klarzustellen, Avvocato. Erstens sind Sie es, der als Geschäftsführer dieses Unternehmens uns gegenüber auskunftspflichtig ist. Das Original des Vertrags legen Sie uns bis morgen früh 9 Uhr persönlich in der Questura vor. Die notwendigen Fotokopien machen wir dann selbst, um Ihre Bürokosten nicht zu belasten und damit Sie deren Authentizität testieren können. Zweitens werden Sie uns schon hier den Namen des Untermieters nennen. Oder wollen Sie einen Rechtsanwalt hinzuziehen?«

Carfìs Kieferknochen bildeten sich unter der Haut seiner gebräunten Wangen heraus. Nur flüchtig drückte er die Zigarette aus. Ein Rauchfaden stieg aus dem gelb glasierten Aschenbecher empor.

»Es ist ein Privatmann, Commissario. Er hat das Lager seit vielen Jahren angemietet. Seit wann, weiß ich selbst nicht mehr, so lange ist das her. Aber das steht im Vertrag. Die GelFish Italia musste sich nach den Anfangsproblemen mit der Bürokratie in diesem Land dann auf ihre Finanzbeteiligungen stützen und ließ die Fischverarbeitung ruhen. Eine Anweisung der Holding in Podgorica. Aber sie hat die Hoffnung auf eine Wiederaufnahme der ursprünglichen Tätigkeit nicht aufgegeben, deswegen haben wir den Speicher behalten. Die Pacht im Porto Vecchio ist so lächerlich niedrig, dass keiner einen der alten Verträge fahren lässt. Die Konzession läuft über fünfzig Jahre, es ist noch nicht einmal die Hälfte der Zeit verstrichen.«

»Mein Gott, Dottor Carfì, Sie reden um den heißen Brei herum wie ein Waschweib. Ich weiß ja, dass rhetorische Geschliffenheit zum Anwaltshandwerk gehört, aber ich wusste nicht, dass es dabei auch zu einem solchen Geschwätz kommen kann.

Wie heißt der Untermieter?« Pina Cardareto saß kerzengerade am Tisch, ihr Blick durchbohrte den Anwalt schier.

»Die Kollegin hat durchaus recht, Avvocato.« Laurenti lächelte, seine Stimme klang so sanft wie ein doppelter Boden.

»Ein Lino La Rosa, Commissario. Ein alter Mann. Ich kümmere mich nicht darum, was er mit dem Lager macht, solange er seine Miete pünktlich bezahlt. Die Hafenbehörde hat mich bereits angemahnt, weil ich das Untermietverhältnis nie angemeldet habe. Das wird mir schon genug Ärger bringen. Bitte verschonen wenigstens Sie mich mit dem bürokratischen Kram.«

»Immerhin brachten Sie ihn gleich in den Porto Vecchio mit«, warf Laurenti ein.

»Ich denke, das gehört sich so. Außerdem ist der arme Mann an den Rollstuhl gefesselt.«

»Lino La Rosa hatte schon mit Ihrem Vater zu tun, wenn ich mich richtig erinnere.« Pina übernahm wieder das Wort.

»Ja, mein Vater vertrat La Rosa in einem Schadensersatzprozess, weil er bei einem fremdverschuldeten Unfall Invalide wurde. Seither sitzt er im Rollstuhl.«

»Und Ihr Vater hat den früheren Maresciallo der Guardia Finanza auch bei den Vorwürfen wegen Korruption und Amtsmissbrauchs verteidigt.«

»Daran erinnere ich mich nicht. Ich war damals auf der Universität.« Carfì hob das Kinn.

»Wo haben Sie studiert, Avvocato?« Pina konnte es nicht lassen.

»Hier in Triest. Die Fakultät gehörte zu den besten im Land.« Carfì lächelte versöhnlich.

»Seit fünf Jahren bin ich hier im Dienst und war an genügend sonderbaren Orten zuvor. Ungewöhnlich, dass ausgerechnet hier jemand den Tratsch über die Sünden anderer vergisst. Es gibt keinen geschwätzigeren Ort«, setzte Pina nach.

Laurenti erhob sich demonstrativ, um weiteren Scharmützeln zuvorzukommen. Zugleich klingelte sein Telefon. Die Nummer von Teresa Fonda. Er nahm den Anruf nicht an. Pina und dem Anwalt blieb nichts anderes übrig, als ihm zu folgen.

»Vergessen Sie es nicht, Avvocato.« Laurenti reichte ihm lächelnd die Hand und steckte die Inventarliste wieder ein. »Morgen früh vor 9 Uhr in der Questura. Melden Sie sich bei der Chefinspektorin.«

Er ging zielstrebig durchs Gartentor auf die Via Tagliapietra hinaus, wo er Pina den Wagenschlüssel des Alfa Romeos zuwarf, die zuerst den Sitz nach vorne fahren musste, damit ihre Beine die Pedale erreichten. Umso schwungvoller parkte sie dafür aus. Laurenti drückte die letzte Nummer auf seinem Telefon. Teresa meldete sich sofort.

»Was ist denn das?«, fragte Pina Cardareto, als sie an der Rotonda del Boschetto wendete, wo mitten im Kreisverkehr ein Holzbildhauer den mehr als mannshohen Stamm einer riesigen Platane bearbeitete, die vor Kurzem erst gefällt werden musste. »Sieht aus wie eine überdimensionale Muschel, die der da aus dem Holz schlägt.«

»Bis vor einigen Jahren war das Meer voll von ihnen, Pina. Heute findet man sie nur noch mit guten Beziehungen und unter Umgehung der Gesetze.«

»So große?«

»Und noch größer.« Laurenti schaute angestrengt zum Fenster hinaus. »Echte Baummuscheln. Bivalvia platanus.«

»Glaube ich nicht, Commissario.«

»Und köstlich. Aber Sie mögen ja keine Meeresfrüchte.«

Pina schaute ihn zweifelnd an und hätte beinahe die Ausfahrt aus dem Kreisverkehr verpasst.

»Halten Sie hier, bitte.« Ihr Chef zeigte auf eine Einfahrt am Straßenrand.

»Soll ich mitkommen, Capo? Oder auf Sie warten?«, fragte sie und stoppte vor einem Restaurant namens Parigi Piccola, um Laurenti aussteigen zu lassen.

»Fahren Sie in die Questura, Sie haben genug zu tun, Pina. Ich komm schon irgendwie zurück. Im Notfall nehme ich den Bus.«

Laurenti wartete am Straßenrand, bis Pina ihn nicht mehr im Rückspiegel sehen konnte, und beschloss vor seinem Besuch bei Teresa, um den sie in ungewohnt ernstem Ton gebeten hatte, ein schnelles Mittagsmahl zu sich zu nehmen. Er war überrascht, dass er den Wirt kannte, der ihn überaus erfreut begrüßte. Der Commissario erinnerte sich, dass er bis vor einigen Jahren noch in den verbliebenen Häusern des ehemaligen Gettos, an dessen Rand die Questura stand, ein Antiquitätengeschäft geführt hatte. Der kleine, aber mit Liebe eingerichtete Speiseraum mit vielleicht zehn Tischen war einladend, doch wählte er einen Platz im engen schattigen Innenhof und bat den Wirt um eine Zigarette. Laurenti war kein verlässlicher Raucher, und nur selten kaufte er sie sich selbst. Aus der Packung, die er gestern früh bei Teresa erstanden hatte, waren ihm höchstens drei Zigaretten geblieben, die anderen hatten am Abend die Gäste gefleddert.

Bei einem Glas Spumante vom Karst und gelegentlich an der Kippe ziehend, versuchte er sich ein Bild der Geschehnisse zu machen, während er zerstreut die Speisekarte studierte. Sein Telefon vibrierte, wieder war es die Nummer der Redakteurin der Stadtchronik. Er wartete, bis sie aufgab. Dann wählte er Teresas Nummer.

»Hast du eigentlich schon zu Mittag gegessen?«, fragte er, ohne sie zu grüßen.

»Mir ist der Appetit vergangen. Warum?«

»So geht es nicht, Tessie. Komm in das kleine Restaurant am Eingang der Siedlung. Ich warte dort auf dich.«

Sie zögerte zwar, doch fiel ihr keine triftige Ausrede ein. Warten musste sie auf jeden Fall auf Laurenti, obwohl sie gehofft hatte, er käme gleich vorbei. Und dass sie etwas essen musste, stimmte. In Gesellschaft fiele es ihr leichter. Laurenti bat den Wirt um ein zweites Gedeck und eine ganze Flasche des kühlen Schaumweins. Er musste nicht lange warten, bis Teresa vor ihm stand und sich vergebens bemühte, gute Laune auszustrahlen. Als sie sich setzte, unterzog ihr Hintern den Stoff der knallengen Jeans einem Reißtest, den dieser gegen alle Erwartungen überstand. Ihre weit aufgeknöpfte schwarze Seidenbluse, die den Blick auf viel bronzegebräunte Haut freigab, trug sie über der Hose. Teresa war ungeschminkt und hatte ihr Haar nur flüchtig frisiert. Sie goss sich selbst ein Glas Spumante ein und prostete dem Commissario mit einem erzwungenen Lächeln zu.

»Bevor du dein Herz ausschüttest, bestellst du bitte zu essen.«

»Ich nehme das Gleiche wie du. Was hast du bestellt?«

»Das Gleiche für Tessie«, bat er den Wirt, der sie sofort wieder alleine ließ, als er Teresas ernstes Gesicht sah.

»So kenne ich dich nicht. Was hast du auf dem Herzen?«

»Ach, Proteo.« Sie griff nach seiner Hand. Ihre war weich und warm, der Griff aber fest. »Es ist wegen Diego.«

Laurenti schwieg. Auf keinen Fall wollte er ihr die Last abnehmen, von der sie sich selbst zu befreien hatte. Er war über zehn Jahre älter als sie, und seit er sie kannte, wusste er, dass sie jegliche Form von Autorität mit einem riesigen Repertoire an Kniffen auszuhebeln versuchte. Dazu durfte es jetzt nicht kommen.

»Seit ein paar Wochen bekomme ich eigenartige Zeichen, die mir anfangs nicht aufgefallen waren. Meistens im Laden. Erst mit der Zeit habe ich es begriffen. Seither bewahre ich alles auf, ich habe es nach Hause gebracht. Komm bitte nachher mit.«

»Hört sich nach einer Falle an, Tessie. Du wirst mir doch nichts antun.«

»Das würde dir natürlich gefallen, Proteo.«

Diesmal war das kurze Lächeln echt, das aber rasch wieder wich. Erst jetzt bemerkte sie, dass sie noch immer seine Hand hielt, und ließ sie los. In jedem anderen Moment hätte Laurenti es bedauert.

»Ich bringe fast den Mut nicht auf, dir das überhaupt zu erzählen, Proteo. Es ist eigentlich ... eigentlich ist es vermutlich gar nichts, nehme ich an, und ich bin hysterisch.«

Er schaute ihr schweigend in die Augen, die sich leicht röteten. Laurenti kannte diese Formulierungen aus seinem langen Berufsleben. Die Menschheit teilte sich in zwei Gruppen: Der eine Teil machte sich bei der geringsten Kleinigkeit in die Hose und zeichnete alles schwarz, war beeinflussbar und übertrieb hysterisch wie in billigen Talkshows die Dinge mit besserwisserischer Penetranz. Keine Ahnung von nichts, dafür eine Meinung. Dazu gehörten auch einige Freundinnen seiner Frau Laura, die stundenlang im Parkverbot standen und kein Verständnis für den Strafzettel unter dem Scheibenwischer aufbrachten, aber von ihm erwarteten, dass er diesen annullieren ließ, was er selbst dann nicht tun würde, wenn er die Macht dazu hätte. Diese Leute kosteten ihn und seine Kollegen unnötig Zeit, und sie befanden sich auch noch in der Überzahl. Die Menschen der anderen Gruppe dachten hingegen, sie könnten alles selbst lösen, und spielten ernste Angelegenheiten so lange herunter, bis sie viel zu spät bemerkten, dass sie auf dem Holzweg waren. Hätten sie sich wesentlich früher um professionelle Hilfe bemüht, würden sie zumindest den Polizisten, die ihre Sorge ernst nahmen, deutlich weniger Zeit rauben. Dann eine Lösung zu finden war, wie verschleppte Krankheiten zu kurieren.

»Es ist ja nicht einmal Stalking, glaube ich, Proteo.« Teresa räusperte sich und drückte den Rücken gerade. »Niemand bedroht mich. Keiner will mir etwas Böses. Aber ich fühle mich verfolgt, beobachtet und belästigt. Und ich verliere so langsam die Fassung. Und du weißt ganz genau …«

»Ich weiß ganz genau, dass du gewohnt bist, die Dinge zu kontrollieren und im Griff zu haben, Tessie. Du bist die alleinerziehende Mutter von drei Kindern. Gut, sie sind erwachsen. Aber du hast gezeigt, dass du Rückgrat hast. Genauso wie mit deinem Zeitungsladen.«

Er unterbrach sich, solange die Pasta mit frischen Steinpilzen serviert wurde. Teresa schaute ihn mit großen, wässrigen Augen an.

»Iss«, sagte Proteo. »Du fällst sonst noch vom Fleisch.«

»Das passiert ganz sicher nicht.« Jetzt lachte sie doch und richtete sich auf, dass ihr mächtiger Busen sich hob. »Da muss schon eine Hungersnot kommen. Aber hör mir doch zu. Es sind 25 Jahre vergangen, seit Diego tot ist. Er war ein genialer Verbrecher, das weißt du so gut wie ich. Und ich hätte ihn gewiss nie verraten, das schwöre ich dir. Seine Wärme und sein Charme waren so bestechend wie seine Raubzüge.«

»Die das Leben zweier Unbeteiligter kosteten. Vergiss das nicht, Tessie.«

»Er hat mich jedes Mal wieder rumgekriegt, wenn ich ihn wegen der Sorgen verstoßen habe. Ganz einfach so.« Sie schnipste mit den Fingern. »An Bewunderern dafür, wie er die Reichen bestohlen hatte, fehlte es ihm wirklich nicht. Aber seither ist ein Vierteljahrhundert vergangen, Proteo.«

Endlich drehte sie die Pasta mit den Pilzen auf die Gabel und begann zu essen, während Laurenti den Teller schon halb geleert hatte.

»Kannst du dir vorstellen, Commissario, dass er nach so langer Zeit noch irgendwelche Bewunderer hat?«

Laurenti runzelte die Stirn und schüttelte unmerklich den Kopf. Er und Staatsanwalt Scoglio hatten gestern erst ausgeschlossen, dass Diego Colombo einen Nachfolger haben könnte, in Zeiten, in denen die Welt voller Überwachungskameras hing, Funkzellen der Mobiltelefonie jeden Schritt registrierten und bargeldloser Zahlungsverkehr unglaubliche Spuren säte, während Haushunden Chips implantiert wurden und selbst ein Herzschrittmacher Signale sendete. Gewiss gab es noch immer genügend dreiste Idioten, die es trotzdem versuchten. In Geschäften, in Banken, auf öffentlichen Plätzen. Doch seit die Welt die Visionen George Orwells verwirklicht hatte, waren die Chancen der Gauner extrem gesunken, so einfach davonzukommen wie Arsène Lupin. Sie genossen keine Sympathien wie Diego, der tatsächlich niemanden beraubt hatte, der durch ehrliche schweißtreibende Arbeit zu Reichtum gekommen war. Triest verfügte zwar über die dritthöchsten Spareinlagen Italiens, doch handelte es sich vorwiegend um altes Geld, das den Erben ein sorgloses Leben bescherte. Wirklich erfolgreiche Unternehmer ließen sich an den Fingern von zwei Händen abzählen. Meist hatten zuvor die Ahnen den großen Reichtum erwirtschaftet.

»Wie kommst du darauf?«, fragte er sanft.

»Es sind nur Fotokopien von Kunstwerken. Man kann viele davon im Internet finden. Auf den auf Raubkunst spezialisierten Websites der Spezialisten vom Comando Tutela Patrimonio Culturale der Carabinieri oder von Interpol und dem Art-Loss-Register. Jeden Tag erhalte ich solch ein Blatt. Entweder steckt es frühmorgens zwischen den Stapeln mit der Tagespresse oder bei mir zu Hause im Briefkasten. Sonst nichts. Es sind Fotokopien oder Computerausdrucke der Bilder, die Diego einst gestohlen hatte. Deshalb, Proteo.«

»Seit wann?«

»Ich kann es nicht genau sagen, weil ich das System erst mit der Zeit begriffen habe. Am Anfang kam ich nicht einmal auf den Gedanken, dass es sich um Diegos Bilder handelte.«

»Diegos?« Laurenti grinste.

»Du weißt schon. Also, in den letzten Tagen hat es sich verdichtet. Da habe ich jeweils zwei bekommen, morgens und abends. Das heißt, derjenige, der die streut, kennt mich, kennt meine Gewohnheiten, meine Bewegungen. Er weiß alles von mir. Deshalb fühle ich mich bedroht, Commissario.« Wieder waren ihre Augen glasig. »Auch wenn sonst nichts dabeisteht. Keine Forderungen, keine Drohungen, keine Anzüglichkeiten. Gar nichts. Aber ich weiß, das Schwein ist da. Ich bin schon so weit, dass ich mich, nachdem du gegangen warst, für den Rest des Morgens von Jago vertreten ließ, um mich über Überwachungssysteme und sogar einen Bodyguard zu informieren. Aber das kostet alles ein Schweinegeld. Und wer sagt, ob das wirklich hilft.«

»Höchste Zeit, Tessie, dass du redest. Bist du sicher, dass du sonst niemandem auf den Schlips getreten bist? Dass es keine anderen Gründe dafür gibt? Hast du Schulden?«

»Nein. Keinen Cent.«

»Hast du jemanden beleidigt?«

»Wenn du Kaufmann wärst, würdest du diese Frage nicht stellen.«

»Ein enttäuschter Liebhaber?«

Noch entschiedener schüttelte sie den Kopf. »Ich steige schließlich nicht mit jedem ins Bett, der mir in den Ausschnitt glotzt. Und von den anderen habe ich gewiss keinen enttäuscht.«

»Wie viele Liebhaber hast du vor den Kopf gestoßen?«

»Alle.« Ihr Lachen klang echt und selbstbewusst. »Ich meine, jeder von ihnen wusste, dass es mir nur um den Moment ging und nicht darum, eine Zukunft mit ihm aufzubauen. Klar, mit dir wäre das nicht passiert.«

»Tessie, lass das.«

»Ich meine das Gerede von der gemeinsamen Zukunft und

so. Damit würdest du mir eh nicht kommen. Klar machten sie mir weiterhin den Hof, obwohl ich ihnen eine Abfuhr erteilte. Das ist nichts Schlimmes. Aber keiner von ihnen hat mich je nach Diego gefragt, verstehst du. Die wollten vögeln und wollten meine Titten und meinen Arsch.«

»Wo warst du letzte Nacht, Tessie?«

»Genau dort.«

»Und weshalb hast du in die Trickkiste gegriffen, um nicht verfolgt zu werden?«

»Weil es niemanden etwas angeht, mit wem ich wo und wie lange irgendetwas tue. Nicht einmal spazieren gehen. Auch dich nicht.«

»Ich will diese Blätter sehen. Wo sind sie?«

»Ich sagte es bereits, ich habe sie heute mit nach Hause genommen.«

»Da war ich nicht mehr, seit Diego sich aus dem Staub gemacht hat.«

Teresa bestand darauf, die Rechnung zu teilen und sich nicht von Laurenti einladen zu lassen. Und sie servierte gleich ein Glas kühlen Weißwein, kaum dass sie die Gassen entlang der verwahrlosten Gärten hinter sich gelassen und das gepflegte Grundstück betreten hatten. Zum zweiten Mal an diesem Tag saß Laurenti an einem alten steinernen Tisch in einem schönen Garten, doch diesmal war die Gesellschaft wesentlich angenehmer. Er hörte Teresa durch das geöffnete Fenster im Haus eine knarzende hölzerne Schublade öffnen und dann ihre Schritte auf der Treppe vom ersten Stock. Sie setzte sich neben ihn und legte einen Stapel Blätter auf den Tisch, den sie auffächerte. Viele Jahre an der Seite seiner Frau, die für die Kunstabteilung in ihrem Versteigerungshaus zuständig war, hatten seinen Blick geschult. Das Werk *Ritter mit Pferd* von Mario Sironi erkannte er auf den ersten Blick. Auch der Duktus von Emilio Vedova oder Giorgio de Chirico, Gustav Klimt, Giacomo Balla und Giorgio Morandi waren leicht zu identifizieren. Bei manchen Bildern erinnerte sich der Commissario noch annähernd an das Jahr, in dem Diego sie meist aus großbürgerlichen Wohnungen im Stadtzentrum oder besseren Vororten gestohlen hatte. Sein Sohn Marco war noch nicht geboren damals und Patrizia gerade ein Jahr alt, Livia, die Älteste, drei. Laurenti selbst war in der Hierarchieleiter noch lange nicht am Ziel, Ispettore Capo, und noch bei der Squadra Mobile der Questura für Eigentumsdelikte zuständig. Schwerer tat er sich bei den Werken von Jacopo Bellini, Velazquez, Mantegna, Daniele Crespi und Vittorio Bolaffio. Unbekannt waren ihm ein Hans von Jode, Giovanni Benini, Lasar Segall und ein chilenischer Künstler namens Pedro Lira. Einige andere hatte er noch nie in seinem Leben gesehen.

Noch einmal blätterte er Seite für Seite um und achtete diesmal auf das jeweilige Datum, das Tessie darauf vermerkt hatte. Bisher hatte sie vierzig Blätter gesammelt, erst die letzten Tage hatte sie jeweils zwei erhalten. Über einen Monat lang hatte sie geschwiegen und auch weder Jago noch Jacqueline davon erzählt. Bis zu einem gewissen Grad hatte Laurenti dafür Verständnis, dass eine Mutter ihre Kinder von jeder Unbill fernhalten will, aber ihre waren erwachsen, und sechs Augen hätten vielleicht doch mehr gesehen. Er zog die Inventarliste des Freilagers im Porto Vecchio aus der Tasche und hakte darauf die einzelnen Werke ab.

»Schau dir das an, Tessie«, sagte er schließlich. »Wir sind erst bei der Hälfte.« Er deutete mit dem Finger auf die Werke ohne Häkchen. »Der wird weitermachen, bis die Liste durch ist. Aber nur unter der Voraussetzung, nehme ich an, dass all diese Werke von Diego Colombo gestohlen wurden. Ich befürchte, andere wirst du kaum zu sehen bekommen.«

Teresa setzte sich mit einem Ruck so nah neben ihn, dass

ihre Schenkel und Arme sich berührten. Der intensive Duft ihres Parfums war ein reines Rauschmittel.

»Zeig her. Ich kann dir aus dem Gedächtnis sagen, welche nicht von Diego sind.«

»Daran kannst du dich erinnern?«, staunte Laurenti. »Du selbst hast nicht zufällig auch eines der Werke aus seiner Beute an der Wand hängen?«

»Schön wär's. Aber ich gestehe dir, einen Picasso oder so hätte ich vermutlich längst zu Geld gemacht und mich abgesetzt. Diego hat mir immer nur Geld gegeben und ein bisschen Schmuck. Mehr nicht.«

»Ich nehme die Blätter mit, Tessie, und wenn du weitere erhältst, dann bring sie vorbei.«

»Später. Ich habe nur die. Ich will sie vorher kopieren.«

»Dann nenn mir Blatt für Blatt das Datum, und ich trage es auf der Inventarliste ein.«

Die nächsten zehn Minuten diktierte Teresa, Laurenti spürte die Wärme ihres Körpers, während er notierte. Auf der Liste fehlten drei Werke, von denen sie Kopien erhalten hatte. Er schrieb sie auf die Rückseite: Andrea Mantegnas *Madonna della Vittoria,* Daniele Crespis *Cristo Salvator Mundi,* Tintorettos *La Maddalena penitente,* die büßende Maria Magdalena.

»Bist du sicher, dass Diego sie gestohlen hat?«

»Ganz sicher, er hatte einige Probleme mit diesen drei Werken. Er flog an der Grenze auf, als er sie aus der Schweiz herbringen wollte. Sie wurden beschlagnahmt, er landete in Untersuchungshaft, kam aber letztlich frei.«

»Wann war das?«

»Im Herbst 1990.«

»Das liegt verdammt lange zurück. Mal sehen, ob sich überhaupt noch feststellen lässt, was mit den Bildern danach passiert ist. Auf jeden Fall befinden sie sich nicht im Freilager.«

»Diego hat damals zwar für Lino La Rosa gearbeitet, doch

eine solche Sammlung war das nicht. Und der Maresciallo war nach dem Unfall auch aus dem Geschäft. Wer zum Teufel hat das hier zusammengetragen, Proteo?«

»Das versuchen wir selbst zu verstehen. Und vielleicht hast du doch mehr damit zu tun, als es scheint.«

»Ich?«, brauste Teresa auf und rückte mit großen Augen ein Stück von ihm ab.

»Beruhige dich. Ich habe nicht gesagt, dass dir das bewusst ist. Auf jeden Fall hast du gut daran getan, mich zu informieren. Nur wirst du deine Aussage auch offiziell wiederholen und zu Protokoll geben müssen. Das wird Gilo Battinelli übernehmen, du kennst ihn bereits.«

»Und dann landet es in der Zeitung, das will ich auf keinen Fall.«

»Nichts kommt ohne mein Plazet an die Öffentlichkeit. Ich verspreche es dir.«

»Was mache ich mit dem Schwein, das mir die Blätter schickt?«

»Weitere zwanzig Werke hast du Diego zugeordnet, von denen du noch keine Kopien erhalten hast. Du musst wohl davon ausgehen, dass er weitermacht. Das Gegenteil wäre schlecht. Nur so gibt es eine geringe Chance herauszufinden, wer es ist.«

»Und was willst du tun, Commissario?«

»Wie du bereits gesagt hast, ist es kein strafbarer Sachverhalt, dir die Blätter zukommen zu lassen. Verhaften kann man niemanden dafür. Und kein Richter wird in solch einem Fall Personenschutz anordnen. Ich schicke dir jemanden vorbei, der noch heute Nachmittag eine Kamera installiert, die den Eingang zum Grundstück übersieht. Er wird dir einen guten Preis machen. Tragen musst du das aber selbst. Und die Leute, die im Überwachungssaal vor den Bildschirmen sitzen, werde ich bitten, die Bilder von der Piazza San Giovanni besonders im Auge zu halten. Dann erfahren wir vielleicht, wer es ist.«

Laurenti entging nicht, dass Teresa mit diesen Vorschlägen wenig zufrieden war und sich verzagt auf die Unterlippe biss.

»Du musst Jago und Jacqueline informieren, Tessie, und dafür sorgen, dass mindestens einer von ihnen nachts hier ist. Teilt euch Schichten zu, wer von wann bis wann am Fenster sitzt. Am besten mit einem Fotoapparat. Ich selbst kann unmöglich bei dir übernachten und auf dich aufpassen«, sagte er, um sie aufzuheitern.

Und wirklich lachte sie. »Wir würden kaum mitbekommen, was draußen vor sich geht.«

»So gefällst du mir schon besser.«

Sie räusperte sich. »Aber wofür braucht es eigentlich all den Aufwand, wo du mich doch sowieso überwachen lässt?«

»Wer sagt das, Tessie?«

»Mit der Frage danach, wo ich letzte Nacht war, hast du es zugegeben.«

»Mein Gott, so fahrig, wie du geschminkt warst, hätte das selbst ein Blinder erraten. Ich muss jetzt los. Wann fährt der nächste Bus?«

»Erst in zwanzig Minuten.«

»Da kann ich gleich zu Fuß gehen.«

»Ich fahr dich mit dem Wagen in die Stadt.«

»Das ist nicht nötig, Teresa.«

»Aber ich muss am Nachmittag sowieso öffnen. Jago konnte sich nur heute früh freinehmen, weil die im Steinbruch mehrere Sprengungen vorgenommen haben. Dann sind alle anderen zur Untätigkeit verdammt.«

Flugs packte sie ihre Sachen zusammen, die riesige Handtasche musste schwerer wiegen als alle Dienstwaffen Laurentis zusammen, doch Teresa schnappte sie mit zwei Fingern. Allerdings wühlte sie eine kleine Ewigkeit darin, bis sie den Hausschlüssel herausfischte, und schließlich noch einmal genauso lange, um den Wagenschlüssel zu finden.

»Proteo.« Ihre Stimme klang zögernd, als er in der Via Teatro Romano vor der Questura aussteigen wollte. »Da ist noch etwas, was ich dir sagen wollte.«

Er nahm die Hand vom Türgriff und schaute sie mit hochgezogenen Augenbrauen an.

»Unser Freund Walter hat mir gesagt, dass da eine Frau ist, die mich seit geraumer Zeit zu festen Zeiten observiert. Ich hatte es selbst nicht bemerkt. Ich habe gestern einen Freund gebeten, das zu überprüfen. Sie ging mir mittags nach bis zu den Rive und kehrte erst um, als ich das Shuttleboat zur Diga nahm.«

»Mensch, Teresa, sag so etwas doch gleich. Beschreib sie mir.«

»Vielleicht vierzig Jahre alt, schlank oder hager, wie du willst. Fuchsfarbenes langes Haar, das sie stets als biederen Knoten trägt. Das und ihre Art, sich zu kleiden, macht sie älter, als sie ist. Ein herber Typ, der auf keinen Fall attraktiv sein will, aber trotzdem auf Qualität achtet. Ihre Kleider sind nicht billig. Und sie hat einen kleinen weißen Hund, der sein Geschäft am Verdi-Denkmal erledigt. Sie ist morgens die erste Kundin in der Malabar, gegen zehn taucht sie wieder auf, dann wieder um eins, wenn ich den Laden über Mittag schließe, und am Nachmittag, wenn ich ihn wieder öffne, zieht sie ebenfalls ihre Runde. Gut, vielleicht ist das alles ein Zufall, weil der Köter immer dann Gassi geführt werden muss, wenn ich komme oder gehe. Weder Walter noch ich wissen, wie sie heißt. Der Freund, den ich auf sie ansetzte, sagte, sie arbeite in einem Altersheim auf der Via Carducci, wo auch Lino La Rosa wohnt.«

»Alle Achtung, Tessie. Ich sage meinen Leuten, sie mögen sie überprüfen.«

»Das ist doch viel zu auffällig, Proteo. Dann weiß sie Bescheid.«

»Nicht, wenn sie die Hundekacke liegen lässt. Es ist an der Tagesordnung, dass dafür Ordnungsgeld fällig wird.«

»Du bist ein Schatz, Commissario.«

»Hast du etwa eine Geliebte, Papà?«

Kaum setzte er vor dem Teatro Romano den Fuß auf den Asphalt, hörte er die Stimme seiner ältesten Tochter.

»Sah das etwa so aus, Livia?« Er gab ihr zwei Wangenküsse und klopfte ihrem Freund auf die Schulter.

»Na, immerhin hat sie dich zum Abschied auf den Mund geküsst.«

»Du siehst Gespenster. Nur eine alte Bekannte, die Rat brauchte.«

»'Ne ganz schöne Wuchtbrumme, nach dem, was wir gesehen haben.«

»Ich bin schon lange hinter ihr her.«

»Und jetzt hast du sie rumgekriegt? Weiß Mamma davon?«

»Mach keine Witze, Livia. Du bist auf dem Holzweg. Ich bin beruflich hinter ihr her.« Und trotz seines Alters und der Tatsache, dass er nicht den geringsten Anflug eines schlechten Gewissens haben musste, fühlte Laurenti, dass er errötete. »Was macht ihr eigentlich hier?«

»Ich zeige Dirk die Stadt.«

»Und gefällt es dir bei uns?« Proteo wendete sich direkt an den Rechtsanwalt aus Frankfurt, der verlegen lächelte, weil er sich nicht sicher war, ob er verstanden hatte.

»Es ist ganz nett hier. Aber eine Römische Arena findet man auch in Deutschland.«

Er deutete aufs Amphitheater gegenüber der Questura. Livia übersetzte artig simultan.

»Die Römer haben das Handwerk vermutlich von Albert Speer gelernt«, feixte Laurenti. »Aber solange du das Hitlerstadion in Berlin nicht dazuzählst …«

»Papà, bitte.« Livia übersetzte die Worte ihres Vaters nicht.

»Waren Sie schon einmal in Berlin?«, fragte der kühne Blonde in brüchigem Italienisch. »Das hat Livia mir nicht erzählt.«

»Gleich nach dem Mauerfall. Livia war auch dabei. Warum siezt du mich eigentlich immer noch?«

Livia schwieg demonstrativ. Sie wusste sehr wohl, dass ihre Eltern gleich nach dem Mauerfall in Ostberlin einen Kunsthändler aus Dresden getroffen hatten, von dem Laura, die mit ihr schwanger war, verdammt günstig ein Bild von Paul Klee gekauft hatte. Sie hatte die Geschichte schon oft zu hören bekommen, schon deshalb, weil die beiden dank Lauras dickem Bauch und Proteos Dienstausweis bei der Rückkehr keine Probleme mit dem Zoll gehabt hatten. Das Gemälde hing immer noch im Schlafzimmer ihrer Eltern. Im ganzen Haus gab es keine Alarmanlage, und besonders versichert war es auch nicht. Woher es wirklich stammte und ob es echt war oder eine Fälschung, ließ Laura nie prüfen, obwohl das bei ihrer Arbeit im Auktionshaus zur Tagesordnung gehörte.

»Was macht ihr nachher?«, fragte Laurenti versöhnlich.

»Wir besuchen eine Freundin in der Via Romagna. Dann treffen wir noch andere Freunde. Ich will, dass Dirk sie alle kennenlernt. Mit euch alleine langweilt er sich, und Marco ist sowieso nie zu Hause, Patrizia will tanzen gehen.«

»Na, dann bin ich aber froh, vergnügt euch.«

»Danke, Papà.« Livia gab ihm einen Kuss. Als sich die beiden schon zwei Schritte entfernt hatten, drehte sie sich noch einmal um. »Mach dir keine Sorgen, ich sage es Mama schon nicht.«

Kopfschüttelnd überquerte er die Straße, drückte sich dann an der Schlange von Flüchtlingen vorbei, die seit gestern noch länger geworden war, und nahm den Aufzug zum dritten Stock. Während er durch den langen Flur zu seinem Büro ging, grüßte er wortlos ein paar Kollegen anderer Kommissariate und wunderte sich, Mariettas Platz verwaist zu sehen. Der Aschenbecher war wie immer voll, die Papiere häuften sich auf dem Schreibtisch, und auch ihre Handtasche stand am üblichen Platz. In seinem Büro fand er lediglich seinen Autoschlüssel und einige neue Aktennotizen zu internen Abläufen, die alte Akte Diego Colombo war noch immer unberührt. Er schlug sie auf und suchte nach den Protokollen und Zeugenaussagen über den angeblichen Tod des Meisterdiebs im Jahr 1991, legte die Füße auf den Schreibtisch und überflog die Kopie eines ganzseitigen Artikels aus *Il Piccolo*. Gilo Battinelli hatte recht, die hiesige Tageszeitung hatte dessen ganzes Leben aufgerollt und gab eine Fülle an Informationen preis, die nicht in den Ermittlungsakten standen.

»Tod im Exil – Sein letzter Coup« lautete der reißerische Aufmacher mit dem Foto eines feingliedrigen, athletischen Mannes mit schwarzer Lockenpracht im Alter von einunddreißig Jahren. »Politischer Flüchtling, Skipper, Schmuggler und Dieb – Diego Colombo starb bei seinem letzten Raubzug durch eine Bombe.« In der Mitte der Seite prangte das Foto der drei brennenden Jachten am Anleger in der Sacchetta, wo die Einsatzkräfte im Schein kräftiger Halogenscheinwerfer mit den Löscharbeiten beschäftigt waren. »Vor neun Jahren, bei Ausbruch des Falklandkriegs, floh der damals zweiundzwanzigjährige italienischstämmige Argentinier Diego Colombo vor dem Regime. Mit der Zwölfmeterjacht *Esperanza* überquerte er alleine den Atlantik und schaffte es bis nach Triest zur Familie einer Cousine seiner Mutter. Hier beantragte er Asyl. Sein aus Salerno stammender Urgroßvater ließ sich 1910 in Mar del Plata nieder und arbeitete auf den Baustellen der noch jungen Stadt. Sein jüngster, 1928 geborener Sohn Giacomo baute mithilfe seines Vaters ein Hotel an der Plaza del Milenio. Seine Frau fand er unter den Triestiner Emigranten der Fünfzigerjahre, sie war im Stadtteil San Giovanni am Ende der Via Giulia aufgewachsen. Ihr ältester Sohn Diego, eine spanische Variante des Namens Giacomo, wurde während seines Militärdiensts in einer Sprengstoffeinheit ausgebildet. Danach begann er in Buenos Aires mit dem Studium der Ingenieurswissenschaft. Als er gleich zu Beginn des Falklandkriegs den Gestellungsbefehl erhielt, begann seine abenteuerliche Flucht mit der Jacht des Vaters. In der Stadt angekommen, meldete er sich sogleich bei der Familie seiner Cousine und wurde warmherzig aufgenommen.«

Die weiteren Zeilen berichteten davon, dass Diego im Sommer sein Geld als Skipper wohlhabender Triestiner verdiente, deren Segelboote dank seines Könnens Regatten gewannen. Oder er überführte für sie ihre Schiffe aus anderen Teilen des Mittelmeers und auch aus den Vereinigten Staaten, sofern deren Eigner die Atlantiküberquerung selbst gewagt hatten. Eine andere Verdienstquelle habe er allerdings durch Schmuggel von und nach Jugoslawien aufgetan, jedoch seine Auftraggeber nie preisgegeben. Dann setzte die Zeitung ihm auch noch ein Denkmal: »Als Gentlemanverbrecher allerdings brachte er es zu zweifelhaftem Ruhm. Ausgeklügelte Sprengstoffanschläge lenkten von seinen wahren Zielen ab und richteten enorme Schäden an. Der Polizia di Stato war es nie gelungen, ihn der Taten zu überführen.«

Die Liste der Diebstähle und Anschläge überging Laurenti, er kannte sie auswendig. Erst als der Artikel auf das Privatleben des Verbrechers zurückkam, heftete sich sein Blick wieder auf das Blatt.

»Diego Colombo lebte mit seiner jungen Frau und entfernten Cousine Teresa Fonda im Viertel Piccola Parigi. Das Gesetz erlaubt die Heirat zwischen entfernten Cousins. Teresa ist hochschwanger. Für ihr Kind wird sie nach dem Tod Diegos nun alleine sorgen müssen. Beim Bombenanschlag auf die noble Jacht von Rechtsanwalt Ennio Carfì um 4 Uhr 44 gestern Morgen verlor er sein Leben. Noch suchen die Behörden nach seiner Leiche, die Wahrscheinlichkeit ist groß, dass sie kaum aufzufinden sein wird. Seine Bombe war von so enormer Sprengkraft, dass Diego entweder verbrannt ist oder zerstückelt wurde. Rechtsanwalt Carfì hingegen kann sich keinen Grund vorstellen, weshalb Diego sich ausgerechnet ihn als Ziel ausgesucht hatte, er hatte nach eigener Aussage bisher nie direkt mit ihm zu tun gehabt. Auch hätten sich keine Gegenstände von besonderem Wert an Bord befunden. Der Schaden an der Jacht des Rechtsanwalts sowie der anliegenden Boote geht in Millionenhöhe.«

Obwohl er den Vorgang fast auswendig kannte, notierte er schließlich drei Fakten, die ohne den Überfall auf das Freilager im Porto Vecchio isoliert geblieben wären: Ein Teil der Vorfahren Diegos stammten wie die Laurentis aus Salerno. Der Augenzeuge, der ihn in die Jacht einbrechen sah, hieß Lino La Rosa und war Maresciallo bei der Guardia di Finanza. Ein früherer Kollege also, der gestern Morgen im Rollstuhl den Polizisten bei der Arbeit im Freihafen zugeschaut hatte. Der Eigner des sündhaft teuren Schiffs hingegen hieß Ennio Carfì, der damals, wie heute sein Sohn Domenico, als Rechtsanwalt praktizierte. Und der Mann hatte La Rosa nach dessen Unfall gegen Teresa Fonda vertreten.

Da Marietta noch immer nicht in ihr Büro zurückgekommen war, schaltete er seinen Computer ein und suchte selbst nach den Daten von Carfì senior. Er erinnerte sich gut an ihn, denn er war einst als scharfer Strafverteidiger und brillanter Rhetoriker gefürchtet, dessen Taktik es gewesen war, anhand kleinster Ermittlungs- oder Verfahrensfehler selbst Anklagen wegen Kapitalverbrechen zu verschleppen oder ins Wanken zu bringen, und der seine Fälle oft genug bis zur letzten Instanz durchfocht, wo er häufig gewann. Es hieß, dass er dafür fürstliche Honorare einstrich, wovon die Luxusjacht und seine Villa in der Via Tagliapietra Zeugnis ablegten, die seit seinem Tod vor fünf Jahren sein Sohn Domenico bewohnte, der auch die Kanzlei übernommen hatte.

Ennio Carfì und Lino La Rosa also, Laurenti notierte sich die Daten. Wegen des Unfalls damals wäre Teresa Fonda auf jeden Fall auf den Zahn zu fühlen. Und La Rosa selbst musste er sich auch vorknöpfen. Obgleich Teresa einst trotz aller Tricks des Rechtsanwalts mit einem Bußgeld davongekommen war, könnte der Staatsanwalt den Fall wegen Mordversuchs wieder eröffnen und dem Commissario einen offiziellen Vorwand geben, den Mann zu vernehmen.

Proteo Laurenti warf einen Blick auf die Uhr. Als er sich am frühen Morgen auf den Weg gemacht hatte, war seine Absicht gewesen, so früh wie möglich zurück nach Hause zu kommen und den fehlenden Schlaf am Strand nachzuholen, zu schwimmen und zu lesen. Und jetzt blieben ihm höchstens noch drei Stunden bis zum Sonnenuntergang. Er sprang auf, stibitzte eine Zigarette aus der Packung auf Mariettas Schreibtisch, zündete sie an und hielt sie in der hohlen Hand versteckt, während er das Treppenhaus hinablief und die Questura verließ. Eine Viertelstunde später parkte er an der Costiera und ging zum Haus hinunter.

Seine Schwiegermutter hütete die kleine Barbara, die selig in ihrem Kinderwagen schlummerte, und widmete ihm keinen Blick. Meist fragte Proteo sich, ob die Greisin ihm stumme Vorhaltungen machte wegen irgendetwas, an das er sich nicht erinnerte. Andererseits wurde die Signora Camilla immer vergesslicher. Er sprach sie nicht an, zog sich rasch um, schnappte sich ein Badetuch und ging zum Strand hinunter.

Auch Laura hatte offensichtlich Ruhe nötig, neben ihrem Liegestuhl lag eine aufgeblätterte Kunstzeitschrift, und ihr Atem ging sanft und regelmäßig. Unter der milden Septembersonne schlummerte auch Laurenti bald ein. Ein betörender Traum entführte ihn auf eine Jacht, wo er mitten auf der Adria anfangs allein mit Teresa Fonda war und sie sich bedrohlich nahe kamen, dann aber stand er am Ufer und beobachtete das Schiff beim Auslaufen. Tessie und Diego winkten ihm vom Bug aus fröhlich zu. Und ausgerechnet Rechtsanwalt Carfì stand am Steuerruder.

»Ihr entkommt mir nicht«, rief er ihnen mit voller Stimme nach, während sie sich entfernten.

»Träumst du schlecht, Liebling?« Laura setzte sich neben ihn auf die Liege, ihre glockenklare Stimme schwankte zwischen besorgt und belustigt.

Laurenti rieb sich die Augen und schüttelte den Kopf. Die Sonne stand schon tief über dem Meer, fast zwei Stunden musste er geschlafen haben.

»Es ist Zeit für einen Aperitif, Laura.« Wie ein Baby streckte er die Arme nach ihr aus, umschlang sie innigst und küsste sie.

»Proteo, nicht hier, nicht jetzt. Irgendeiner aus der Familie kommt bestimmt noch an den Strand«, flüsterte Laura in schwachem Protest, als er versuchte, ihr den Bikini abzustreifen. »Was hast du denn geträumt?«

»Nur von dir, mein Schatz.« Laurenti ließ sich nicht abbringen.

»Mensch, was macht ihr denn hier?« Es war die Stimme Marcos, die sie zur Besinnung brachte. Er hatte ihnen bereits den Rücken gekehrt und stieg wieder die Treppe zum Haus hinauf, wobei er zwei Stufen auf einmal nahm. »Ich glaub's ja nicht. Meine Eltern. Das darf doch nicht wahr sein. Und dann noch am Strand.«

»Glaubst du immer noch, der Storch hat dich gebracht?«, rief Laurenti ihm lachend hinterher, doch der Junge war bereits verschwunden.

Daria Bono saß am Fenster ihrer Wohnung im letzten Geschoss eines herrschaftlichen Palazzos in der Via Giorgio Strehler und starrte auf den Vorplatz des Theaters hinunter. Auf dem Tischchen neben ihrem Sessel lag die Beretta, die sie vor einem Vierteljahrhundert in Lino La Rosas Sachen gefunden und damals an sich genommen hatte. Das Licht hatte sie trotz der aufziehenden Dunkelheit nicht eingeschaltet, doch den strengen Knoten ihres feinen fuchsfarbenen Haares gelöst, und Gulasch lag zufrieden auf ihrem Schoß und ließ sich genüsslich sein Fell kämmen. Jeden Abend tat sie das, damit der kleine Köter so weich war, als käme er direkt aus der Spielwarenabteilung. Während sie die in Abendgarderobe gekleideten, herbeiströmenden Besucher des splendiden Teatro Rossetti betrachtete, versank sie in Gedanken an ihre Jugend und ihre nie erfüllten Träume. Wie oft sie beim Schultheater gelobt worden war und wie sie sich ausgemalt hatte, später einmal selbst auf einer großen Bühne zu stehen, wo ihr große Sträuße roter Rosen zugeworfen wurden. Alles war auf einen Schlag vorbei gewesen.

Nach dem Tod der Eltern wurde Daria von einer alleinstehenden alten Tante ihrer Mutter aufgenommen; andere Verwandte außer Renata hatte sie nicht. Die Behörden waren der Meinung, dass sie besser in einem Heim untergebracht sei. Doch die Tante wehrte sich entschieden dagegen; auch mit ihren fünfundsiebzig Jahren sei sie bestens in der Lage, sich um das Mädchen zu kümmern, das gerade jetzt eine familiäre Fürsorge dringend brauche.

Am Tag nach ihrem schrecklichen vierzehnten Geburtstag, zu dem Großtante Renata eine Sachertorte mit Kerzchen darauf für sie bereitet hatte, klingelte eine Frau vom Jugendamt und überbrachte die bittere Nachricht. Lino La Rosa habe sie als seine Tochter anerkannt und würde das Mädchen zu sich nehmen. Ein brutaler Schlag, doch jeder Protest und Darias verzweifeltes Heulen, auch dass sie sich angstvoll an Renata klammerte, fanden vor der gerichtlich bestätigten Vaterschaft kein Gehör. Nur einen Tag Aufschub konnte die Großtante mit dem Hinweis aushandeln, dass sie Zeit zum Packen brauche, damit die Kleine nichts vergaß.

Für Daria war es ein doppelter Schock gewesen. Nie im Leben hätte sie es für möglich gehalten, dass ihre Mutter die Abwesenheit ihres Mannes zu Seitensprüngen nutzte, und sie weigerte sich bis heute, es zu glauben. Lino La Rosa aber stieß sie ab. Störrisch fügte sie sich, zu dem Junggesellen im proletarisch geprägten Stadtteil San Giacomo zu ziehen. In seiner Dreizimmerwohnung fehlte alles. Und sie war seit Langem nicht geputzt worden. Hier hatten die Behörden offensichtlich nichts überprüft und in Augenschein genommen. Als Daria sich beklagte, hieß er sie, zu Schwamm und Lappen zu greifen und sich nützlich zu machen. Sie war gerade zwei Monate dort, als er auf der Via Carducci angefahren wurde und knapp überlebte. Die Wohnungsnachbarn kümmerten sich jetzt um Daria, auch Tante Renata schaute regelmäßig vorbei, bis er nach einem Vierteljahr schwerbehindert aus dem Krankenhaus entlassen wurde. Dienstunfähig und für immer an den Rollstuhl gefesselt. Als Beamter war er sozial abgesichert, eine Pflegerin schaute anfangs nach dem Rechten, während Daria noch zwei Schuljahre absolvierte, bis La Rosa sie trotz guter Zeugnisse von der Schule nahm und in eine Ausbildung zur Krankenschwester steckte.

Lino La Rosa brauchte sie zu Hause, er wollte keine fremde Pflegerin mehr, und wenn Daria mit der Arbeit im Hospital fertig war, musste sie ihren Vater waschen, für ihn kochen, ihn mit dem Rollstuhl ausführen und in verrauchten Bars warten, bis er betrunken genug war und keine Münzen mehr für die Spielautomaten hatte. Danach musste das Mädchen die Wohnung in Schuss halten, sie hatte selbst für ihre Freunde keine Zeit mehr.

Als sie volljährig wurde, nahm Daria wieder den Nachnamen des Mannes an, der sie geliebt hatte und von dem sie die ersten vierzehn Jahre ihres Lebens geglaubt hatte, dass er ihr Vater wäre, und dessen Namen in der Geburtsurkunde stand und auf ihren frühen Schulzeugnissen.

Sie nahm Linos alte Waffe in die Hand und hielt sie sich an die Schläfe, atmete tief durch, als sie das kalte Metall spürte. Sie spielte mit dem Abzug. Dann lächelte sie plötzlich, obwohl ihr zum Heulen zumute war, und legte die schwere Pistole auf den Tisch.

Nur einmal war es ihr gelungen, Lino zum Reden zu bringen. Er hatte ihr erzählt, dass Mitte der Siebzigerjahre Triest eine florierende Stadt gewesen sei, in der viele Leute durch den Handel mit dem angrenzenden Jugoslawien sowie mit Österreich oder Bayern und dank des Hafens mit Ländern wie Libyen, Tunesien und Algerien oder mit dem Nahen Osten ein riesiges Vermögen angehäuft hätten. Auf der Piazza Ponte Rosso hätten Händler aus Süditalien täglich tonnenweise Bluejeans an die Jugoslawen verkauft, die wegen der Zollkontrollen drüben gleich drei Paar übereinander angezogen und mit Bündeln von Dinarscheinen bezahlt hätten. Meist seien den Leuten damals gefälschte Waren angedreht worden. Rifle-Jeans zum Beispiel, bei denen nicht einmal das Etikett stimmte. Säckeweise hätten die Händler am Abend die Kohle weggeschleppt, und die Banken hätten die Scheine nicht gezählt, sondern nach Gewicht bezahlt. Wiegen statt zählen. Geringschätzig sprach man über die Kunden von jenseits der Grenze und drehte ihnen am liebsten Schrott an, ihr Geld kassierte man mit Häme. Der Schmuggel blühte, und auch der Triestiner Hafen brachte viel Arbeit, selbst der Porto Vecchio war noch voll in Betrieb. Luciano Bono habe mit seiner Spedition gut verdient, aber kaum Steuern bezahlt. Die Guardia di Finanza habe einen entsprechenden Hinweis erhalten, dem sie nachkommen mussten. Darias Mutter Lorena habe er bei der Hausdurchsuchung kennengelernt. Eine flotte junge Frau mit einer verdammt guten Figur, aber einem schlechten Charakter. Sie habe versucht, ihn durch Sex zu bestechen, damit er gegenüber den schmutzigen Geschäften Bonos ein Auge zudrücke. Er sei auch nur ein Mann, hatte Lino noch gesagt, bevor er erklärte, dass das Thema damit ein für alle Mal abgehandelt sei.

Sie würde sich für alles rächen, sann Daria Bono, als der Vorplatz des Theaters sich leerte. Diese Bilder im Lager der GelFish würden nie mehr ins Eigentum von Lino La Rosa zurückkehren. Nichts auf dieser Welt würde den habgierigen alten Sack mehr schmerzen. Aber auch der Staat würde sie nicht bekommen. Schon vor geraumer Zeit hatte sie begonnen, eigene Sachen dort unterzustellen. Das Schreiben auf dem Briefpapier der GelFish berechtigte sie zur Einfahrt in die Freihandelszone. Mit dem Einbruch ins Lager war die Zeit gekommen, die nächste Stufe ihres lang gehegten Plans zu erklimmen.

Der Todesengel nahm noch einmal die alte Beretta von La Rosa in die Hand, streichelte über den kalten Stahl und überprüfte die Sicherung, dann schob sie die Waffe in den Wildlederbeutel und legte sie in die Schublade der Kommode, auf der das Telefon stand. Sie griff zum Hörer und bestellte bei einem chinesischen Restaurant in der Nähe das Abendessen. Während sie auf den Boten wartete, setzte sie sich an den Tisch und begann, die Liste der Kunstwerke zu überarbeiten. Sie brauchte sich nicht damit zu beeilen. Als Erster stünde Lino in der Schusslinie. Zusammen mit Rechtsanwalt Carfì.

Fremde Werke

»Was? Eine Videokamera über der Haustür? Das kommt überhaupt nicht infrage«, rief Jago empört, als er nach Hause kam. »Du spinnst, Mamma. Nicht einmal daheim kann man sich jetzt noch frei bewegen. Ich will nicht, dass alle wissen, wann ich mit wem hier bin.«

»Solange du deine Bettwäsche nicht selbst wechselst, brauche ich dazu sowieso keine Kamera, mein Junge. Und wie dein Wohnwagen aussieht, will ich erst gar nicht wissen.«

Jago hatte das Gerät also doch bemerkt, als er nach dem Abendgymnasium nach Hause kam. Er wollte noch den behandelten Stoff wiederholen, weil ihm in Kürze eine Prüfung bevorstand. Als seine Mutter ihm jetzt das kleine schimmernde Infrarotlicht der Kamera zeigte, staunte er mit offenem Mund über die Anschaffung, auch weil Teresa Fonda in der Regel alle Veränderungen im Haus mit ihren Kindern besprach. Selbst Jacopo, der Älteste der drei, der irgendwo auf der Welt mit einem Öltanker unterwegs war, wurde per Mail miteinbezogen und rief dann meist umgehend über Satellitentelefon an. Und nun das.

»Die Polizei hat es empfohlen, Jago.«

»Und seit wann fragst du ausgerechnet die Bullen um Rat, bevor du mit uns sprichst, Mamma? Wir können uns selber helfen.«

»Es war keine Zeit, vorher den Familienrat einzuberufen.«

Tessie saß in der Küche vor dem Laptop und starrte auf den Bildausschnitt, den die Überwachungskamera einfing. Kurz vor Ladenschluss hatte sich ein pensionierter Kollege des Commissario namens Gabrio Grandi vorgestellt und gesagt, dass Laurenti ihn grob informiert und er die Ausrüstung bereits in seinem Wagen habe, der vor der Tür im Halteverbot stand. Früher als sonst hatte sie daraufhin die Remittenden bereitgestellt, die Ladenkasse geleert und das Geschäft geschlossen. Es war ihr ganz recht, dass sie an diesem Abend nicht mit dem Bus fahren musste, sondern Begleitung hatte. Das Gespräch mit dem Commissario hatte sie nur kurzfristig erleichtert, je näher aber der Feierabend rückte, umso mehr gewannen die Sorgen Oberhand. Einmal eingestanden, waren sie nicht mehr zu verdrängen.

Gabrio Grandi hatte während der Fahrt erzählt, dass er als Privatdetektiv seine Rente aufbessere, und angeboten, die Überwachung als eine Art unsichtbarer Bodyguard persönlich zu übernehmen. Als er Teresa jedoch sein Honorar nannte, war es ihr leichtgefallen, sich für eine technische Lösung zu entscheiden. Für sechshundert Euro in bar hatte er schließlich die kaum sichtbare Kamera mit Bewegungssensor über der Haustür installiert und auf ihrem Computer die Verbindung eingerichtet. Es sei alles ganz einfach, erklärte der Mann, doch als er sie eine Stunde später mit dem Gerät alleine ließ, tat sie sich schwer mit der neuen Technik. Nicht einmal zu Abend gegessen hatte sie, als Jago nach Hause kam. Als sie ihm dann noch den Grund für diese Anschaffung gestand, schimpfte er mit ihr wie mit einem dummen Mädchen. Und als später Jacqueline vom Dienst im Restaurant auftauchte, musste sie die Vorwürfe ein zweites Mal über sich ergehen lassen.

So hatte Teresa die ganze Nacht über kaum ein Auge zugetan. Immer wieder war sie aufgestanden, um einen Blick auf den nachtschwarzen Monitor zu werfen, und hatte sich erst wieder hingelegt, nachdem sie überprüft hatte, dass das System wirklich funktionierte. Und obwohl sie seit fünfundzwanzig Jahren als alleinerziehende Mutter und Inhaberin eines Ladens, der stets als eines der ersten Geschäfte öffnete, gewohnt war, trotz aller Müdigkeit diszipliniert auf den Beinen zu sein, wenn andere noch schliefen, war es ihr heute schwergefallen, den Bus um zehn vor sechs zu erreichen, der sie ins Zentrum brachte.

Walter betrachtete besorgt ihr müdes Gesicht, dem der Mix aus Schlafmangel und Kummer anzusehen war, als sie ein paar Minuten später als üblich unter dem halb geöffneten Blechrollo der Bar durchschlüpfte, die Zeitungen auf den Tresen legte und sich stumm setzte. Ihre Rhythmen glichen sich, wenn er wie in dieser Woche die Frühschicht übernahm, doch seine Falten waren schon seit Jahren tief, und sein Blick schien selbst dann wach zu sein, wenn er zum Umfallen müde war. Er begrüßte sie lediglich mit einem kurzen Ciao und bereitete ihr den üblichen dampfenden Caffè Latte zu und servierte ihn zum Trost mit einem Stück Schokolade. Dann heftete er wie jeden Morgen die Tagespresse am Bund, versah sie, ohne einen Blick auf die Schlagzeilen zu werfen, mit dem Stempel der Bar und steckte sie in den Zeitungsfächer neben dem Eingang.

»Du hattest recht, ich werde verfolgt.« Teresa blickte ihn mit großen Augen an, als er wieder hinter den Tresen trat.

»Als ich dein Gesicht sah, dachte ich, dass es ein Fehler war, es dir zu sagen.«

»Ich weiß nicht, ob sie es ist. Ich erhalte seit geraumer Zeit eigenartige Nachrichten. Keine Beleidigungen, keine Drohungen. Nur regelmäßige Hinweise, dass irgendjemand mein Leben kennt. Auch heute früh war wieder ein Blatt im Stapel der Zeitungsballen. Sonst nichts. Also sag mir bitte alles, was du siehst.«

Teresa verstummte schlagartig, als Walters Blick zum Eingang schweifte und sie eine ihr wohlbekannte Stimme vernahm. Ein weiterer Gast missachtete die Öffnungszeitungen des Lokals.

»Vollversammlung, was?«, fragte Laurenti.

»Du um diese Zeit?«, fragte der Wirt. »Hat Laura dir endlich den Laufpass gegeben?«

»Hast du etwa die Zeitung noch nicht gelesen? Ganz schöner Mist, den die verzapfen. Ich war um sechs beim Staatsanwalt. Sie versauen mir den restlichen Urlaub. Mach mir bitte einen Espresso.«

Walter holte eines der Blätter und legte es auf den Tresen. Teresa rückte näher und las nun endlich die Schlagzeilen. Ihr Parfum hätte Tote geweckt. Auch sie ging die Blätter immer erst durch, wenn sie im Laufe des Morgens dazu kam, und nie, wenn sie sie auspackte und in die entsprechenden Fächer steckte oder die meistgelesenen in griffbereiten Stapeln auf dem Tresen platzierte.

»Polizei und Staatsanwaltschaft k.o. Ein Phantom führt Commissario Laurenti und Staatsanwalt Scoglio an der Nase herum.« Headline und Untertitel ließen nichts zu wünschen übrig. »Ist die öffentliche Sicherheit gefährdet?«

»Das hat man davon, wenn man in den Ferien für Journalisten nicht zu erreichen ist«, empörte sich Laurenti. »Eine Vorverurteilung ohnegleichen. Und wir können nicht einmal dagegen vorgehen. Ich war schon um halb sechs bei Scoglio, dessen Gesicht aussieht, als hätte er mit Tessie die Nacht verbracht. Er nimmt das viel zu persönlich.«

Das Blatt rollte schon wieder die gesamte Geschichte des Falls Colombo auf und überführte damit schon jetzt einen Täter, von dem es keine Spur gab. Der Fall wies nur Ähnlichkeiten mit der Vergangenheit auf. Die Artikel machten sich geradezu schadenfroh über die Ermittler lustig und ließen die Legende vom Gentlemangangster wiedererwachen. Auch ein Foto von Teresas Zeitungsladen prangte auf der Seite.

»Echte Umsatzförderung, Tessie. Heute musst du die Zeitungen vermutlich signieren, wenn du sie verkaufst«, grinste Walter. »Verlang einen Aufpreis. Die Geschäfte auf der Piazza werden boomen. Ich rufe noch einen weiteren Kellner zur Verstärkung.«

»Danke, dass du mir deinen Exkollegen geschickt hast. Die Kamera läuft, aber heute Nacht ist nichts passiert. Dafür steckte die Kopie eines Bilds von Renato Guttuso zwischen den Zeitungen. Funktionieren eure Überwachungssysteme in der Stadt eigentlich auch bei Dunkelheit?«

»Natürlich, Tessie. Aber ich weiß noch nicht, ob dein Laden auf dem Bildausschnitt ist. Ich habe dir doch gesagt, dass es weitergehen wird. Reg dich nicht auf, du weißt, dass wir alles tun werden, um der Sache bald ein Ende zu setzen. Aber dein Preis ist hoch, denn wenn Diego Colombo wirklich darin verwickelt ist, dann wird er uns dieses Mal nicht entkommen. Alleine das Interview mit der Witwe des toten Fahrers in dem Blatt ist so polemisch gegen uns gerichtet, als hätte die Polizei den Mann auf dem Gewissen. Du musst in der Mittagspause deine Aussage in der Questura machen. Ich werde Battinelli unterrichten, dass er dich um halb zwei erwartet. Komm nicht zu spät, Tessie.«

»Mist, es ist schon sieben Uhr durch«, schreckte Teresa auf, als sie das Geräusch des Elektromotors vernahm, der den Blechvorhang vor der Bar öffnete. »Ich muss rüber und aufmachen.«

Als sie mit energischem Schritt zur Tür ging, stand sie plötzlich der Fuchshaarigen gegenüber, die mit dem weißen Köter wie jeden Morgen die erste Kundin war. Die beiden Frauen fixierten sich stumm, bis Daria Bono zögerlich einen Schritt zur Seite trat, wie immer als Erstes ein Exemplar der Lokalpresse aus dem Halter nahm, sich damit wortlos an den Tresen setzte und darauf wartete, dass Walter ihr den Espresso servierte. Als auch Laurenti das Lokal nach ein paar geflüsterten Worten mit Walter breit grinsend verließ, sah sie von der Seite mit den Todesanzeigen in der Zeitung auf und blickte ihm nach.

Sein Porträt hatte sie bereits auf Seite zwei gesehen und sich gefragt, ob sie ihm schon einmal begegnet war. Auf jeden Fall aber rechnete Daria damit, dass der Commissario früher oder später zumindest ihren Vater verhören würde, da er offensichtlich die Ermittlungen zu dem Raubzug im Porto Vecchio leitete. Und in der Stadtchronik hatte sie dann den Artikel über den Einbruch in der ehemaligen Wohnung von Edivge Sermione in der Via Macchiavelli studiert und war beruhigt, als der Journalist zum Schluss kam, dass es wohl wie so oft die Tat Krimineller vom Balkan war, auf deren Konto wohl die meisten Einbrüche der letzten Monate gehen würden. Der Tatsache, dass es gleichzeitig mit der Beerdigung geschah, maß er offensichtlich keine Bedeutung bei. Gut so. Unter den Todesanzeigen fiel der Leichenschänderin heute kein wohlhabender Verblichener ins Auge. Es drängte Daria hingegen, ins Büro zu kommen und die Seiten auszudrucken, die sie gestern Abend von zu Hause dorthin geschickt hatte. Nach langen Recherchen im Internet war sie der Münzsammlung von Edviges Vorfahren stetig näher gekommen und erstaunt gewesen, dass vom Jahr 1199 bis 1313 die Bischöfe Triests das Münzrecht hatten. Nur einmal im dreizehnten Jahrhundert mussten sie dieses vorübergehend an die Kommune abtreten, weil der Klerus überschuldet war. Und wenn Daria es richtig verstanden hatte, handelte es sich hier um die weltweit einzige vollständige Sammlung. Sie musste von enormem Wert sein, wenngleich es wie bei vielen ihrer Kunstwerke schwierig sein würde, sie auf dem Markt abzusetzen. Im Artikel über den Wohnungseinbruch standen keine Details darüber, lediglich das Bild wurde genannt. Vermutlich kannten die Nachfahren der alten Dame deren Nachlass selbst nicht. Wie jeden Morgen legte der Todesengel die abgezählten Münzen für den Espresso auf den Tresen, schnappte sich die Leine und verließ mit Gulasch an ihrer Seite grußlos die Bar.

Eine Eigenheit der Arbeit eines Polizisten war, dass er sich die Zähne an dem ausbeißen musste, was andere eingefädelt hatten. Ob dies neue Gesetze, Richtlinien oder Anordnungen aus dem Ministerium waren oder die Taten von Verzweifelten oder Verbrechern jeglicher Couleur. Man lief immer hinterher. Der Faktor Zeit aber hatte hinter dem der Detailgenauigkeit und Gründlichkeit zurückzustehen, wollte man zu sicheren Erfolgen kommen. Hetzen lassen durfte man sich von niemandem. Die Kriminalstatistik in Triest fiel trotz der Grenzlage im Vergleich zu anderen Städten erstaunlich milde aus. Zwar hatten sich mit der Finanzkrise Eigentumsdelikte und Betrügereien erhöht, die größte Erfolgsquote bei Zugriffen und damit die meiste Arbeit hatten jedoch die Kollegen an der Grenze oder im Hafen: internationale Gangsterbanden, Warenflüsse ohne Ende, Flüchtlinge aus Krisengebieten. Wenigstens fielen gewöhnliche Diebstähle und Wohnungseinbrüche in die Zuständigkeit anderer Kollegen. Der Commissario kam normalerweise erst zum Zug, wenn es Tote gab, aber die Zahl der Gewaltverbrechen war in den letzten Jahrzehnten konstant niedrig geblieben. Lediglich ihr Schwerpunkt hatte sich mit der zunehmend schlechteren Wirtschaftslage verschoben. Der gefährlichste Ort der Welt war die Familie. Spannungen wurden ungehemmt hineingetragen und eskalierten. Der junge Mann, der gestern einen Molotowcocktail auf die Questura geworfen hatte, anstatt seine besitzergreifende Mutter umzubringen, gehörte eigentlich dafür belohnt, dass er auf diese dämliche Art und Weise Hilfe suchte. Der Untersuchungsrichter hatte ihm aber, wie Laurenti aus dem internen Ticker wusste, die schlimmstmögliche Strafe verpasst, um die vollgestopften

Gefängnisse nicht weiter zu belasten. Der Kerl stand bis zur Hauptverhandlung unter Hausarrest. Ein Triumph für diejenigen, deren Fängen er hatte entkommen wollen – nicht immer überzeugte ein Urteil der Justiz durch eine angemessene Strafe.

Laurenti schaltete die Espressomaschine in Mariettas Büro ein und setzte sich mit einem duftenden Kaffee an seinen Schreibtisch, um die Zeitung endlich in Ruhe zu lesen. Abgesehen von der Häme der Redakteurin, fiel ihm noch eine weitere Meldung ins Auge. Offensichtlich war es zur Mode geworden, nicht mehr nur jegliche Form von Metallgegenständen von Friedhöfen zu stehlen und an Altmaterialverwerter zum Kilopreis zu verkaufen, sondern sich gleich während der Beisetzungen in den Wohnungen der Verblichenen oder ihrer Angehörigen zu bedienen, wenn es etwas zu erben gab. Ein sicherer Moment. Zum letzten Geleit erschienen selbst zerstrittene Angehörige, solange sie auf ein Erbe hofften. Gestern wurde in der Via Macchiavelli eine großbürgerliche Wohnung ausgeräumt, wo ein Gemälde eines holländischen Meisters gestohlen wurde sowie Schmuck und eine Sammlung alter Münzen. Abgesehen davon, dass die Journalisten wie so oft bei ausländischen Namen den des flämischen Malers bis zur Unleserlichkeit verhunzt hatten, schien es sich bei den geraubten Gegenständen um nichts Besonderes zu handeln. Die Wertsachen waren nicht weggeschlossen und die Wohnungstür nicht gesichert gewesen. Ähnlich leichtes Spiel hatte auch Diego Colombo vor fünfundzwanzig Jahren gehabt, als man sich in Triest noch auf einer Insel der Glückseligen wähnte. Dieser Artikel ging in der Zeitung allerdings im Vergleich zum Anschlag an der Business School und dem Raub im Porto Vecchio unter. Doch die Polizeipräsidentin hatte die Zeitung ebenfalls gelesen. Bereits um 7 Uhr 45 klingelte Laurentis Telefon.

»Ich dachte, Sie seien in den Ferien, wie immer, wenn es brennt.« Kein Gruß, nur finstere Wolken in ihrer Stimme.

»Ein bisschen Pflichtbewusstsein scheint sich hier doch noch zu finden. Ich hoffe, Sie haben der Presse entnommen, wie es um unser Ansehen steht. Ich hatte bereits das Ministerium am Apparat. Was hier passiert, passt nicht in die Regierungsleitlinie, die den Aufbruch des Landes proklamiert. Um acht Uhr im Konferenzsaal.«

Er konnte nicht einmal die Anweisung bestätigen, bevor sie auflegte. Nun, was sollte passieren? Seine Verdienste waren so unzweifelbar wie seine langen Dienstjahre. Versetzen konnte man ihn in seinem Alter schwerlich, eine Degradierung wäre selbst dann schwierig, wenn er sichtbare Schuld trüge. Und Marisa Quagliarello, die Chefin, war eine der wenigen Frauen, die in großen Städten diese Position bekleideten. Auch zu Beginn ihres zweiten Dienstjahres in Triest hatte sie angekündigt, weiterhin eklatante Besserung in der Arbeitsauffassung und in den Abläufen der Questura durchzusetzen. Die Polizeipräsidentin schien sich allerdings bereits näher an der Politik zu fühlen als am polizeilichen Alltag und drängte auf schnelle und spektakuläre Ergebnisse, die ihrer weiteren Karriere von Nutzen sein sollten: den gleichen Posten beispielsweise in Mailand, Neapel, Palermo oder in der Hauptstadt zu bekommen, besser aber noch die Ernennung zum Präfekten, dem Statthalter Roms, und damit einen deutlich ruhigeren und besser dotierten Job. Und anschließend Staatssekretärin oder Ähnliches. Laurenti hatte schon so viele ihrer Vorgänger erlebt, er war nicht weiter beunruhigt, überflog rasch die letzten Notizen des Vortags und wollte sich soeben auf den Weg machen, als Marietta eintrat. Die Fröhlichkeit stand ihr ins Gesicht geschrieben, obgleich sie frühmorgens meist wortkarg war.

»Bist du frisch verliebt?«, fragte Laurenti.

»Heute Morgen wird die Kamera auf der Piazza San Giovanni neu eingestellt, Proteo. Der Techniker ist ein wahnsinnig netter Kerl, er tut mir einen Gefallen.«

»Wie lange hast du gebraucht, um ihn zu überreden?«

»Sie muss sich im Laufe der Zeit verstellt haben, das Bild reichte auf der Seite des Zeitungsladens nicht bis zum Gehweg.«

»Und woher weißt du, dass wir genau diese Einstellungen brauchen?«

»Ich kenne dich lange genug, um zu wissen, dass du die Zeitungsfrau überwachen willst. Hieße ich Diego Colombo und wäre noch am Leben, würde ich vor Eifersucht platzen. Dass ihr euch wie gestern Vormittag auch noch vor dem Polizeipräsidium küsst, ist ziemlich kühn.«

»Hätten wir etwa auf der Rückbank vögeln sollen, Marietta? Ihr Wagen stand in der zweiten Reihe. Und du hast wirklich einen Knall.«

Aus einem unverbindlichen und alles andere als unüblichen Abschiedskuss drohte also ein Skandal zu werden. Seine Tochter Livia hatte es gesehen und darüber gespottet, und jetzt zog Marietta anscheinend eine ihrer üblichen Eifersuchtsszenen ab.

»Meine Augen sind ziemlich gut, Proteo. Ich dachte, dieses Flittchen stünde unter Verdacht, die engste Komplizin eines Schwerverbrechers zu sein. Wenn das die Runde macht, dann gibst du den Fall besser ab. Ich sehe schon ein Foto von euch beiden in der Zeitung.«

»Wenn deine Augen so gut sind, sag mir lieber, ob du die Bilder der Überwachungskameras in der Nacht des Raubzugs im Porto Vecchio durchgesehen hast.«

»Auf den Aufnahmen an der Ausfahrt der Abwasserfirma im Industriegebiet, wo der Fahrer des Scheißlasters überfallen wurde, ist er nicht zu erkennen. Das Fahrzeug stand im Weg. Und am Parkhaus lief ein Maskierter davon, schlank und schnell. Die Bilder vom MIB im Ferdinandeum habe ich noch nicht alle gesehen, da habe ich einen längeren Zeitraum gewählt, weil es nicht klar ist, wann der die Bombe gelegt hat. Die Verkehrskameras in der Stadt stehen mir auch noch bevor, aber wenn sie so schräg eingestellt sind wie auf der Piazza San Giovanni, ist es eh Zeitverschwendung.«

»Los, Marietta, mach dich ans Werk. Und sag den Kollegen Bescheid, dass ich sie gleich sehen will, wenn ich von der Besprechung bei der Chefin zurückkomme. Es wird nicht lange dauern.«

Er war der Letzte, der den Konferenzraum betrat, in dem die Polizeipräsidentin mit sichtbar schlechter Laune die Kollegen aller Kommissariate versammelt hatte und Laurenti nur eines tadelnden Blicks würdigte, als er sich setzte. Vor ihr lag die Tageszeitung, auf die sie immer wieder mit dem Finger einpickte wie eine Möwe auf einen toten Fisch.

»Der Generalstaatsanwalt ist meiner Meinung, dass wir den Kommunikationsfluss zu den Journalisten besser steuern müssen. Es kommt viel zu oft vor, dass Informationen durchsickern, weil irgendeiner von Ihnen, Signori, der Meinung ist, diese Beziehungen freundschaftlich statt professionell zu gestalten. Die Einzigen, die davon profitieren, sind die Journalisten, die Ermittlungen kommen dadurch nicht weiter. Der Aufmacher heute zeigt, dass wir die Meldungen hätten beeinflussen, das heißt, von vornherein hätten klarmachen müssen, dass der Raubzug rein gar nichts mit dieser uralten Geschichte um Diego Colombo zu tun hat. So werden nur Gefühle der Unsicherheit in der Bevölkerung geschürt, und das ohnehin verbreitete Unbehagen gegenüber der Politik gewinnt die Oberhand, anstatt dass man das Vertrauen in den Staat und seine Organe fördert. Jetzt zu den Details. Sie, Laurenti, waren bis gestern im Urlaub, und Sie, Signori, haben die Sache nicht angefasst, weil Sie aus unangebrachter Kollegialität bis zu seiner Rückkehr warteten. Das ist einfach skandalös. Ich möchte von jedem von Ihnen bis Mittag eine schriftliche Begründung für die Zurückhaltung auf meinem Tisch haben.«

Der Commissario konnte sein Lächeln kaum unterdrücken. »Gestatten Sie, Questore, aber ich war bereits während meines Urlaubs hier und habe die Ermittlungen koordiniert. Nach dem Anschlag saß ich im Morgengrauen bei Staatsanwalt Scoglio, um die Strategie zu besprechen, genauso heute früh um halb sechs. Gerade 52 Stunden sind seit dem Raub und dem Anschlag auf die Business School vergangen, die Ermittlungen laufen auf Hochtouren. Die Kriminaltechniker analysieren die Spuren aus dem Führerhaus des LKWs und von der Kleidung des Fahrers. Dessen Witwe konnte bisher nicht befragt werden, ihr Arzt hat es untersagt. Die Frau steht unter Schock. Die Aufzeichnungen der Überwachungskameras werden noch analysiert, aber es steht bereits fest, dass der Täter von sportlicher Gestalt und maskiert war. Ferner sind wir dabei, die Firmenbücher der GelFish zu prüfen, der Mieterin des Speichers. Der einzige Grund zur Kritik ist, dass ich nicht mit der Presse gesprochen habe. Eine gemeinsame Entscheidung von Staatsanwalt Scoglio und mir. Und es mangelt nicht an der Unterstützung durch meine Kollegen. Ich halte Sie selbstverständlich über jeden Schritt auf dem Laufenden, Questore. Sobald es etwas zu sagen gibt. Triest ist komplexer, als Sie es selbst nach zwei Jahren noch nicht glauben wollen. Ihre Empörung über diese Berichterstattung teile ich, Ihre Kritik aber weise ich zurück. Die Zusammenarbeit funktioniert gut.«

»Das sehe ich jeden Morgen an der Schlange der Flüchtlinge vor der Questura, Laurenti, während die Polizeibeamten seelenruhig in den umliegenden Bars Kaffee trinken. Um zwei Uhr sehen wir uns alle hier wieder. Berichte aus den Kommissariaten. Ab sofort will ich täglich zwei Koordinationssitzungen. Was hier fehlt, sind Struktur und Strategie.«

Mit heftigem Schritt verließ die Chefin den Konferenzraum,

und auch Laurenti entfernte sich sofort. Er hatte keine Lust, von den Kollegen zu erfahren, dass er hätte diplomatischer sein sollen. Sein Plan, mit Laura noch eine Woche in seine Geburtsstadt Salerno und an den Cilento zu fahren, war dahin, auch gute Ratschläge änderten daran nichts.

»Mein Urlaub ist vorzeitig beendet, ab jetzt herrscht wieder die alte Disziplin, und ich will keine Klagen hören. Die Polizeipräsidentin hat getobt, als befänden wir uns in einem mexikanischen Provinzkaff unter dem Kommando von Drogenbaronen.«

Laurentis engste Mitarbeiter saßen vor seinem Schreibtisch, auf dem noch immer die Akte Colombo thronte. Die Tatsache, dass sie von der Mitte zum Rand gewandert war, ließ immerhin erkennen, dass Platz für alles war.

»Marietta führt auf ihrem Computer ab sofort das zentrale Register mit allen Fakten im Fall GelFish und gibt allen Zugriff, damit jede neue Erkenntnis sofort ergänzt wird. Pina und ich gehen gleich nachher in dieses Altersheim, um La Rosa zu befragen, der das Lager im Porto Vecchio angemietet haben soll. Marietta wertet die letzten Bilder der Überwachungskameras aus. Um halb zwei kommt Teresa Fonda und wird eine Aussage machen. Inspektor Battinelli wird sie aufnehmen. Du hast also noch genügend Zeit, im Archiv zu verschwinden und die Unfallakte von damals von den Spinnweben zu befreien, Gilo. Teresa erhält seit vielleicht zwei Monaten Fotokopien der von Diego Colombo geraubten Kunstwerke. Bei einem Vergleich mit der Inventarliste der GelFish wird klar, dass noch viele fehlen. Sie wird also weiterhin Post bekommen.«

»Wird sie bedroht? Verfolgt?«

»Nein, zumindest nicht direkt. Lass es dir erzählen. Die Hinweise auf die Vergangenheit machen ein dichtes Beziehungsgeflecht deutlich. La Rosa hatte einst als Maresciallo der

Guardia di Finanza bezeugt, dass Colombo mit der Jacht in die Luft geflogen sei. Und Teresa bekommt heute die Kopien der Bilder, die Diego damals gestohlen hat und von denen einige in La Rosas Lager im Porto Vecchio stehen. Es geht um den Zusammenhang. Als Teresa den Maresciallo auf der Via Carducci überfuhr, stellte der Mann sich später als korrupt heraus. War es also ein Unfall, oder versuchte sie ihn umzubringen? Aber geh geschickt vor, sie ist nicht auf den Kopf gefallen. Und, Gilo, fass sie nicht zu hart an.«

»Sie ist ja so fragil«, raunzte Marietta, wurde aber sogleich ernst. »Wegen des Unfalls wurde sie bereits verurteilt. Ein zweites Mal gibt es das nicht in der gleichen Sache.«

»Nur wegen Verkehrsgefährdung, Marietta. Wegen Mordversuchs wurde sie nicht angeklagt.«

»Und du würdest das wirklich tun, Commissario?« Als sie die Beine übereinanderschlug, glitten Battinellis Augen wie eine Kompassnadel zu ihrem nackten Oberschenkel, als wäre er der magnetische Südpol.

»Rechtsanwalt Carfì müsste heute Morgen vorbeikommen, um den Untermietvertrag zwischen La Rosa und der GelFish vorbeizubringen«, sagte die Chefinspektorin.

»Er hat Zeit bis 9 Uhr, Pina. Er wird kommen. Und sobald Sie das Dokument erhalten und dafür den Empfangsbeleg ausgestellt haben, fahren wir los. Und schärft euch ein, dass ich ab jetzt über jede Kleinigkeit informiert sein will. Auch über das noch so banalste Zeug.«

Um 9 Uhr 15 parkte Pina den Alfa Romeo in der Via Carducci im Halteverbot und legte die Dienstplakette der Questura auf das Armaturenbrett. Die Strafzettelschreiber der Stadtverwaltung würden sich hüten, ihre Andenken unter den Scheibenwischer zu stecken. Vor dem Eingang des Palazzos, in dem sich die Golden Age Residenz befand, parkte ein Leichenwagen des Bestattungsinstituts Pace Eterna.

»Warum sterben die alten Leute nur immer in der Nacht?«

»Vermutlich haben sie tagsüber anderes zu tun. Oder sind Sie jemals einem Rentner begegnet, der genügend Zeit hat?«

Sie hielten zwei dunkel uniformierten Männern die Tür auf und warteten, bis sie einen hochgestellten Sarg aus dem Aufzug gehoben hatten.

»Gott sei Dank wiegen diese Alten nicht mehr viel«, schimpfte einer der beiden, als sie das Haus verließen. »Viel zu essen bekommen die hier sicher nicht.«

Pina warf ihrem Chef einen vieldeutigen Blick zu und drückte den Knopf zur vierten Etage. »Ich hoffe, die haben den Toten wenigstens nicht auf den Kopf gestellt«, sagte Pina, während der Aufzug sich ruckelnd in Bewegung setzte.

»Ich nehme an, dem ist das inzwischen egal. Sie halten sich zurück, solange ich mit La Rosa spreche. Nur wenn er sperrt, dürfen Sie einen Ihrer Querschläger abschießen.«

Als sich im vierten Stock endlich die Türen öffneten, sahen die beiden Polizisten zwei grelle Scheinwerfer eines elektrischen Rollstuhls auf sich zubrausen, der keine Anstalten machte, die beiden aussteigen zu lassen, bevor er nicht in der Kabine war. Pina drückte sich mit voller Kraft blitzschnell aus den Knien ab und hechtete über den grantigen Alten mit seinem grünen Filzhut hinweg in den Flur, wo sie mit einem eleganten Salto katzengleich auf den Beinen landete. Laurenti drückte sich beherzt an die Wand, um nicht von dem Gefährt erfasst zu werden, das abrupt zum Stehen kam und um die eigene Achse wendete. Der alte Mann würdigte ihn keines Blicks und wollte gerade den Knopf zum Erdgeschoss drücken, als sein Rollstuhl hinausgeschoben wurde. Er wandte den fast halslosen Kopf, so gut er konnte, und begann zu fluchen. Laurenti übertönte ihn.

»Wenn Sie Ihre Sinne nicht beisammenhaben, Maresciallo,

dann geht's ab zur Gesundheitsprüfung. Sie werden unter Vormundschaft gestellt und sind den Rollstuhl wegen Unzurechnungsfähigkeit los. Wir haben zu reden.«

»Niemand hat mir zu sagen, was ich zu tun habe. Sie sind auf dem Weg, sich eine Anzeige wegen Misshandlung wehrloser Behinderter einzuhandeln.«

Noch immer konnte er nicht erkennen, wer der Mann hinter ihm war, und betätigte mit dem Kommandohebel den Elektromotor, doch Laurenti hob das Ding auf die Vorderräder, worauf die hinteren mit vollem Tempo in der Luft surrten. Er hatte große Lust, ihn schlagartig fallen zu lassen und sich am Blitzstart des Rennmöbels zu erfreuen, das gewiss gegen die nächste Wand knallen würde. Die Chefinspektorin aber stand mit gezückter Dienstmarke so nahe davor, dass sie sich dieses Mal nicht hätte retten können. Das schadenfrohe Gelächter der drei alten Damen auf dem Sofa weiter hinten im Flur glich dem Gegacker in einem Hühnerstall und ging nahtlos in deftige Kommentare über.

»Endlich hat dem alten Drecksack mal jemand die Grenzen gezeigt.«

»Der denkt doch wirklich, dass er alleine auf der Welt ist. Der gehört in die Psychiatrie.«

»Jeden Morgen der gleiche Zirkus. Vor zwei Monaten hat er eine von uns angefahren, die Arme ist dann an dem Oberschenkelhalsbruch gestorben.«

»Sie hätte ihn anzeigen sollen, dann wäre Schluss gewesen.«

Auf einmal wurde die Tür ganz am Ende des Flurs aufgerissen, und eine feingliedrige Frau von etwa vierzig Jahren, deren fuchsrotes Haar zu einem strengen Knoten gezerrt war, stürmte heraus. Ihre Worte waren alles andere als fein.

»Was geht hier vor. Ruhe! Ruheeee!!!« Ihre Stimme schrillte wie eine Trillerpfeife. »Das ist ein Altersheim und kein Irrenhaus. Was fällt euch drei bösen Schnepfen eigentlich ein? Maria, Giulia, Fernanda, ab in eure Zimmer. Und zwar sofort, sonst lass ich euch in den Betten fixieren. Habt ihr verstanden?«

Die drei Damen verstummten schlagartig und erhoben sich mühsam und unsicher von ihrem Sofa, um mit kleinen Schritten zu verschwinden. Nur eine, Maria, drehte sich noch einmal um, als sie in der Tür stand, und tippte sich deutlich sichtbar an die Stirn.

»Lino, was machst du überhaupt noch hier, du wolltest doch längst bei deinen dämlichen Spielautomaten sein? Und wer sind Sie überhaupt? Was fällt Ihnen ein? Sie blockieren seinen Rollstuhl.«

Als folge er ihrem Befehl, setzte Laurenti das Gefährt abrupt ab, dessen Hinterräder noch immer auf Hochtouren im Leeren drehten. Es kippte beinahe über die Hinterachse und schoss sogleich direkt auf die Frau am Ende des Flurs zu, die sich durch einen behänden Schritt zur Seite rettete. Dann krachte Lino La Rosa gegen die Wand. Die Stofftasche, die auf seinem Wanst lag, fiel scheppernd zu Boden, der Hut war dem Mann über die Brille gerutscht, der reglos in seinem elektrischen Stuhl vornübergekippt war.

Der wütende Blick der Vierzigjährigen traf die beiden Polizisten, doch stürzte sie sich zuerst auf den Alten, riss ihn an der Schulter zurück und nahm ihm den Hut ab.

»Lino, was ist passiert?«

»Zeig die beiden an, Daria. Ruf den Arzt. Ich stehe unter Schock. Hol den Defibrillator. Ich brauche eine Herzmassage«, brüllte er heiser. »Denen werde ich's zeigen. Die sollen bis zu ihrem Ende zahlen.«

»Red keinen Schwachsinn, Lino. Weiß der Teufel, was du angestellt hast. Ich habe dir gesagt, du sollst zu Hause bleiben.«

Daria Bono richtete sich auf, drehte den Rollstuhl von der Wand weg und wandte sich an die beiden Polizisten.

»Was wollen Sie? Was fällt Ihnen ein, hier einen solchen Aufruhr zu verursachen?«

Die Chefinspektorin hielt ihr die Dienstmarke vor die Nase. »Wenn dies Ex-Maresciallo Lino La Rosa ist, dann haben wir mit ihm zu reden. Commissario Laurenti kann den Mann auch vorladen. Sie haben die Wahl. Noch scheint er eine mündige Rechtsperson zu sein, auch wenn sich das durch eine richterlich angeordnete Untersuchung rasch ändern könnte. Wer sind Sie, Signora?«

Der Todesengel verstummte einen Augenblick lang, als überschlüge sie die Alternativen, ergab sich dann aber mit einem Räuspern. »Mein Name ist Daria Bono, ich bin die Verantwortliche des Pflegedienstes hier sowie in drei anderen Golden Age Residenzen.« Ihr Blick fiel auf den Alten, dessen Gesicht tiefrot angelaufen war, während seine Hände vor Wut zitterten. »Und ich bin seine Tochter. Sie können in meiner Gegenwart frei reden. Drüben in meinem Büro.«

Der Rollstuhl fuhr sofort an, noch bevor die Frau den ersten Schritt tat, und hielt Kurs auf die offene Tür, in der ein schwanzwedelndes, niedliches weißes Hündchen auf sein Frauchen wartete. Laurenti und Pina folgten mit gebührendem Sicherheitsabstand. Der Commissario schien sich königlich zu amüsieren, dachte Pina Cardareto, als sie ihn verstohlen anschaute. Daraufhin löste auch sie sich aus ihrer Kampfstellung.

Das Büro machte nicht viel her. Ein braunes, wandbreites Regal voller Pflegemittel, zwei breite Schreibtische, ein Computer, auf dem ein antikes Gemälde als Bildschirmschoner flimmerte. Ein kleiner ovaler Besuchertisch voller Formulare und ein paar Zeitschriften, die Wände waren kahl und hatten schon längst einen neuen Anstrich nötig. Insgesamt vier

Stühle, die Frau wies auf die beiden vor ihrem Schreibtisch und setzte sich, während der Rollstuhlfahrer aus eineinhalb Metern Entfernung misstrauisch das Geschehen verfolgte. Die beiden Polizisten blieben stehen.

»Hatten Sie einen Todesfall?«, fragte Laurenti.

»Ein Demenzkranker. Gott sei Dank«, sagte die Frau. »Seine Schreie in Sachen Fußball haben den anderen Bewohnern manchmal schrecklich zugesetzt. Aber was soll man tun? Man kann die Leute ja nicht mundtot machen, sie haben eine pietätvolle Behandlung an ihrem Lebensabend verdient. Aber deswegen sind Sie kaum gekommen. Den Totenschein haben das Bestattungsinstitut und die Angehörigen. Was wünschen Sie?«

»An den Formalitäten hat sich nichts geändert, seit Sie aus dem Dienst ausgeschieden sind, Maresciallo.« Laurenti sprach den Alten mit dessen ehemaligem Dienstgrad an. »Können Sie sich ausweisen?«

»Aber Sie wissen doch, wer er ist«, protestierte Daria Bono. »Sonst wären Sie kaum hier.«

»Das Gleiche gilt auch für Sie, Signora«, fuhr Pina sie sogleich an.

La Rosa wühlte unverständlich grummelnd in der Innentasche seiner Windjacke und kramte schließlich eine prall gefüllte Brieftasche hervor, der er das Dokument entnahm. Er streckte es dem Commissario nicht entgegen, sondern hielt es in der Hand, die auf seinem Wanst ruhte.

»Ganz schön leichtsinnig, mit so viel Geld in der Tasche auf die Straße zu gehen, Maresciallo. Sie scheinen eine gute Rente zu beziehen.«

Laurenti zog ihm den Personalausweis aus den Fingern, warf einen Blick hinein und reichte ihn der Chefinspektorin, die Daria Bono fixierte, worauf die Fuchshaarige nach ihrer Birkin Bag griff und mit einer Hand darin nach ihrer Brieftasche wühlte. Auf einen Schlag erstarrte sie und machte große Augen, um dann wie in Zeitlupe ihre Hand herauszuziehen, in der sie einen transparenten Plastikbeutel voller Hundehinterlassenschaften hielt, auf den sie fassungslos starrte.

»Vorbildlich, Signora. So tritt wenigstens niemand hinein, und hygienisch verpackt haben Sie es auch«, ätzte der Commissario, ohne mit der Wimper zu zucken. Er wusste bereits seit dem frühen Morgen Bescheid.

»Was wollen Sie, Laurenti?«, schimpfte La Rosa, der zwar sah, wie seine Tochter den Beutel mit spitzen Fingern in den Papierkorb warf, daraus aber keine Schlüsse zog.

»Weshalb waren Sie vorgestern Morgen im Porto Vecchio am Lagerhaus der GelFish?«

»Wer einmal in unserem Beruf tätig war, verliert nie ganz das Interesse. Früher habe ich auch dort Dienst getan. Deshalb.«

»Sie sind außerdem der Mieter des Speichers, La Rosa.«

»Ich? Das ist …« Der Alte verstummte, als ihn der Blick seiner Tochter traf. »Was wollen Sie eigentlich von mir, Commissario? Ist das ein Verhör?«

»Bis jetzt eine Befragung. Also, was ist mit dem Speicher?«

»Ich habe ihn angemietet, als ich ins Altersheim wechselte. Hier ist es zu eng, und irgendwo musste ich meine Sachen unterstellen.«

»Wie hoch ist Ihre Rente, Maresciallo?«

»Die fließt komplett ins Altersheim. Ich habe keinen Cent davon für mich.«

»Wie hoch?«

»Es müssten um die zweitausend sein. Ich erhalte keine Abrechnungen mehr.«

»500 zahlten Sie monatlich für die Miete des Speichers. Ihr brandneuer Formel-1-Rollstuhl kostet nicht weniger als 5000 Euro. Haben Sie andere Einkünfte?«

»Der Rollstuhl gehört der Altersresidenz. Womit sollte ich verdienen? Sehen Sie nicht, in welchem Zustand ich bin? Einer wie ich ist das Opfer der anderen. Ich kann mich weder alleine anziehen noch auf die Toilette. Immer bin ich auf andere angewiesen und befinde mich den ganzen Tag unter Kontrolle. Meine Tochter bestimmt meinen Tagesablauf und protestiert bei jeder Gelegenheit, wenn ich raus an die frische Luft will.«

La Rosa hieb so fest auf die rechte Armlehne, dass er den Joystick zur Steuerung des Gefährts traf, das einen kurzen Satz nach vorne machte. Erschrocken hob er den Blick und schaute endlich den Commissario an. Das Hündchen leckte seine Hand, doch bevor es die Gefahr erkannte, haute der Alte ihm so kräftig auf die Schnauze, dass es sich aufjaulend verzog.

Pina trat einen Schritt auf ihn zu und herrschte ihn an. »Schämen Sie sich, der Hund kann nichts dafür. Versuchen Sie das nie wieder in meiner Gegenwart, verstanden? Das war privat. Und jetzt zurück zum Beruflichen. Raus mit der Sprache.«

Normalerweise wechselte sie die Straßenseite, wenn ihr jemand mit einem Hund entgegenkam, egal, wie groß der war. Laurenti war still beeindruckt.

»Ich hatte einiges zusammengespart und dann auch noch die Abfindung für die geleisteten Dienstjahre erhalten. Ich bin mit zweiundfünfzig ausgeschieden, Laurenti.« Der Alte würdigte Pina Cardareto keines Blickes. »Auch wenn früher die Bedingungen besser waren, so etwas ist ein harter Schlag. Stellen Sie sich vor, Ihnen würde von einem Tag auf den anderen die Entscheidungshoheit über Ihr Leben entzogen.«

»Und damit haben Sie dann in den Kunstmarkt investiert, Maresciallo? In Ihrem Speicher lagerten Millionenwerte. Sie wurden inzwischen beschlagnahmt und in ein sicheres Depot gebracht.«

Lino La Rosa erblasste, obwohl er mit nichts anderem hatte rechnen können.

»Da sind auch meine Bilder dabei«, mischte sich aufgeregt Daria Bono ein, die ihren Vater bisher keine Sekunde aus den Augen gelassen hatte.

»Ihre?«, fragte Pina etwas zu erstaunt.

»Ja, meine. Erbstücke von meiner Mutter. Es gibt eine komplette Liste, die müssen Sie freigeben.«

»Können wir die haben?«

»Das Original habe ich nicht hier.« Die Leichenschänderin nahm, als wäre sie vorbereitet gewesen, einen Aktendeckel aus der Schreibtischschublade und zog eine Kopie hervor. »Sie werden es mir sicherlich mitteilen, wenn Sie das brauchen.«

»Weshalb haben Sie diese Werke in einem ungesicherten und unklimatisierten Lager untergestellt?«, fragte Laurenti, als er einen Blick darauf geworfen hatte.

»Mein Gehalt ist nicht besonders hoch, das Lager hatte mein Vater angemietet und kostete mich nichts. Außerdem, wer hätte davon wissen sollen, dort im Freihafengebiet?«

»Haben Sie diese Werte jemals in einer Steuererklärung angegeben?« Die Chefinspektorin lauerte auf ihre erste Gelegenheit.

»Warum sollte ich? Sie sind seit meinem vierzehnten Lebensjahr mein Eigentum.«

»Dazu gibt es sicher Erbverträge, eine Nachlassliste oder Ähnliches. Ich rate Ihnen zu einem Rechtsanwalt, wenn Sie die Freigabe beschleunigen wollen.« Laurenti klang freundlich. »Maresciallo, Sie haben Raubgut im Freihafen eingelagert. Das wird Sie einige Erklärungen kosten. Das nächste Mal kommen wir nicht mehr zu Ihnen, sondern Sie zu uns.«

»Bin ich angeklagt?«

»Wir ermitteln in einem Raubmord.«

Laurenti wandte sich, unbeeindruckt von Pinas trotzigem Blick, zum Gehen. Nur zögernd folgte sie ihm. In der Tür drehte er sich noch einmal um.

»Ach ja, Rechtsanwalt Carfì«, sagte er nachdenklich, ohne seinen Satz zu beenden.

»Dottor Carfì ist der Geschäftsführer hier«, entgegnete Daria Bono streng. »In allen geschäftlichen Belangen müssen Sie sich an ihn wenden. Darüber kann ich keine Auskunft geben. Und mein Vater erst recht nicht.«

»Carfì hat Sie damals gegen Teresa Fonda vertreten, Maresciallo«, beharrte Laurenti.

»Ja, und gewonnen. Ennio Carfì. Der Vater.«

»Die Versicherung hat bezahlt?«

»Weniger, als mir zugestanden hätte. Man hat mir unverschämterweise eine Mitschuld zugewiesen. Aber dieses Geld kommt natürlich hinzu. Auch das habe ich investiert.«

»Und sind Sie sicher, dass es ein Unfall war?«

Der Alte im Rollstuhl blickte stumm auf die Wand und begann erst zu reden, als seine Hände und sein Unterkiefer heftig zu zittern begannen.

»So hat sie es dargestellt, wodurch sie mit einer Geldstrafe davongekommen ist.«

»Und was ist Ihre Meinung, Maresciallo?«

»Was glauben Sie eigentlich, Laurenti?«, zeterte La Rosa aufgebracht. »Meine Meinung spielt keine Rolle mehr. Schon lange nicht mehr. Seit damals nicht.«

»Sie könnte es absichtlich getan haben.« Der Commissario nahm die Hand von der Türklinke und trat einen Schritt auf den Rollstuhlfahrer zu.

»Natürlich hat sie das«, schrie der Alte so heftig, dass Daria von ihrem Schreibtisch aufsprang, zur Tür eilte und sie schloss. »Warum haben Sie das nicht vor fünfundzwanzig Jahren gefragt?«

Laurenti schwieg, der Atem des Alten ging heftig. Hatte er bei ihrer Ankunft noch nach einem Defibrillator geschrien, so schien er jetzt tatsächlich nahe an einem Infarkt zu sein, doch riss er sich schnell zusammen, atmete mehrmals tief durch und blickte endlich den Commissario an.

»Weshalb kommen Sie ausgerechnet jetzt auf diese Sache zurück? Was wissen Sie eigentlich darüber?«

»Nun, ich habe damals in Sachen Diego Colombo ermittelt und habe nie damit aufgehört, Maresciallo. Sie erinnern sich vielleicht nicht mehr, aber auch Ihre Zeugenaussage über seinen Tod habe ich damals aufgenommen.«

»Daran gibt es nichts zu rütteln. Colombo ist tot. Seit dem frühen Morgen des 14. April 1991, um 4 Uhr …«

»… und 44 Minuten«, ergänzte Laurenti lächelnd. »Wer sagt mir, dass Sie damals die Wahrheit sagten, La Rosa? Rechtsanwalt Ennio Carfì hat Ihnen später die Invalidenrente gesichert, als Sie bereits der Korruption überführt waren. Ihre Glaubwürdigkeit hat sich dadurch nicht erhöht.«

»Schauen Sie, was aus mir geworden ist, Laurenti. Ein nutzloses Wrack im Rollstuhl, das nichts mehr zu verlieren hat. In meinem Leben gibt es schon lange keine Freude mehr. Weshalb sollte ich noch lügen? Ins Gefängnis würde ich sowieso nicht kommen.«

»Na, wenigstens befinden Sie sich hier in den Händen Ihrer Tochter und genießen eine gute Pflege.«

Das Schweigen zwischen La Rosa und Daria Bono unterbrach Laurenti selbst wieder.

»Wenn ich im Besitz solcher Kunstwerke wäre, Maresciallo, würde ich sie Tag für Tag bestaunen und mich mit ihnen befassen, sie studieren und über ihre Schöpfer nachlesen.«

»Was interessiert mich Kunst? Alte Bilder sind die einzige stabile Wertanlage, die im letzten Vierteljahrhundert nie verloren hat, während Immobilien, Wertpapiere, Rohstoffe und Beteiligungen riesige Einbußen verzeichneten.«

»Vor allem wenn ihre Anschaffung nichts gekostet hat. Aber

vermutlich sind Sie sehr bald wirklich so mittellos, wie Sie es bisher behauptet haben.«

Grußlos verließen sie das Büro und bahnten sich im Flur den Weg zwischen den Greisen und deren Besuchern hindurch, die ihnen neugierig nachsahen. Erst im Aufzug grinste der Commissario.

»Und jetzt?«, fragte Pina Cardareto, sie wunderte sich über seine Fröhlichkeit.

»Und jetzt machen wir einen pietätvollen Abgang, Pina.«

Als sie hinausgehen wollten, rissen zwei junge Kerle in billigen Lederjacken und Jeans die Haustür auf und dachten nicht im Traum daran, nur einen Schritt zur Seite zu treten, damit man aneinander vorbeikam. Der mit dem Pflaster über dem Nasenbein rammte Pina grob mit der Schulter, worauf sie blitzartig herumfuhr und mit einem Tritt seinen Fuß erwischte, als er den nächsten Schritt machen wollte. Er stolperte heftig nach vorne und knallte mit dem Gesicht gegen die Aufzugtür. Der Commissario hatte so wenig wie der Kerl gesehen, wer ihn zu Fall brachte, doch raste der bereits wie ein Berserker auf Laurenti zu, der lächelnd die Arme hob und die Handflächen zeigte. Der junge Mann führte den Faustschlag nicht aus. Das Pflaster auf seiner Nase hatte sich rot verfärbt. Sein Kumpel stellte sich neben ihn, während Pina nur darauf wartete, dass sie einen Grund lieferten, ihre Kampfkunst anzuwenden.

»Entschuldige dich bei ihm, Mann«, sagte der Unverletzte.

»Wofür, wenn er zu dämlich zum Laufen ist?« Laurenti lachte.

»Du hast ihn gestoßen, deshalb.«

»Macht keinen Blödsinn, Jungs. Das war ich«, drängte sich Pina vor.

»Du?« Die beiden Kerle schauten höhnisch auf sie hinunter.

»Erzähl das, wem du willst, du Zecke. Ich zerquetsch dich in der hohlen Hand«, sagte die Nase mit dem süditalienischen Tonfall.

»Regt euch ab und geht eurer Wege«, herrschte Laurenti die beiden sogleich an. Er kannte die Schäden, die Pina mit ein paar wenigen Schlägen und Tritten anrichten konnte. »Sucht euch jemand anderen, wenn ihr Ärger wollt. Hier kommt jeden Augenblick die Polizei.«

»Bis dahin brauchst du einen Zahnarzt, Opa«, schnauzte der andere.

»Denk besser an deine Vorstrafen. Du bist doch auf Bewährung draußen.«

»Komm, Dardan«, wiegelte der Sizilianer ab. »Die Hyäne wartet.« Er zog seinen Kumpel zum Aufzug. »Sie regt sich auf, wenn wir zu spät sind.«

»Was haben Sie den Kerlen eigentlich getan, Pina?«, fragte Laurenti, während sie die Via Carducci überquerten.

»Ich? Gar nichts, Commissario. Woher kennen Sie die beiden?«

»Ich kenne sie nicht. Aber Sie werden sehen, die stehen bald in der Zeitung, wenn sie sich so aufführen. Und jetzt setzen Sie mich am Justizpalast ab, fahren ins Büro zurück und machen ein Gedächtnisprotokoll. Ich rede mit dem Staatsanwalt. Wir brauchen einen Durchsuchungsbefehl für die Büroräume und La Rosas Zimmer. Und auch seine Tochter werden wir unter die Lupe nehmen. Ferner müssen die Geschäftsunterlagen der GelFish gesichert werden. Suchen Sie alles heraus, was Sie über den Erbfall Daria Bono finden können. Und durchforsten Sie die Firmenregister in der Handelskammer, ob es da noch andere Firmen gibt, die mit einer der drei Personen zu tun haben.«

»Wer ist die dritte?«

»Mensch, Pina, Rechtsanwalt Carfì natürlich. Ich möchte

auch eine Liste all der Fälle, in denen er gerichtlich tätig geworden ist.«

»Seit wann?«

»Seit er praktiziert. Seit dem Tod seines Vaters. Und Marietta soll sich über das Grundbuch hermachen sowie die letzten Steuererklärungen der drei beschaffen. Auch ihre Telefonnummern, vielleicht helfen uns ihre Gespräche weiter. Außerdem die Anfrage, ob La Rosa Stütze vom Sozialamt bekommt, und von der Rentenkasse die Pensionsauskunft. Mal sehen, ob er seine Pension tatsächlich abgetreten hat und seit wann. Los, es gibt viel zu tun.«

»Danke«, sagte Corrado Giuliani zum Gruß, als Daria Bono abnahm. »Die Verbliebenen waren bereits hier.«

»Denk daran, das Konto erhöht sich laufend. Erlaube dir keine Verspätungen mehr. Aber diesen einen erlass ich dir, wenn du mir im Gegenzug einen Gefallen tust. Ich brauche noch einen Sarg, es kann das billigste Modell sein.«

»Die sterben ja wie die Fliegen unter deiner fürsorglichen Pflege.«

»Deine Leute sollen ihn im Heizungskeller abstellen und am Nachmittag wieder abholen. Danach fahren sie damit zu Linos Wohnung in San Giacomo und bringen ihn hoch.«

»Mein aufrichtiges Beileid, Daria, ich wusste nicht, dass dein Vater verstorben ist. Du hast ihn noch einmal in seine Wohnung gebracht? Er hat sich sicher über deine Großherzigkeit gefreut.«

»Quatsch, der fährt soeben mit seinem Rollstuhl zum nächsten Spielautomaten. Wie jeden Morgen. Wann kannst du liefern?«

»In zwei Stunden. Sie sind gerade bei einer Beerdigung. Wer ist gestorben?«

»Es ist nur ein Test für die Treppenhäuser. Ich plane, in Linos alter Wohnung eine weitere Altersresidenz einzurichten, da geht es nicht nur darum, wie die Leute reinkommen, sondern auch wieder hinaus.«

»Ist die denn nicht zu klein?«

»Kümmere dich um deinen Kram, Corrado. Und schick mir die Leute. Wie gesagt, ich erlasse dir für den Aufwand die Provision für die letzte Leiche.«

Daria legte auf und warf einen Blick auf die Uhr. Verdammt, der Besuch der Bullen war nicht geplant gewesen. Sie war bereits über der Zeit, nahm eine Kamera aus der Schublade, steckte sie in die falsche Birkin Bag und griff nach der Leine.

»Auf die Beine, Gulasch. Wir gehen.«

Obwohl das Hündchen freudig an ihr hochsprang, wühlte sie noch in ihrer Handtasche und trug vor einem Handspiegel Lippenstift in der Farbe ihres Haares auf. Erst dann leinte sie Gulasch an, trat in den Flur und sperrte ihr Büro ab. Die Alten auf den schäbigen Sesseln würdigte sie mit keinem Blick, während sie mit dem Hündchen an der Seite bis zum Aufzug stöckelte, aus dem ihr Dardan und Toni entgegenkamen.

»Du blutest. Was ist mit deiner Nase?«, fragte sie Toni.

»Ich bin gestolpert, Capo.«

»Lass dich hier verarzten.« Sie zog eine Notiz aus der Tasche. »Dies ist eine neue Adresse. Übermorgen 15 Uhr in der Via Conti. Ich sage euch noch, wohin ihr das Zeug bringen müsst. Der Keller ist voll.«

An diesem Morgen hielt sich Daria Bono nur so lange am Verdi-Denkmal auf, bis der Köter sein Geschäft verrichtet hatte, klaubte die Hinterlassenschaft auf und deponierte sie, als sie sich unbeobachtet fühlte, zum Trotz wieder in einem der Aschenbecher der auf der Piazza stehenden Tische der Bar. Einen Krieg um Hundekacke würde sie so wenig verlieren wie ihr Eigentum. Dann machte sie sich eilig auf den Weg zur Markthalle.

Dieses Mal nahm sie den Eingang am gegenüberliegenden Ende und schritt sogleich die kreisförmige Laderampe empor, die zum ersten Stock führte. Sie kümmerte sich nicht um den sich anbiedernden Trödler, sondern suchte sich einen Platz am Geländer zwischen den beiden Ständen voller Billigklamotten, nahm die Kamera aus der Tasche und richtete sie auf die Marktstände unten. Als sie den wasserstoffblonden Raffaele Maran vor die Linse bekam, drückte sie mehrmals auf den Auslöser, zog Gulasch sogleich hinter sich die Treppe hinab, um den Mann anzusprechen, wie sie es sich vorgenommen hatte.

Nervös bahnte sie sich den Weg durch die Reihen der Gemüseverkäufer, sie konnte ihn nirgends ausmachen. Die Tür zu dem Kabuff mit dem Schild des Marktleiters stand zwar offen, aber auch dort war er nicht. Sie warf einen Blick zur Anlieferungsrampe hinaus, dann fragte sie an der Bar nach dem Schlüssel zu den Toiletten und versprach, ihn sogleich zurückzubringen. Vor nicht allzu Langem hatte die Stadtverwaltung neue Sanitäreinrichtungen installieren lassen, doch von den Armaturen fehlte jede Spur, und es wurde darüber spekuliert, wer von den Marktleuten sie wohl zu Hause installiert habe. Auch hier fand Daria den Mann nicht und ging wütend hinaus.

Sie kam nur einen Schritt weit, denn die Tür war hinter ihr ins Schloss gefallen und klemmte die Hundeleine ein, während Gulasch sich noch auf der anderen Seite befand. Ärgerlich befreite sie das Tier, legte wortlos den Schlüssel auf den Tresen der Bar und trat auf die Via Carducci hinaus. Obwohl sie noch vor dem Mittagessen die beiden Ableger der Golden Age Residenz aufsuchen sollte, entschied sie, den Besuch auf den Nachmittag zu legen, und ging die Viale XX Settembre bis zu ihrer Wohnung am Teatro Rossetti hinauf.

Den Commissario nahm sie nicht wahr, der vom Gerichtspalast wieder einmal den kürzesten Weg vermied und die alte Allee mit dem Geburtshaus von Italo Svevo hinunterging.

Die steinernen Köpfe kolossaler barbusiger Damen an der Jugendstilfassade des Ambasciatori-Kinos blickten auf ihn herunter, als er hinter eine Platane trat, damit er der Frau nicht schon wieder begegnen musste. In seiner Tasche steckte der vom Staatsanwalt ausgestellte Durchsuchungsbefehl für alle Diensträume der Golden Age Residenz, die sie am Nachmittag auseinandernähmen. Daria Bono schritt ganz undamenhaft aus, offensichtlich hatte sie es eilig. Jetzt erst fiel sein Blick auf ihre Kleidung. Obgleich sie sich bieder gab, legte sie offensichtlich Wert auf Qualität und kleidete sich nicht im Kaufhaus oder bei einer der großen Marken ein. Dafür saßen ihr Rock und der Blazer viel zu perfekt, und die Handtasche zählte zu denen, die Laura sich nie gekauft und er ihr nie geschenkt hätte, weil sie viel zu teuer war. Ihr streng zum Pferdeschwanz gerafftes fuchsrotes Haar unterstrich ihre gewollte Unscheinbarkeit, doch schien sie Lippenstift aufgetragen zu haben, nachdem die beiden Polizisten gegangen waren. Laurenti war drauf und dran, der Dame zu folgen, als er eine zweite Person sah, die er kannte und die mit gebührendem Abstand hinter ihr herging. Als Daria einen Imbiss betrat, in dessen Schaufenster sich fertige Brathühnchen am Spieß drehten, versteckte sich auch ihr Verfolger und wartete, bis sie mit einer Tüte in der Hand wieder herauskam und schnellen Schrittes weiterging. Der Commissario wartete, bis sich beide entfernt hatten, und schloss sich ihnen an. Zufrieden, stets neue Wege zu wählen und die Perspektive zu wechseln, sah er die Frau in der Via Strehler eine schwere Eichentür aufschließen, die hinter ihr dumpf ins Schloss fiel.

»Jago«, rief er und gab sich erfreut, als der junge Mann am Ende seiner Verfolgung die Straßenseite wechselte. »Was machst du hier? Arbeitest du nicht im römischen Steinbruch von Aurisina? Zumindest sagte das deine Mutter.«

»Ciao, Commissario, heute habe ich Besseres zu tun. Die

kommen auch einmal einen Tag ohne mich aus. Ich bin auf dem Weg nach Hause. Und was machst du hier?«

»Dienst am Kunden, Jago. Du weißt doch, dass ich im Servicebereich arbeite.«

»So kann man es auch nennen. Wenn du jemanden fasst, dann ist er abserviert. Oder etwa nicht?« Der zierliche Junge mit dem akrobatischen Körperbau und der dunklen Lockenpracht grinste frech. »Ich muss mir mal ein Verbrechen überlegen, um dich herauszufordern. Aber vorher mache ich eine Wette, dass du mich nicht kriegst.«

»Du redest wie mein Sohn. Gott sei Dank weiß niemand außer mir, wie oft ich ein Auge zugedrückt und Marco nicht überführt habe, wenn er etwas ausgefressen hatte.«

»Scheint ein Generationenproblem zu sein, dass ihr Alten euch immer überlegen großzügig zeigen müsst. Es geht offensichtlich nicht in den Kopf eines Bullen, dass man nicht kriminell sein muss, nur weil man Anfang zwanzig ist.«

»Ach, weißt du, Jago, selbst ich war einmal jung. Und ich erzähle dir gewiss nicht, was ich angestellt habe.«

»Deswegen bist du dann Polizist geworden, ich verstehe.«

»Deine Mutter hat mir gesagt, dass sie dich und Jacqueline endlich eingeweiht hat. Pass gut auf sie auf. Sie fühlt sich ziemlich unter Druck, was ich gut verstehen kann. Ungewissheit ist eine üble Falle. Genau dahin will sie der Absender der Bilder schicken. Ihr solltet euch ablösen und die Gewohnheiten brechen, auf die er sich stützt. Das ist im Moment die einzige Möglichkeit.«

»Und ich dachte, du bist bei der Polizei und schützt die Bürger.«

»Wir achten auf sie, soweit wir können, Jago. Aber die Stadt ist groß, und eine Straftat liegt nicht vor. Tessie wird nicht direkt bedroht, es sind nur Zeichen. Auch ihr müsst etwas tun.«

»Genau deshalb habe ich mir heute freigenommen, Commissario. Wir schaffen das schon.«

Raffaele Maran hatte das Gespräch mit einer Marktfrau kurz gehalten, als er die Tochter von Lino La Rosa mit ihrem Hündchen viel zu zielstrebig die Rampe im Rondell des Mercato Coperto emporsteigen sah. Oben an der Balustrade richtete sie die Kamera auf ihn. Es war die endgültige Bestätigung, dass die Frau wie manisch hinter ihm her war, dabei keine Lächerlichkeit scheute und vermutlich bald rabiatere Methoden entwickeln würde. Er musste ihr zuvorkommen, doch wenn er sie hier anspräche und verwiese, käme es gewiss zu einem lautstarken Krach, der zu vermeiden war. Männer ziehen gegenüber Frauen in der Öffentlichkeit meist den Kürzeren. Und er hatte die Nase jetzt endgültig voll von dieser Besessenen. Seit geraumer Zeit schon war er die Möglichkeiten durchgegangen, sie einzuschüchtern. Einer der Lagerarbeiter hätte ihm den Gefallen, sie zur Rede zu stellen, sofort erwiesen. Doch andererseits konnte diese Frau wiederum auf die Hilfe der beiden schrägen Gestalten mit dem Lieferwagen zählen, und Raffaele Maran hatte keine Lust darauf, dass sie ihn irgendwann in einer dunklen Ecke der Stadt durch die Mangel drehten. Er dachte jedoch schon eine Weile über eine Möglichkeit nach, die vielleicht noch ganz andere Vorteile barg, ihm allerdings auch widerstrebte.

Der Marktleiter zog den grauen Arbeitsmantel erst draußen aus und trug ihn über dem Arm, als er die Via Carducci im fließenden Verkehr überquerte. Raffaele Maran ging direkt zur Questura, drückte sich am Eingang an der Schlange der Flüchtlinge vorbei zu der diensthabenden Beamtin, die Aufsicht über das weitläufige Entree führte, und bat darum, mit dem für Stalkingfälle zuständigen Polizisten zu sprechen. Sie griff zum Telefon und las seinen Namen laut vom Personalausweis ab, als sie sein Anliegen zusammenfasste. Dann bat sie den drahtigen Mann zu warten, der Kollege werde ihn abholen, sobald er frei sei.

Er fühlte sich unwohl inmitten der Asylsuchenden mit ihren leeren Blicken und einem ihm fremden Maß an Geduld; sie hatten wirkliche Probleme und waren weit davon entfernt, an den Auswüchsen einer gelangweilten Wohlstandsgesellschaft zu leiden. Maran hatte keine Zeugen für seine Anschuldigungen. Darüber, dass Daria Bono auch Tessie beobachtete, konnte er nicht reden. Er wusste aus der Zeitung, dass die Behörden in Sachen Stalking wachsam waren und die Gerichte so rasche wie deutliche Urteile sprachen. Die Polizei würde seiner Aussage folgen und die Frau zu einem Gespräch bitten. Die würde zwar alles abstreiten, müsste aber beeindruckt sein, weil sie sicher nicht damit rechnete, von der Seite zur Rede gestellt zu werden.

Er wartete zehn Minuten vor der mit einer roten Kordel abgesperrten Wandnische mit den in Messinglettern angeschlagenen Namen der Polizisten, die im Dienst ihr Leben gelassen hatten. Als er sich schließlich wieder dem Ausgang zuwenden wollte, hörte er hinter sich von einer tiefen Männerstimme gesprochen seinen Namen.

»Signor Maran, wollen Sie mitkommen?«

Er drehte sich um und blickte einem stämmigen Polizisten in Zivil in die Augen.

»Ja.«

»Sie wollten mit mir sprechen, ich bin Inspektor Fiano. Ein Fall von Verfolgung, sagte man mir?«

»Ach, es ist vielleicht nur ein Eindruck. Entschuldigen Sie bitte, dass ich Sie mit so etwas Geringem bemühe …«

»Ich glaube, ich kenne Sie, Maran, aber ich erinnere mich nicht mehr, wo wir uns schon einmal begegnet sind. Ach, doch, die Markthalle. Sie arbeiten doch im Mercato Coperto? Manchmal begleite ich meine Frau beim Einkaufen. Bitte sagen Sie mir, was Sie auf dem Herzen haben.«

Nur zögernd folgte der Marktleiter dem Polizisten in dessen Büro.

»Vermutlich täusche ich mich, Inspektor«, sagte Raffaele sogleich, als er sich setzte. »Es ist so, dass ich glaube, dass eine der Kundinnen nur wegen mir dahin kommt. Jeden Morgen und immer zur selben Zeit. Meistens kauft sie nichts, sondern sucht nur eine Ausrede, um mit mir zu reden oder mich zu einem Kaffee einzuladen.«

»Sie sind ihr vermutlich sympathisch. Ist sie hübsch?«

Maran rang nach einer Antwort und starrte Fiano mit offenem Mund an.

»Scheuen Sie sich nicht, Maran. Ist sie tätlich geworden?«, fragte der Polizist.

Raffaele schüttelte entschieden den Kopf. »Nur dass sie mich heute Morgen von der Galerie im Obergeschoss aus fotografierte.«

»Sind Sie sicher, dass das Ihnen und nicht dem Markt galt, als Sie zufällig im Bild waren?«

»Hundertprozentig. Eine Psychopathin.«

»Ein hartes Wort.« Der Inspektor gab Marans Namen auf der Tastatur seines Computers ein, auf dessen Bildschirm Raffaele nicht sehen konnte.

»Sie sind in Argentinien aufgewachsen, aber Sie leben schon lange in der Stadt«, sagte der Polizist nach einem Moment. »Sie kennen doch die Eigenheiten der Leute. Da gibt es welche, die ihr Leben lang jeden Tag zur selben Zeit, und zwar auf die Minute pünktlich, an den stets selben Orten auftauchen, Kleingeld oder Zigaretten schnorren wollen oder nur darauf hoffen, dass jemand mit ihnen spricht. Selbst bei uns vor der Questura haben wir diese Stammgäste. Sie wollen sonst nichts, und wenn man sie wegschickt, gehen sie. Aber am nächsten

Morgen stehen sie wieder da. Kennen Sie den Namen dieser Frau?«

»Ich weiß, wo sie arbeitet.«

»Keinen Namen?«

»Nein.«

»Und wo arbeitet sie?«

»In der Golden Age Residenz, einem Altersheim in der Via Carducci.«

»Woher wissen Sie das? Sind Sie ihr nachgegangen?«

»Nachgehen brauchte ich ihr nicht, es liegt nur ein paar hundert Meter vom Mercato Coperto entfernt. Und sie hat einen kleinen weißen Hund.«

»Wollen Sie den auch anzeigen, Maran?«

»Ich will niemanden anzeigen. Ich sagte Ihnen doch, dass es vielleicht unnötig war herzukommen, Inspektor.« Raffaele erhob sich verlegen.

»Das habe ich nicht gesagt. Sie haben den Eindruck, dass diese Frau Sie verfolgt. Aber Sie haben nichts Konkretes in der Hand und wollen keine Anzeige machen. Überlegen Sie es sich noch einmal, und kommen Sie wieder, sollten Sie Ihre Meinung ändern. Einverstanden?«

Oft genug war es während Roberto Fianos langer Laufbahn im Kommissariat für Vergehen an Minderjährigen und Sexualdelikte vorgekommen, dass die Leute Angst bekamen, wenn sie erst einmal bei der Polizei waren; vor dem eigenen Mut oder vor jenen, die sie um Hilfe baten. Je nach Fall versuchte er Brücken zu bauen oder Druck zu machen, bei Maran aber sah er dazu keine Notwendigkeit. Der Marktleiter ging verlegen lächelnd zur Tür.

»Ich bringe Sie hinaus. Versprechen Sie, dass Sie wiederkommen, sollte sich die Situation verändern. Sind Sie eigentlich verheiratet?«

Raffaele schüttelte den Kopf.

»Oder haben Sie eine feste Beziehung?«, fragte der massige Polizist gelassen.

Er zögerte, die Nervosität kochte auf. »Sagen wir so, ich bin in guten Händen.«

»Dann sprechen Sie mit der Person darüber, Maran. Das baut Druck ab und lässt Zweifel erst gar nicht aufkommen, falls sich Ihre Vermutung bestätigt oder die Situation eskaliert. Befolgen Sie meinen Rat.«

An der Sperre gab Fiano dem Marktleiter den Ausweis zurück und verabschiedete ihn. Zurück im Büro, machte er eine kurze Notiz des Gesprächs mit Datum und Uhrzeit und legte ihn auf den Stapel ähnlicher Papiere von Vermutungen und unkonkreten Verdächtigungen. Sein Kollege Laurenti hatte die Arbeit in der Questura einmal als Mülltrennung bezeichnet.

Es war elf Uhr, als Raffaele Maran wieder auf die Straße trat. Am gegenüberliegenden Teatro Romano saß tatsächlich ein einfach gekleideter Mann und blickte starr zur Questura herüber. War das vielleicht einer der Besessenen, von denen Fiano gesprochen hatte?

»Schaut, dort drüben lag einmal die *Esperanza,* das war die Jacht von Diego Colombo.«

Laurenti zeigte auf einen Liegeplatz, an dem jetzt anstelle des alten Holzbootes ein unter der zarten Sonne weiß glänzendes, dreistöckiges Ungetüm vertäut war, das einem Bügeleisen glich und dessen Motoren bei voller Fahrt gewiss mehr Treibstoff pro Stunde verbrauchten, als der Eigner an Honorar verdiente. Vor allem, wenn er so lasch an die Arbeit ging wie Rechtsanwalt Carfì.

»Der Meisterdieb, den alle vergöttern?«, fragte Patrizia begeistert und hob Barbara, ihr sechzehnmonatiges Töchterlein, aus dem Kinderwagen, um Laurenti die Kleine zu reichen, der bereits freudestrahlend seine Arme nach ihr ausstreckte. »Ich wusste gar nicht, dass er eine Jacht hatte.«

»Und zwar nicht so ein Kunststoffboot wie die heutigen. Er ist damit von Argentinien bis nach Triest gesegelt. Eine enorme Leistung. Und vielleicht ist er auch damit geflohen, als es ihm hier zu brenzlig wurde.«

Laurenti saß mit dem Rücken zum offenen Meer und hatte zufällig gesehen, wie Carfì ein Paket auf die Motorjacht brachte, gleich darauf wieder an Land ging und mit seinem Porsche Cayenne wegfuhr. Im Stillen dankte er Laura, dass sie sich bei ihrem Anruf vor einer halben Stunde zum Mittagessen verabredet hatten. Den Kahn des Rechtsanwalts würden sie also bei der Durchsuchung seines Hauses und der Büroräume der GelFish mitberücksichtigen.

»War er wirklich so genial, wie alle behaupten?«, fragte Patrizia, während ihr Vater das fröhlich vor sich hinbrabbelnde Baby auf seinem Knie hüpfen ließ.

Proteo Laurenti hob die Augenbrauen. »Er war ziemlich gerissen. Und er geistert immer noch herum, wie du aus der Zeitung erfahren hast.«

»Genial war er nicht«, mischte sich Laura ein. »Aber ein verdammt charmanter und gut aussehender Kerl, der vielen den Kopf verdrehte. Mehr als die Hälfte seines Mythos beruht darauf. Du hast doch meine Freundinnen neulich abends gehört, Carlotta war hinter ihm her gewesen wie nichts Gutes, und auch die eine oder andere von ihnen lag ihm mindestens zu Füßen. Die schwärmen heute noch von ihm.«

Es war ein überdurchschnittlich warmer und diesiger Spätseptembertag mit hoher Luftfeuchtigkeit, weshalb Meer und Horizont bald nahtlos ineinander übergingen. Die Luft schien stillzustehen, und wer sich aus seinem klimatisierten Büro befreien konnte, entschwand in eine Badeanstalt und verschob die ernsthafteren Gedanken auf kühlere Zeiten, wenn die Bora mit ihren starken Böen die Stadt zurückeroberte und den Himmel putzte. Viele Menschen waren nicht im Zentrum unterwegs; wer Mittagspause machte, suchte eines der ihm nächstgelegenen Lokale auf, um nicht in Schweiß gebadet an den Schreibtisch zurückzukehren.

Laura hatte ihren Mann aus einer großbürgerlichen Wohnung angerufen, wo sie das Inventar begutachten sollte.

»Ich musste mir einen Nachlass ansehen«, berichtete sie jetzt und nahm einen Schluck Wein. »Manche Leute sind merkwürdig. Während der Erblasser im Altersheim vor sich hindämmert, bereiten sie vor, sein Hab und Gut auf dem schnellsten Weg zu versilbern, kaum dass er seinen letzten Atemzug getan hat. Proteo, du solltest jemanden ermitteln lassen, wie viele Erben nachhelfen, um so schnell wie möglich an das Geld zu kommen.«

»Was glaubst du eigentlich, womit wir die meiste Zeit beschäftigt sind, Laura? Es gibt nur vier Motive für einen Mord: Geld oder Macht oder Rache.«

»Und der vierte, Papà?«

»Blödheit. Sie taucht zwar in keiner Statistik auf, ist aber am weitesten verbreitet.«

»Ich kam mir vor wie in einem Museum. Diese Wohnung müsste von der Kulturbehörde beschlagnahmt und wie das Museo Morpurgo in der Via Imbriani für Besucher geöffnet werden. Hier hat sich die letzten hundert Jahre nichts verändert. Ein unglaublicher Schatz an Möbeln, Bildern, Familiensilber, und alles sieht aus wie neu. Ganz im Gegensatz zur Patina sonstiger Wohnungen. Du solltest das ansehen, bevor die Jungen alles verhökern.«

»Wie alt sind die?«

»Na, so wie wir in etwa.«

»So jung, Laura?« Beizeiten gelang es seiner Frau noch, ihn mit ihren Bemerkungen zu überraschen.

»Da gibt es nichts zu lachen, Proteo. Diese Leute sind bescheuert, sie kennen mich nur aus der Zeitung und haben mir einfach den Schlüssel gegeben. Sie würden es kaum merken, wenn ich etwas mitgehen ließe. Da liegen unglaubliche Werte, und die Wohnung ist nicht einmal besonders gesichert.«

»Wo?«

»Auf dem Hügel von San Vito in der Via Ciamician. Ein Blick wie von wenigen Häusern im Zentrum. Das ganze Hafenbecken und die Küste liegen einem zu Füßen und davor die Stadt. Es ist ein paar Meter oberhalb der Treppe, die dann zur Piazza Hortis hinunterführt. Patrizia begleitete mich mit der Kleinen und half das Inventar zu fotografieren.«

Trotz der privilegierten Lage Triests als nördlichste Hafenstadt des Mittelmeerraums war es gar nicht so einfach, ein Restaurant direkt am Meer zu finden, vor dem keine Uferstraße entlanglief. Aber wenn seine Lieblingstochter Patrizia mit seiner Enkelin schon einmal da war, wollte Laurenti wenigstens an einem schönen Platz am Wasser sitzen, wo außer dem sanften Plätschern der Wellen der Alltagslärm außen vor blieb. Und obgleich er kaum mehr als eine Stunde Zeit hatte, wollte er zu der angesetzten Koordinationssitzung nicht, wie am Morgen schon, zu spät kommen. So saßen sie am einzigen belegten Tisch des Lokals auf der Mole San Giusto neben der Hafeneinfahrt zur Sacchetta.

Laurenti hielt die kleine Barbara auf seinem Schoß und spielte mit ihr. Die Kleine fasste nach seiner Nase und patschte mit ihren Händchen in sein Gesicht, um die Sonnenbrille zu erwischen. Unentwegt brabbelte sie, und es machte den Eindruck, als beherrschte sie bereits ein paar Worte. Vor allem »nein«, wörtlich oder als Kopfschütteln. Es schien, als hörte Laurenti weder seiner Frau noch seiner Tochter zu, so selig war er mit seiner Enkelin beschäftigt. Und ohne weiter in die Speisekarte zu blicken, schloss er sich deren Bestellung an. Nicht einmal den dicken Speichelfaden der Kleinen auf seinem zartblauen Hemd bemerkte er. Erst als Patrizia versuchte, ihn mithilfe des Mineralwassers und ihrer Serviette wegzuwischen.

»Ich befürchte, du musst dein Hemd wechseln, bevor du zurück in die Questura gehst, Papà«, sagte sie lächelnd.

»Lass doch, ich wasche das nachher in der Toilette aus. Hast du etwas von deinem Kapitän gehört? Kommt er bald an Land?«

Er erinnerte sich nicht mehr daran, wie lange der Vater der kleinen Barbara bereits unterwegs war, und stellte es sich schrecklich öde vor, drei Monate am Stück auf den Weltmeeren herumzuschippern, meist ohne Gelegenheit zu haben, die Hafenstädte anzusehen, die sein Schiff anlief. Dafür hatte Gigi im Anschluss die gleiche Zeit frei und würde die männliche Minderheit im Hause Laurenti verstärken. So Patrizia ihn noch wollte. Häufig kam sie nachts nicht nach Hause und überließ ihr Töchterlein Lauras Mutter.

»Gigi hat sich übers Satellitentelefon gemeldet. Sein Schiff ist in Kuala Lumpur, sie nehmen Kurs nach Westen. Colombo, Mumbai, Abu Dhabi, Port Said. In drei Wochen kommt er endlich wieder. Er wird staunen, wenn er Barbara wiedersieht. Bis dahin läuft sie schon ganz alleine.«

Der Kellner servierte die köstlichen Meerbarben, über die sie sich sofort hermachten, und brachte noch Wein und Wasser.

»Und wie gefällt es dir, Laura bei der Arbeit zu helfen?«, fragte Laurenti mit vollen Backen.

»Das ist ein Geschäft für Voyeure, nicht für mich, Papà. Wirklich erstaunlich, wie kaltschnäuzig manche Leute zur Schau stellen, dass sie keine Ahnung davon haben, was ihre Eltern angehäuft haben, und nur wissen wollen, wie viel es wert ist. Für mich wär das nichts.«

»Sei froh, dass deine Mutter gut verdient. Mein Gehalt alleine würde für euch Kinder nicht reichen. Was wirst du jetzt mit dieser Wohnung machen, die du angesehen hast?«, wandte Laurenti sich an seine Frau.

»Ich schwanke zwischen Wahrheit und Lüge, Proteo. Diese Leute drängen, vermutlich glauben sie, dass der Tod ihres Ahnen bevorsteht.« Wie immer, wenn Laura nicht die ganze Wahrheit sagte, drehte sie ihr dickes blondes Haar um einen Finger.

»Wie sähe die Lüge aus?« Laurenti grinste breit. »Bei dir lernt man nie aus.«

»Ihnen ein gutes Angebot für alles zu machen, damit sie auf einen Schlag zu einem Batzen Barem kommen, auch wenn sie bei einer Auktion deutlich mehr erwirtschaften würden, wenn auch deutlich langsamer. Aber ich glaube nicht, dass man das als Diebstahl bezeichnen kann. Ich bin ja keine amtlich bestellte Gutachterin.«

»Und weshalb informierst du nicht die Kulturbehörde, wenn das eine solch einzigartige Sammlung ist?«

»Diskretion ist alles, Proteo. Wenn das publik würde, riskierte ich, einen Teil meiner Kunden zu verlieren. Und es käme mit Sicherheit heraus, denn die Erben haben nur mich beauftragt. Wenn du wüsstest, was derzeit alles angeboten wird. Je länger die Krise dauert, desto besser laufen die Geschäfte, und die Nachfrage aus dem Ausland ist so exzellent wie das Angebot. Solch komplette Nachlässe wird es nie wieder geben, wenn diese Generation einmal nicht mehr ist. Es gibt seit damals keine stilistisch eindeutigen Epochen mehr. Später wurde alles zusammengestückelt. So wie wir das auch getan haben.«

»In einem Museum würde ich nicht leben wollen«, rief Patrizia. »Stell dir bloß mal vor, dass man bei jeder Bewegung achtgeben müsste, nichts zu beschädigen. Schrecklich.«

»Ich werde wohl gar nicht anders können, als den Leuten zu helfen. Aber ich muss das mit meinen Partnern besprechen, Möbel, Teppiche, Silber und so weiter laufen in deren Abteilungen. Und wir müssen einiges an Kapital flüssig machen. Deshalb hat Patrizia die Fotos gemacht. Ich möchte nicht mit einer halben Armee dort einlaufen, sonst riechen die den Braten sofort. Übrigens ist mir dafür ein anderes Geschäft flöten gegangen, weil während der Beerdigung in die Wohnung einer verblichenen alten Frau eingebrochen wurde. Gestern Nachmittag in der Via Macchiavelli. Hast du nichts davon gehört?«

»Einbrüche bearbeiten die Kollegen. In der Zeitung schrieben sie von einem holländischen Maler.«

»Anton Sminck van Pitloo, er hat länger in Rom und Neapel gelebt als in Holland. Ich habe das Bild vor Längerem einmal gesehen. Schade, die Versteigerung wäre ein gutes Geschäft gewesen. Ausgerechnet in der Zeit der Beerdigung wurde es gestohlen.«

»Genial«, platzte Patrizia heraus. »Ist doch klar, dass es einer der Verwandten war.«

Die Kleine protestierte lautstark, als Laurenti sie in den Kinderwagen setzen wollte. Er musste sich beeilen, wollte er nicht wie schon am Morgen zu spät zu der Koordinationssitzung erscheinen.

Die Batterien moderner Rollstühle erlauben Fahrstrecken, die länger sind als die Geduld oder die Kraft der meisten ihrer Nutzer, und wenn der Draht zum Techniker mit ausreichend Trinkgeld geölt wird, lässt sich auch die elektronisch heruntergeregelte Höchstgeschwindigkeit erhöhen. Für Lino La Rosas Groll auf die restliche Welt war selbst sein Gefährt noch zu langsam. Rücksichtslos hatte er die Passanten aus dem Weg gefegt, als er die Via Battisti hinauffuhr und am Stadtpark in die Via Giulia einbog. Die Bars dort oben, die seine Spielautomaten gemietet hatten, um den Umsatz zu verbessern, besuchte er nur selten. Es war an der Zeit, auch dort die Kisten zu kontrollieren und auszunehmen, denn in den Stammlokalen unten im Zentrum nahmen die Gewohnheitsspieler immer mehr Abstand, wenn er auftauchte und auf seine Chance lauerte. Es hieß, der garstige Mann mit seiner Urinflasche bringe Unglück, und sobald er hereinfahre, spuckten die Maschinen nichts mehr aus. In einer kleinen Bar stand er nun vor dem Automaten und besetzte mit seinem Rollstuhl so viel Platz, dass die Gäste sich an der Wand entlangdrücken mussten, wollten sie zur Toilette. Die Kellnerin traute sich nicht, ihn hinauszuschicken, denn schon einmal hatte er bei dem Versuch einen solchen Krawall wegen Diskriminierung hilfsbedürftiger Behinderter gemacht, dass selbst die Gäste, die auf ihrer Seite waren, sich nicht einzuschreiten trauten.

Seit einer Dreiviertelstunde trank er Brandy und klopfte heftig auf die Tasten der Maschine vor ihm, zweimal hatte sie erfreuliche Summen mit einem lauten Klackern der Münzen in die Auffangschale ausgespuckt. La Rosa aber war davon überzeugt, dass er mit dem Hauptgewinn sie in Kürze restlos leeren würde, und versuchte, seinen Harndrang zu vergessen und seinen Platz keinem anderen Spieler zu überlassen.

Ein junger Mann von grazilem, athletischem Körperbau und mit einer dunklen Lockenmähne rempelte den Rollstuhl unbeabsichtigt, aber ausgerechnet in dem Moment an, als La Rosa siegessicher auf eine der Tasten hauen wollte und sie wegen des Stoßes verfehlte. Ein Desaster, denn bis zur nächsten wahren Gewinnchance verginge nun mehr Zeit, als er seiner Blase noch zumuten konnte.

»Respektloser Dreckslümmel. Du hast Glück, dass ich behindert bin, sonst würde ich dir zeigen, was man mit solchen wie dir tun sollte. Du bist wohl zu faul zum Arbeiten, eh?«, brüllte La Rosa aufgebracht und schwenkte wütend seine Flasche. Sein Gesicht war zornesrot, seine Hand am Steuerhebel seines Gefährts zitterte.

Sein Rollstuhl wendete um neunzig Grad nach links, wo Jago Fonda verlegen lachend und perplex über die Grobheit des Alten auf der Stelle stand.

»Halt wenigstens die Tür auf, wenn du mir schon den Gewinn vermasselst. Und pass gefälligst auf, dass der Automat frei bleibt. Und bestell mir einen Brandy, aber auf deine Rechnung. Kapiert?«

Die gut zwanzig Personen am Tresen wandten allesamt die Köpfe zu der Tür, die hinter La Rosa ins Schloss fiel. Keiner von ihnen kannte ihn, einer tippte sich an die Stirn, andere drehten ihm den Rücken zu, doch alle nahmen ihre ursprüngliche Konversation wieder auf, während Jago sein Kleingeld aus der Hosentasche kramte und in den Apparat warf.

Als der Alte die Urinflasche endlich umständlich an dem kleinen Waschbecken in der engen Toilette auswusch und zurück in die Jutetasche auf seinem Schoß steckte, drang durch die dünne Tür ein Geräusch, das er allzu gut kannte. Aufgebracht beeilte er sich, zurück in den Schankraum zu kommen. Doch anstatt das Wasser abzustellen, drehte er versehentlich den Hahn in die falsche Richtung, worauf es über den Beckenrand bis auf seine Windjacke und Hose spritzte. Er kochte vor Wut, scherte sich nicht um das Wasser und fuhr mit dem Rollstuhl gegen die Tür, die aufsprang.

Die Münzen klackerten noch immer in der Auffangschale des Spielautomaten, als er zurückkam. Der junge Mann mit den dunklen Locken stopfte den Gewinn bereits mit vollen Händen in die ausgebeulten Hosentaschen und füllte die weiteren Münzen in ein großes Glas, das die Bedienung ihm lächelnd reichte. Zwei uniformierte Polizisten kamen herein, bestellten Kaffee und schauten Jago amüsiert zu, der eine Runde für alle spendierte. Ein junger Mann im Glück, wenn es für die Jungen schon zu lange kaum Arbeitsplätze gab. Blitzartig kippte die Stimmung in der Bar. Sie hatten den Rollstuhlfahrer, der von dem hohen Tresen verborgen wurde, noch nicht gesehen, hörten aber bereits das unbändige Gebrüll.

»Was fällt dir ein, das ist meine Kohle«, zeterte La Rosa mit hochrotem Kopf und weit aufgerissenen Augen. »Gib mir das Geld. Das ist mein Gewinn. Ich habe gewonnen. Du Parasit. Das ist Diebstahl.«

Er war von oben bis unten nass gespritzt. Die Leute wussten nicht, ob sie sich ekeln oder lachen sollten. Die Bedienung sah durch die halb geöffnete Tür das Wasser aus dem Waschbecken auf den Boden fließen und versuchte, sich an dem Alten vorbeizudrücken. Er hielt sie mit eisernem Griff am Handgelenk fest.

»Du hast das gesehen, Mädchen. Er ist ein dreckiger Gauner, ruf die Polizei. Es ist mein Geld. Das sind sicher dreihundert Euro.«

Die beiden Uniformierten stellten die Espressotassen ab und näherten sich Jago, der Kellnerin und dem Rollstuhlfahrer, worauf die anderen Gäste neugierig gespannt vom Tresen zurücktraten und Platz machten.

»Beruhigen Sie sich, Signore«, sagte der größere der beiden Beamten. »Was ist passiert?«

»Ich habe ein paar Münzen in die Kiste geworfen und Glück gehabt. Mehr nicht. Alle haben das gesehen.« Jago blickte hilfesuchend die Kellnerin an.

»So geht es doch jedem Spieler. Mal gewinnt einer, meistens verlieren sie und spielen trotzdem weiter.« Sie nickte zustimmend, worauf La Rosa endlich ihren Arm losließ. Speichel lief ihm übers Kinn, seine Augen waren gerötet.

»Wie Sie gehört haben, behauptet er jetzt, es sei sein Gewinn«, ergänzte Jago.

»Haben Sie ihn von der Maschine gedrängt?«, fragte der zweite Polizist mit ausdrucksloser Miene.

»Sie war frei. Er war auf der Toilette.«

»Mieser Lügner«, brüllte La Rosa. »Ich habe gesagt, dass ich zurückkomme. Das ist Betrug.«

»Lief der Automat noch, während der Herr auf der Toilette war?«

»Nein. Er war frei«, bestätigte die Bedienung. »Es war alles regulär.«

»Ich will Anzeige erstatten«, rief der Alte. »Ich kenne die Gesetze. Ich bin ein Kollege von der Guardia di Finanza.«

»Können Sie das bitte draußen erledigen?«, flehte die Kellnerin. »Es ist Mittagszeit, es verschreckt die Gäste, und wir haben alle Hände voll zu tun. Ganz abgesehen davon.« Sie zeigte auf die fleckige Hose des alten Mannes im Rollstuhl.

Jago klaubte den Rest seines Gewinnes zusammen und nickte erleichtert. »Draußen ist besser.«

Die Polizisten verlangten seinen Personalausweis, auf der Straße könnte der junge Mann noch auf die Idee kommen, ihnen davonzulaufen. Aber auch La Rosa musste sein Dokument hervorkramen – zum zweiten Mal am selben Vormittag. Doch bevor sich die kleine Karawane in Bewegung setzte, bat Jago Fonda die Kellnerin um die Rechnung, beglich sie mit einem Berg Münzen, ließ ein großzügiges Trinkgeld auf dem Tresen und entschuldigte sich für den Zwischenfall. Sie lächelte, doch dann blickte sie fordernd La Rosa an, der schließlich in seinen Beutel griff und das Geld für vier Brandys herausrückte.

Durch die Verglasung sahen die Gäste einen Beamten, der im Wagen sitzend die Personendaten der Streithähne ins Mikrofon des Funkgeräts sprach, während der andere zwischen den beiden stand und ein Formular ausfüllte. Immer mehr Leute drängten an den Tresen, die ihren Mittagsimbiss bestellten und sich über den Vorfall unterhielten. Der Rollstuhlfahrer stopfte den Durchschlag des Protokolls in seinen Stoffbeutel und fuhr wütend vor sich hinschimpfend davon. Der junge Mann verabschiedete sich mit Handschlag von den Polizisten und entfernte sich in die Gegenrichtung. Der zitronengelbe BMW stand auf halbem Weg nach Piccola Parigi.

»Golden Age Residenz No. 2« lautete die bescheidene Aufschrift des messingfarbenen Klingelschilds am nächsten Palazzo in der Via Carducci. Im Erdgeschoss befanden sich ein Geschäft für Kinderbekleidung und ein Drogeriemarkt, die weiteren Stockwerke belegten Büros, deren Klingeln den automatischen Türöffner auslösten, sobald man läutete. Wie oft in solchen Häusern fragte niemand vorher über die Gegensprechanlage nach dem Besucher.

Ein alter Aufzug mit schmiedeeisernen Scherengittertüren und der halb verglasten Kabine aus Edelholz lief in der Mitte der breiten Treppe und zeugte vom Reichtum des ehemaligen Bauherrn, während die schmutzigen Wände und die düstere Treppenhausbeleuchtung den Geiz und die gleichgültige Sorglosigkeit der heutigen Inhaber belegten.

Die Schilder im Entree zeigten die Stockwerke an, in denen sich die Firmen befanden, doch der zierliche Mann mit der großen Sonnenbrille, dem Kapuzenpulli und dem grauen Rucksack brauchte die Hinweise nicht. In den letzten Tagen hatte er mehrfach das Gebäude ausgeforscht und für seinen Besuch nur noch den richtigen Moment abgepasst. Je höher er stieg und lange bevor er die Treppe zum vierten Stock ganz erklommen hatte, drang ihm der penetrante Geruch von Kantinenessen entgegen. Behutsam öffnete er die Eingangstür zur Filiale der Golden Age Residenz und schlenderte im langen parkettbelegten und grau gestrichenen Flur am Wagen mit den Tabletts und dem Mittagsmahl für die Alten vorbei, während eine Pflegerin in einem der Zimmer beschäftigt war. Er hörte ihre rauen Befehle lauter werden und verdrückte sich sofort in die Toilette, hielt die Tür leicht geöffnet und beobachtete, wie die Frau in ihrer hellblauen Kittelschürze zwei weitere Essen vom Wagen nahm und in den nächsten Raum trug. Nur drei Schritte waren es zu der Eichentür mit dem Sicherheitsschloss am Ende des Flurs. Ein Kinderspiel für ihn, nach wenigen Sekunden schloss er die Tür hinter sich, just als die Pflegerin zum Essenswagen zurückkam. Er sah sie durch den Spion. Hier war er bisher noch nie gewesen. Vier Türen gingen von einem kurzen Flur ab. An der ihm gegenüberliegenden prangte ein Durchgang-verboten-Schild. Sie war mit einem soliden Sicherheitsschloss versperrt, das zu knacken zu viel Zeit kostete. Das große Badezimmer lag zur Rückseite des Palazzos und war behindertengerecht gestaltet. Zur Straßenseite hin führte die erste Tür in einen parkettbelegten Salon mit einer Stuckdecke. Eine offene Kochstelle war dort eingebaut, in der Mitte des Raumes stand ein quadratischer Holztisch mit einem Stuhl, ein Sofa befand sich gegenüber eines riesigen Fernsehapparats, und von der Decke hing ein Kristallleuchter. Die letzte Tür führte in ein kleineres Schlafzimmer, das von einem Bett und einem breiten Kleiderschrank fast ausgefüllt wurde. Auf dem Nachttisch stand eine leere Urinflasche, und über dem Kopfteil des Betts hing das Bild eines alten Meisters. Der Blick des Eindringlings heftete sich auf das hochformatige Porträt eines Edelmanns, ein Gemälde von Tintoretto. Es maß etwa einen Meter mal sechzig Zentimeter. Der vergoldete Rahmen hatte Patina angesetzt. Der Mann lehnte die Schläfe an die Wand und leuchtete mit der Lampe seines Telefons hinter das Bild, sah aber keine Drähte noch andere Sicherungen, dafür eine rechteckige Unregelmäßigkeit im Putz. Als er den Rahmen vom Haken hob, machte er die zweite Entdeckung. Der Wandsafe maß etwas mehr als ein DIN-A3-Blatt und war mit einer Zahlenkombination gesichert.

Aus dem Rucksack nahm er einen Packen zusammengefalteter Luftpolsterfolie, schlug sorgfältig den Tintoretto darin ein und steckte das Kunstwerk in die blaue Tasche eines skandinavischen Einheitseinrichters. Nach einem Blick auf die Uhr stellte er zufrieden fest, dass seit seinem Eindringen in diese Räume keine fünf Minuten vergangen waren. Er zog eine Stichfeile aus dem Rucksack und einen kleinen batteriebetriebenen Trennschleifer mit sehr feiner Scheibe, dessen helles Geräusch an einen Zahnarztbohrer erinnerte, als sich das Gerät immer tiefer in den Zement fraß. Er kam rasch voran, wie meist war der Tresor von schludrigen Handwerkern nicht vorschriftsmäßig in der Wand mit Drahtgittern und Stahlstiften verankert, sondern lediglich mit normalem Zementgemisch einbetoniert worden. Viele Diebe profitierten von dieser Nachlässigkeit, von der die Eigentümer meist nicht einmal ahnten. Der Safe löste sich bald, auch war er nicht übertrieben schwer, als er ihn aus der Mauernische zog und auf dem Bett abstellte. Nur knapp passte der Kasten in den Rucksack, dessen obere Schnalle er nicht mehr schließen konnte. Eine Viertelstunde war gerade vergangen, als der Einbrecher den Rückzug antrat. Die Kapuze tief ins Gesicht gezogen und ohne links oder rechts zu schauen, durchschritt er schnurstracks den Flur. Er hatte Glück, die Aufzugskabine stand auf der Etage. Sorgfältig verschloss er das Scherengitter und drückte den Knopf zum Erdgeschoss. Trotz der sperrigen Last ging er behänden Schritts zur nächsten Seitenstraße und von dort zu den Parkplätzen vor dem Ospedale Maggiore, wo sein Wagen stand.

Raffaele Maran ärgerte sich über seine Unentschlossenheit. Auch wenn der Polizist einigermaßen gleichgültig erschienen war, konnte er sich nun jedoch auf eine offizielle Stelle berufen, sollte die Fuchshaarige so weitermachen. In wenigen Minuten würden die kleineren Geschäfte über Mittag schließen, die sich die Personalkosten für durchgehende Öffnungszeiten nicht leisten konnten. Er sollte sofort mit Teresa reden. Sie antwortete nach dem zweiten Klingeln. Zögernd willigte sie nach einem Blick durch die Glastür ein.

Auf der Piazza hatten seit vorgestern Nachmittag zwei Polizisten Position bezogen, der Todesengel führte pünktlich wie immer den weißen Hund zur Grünfläche zu Füßen des Giuseppe Verdi und starrte zu ihr herüber, während der Köter sein Geschäft verrichtete. Teresa Fonda bediente die letzten Kunden, nahm das Geld aus der Kasse und steckte die Kopien der Blätter in ihre Handtasche. Dann schaltete sie den Ventilator ab und schloss den Laden.

Daria Bono setzte sich fast zeitgleich mit den Polizisten in Bewegung, als die Zeitungsfrau zur nahen Piazza Goldoni ging und dort den erstbesten Bus bestieg, dessen Fahrer bei ihrem Anblick noch einmal gebremst hatte und sogleich losfuhr, kaum dass sie an Bord war. Sie blieb zur Belohnung bis zur nächsten Haltestelle neben ihm stehen und bedankte sich aufs Herzlichste, wobei ihr nicht entging, dass sein Blick im Rückspiegel häufiger auf ihr Dekolleté geheftet war als auf den Straßenverkehr.

Die Leichenschänderin hatte sie aufs Billigste abgehängt, die Polizisten gewiss nicht. Beim übernächsten Stopp verließ sie das Fahrzeug und wechselte die Straßenseite, um sich wenig später an der Piazza Oberdan zwischen die Fahrgäste zu drängen, die mit der Standseilbahn hinauf nach Opicina wollten. Sie blieb gleich neben der hinteren Türe stehen und machte bald einen unscheinbaren Kleinwagen aus, der der Tram folgte. Straße und Schienen trennten sich an der Stelle, wo der Schubwagen angekoppelt wurde und die Bahn sich mit einem kleinen Ruck wieder in Bewegung setzte, um bedächtig, aber konstant den steilen Anstieg zu bewältigen. Teresa meldete den Ausstieg für die nächste Haltestelle an. Der bergabwärts fahrende Waggon würde sie in wenigen Augenblicken mitnehmen, die Treppe neben den Geleisen musste sie auf jeden Fall meiden. Teresa Fonda ging davon aus, dass die Polizisten hochgefahren waren und nun dort auf die Bahn warteten, wo die Gleise wieder parallel zur Straße verliefen. Das bisherige Stück war für Autofahrer nicht einzusehen. Sie konnte also problemlos ins Zentrum zurückfahren und von der Endhaltestelle die wenigen Schritte in das Hotel in der Via Geppa gehen, wo Raffaele sie erwartete. Dort kannte sie niemand, und seit Ehebruch zum guten Ton gehörte, machte sich kein Hotelier mehr Gedanken darüber, wenn einige Gäste bereits nach wenigen Stunden ihre Rechnung beglichen. Im Gegenteil, konnten diese Zimmer doch am selben Tag noch einmal vermietet werden.

Raffaele Maran hatte Tramezzini und Spumante mitgebracht und ihr eine Nachricht geschickt, die nur die Zimmernummer beinhaltete: »23«. Für Uneingeweihte nichtssagend. Den Namen des kleinen Hotels hatten sie nicht einmal am Telefon genannt, nur den Vornamen der Eigentümerin, der alles andere als selten war. Kaum vernahm er das zarte Klopfen Tessies, öffnete er die Tür und ließ sie ein, dann hängte er das Nicht-stören-Schild hinaus.

»Weshalb hast du die Regel gebrochen?«, fragte Teresa sofort.

»Heute hat sie mich fotografiert. La Rosas Tochter wird massiver. Ich war in der Questura und habe die ganze Angelegenheit wie ein unbescholtener Bürger dem zuständigen Bullen erzählt, aber ich habe sie nicht angezeigt. Im Moment genügt es, dass die Bescheid wissen. Sie wird sehr bald etwas unternehmen, gegen dich oder gegen mich. Sie steht erkennbar unter Druck.«

»Und was hättest du Laurenti erzählt, wenn du ihm dort begegnet wärst?«

»Ich bin kein Illegaler, sondern seit Jahren ein städtischer Angestellter. Diese Frau wird sich nicht damit begnügen, uns nur zu beobachten. Ich will nicht, dass sie irgendwann einen Anschlag mit Salzsäure oder Ähnliches auf dich verübt.«

»Das war absolut überflüssig, Raff. Wenn nicht sogar dumm.« Teresa griff zu einem Tramezzino, biss aber noch nicht hinein. »Der Commissario weiß seit heute früh um sieben Uhr Bescheid, er hat sie auch gesehen. Ich gehe davon aus, dass die Bullen sie wie mich im Auge haben. Sie war heute wie immer zu festen Zeiten auf der Piazza. Die beiden Zivilbeamten haben sie gesehen, außerdem wurde die Überwachungskamera neu eingerichtet. Geh davon aus, dass Laurenti und seinen Leuten nichts von dem entgeht, was dort passiert. Nach dieser Pressekampagne gegen ihn und den Staatsanwalt wird er nichts unversucht lassen, den Fall Colombo ein für alle Mal zu klären.« Sie schob das Tramezzino in den Mund und fuhr kauend fort: »Wir reden heute Abend darüber, ich muss gleich los. Er hat mich wegen der Fotokopien ins Kommissariat bestellt.« Sie griff nach einem weiteren Tramezzino und nahm einen Schluck von dem Spumante.

»Ruf ihn an, und sag, du kommst ein andermal.« Raffaeles Blick verfinsterte sich.

»Warum, Raff? Es kommt uns doch entgegen. Je mehr er weiß, umso weniger fragt er. Verberge nur, was du wirklich musst, ansonsten sei wie ein aufgeschlagenes Buch. Das ist die beste Regel, um harmlos zu wirken. Keine Überwachung ist so hermetisch, dass man ihr nicht entkommen könnte. Und wer hat mir wohl diese Regeln beigebracht?«

»So lange wird es nicht dauern, das Protokoll aufzunehmen. Ich warte hier auf dich, Tessie.«

Teresa Fonda schüttelte entschieden den Kopf. »Nein, Raff, in der Stadt können wir uns nicht treffen. Übrigens habe ich Jago und Jacqueline von den Kopien erzählt und eine Kamera am Haus installieren lassen.« Sie sprang auf, warf einen flüchtigen Blick in den Spiegel und richtete ihr Dekolleté. »Wir sehen uns zur üblichen Zeit jenseits der Grenze.«

Teresa huschte aus dem Zimmer, zu ihrem Termin mit Inspektor Battinelli war sie bereits eine Viertelstunde überfällig.

Daria Bono hatte legere Kleidung und Laufschuhe herausgesucht, die sie seit über einem Jahr nicht mehr benutzt hatte, und sich umgezogen. Früher war sie jeden Morgen eisern in aller Frühe eine Stunde lang gelaufen. Bis sie dabei zum ersten Mal Raffaele Maran begegnet war, der um halb sechs aus einer engen Gasse von Piccola Parigi auf die Via Giulia kam, wo sie ihn mit offenem Mund anstarrte, als käme er von einem anderen Stern. Ihr Programm änderte sich schlagartig. Sie folgte ihm bis zum Mercato Coperto, wo er die Marktfrauen begrüßte, die ihre Ware aufbauten, und dann das Büro des Marktleiters aufschloss. Trotz seiner kurz geschnittenen gebleichten Haare glich er viel zu sehr Diego Colombo. Die Statur war dieselbe, seine Art sich zu bewegen, die Mimik, sein Lachen. Nur zeigte er nie seine Hände, sondern verbarg sie meist in dem grauen Arbeitsmantel, den er trug. Sie täuschte sich auf keinen Fall, obgleich fünfundzwanzig Jahre vergangen waren, als er angeblich bei einem Bombenanschlag sein Leben gelassen hatte. Dieser Mann, der zu Unrecht als skrupelloser Ganove galt, war für den Drecksack Lino La Rosa tätig gewesen, was nie durch die Presse ging. Daria kannte die meisten dieser Jobs, denn ihr Vater hatte sie nie hinausgeschickt, wenn er ihm Aufträge gab mitsamt den Anweisungen, wie er sie ausführen sollte. Für den Alten hatte Diego an den Behörden vorbei kofferweise Bargeld seiner Kunden über die Grenze geschafft und auf dem Rückweg Kunstwerke mitgebracht. Nur einmal war er erwischt worden, nach einem heftigen Disput mit La Rosa, der ihn bei der Rückkehr nach Italien verpfiffen und ihm damit gezeigt hatte, dass er keine Alternativen hatte, als für ihn tätig zu bleiben.

Wo war er in der Zwischenzeit gewesen, wo hatte er sich versteckt? War er schon lange nach Triest zurückgekehrt, und sie hatte ihn nur nie gesehen? Wohnte er dort in Piccola Parigi? Sie würde es herausfinden.

Seit dieser Begegnung hatte sie immer wieder eine Gelegenheit gesucht, ihn anzusprechen und ihm im vertraulichen Gespräch mitzuteilen, dass sie wisse, wer er in Wirklichkeit sei, und dass sie ihn gewiss nicht verraten werde. Niemals hätte sie ihn inmitten der Marktstände eingeweiht, doch jetzt wollte sie ihn kein zweites Mal verlieren. Bei den ersten Kontakten hatte er mit ihr noch ein paar Minuten über das Wetter geplaudert und darüber, dass die Stadtverwaltung seit Jahren leider keinen Cent in die Sanierung der Markthalle stecke, obwohl sie ein Publikumsmagnet sein könnte, wenn man seine Vorschläge ernst nehme, die Qualität des Angebots verbessere und kleine Lokale zulasse, die marktfrische Gerichte zubereiteten. Den Kaffee aber, zu dem sie ihn einladen wollte, schlug er aus und entfernte sich hastig.

Je öfter sie nach ihm suchte, desto rarer machte sich der Mann. Und dann hatte sie entdeckt, dass er Teresa Fonda besser kannte. Die Frau, die einst Lino umzubringen versucht hatte und mit einer milden Geldbuße davongekommen war. Deren drei Kinder glichen Diego Colombo wie ein Ei dem anderen.

Darias Alltag hatte sich verändert. Mit eiserner Routine wollte sie die beiden überführen und schließlich Diego für sich alleine gewinnen. Unablässig kundschaftete sie beider Angewohnheiten aus, folgte ihnen und suchte sie, sofern der Arbeitsalltag es zuließ, zu festen Uhrzeiten auf, ohne sich zu erkennen zu geben. Wer sollte sie kennen, war sie damals doch gerade vierzehn Jahre alt und ein verschrecktes Mädchen gewesen? Seither war über ein Vierteljahrhundert vergangen.

Niemand hatte sie mehr in Sportkleidung gesehen, sondern als seriöse Geschäftsfrau mit ausgesuchtem konservativen Geschmack. Doch heute musste Daria im Keller arbeiten, und dafür war ihre Alltagskleidung zu schade.

Im Baumarkt in der Via Giulia hatte sie ihre Einkäufe erledigt und ein Taxi gerufen, das sie vom Geschäft zurück zur Golden Age Residenz brachte. Die dicke Rolle Luftpolsterfolie passte kaum in den Kofferraum des Wagens, und der Fahrer murrte, weil er dafür die Rückbank umlegen musste. Den Cutter und das Klebeband trug Daria in ihrer Tasche. Die schwere Rolle schließlich vom Trottoir der Via Carducci ins Untergeschoss zu befördern kostete sie mehr Kraft, als sie vermutet hatte, handelte es sich doch nur um eingepackte Luft. Als sie die Folie schließlich in den Heizungskeller manövrierte und im Schein der aufflackernden Leuchtstoffröhren den Sarg auf dem Boden sah, war sie zufrieden. Corrado Giuliani hatte, wie nicht anders zu erwarten, das billigste Modell aus dem Lager seines Bestattungsinstituts geschickt. Sie sperrte die Tür von innen zu und schob den ersten Karton aus der Nische, um zu sortieren.

Leichte Beute wie Schmuck oder kleinere Gegenstände aus Edelmetall würde sie selbst fortschaffen. Es gehörte zu den modernen Zivilisationskrankheiten, dass täglich Leute reißfeste Taschen eines skandinavischen Instantmöbelhauses durch die Straßen schleppten, als zwänge ein orwellsches Regime zum Einkauf dort, damit sich niemand mehr vom anderen unterschied. Schwerere Sachen und kleinere Kunstwerke verpackte Daria sorgfältig in die Luftpolsterfolie und schichtete sie in den Sarg. Alleine die größeren Bilder bereiteten ein Problem. Sie wollte weder den Holländer noch einen Zoran Mušič oder Andy Warhol, Gustav Klimt und Emilio Vedova aus ihren Rahmen lösen und aufrollen und dabei Beschädigungen in Kauf nehmen. Sie verpackte die Bilder, wie sie waren, und deponierte sie hinter ausrangierten Möbeln in einer Nische des Heizungskellers. Sie rief ihre Handlanger Dardan und Toni an, damit sie einen mannsgroßen Umzugskarton auftrieben. Am Abend sollten die beiden ihn mit dem Lieferwagen dann bis zur Schwelle von La Rosas Wohnung bringen. Daria Bono verschraubte den Sarg und verließ den Heizungskeller. Mit einem Blick in den Spiegel in der Aufzugskabine stellte sie fest, dass sie gut daran getan hatte, sich umgezogen zu haben. Ihr Sweatshirt war staubig, im Haar hatte sie Spinnweben.

Jevgēnia, die stämmige Pflegerin, machte große Augen, die Chefin in diesem Zustand durch den Flur zum Büro eilen zu sehen.

»Ist Lino da?«, fragte Daria gleichgültig.

»Nein, er ist noch nicht zurück. Ich nehme an, er hat unterwegs zu Mittag gegessen.«

Besser so, sie verschloss die Bürotür hinter sich, griff zum Telefon und rief den Bestattungsunternehmer an, um ihn knapp anzuweisen, den Sarg gleich abholen zu lassen. Daria Bono schob das Regal vor dem Durchgang zu Linos Gemächern zur Seite und wollte sich in seinem Bad zurechtmachen, doch schaute sie irritiert auf die gipsweißen Fußabdrücke auf dem alten Parkett. Sie verharrte auf der Stelle und horchte mit angehaltenem Atem, aber kein Geräusch war zu vernehmen. Vorsichtig schob sie die Tür auf, aus der die Abdrücke kamen, und stieß einen gellenden Schrei aus.

»Die ersten Abhörberichte liegen vor«, begann Marietta mit der Zusammenfassung. »Teresa Fonda, oder Tessie, wie du sie nennst, Proteo, telefoniert wenig. Ihr Sohn Jago sollte sie zweimal im Zeitungsladen vertreten, dann Jacqueline, ihre Tochter, die bitte auch mal wieder eine Nacht zu Hause verbringen möge – scheint, die kommt ganz nach der Mutter. Einmal rief Jacopo, ihr Ältester, über Satellit von irgendeinem Schiff an. Dann bat sie unseren früheren Kollegen Grandi um Hilfe wegen der Videokamera an ihrem Haus, und zur Mittagszeit spricht sie offenbar täglich mit ihren Eltern. Ferner telefonierte sie zweimal mit einem Raffaele Maran. Sein Name sagte mir nichts, aber dann fand ich heraus, dass er im Mercato Coperto arbeitet. Zuletzt hörten sie sich heute vor der Mittagspause. Der Kollege, der das Gespräch aufnahm, berichtete mir gleich davon, weil Teresa einem Treffen zugesagt habe, sofern sie ihre Schatten loswerde. Das bezog sich auf unsere Leute vor ihrer Tür. Und es ist ihr tatsächlich gelungen. Das zweite Mal in kurzer Zeit. Sie ist ganz schön gerissen.«

Sie ging in die Details, Laurenti lächelte, er kannte die Tricks der Zeitungsfrau seit einer kleinen Ewigkeit.

»Bei dir weiß man nie, ob du nicht heimlich auf ihrer Seite bist«, tadelte Marietta. »Ich frage mich hingegen, ob ihre Kinder eingeweiht sind und wissen, wo ihr Vater ist.«

»Wenn sie bereits erwachsen gewesen wären, als er verschwand, wäre das vielleicht möglich, aber damals war gerade erst der Älteste unterwegs.«

»Wo war sie in der Karibik? Waren das wirklich nur die üblichen preiswerten Ferien in Santo Domingo, oder hat er sich dorthin unter neuem Namen abgesetzt?«

»Müßig, darüber zu debattieren. Wir wissen es nicht. Was hast du noch?«

»La Rosa erhält eine monatliche Rente von 2300 Euro, die er tatsächlich mit seinem Einzug ins Altersheim an die Golden Age Residenz abgetreten hat und die direkt auf deren Konto fließt. Er gilt daher als mittellos, Sozialhilfe erhält er nicht.«

»Was ist mit seiner Familie?«

»Außer seiner Tochter hat er wie du Verwandte in Salerno. Ihr seid schon komische Typen da unten in Kampanien. Auch

Diegos Vorfahren väterlicherseits stammten wie du aus dieser Stadt, bevor sie nach Argentinien auswanderten. Habt ihr hier ein Familientreffen?« Sie klimperte mit den Augen.

»Mach schon weiter, Marietta.«

»Daria Bono verdient im Monat 1500 Euro. Ihr Erbfall liegt so weit zurück, dass darüber keine Unterlagen mehr aufzutreiben sind, nur der Eintrag im Grundbuch des Hauses, das La Rosa verkaufte, als sie noch minderjährig war. Ich mache jede Wette, dass sie davon keine Lira zu sehen bekam. Auf jeden Fall konnte sich damals noch niemand ausmalen, was heute digital gespeichert wird. Ab der Geburt hat jeder eine Steuernummer und wird zum restlos gläsernen Wesen. Ich bin selten so tief in die Daten eingestiegen. Das Finanzamt weiß mehr als unsere beste Datei. Der Maresciallo leidet an einer teilweisen Muskellähmung beider Beine, die von dem Unfall damals herrührt.«

»Mich wundert«, steuerte Pina Cardareto bei, »dass diese Golden Age Residenz so gut wie keine Gewinne macht. Ich habe die letzten fünf Bilanzen angesehen. Dabei schießen seit Jahren neue private Altersheime wie die Pilze aus dem Boden, und sie verdienen sich alle eine goldene Nase. Warum also nicht dieses, wo La Rosa wohnt?«

»Wenn wir schon bei ihm sind«, mischte sich Inspektor Gilo Battinelli ein. »Teresa Fonda hat mir Kopien der Kopien gebracht, die sie seit einiger Zeit erhält, und alles zu Protokoll gegeben. Sie hat diese Daria Bono im Verdacht, die sie Tag für Tag beobachtet. Auch weil Diego Colombo einst Aufträge für den Maresciallo erledigt habe, die genau diese Werke betrafen. Die Fonda war überaus freundlich und zuvorkommend …«

»Zuvorkommend?«, fragte Marietta spitz. »Wie nahe seid ihr euch denn gekommen?«

»Du bist nicht die Einzige mit einem großen Busen, falls du es noch nicht bemerkt hast, Marietta«, zischte Pina Cardareto. »Beruhige dich, Gilo und ich teilen uns immerhin das Büro.«

»Teresa verkrampfte sich schlagartig, als ich den Faden zu La Rosa aufnahm, als bereute sie, dass sie auf ihn zu sprechen gekommen war. Ich konfrontierte sie trotzdem mit dem Unfall und sagte, dass es durchaus Stimmen gebe, die ihr Mordabsicht unterstellten. Darauf lockerte sie sich wieder und antwortete ganz gelassen, dass er gewiss nicht mehr am Leben wäre, hätte sie das wirklich vorgehabt. Sie behauptete, nicht einmal gesehen zu haben, wer ihr in den Wagen lief. Und genau das glaube ich ihr unserer Aktenlage zufolge nicht. Ich habe die Unfallakte aus dem Archiv geholt und würde gerne ein erneutes Gutachten erstellen lassen. Die neuen Techniken können vielleicht aufschlussreich sein, sofern es die damaligen Messungen zulassen. Das kann aber nur ein Fachmann beurteilen.«

»Ich werde den Staatsanwalt davon überzeugen, Gilo. Was geben die Bilder von den Überwachungskameras her?«

»Hier sind ein paar Ausdrucke, es ist nicht viel.« Marietta legte die Blätter auf den Tisch. »Man sieht lediglich einen vermummten Mann, der sich ziemlich behände bewegt. Zugegeben, das hat auch Colombo einst getan. Aber es sind die Bewegungen eines jungen Manns, heute würde er es in seinem Alter nicht mehr schaffen. Oder könntest du das noch, Proteo?«

»Was willst du damit sagen?«, empörte sich Laurenti.

»Nur dass die Aufnahmen so schlecht sind, dass nicht einmal die Spezialisten etwas herausfiltern könnten.«

Lediglich zwei der unzähligen Überwachungskameras in der Stadt wiesen einen Verdächtigen aus. Die ersten Bilder stammten vom MIB-Institut am Ferdinandeum, wo der Vorplatz hell erleuchtet war, dazu kamen die vom Parkhaus am Bahnhofsvorplatz.

»Auf den anderen sieht man ihn nicht, da saß er wohl jedes Mal in einem Fahrzeug.«

»Marietta, wie wär's, wenn du deine Einkäufe das nächste Mal in der Markthalle machtest und dabei diesen Maran unter die Lupe nimmst? Aber erst wenn wir die Hausdurchsuchungen erledigt haben. Wir teilen uns auf, Gilo und Pina nehmen zwei Leute mit und filzen die Büroräume der Golden Age Residenz. Denkt daran, dass der Durchsuchungsbefehl nicht für die Zimmer der Rentner gilt, außer dem von Lino La Rosa. Macht kein großes Aufheben, wenn es sich vermeiden lässt. Ich will nicht, dass da irgendein Greis vor Freude einen Herzinfarkt bekommt, weil endlich mal etwas los ist. Und vergesst die Kellerräume und die Speicher nicht. Stellt einen Posten vor dem Haus auf, man weiß nie. Danach fahrt ihr mit Daria Bono in ihre Wohnung in der Via Strehler. Marietta und ich knöpfen uns Rechtsanwalt Carfì in der Via Tagliapietra vor.«

»Und wonach suchen wir genau?«, fragte Marietta zum Erstaunen aller, hatten sie doch soeben erst die neuesten Erkenntnisse zusammengetragen. »Schaut nicht so belämmert«, fuhr sie verärgert fort. »Kunstwerke und Geschäftsunterlagen verstehen sich von selbst. Aber ich will wissen, ob du allen Ernstes hoffst, Hinweise auf Diego Colombo zu finden. Oder willst du nur die Presse beruhigen?«

»Kein Wort davon geht nach außen. Nicht einmal an die Kollegen im Haus. Lasst euch eine Ausrede einfallen, falls sie euch fragen. Und noch etwas, Marietta. Wenn wir immer vorher wüssten, was wir finden, könnte jeder Trottel den Job machen.«

In der Koordinationssitzung mit der Chefin war es vorwiegend darum gegangen, wer künftig die Medien informieren würde. Die Wahl war schließlich auf die offizielle Pressesprecherin der Questura gefallen, weil Laurenti sich stur dagegen ausgesprochen hatte, der Zeitung höhere Auflagen zu besorgen und die Kommunikation selbst zu übernehmen. Es ging ihm gegen den Strich, irgendetwas durchsickern zu lassen, nur um die Wellen zu glätten. Auf jeden Fall sollten auch die Kollegen alle informellen Kontakte zu den Journalisten vorübergehend einfrieren. Natürlich hatte auch Scoglio einen Rüffel vom Generalstaatsanwalt erhalten, wie er am Vormittag erzählte. Aber auch er war nach wie vor der festen Überzeugung, die Strategie beizubehalten und sich gegen die Weisungen von oben durchzusetzen und zusammen mit dem Commissario festzulegen, was sie intern weitergeben würden. Ein schwieriges Unterfangen, musste man doch Hand in Hand mit den Kollegen arbeiten.

»Eine Sache noch, bevor ihr das Altersheim umkrempelt. Ich habe vom Diebstahlkommissariat erfahren, dass der Einbruch in der Via Macchiavelli just während der Beisetzung einer verblichenen Bewohnerin der Golden Age Residenz erfolgte. Den Termin zu erfahren ist ein Leichtes, ein Blick in die Zeitung genügt. Aber woher kannte der Täter die Adresse ihrer Wohnung und wusste, dass ein Einbruch dort lohnte?«

»Verwandte«, rief Marietta spöttisch. »Fratelli coltelli, parenti serpenti.«

»Und wenn nicht? Lasst eurer Fantasie freien Lauf.« Laurenti erhob sich.

»Pass doch auf, du machst alles kaputt.« Dardan wendete sich erschrocken zu seinem Kumpel um, der über beide Backen grinste und bereits das nächste Stück in den Händen hielt.

»NIHIL SINE MAGNO LABORE VITA DEDIT MORTALIBUS«, hatte soeben noch fein eingraviert auf der mit Sheffield-Silber eingefassten Kristallglaskaraffe gestanden, bevor sie Toni aus den Fingern geglitten war und am Boden zersprang. Nichts hat das Leben den Sterblichen ohne Mühe gegeben. Wer auch immer der frühere Eigentümer des edlen Stücks mit dem Zitat des römischen Dichters Horaz gewesen sein mochte, er musste entweder zur evangelisch-lutherischen oder zur anglikanischen Gemeinde der Stadt gehört haben.

»Was machen die bloß mit all dem alten Kram? Würdest du dir etwa die Bude damit vollstellen? Ich meine, wenn du eine hättest. Oder aus so einer dämlichen Gießkanne saufen? Gut, dass sie kaputt ist, hätte sowieso nicht viel reingepasst. Ich werde diese Leute nie verstehen«, sagte Toni und setzte eine zierliche Flasche mit kreisrundem Bauch an seine Lippen, auf deren verblichenem Etikett nur noch »Armagnac millésimé« zu lesen war. »Ist ja widerlich.« Er spuckte den Schluck auf den Parkettboden und schüttelte sich.

Dardan roch neugierig am Flaschenhals. »Mensch, das Zeug ist ungenießbar, 1948 steht da. Wasch den Mund aus.«

»Geht schon. Packen wir ein.«

Sie hatten den zerbeulten Lieferwagen mit dem Schriftzug der Chance Slotmachines zwei Straßen weiter geparkt, nachdem sie in einer Bar neben dem chinesischen Einkaufszentrum in einem hässlichen Betonklotz der Viale Campi Elisi zwei Automaten ausgetauscht und sich anschließend den nötigen Mut für den nächsten Raubzug angetrunken hatten. Unter üppigen alten Platanen waren sie zur Hausnummer gegangen, die Daria Bono ihnen in der Via Carpaccio genannt hatte. Eine verschlafene Gegend mit dreistöckigen alten Bürgervillen und weitläufigen Wohnungen hinter kleinen Vorgärten. Einzubrechen war ein Leichtes gewesen, die Bewohner lebten in dieser Straße offensichtlich so beschaulich, dass sie nicht mit Bösewichten rechneten. Die Wohnung im Erdgeschoss war aufgeräumt, doch lag eine feine Staubschicht auf allem, die Zimmertüren waren halb geöffnet. Hier wohnte seit Längerem niemand, seit geraumer Zeit war nichts mehr angerührt worden. Bis jetzt, da Dardan und Toni die Bilder abhängten sowie alles an silbernen Bilderrahmen samt der Familienfotos, Kerzenleuchter, Tabletts und anderem, was glänzte, in die blauen Taschen mit den gelben Tragebändern packten.

»Schau dir das an.« Toni hielt das Gemälde eines stattlichen

Raddampfers in Händen und blickte auf den Tresor, den es verborgen hatte. »Das hat die Hyäne uns nicht gesagt.«

»Sie hat's vermutlich nicht gewusst. Was machen wir?«

»Öffnen können wir ihn hier nicht. Wir reißen die Kiste aus der Wand und nehmen sie mit, sie ist nicht besonders groß.« Toni kratzte mit dem Schraubenzieher am Putz. »Gib mir den Hammer.«

»Bin gespannt, was drin ist«, sagte Dardan und machte sich mit dem Kuhfuß an der anderen Seite zu schaffen. »Ich bin dafür, dass wir die Klappe halten und uns des Inhalts selbst annehmen. Sie zahlt uns sowieso zu wenig. Denk mal an den ganzen Schmuck, den wir ihr bisher gebracht haben.«

»Der Durchschnitt zählt, du Penner. Und der ist nicht so schlecht. Außerdem sind wir relativ sicher, weil wir ja nur alten Kram abholen müssen. Das ist noch kein Verbrechen.«

»Selber Penner, es wäre nur dann keines, wenn wir immer die Schlüssel hätten.«

Zehn Minuten später zogen sie den Safe aus der Wand, stopften ihn in die letzte Tragetasche, die sie noch hatten, und ließen dafür die Sammlung von kleinen Bronzeskulpturen stehen, die Toni als wertloses Kinderspielzeug bezeichnete.

»Und was ist, wenn die Alte genau die will?«, protestierte Dardan zögerlich.

»Dann haben wir den Kram eben nicht gefunden, er war schon weg. Lass uns endlich abhauen.«

Die Taschen wogen schwer. Sie stellten sie auf ihrem Weg zum Lieferwagen mehrfach ab.

»Ruf sie an«, sagte Dardan bei einer der Verschnaufpausen. »Sie hat noch immer nicht gesagt, wohin wir das Zeug liefern sollen.«

Toni ließ es lange klingeln, Daria Bono antwortete nicht. Sie nahmen die Taschen wieder auf. Doch als wäre er vom Himmel gefallen, stoppte plötzlich ein Streifenwagen vor ihnen und schnitt ihnen den Weg ab. Die beiden Uniformierten bauten sich mit der Hand an der Waffe zwei Schritte weit vor ihnen auf, bevor sie Fersengeld geben konnten.

»Nehmt die Hände hinter den Kopf«, sagte der Fahrer.

Wie eine Raubkatze hechtete Dardan vor, schlug sofort mit der rechten Geraden und einem linken Aufwärtshaken zu, und auch Toni ging auf den Mann vor sich los, verrechnete sich jedoch bei dessen Reaktion. Die Faust landete direkt auf dem frischen Pflaster über seiner Nase, er ging lautlos zu Boden, worauf der Polizist seinem Kollegen zu Hilfe kam und Dardan, der loslief, den Fuß stellte und ihn niederstreckte. Schlagartig lagen die beiden mit auf den Rücken gefesselten Händen auf dem Gehweg, während einer der Beamten über sein Funkgerät Verstärkung rief.

Die Polizisten redeten nicht viel, während sie die Hosentaschen der Gauner leerten und schließlich deren Ausweise und den Schlüssel des Lieferwagens in Händen hielten. Noch bevor der zweite Streifenwagen eintraf, stand ihre Identität fest. Antonio Esposito war zweiunddreißig Jahre alt, trotz seines südlichen Dialekts in Monfalcone geboren und erst vor sieben Monaten aus der Haft im Triestiner Coroneo entlassen worden. Dort hatte er den zwei Jahre jüngeren Dardan Ninković kennengelernt, der mit seiner Mutter während des Krieges aus Priština, der Hauptstadt des Kosovo, nach Westen geflohen war und seine Karriere früh begonnen hatte.

»Scheißbulle, du hast mir die Nase gebrochen«, schimpfte Toni, als sie ihn auf den Rücksitz des Streifenwagens verfrachteten. »Ich habe nichts getan, ich will einen Anwalt sprechen.«

»Später, mein Junge. Du glotzt zu viel TV«, grinste der Polizist am Steuer. »Jetzt kleben wir dir erst einmal ein großes Pflaster über den Rüssel, und dann erzählst du uns, wo ihr das Zeug in unserem Kofferraum herhabt. Stell dir vor, du müsstest die schweren Taschen schleppen.«

Dardan saß mit eisern zusammengekniffenen Lippen im zweiten Wagen, der ihnen nicht folgte. Die Kollegen behielten die Straße im Auge, bis Verstärkung anrückte, die den Ort des Einbruchs suchte und die Spuren sicherte.

»So ein Altersheim ist nicht lustig, Gilo.« Chefinspektorin Pina Cardareto reckte sich, um den Knopf zum obersten Stock zu drücken. »Hoffentlich bleibt uns das einmal erspart.«

»Vielleicht wirst du ja im Dienst erschossen, dann bekommst du nachträglich einen Orden, und dein Name ziert später schön groß die Gedenkwand im Entree der Questura.«

»Blöder Witz. Du wirst gleich sehen, was ich meine. Golden ist da oben gar nichts außer dem Namen. Ganz schön scheiße, wenn man sein Leben so beschließt. Wenn schon, dann bitte eine würdigere Bleibe. Marietta hatte schon recht damit, dass inzwischen mit den Alten Riesengeschäfte gemacht werden. Nur hätte sie es nicht New Economy nennen sollen.«

»Dann behalte deinen Waffenschein bis zum Ende deiner Tage, und wenn es nicht mehr geht, nimmst du es selbst in die Hand. Das habe zumindest ich mir vorgenommen.«

»Das war übrigens der zweite Tote, den die Männer vorhin hinausgetragen haben. Schon heute Morgen kamen sie uns mit einem Sarg entgegen. Vom selben Bestattungsinstitut.«

»Der Pace-Eterna-Bestatter wird für jede Leiche eine Provision zahlen. Außerdem kann jeder solch einen Laden eröffnen, da gibt es nicht viele Vorschriften. Auch ein aufstrebendes Business. Vielleicht sollte man mal über Umschulungsmaßnahmen für arbeitslose Hebammen nachdenken.«

Sie hatten wie von Laurenti angeordnet zwei Männer auf der Straße abgestellt, die verhindern sollten, dass jemand zu eilig oder nervös den Palazzo verließ. Der Aufzug hielt mit einem leichten Ruck, der lange Flur vor ihnen war leer, und aus dem ersten Zimmer hörten sie anhaltendes Schnarchen.

Offensichtlich herrschte am frühen Nachmittag Ruhezeit, Besucher waren laut dem Eingangsschild von 16 bis 18 Uhr zugelassen. Pina Cardareto und ihr Kollege Gilo Battinelli setzten ihre Füße leiser als üblich auf und steuerten das Büro ganz hinten an, dessen Tür nur angelehnt war. Gilo klopfte zart daran, und Pina öffnete sie mit einem kleinen Kick. Niemand war in dem Raum, nur eine rote Handtasche stand auf dem Schreibtischstuhl. Aus der Regalwand jedoch ragte ein Flügel in den Raum und gab den Blick auf eine Brandschutztür frei, die ebenfalls einen Spaltbreit geöffnet war.

»Gut zu wissen«, sagte Pina und ging los. »Das wäre uns sonst verborgen geblieben. Jetzt bin ich neugierig.«

Sie traten lautlos auf und standen in einem kurzen Flur, von dem drei Türen abgingen. Pina deutete stumm auf die staubigen Fußabdrücke auf dem Parkett. Die beiden Polizisten mussten sich nicht absprechen. Gilo zog die Waffe und nahm ein Badezimmer zu seiner Linken unter die Lupe, während Pina den leeren Salon prüfte. Als sie aus dem dritten Raum ein Seufzen vernahmen, stürmten sie los.

Daria Bono kauerte zusammengesunken auf dem Bett im Schlafzimmer von Lino La Rosa und verbarg das Gesicht in ihren Händen. Das Hündchen saß wie ein Plüschtier zu ihren Füßen und blickte zu ihr auf, ohne sich weiter um die Eindringlinge zu scheren. In der Wand über dem Bett klaffte ein Loch, und drei Handbreit über diesem ragte eine Schraube aus dem Dübel. Und noch höher ein einfaches Kruzifix.

»Signora. Fehlt Ihnen etwas?«

Als die Frau Pinas Stimme vernahm, sprang sie sogleich auf.

»Was tun Sie hier? Wer hat Sie reingelassen?«

»Die Türen standen offen«, kommentierte Battinelli lapidar. »Brauchen Sie einen Arzt?«

»Ich? Wie kommen Sie auf die Idee? Es ist nur ...« Sie unterbrach sich und zeigte auf die Wand. »In der Mittagspause waren Einbrecher hier, sehen Sie das nicht? Ich habe es soeben entdeckt. Diese verdammten Flüchtlinge und die Zigeuner. Von wegen Freiheit dank offener Grenzen, wir werden immer unfreier. Verbarrikadieren müssen wir uns. Und Sie von der Polizei tun nichts. Wie immer sind Sie nie dort, wo man Sie braucht.«

»Schreiben Sie einen Leserbrief.« Pina reichte der Frau den Durchsuchungsbefehl, während Battinelli behutsam den Spuren zur nächsten Tür folgte, ohne sie zu verwischen. Der Flur auf der anderen Seite glich dem Altersheim, durch das sie gekommen waren. Die Fußabdrücke verloren sich rasch. Auch das Entree war ähnlich, rechts die Treppe, geradeaus der Aufzug, der allerdings bejahrter war mit seinen Schmiedegittern. Er griff zum Telefon und verständigte die Kollegen von der Kriminaltechnik, damit sie die Fußabdrücke sicherten. Er müsse sich eine halbe Stunde gedulden, wurde ihm beschieden, weil sie im Moment an einem anderen Tatort waren. Ebenfalls ein Einbruch, neben Kunstwerken wurde auch dort ein Safe aus der Wand gebrochen. Die beiden Täter wurden unweit des Tatorts gefasst.

»Darf ich wissen, wofür die Schraube über dem Loch diente?«, fragte die Chefinspektorin.

»Wofür wohl?«, äffte Daria Bono sie nach. »Sind Sie neu im Job?«

»Was hing da?«

»Ein altes Bild, nichts Besonderes. Macht nichts, dass das fehlt, es war nicht viel wert. Der Tresor aber enthielt alle persönlichen Unterlagen meines Vaters sowie ein paar geschäftliche Unterlagen. Das ist schlimm. Also, weshalb sind Sie hier?«

»Wie Sie unschwer erkennen können, ist das ein richterlicher Durchsuchungsbefehl, Signora. Kann es sein, dass Sie es geahnt und den Raub selbst inszeniert haben?«

»Was fällt Ihnen ein, Sie … ?«

Das verschluckte Schimpfwort schien aus ihren Augen springen zu wollen. Sie trat heftig auf, als sie in ihr Büro hinüberging und die Tür zum Altersheim mit einem so lauten Knall ins Schloss warf, dass die Wände bebten. Sie griff zum Telefon.

»Wen wollen Sie anrufen?«, fragte Pina scharf.

»Meinen Anwalt. Ist das verboten? Leben wir in einem Polizeistaat?«

»Bitte sehr. Grüßen Sie ihn von mir.«

Ein sphinxhaftes Lächeln zeichnete das Gesicht der Chefinspektorin, als sie den Apparat freigab. Daria Bono legte nach langem, erfolglosem Läuten auf.

»Was soll das?«, fragte sie fast tonlos und mit fahlem Gesicht. »Was geht hier vor?«

»Falls Sie sich noch an unseren Besuch von heute früh erinnern, Signora Bono, dürfte es Sie nicht weiter verwundern, dass wir hier sind. Sie haben jetzt die Wahl. Wenn Sie uns zuarbeiten, sind wir schnell wieder weg.«

Pina wählte auf ihrem Mobiltelefon die Nummer der Beamten auf der Straße und wies sie an hochzukommen. Battinelli hatte bereits damit begonnen, die Unterlagen aus den Regalen zu ziehen.

»Was genau suchen Sie?«, fragte die Leichenschänderin etwas zugänglicher.

»Wenn wir das jedes Mal im Voraus wüssten, Signora … «

Pina Cardareto saß auf dem Schreibtischstuhl, zog eine der Schubladen heraus und kippte den Inhalt auf die Tischplatte. Die Leichenschänderin griff entsetzt erneut zum Telefon und wartete, bis sich der Anrufbeantworter einschaltete.

»Ich habe die Polizei mit einem Durchsuchungsbefehl für die Geschäftsräume und Linos Appartement im Haus. Ruf mich umgehend zurück.«

»Wie lautet das Passwort für Ihren Computer, Signora?«

Gilo Battinelli machte sich an dem Gerät zu schaffen, über dessen schwarzen Bildschirm zuvor eine ganze Galerie an Kunstwerken gelaufen war. Daria Bono biss sich auf die Lippen und starrte ihn stumm an.

»Macht nichts, Signora. Wir nehmen ihn einfach mit.«

»Da ist nur Geschäftliches drauf.«

Er schaltete das Gerät rabiat per Knopfdruck ab und gab den beiden Kollegen ein Zeichen. »Unsere Spezialisten erledigen das auch ohne Ihre Hilfe. Zeigen Sie uns jetzt bitte die Kellerräume.«

Daria Bono schickte das Hündchen zurück in ihr Büro, als es ihr folgen wollte. Der Flur war inzwischen voller Greise und ihrer Besucher, als sie sich auf den Weg zum Aufzug machten. Obgleich die Polizisten Zivilkleidung trugen, sahen sie schon am Gesichtsausdruck der Chefin, dass etwas Außergewöhnliches passierte. Ein rüstiger Mann von über neunzig Jahren klopfte triumphierend lachend mit seinem Stock aufs Parkett.

»Nichts hat sich geändert. Es ist wie früher. Nur waren wir damals in Uniform. Was hat diese Tyrannin denn angestellt, Signorina?«, wendete er sich an Pina. »Weshalb nehmen Sie die mit? Ich meine, nicht dass sie uns fehlen würde. Entschuldigen Sie meine Neugier, aber hier passiert nie etwas.«

Pina nickte ihm lächelnd zu und überlegte, auf welche Zeit der Greis anspielte. Meinte er den Faschismus? Oder die Zeit der alliierten Verwaltung des Free Territory of Trieste bis 1954, die wegen ihres weißen Helms »Cerini« genannten Kollegen der Venezia Giulia Police Force, der für die Amerikaner und Engländer tätigen Polizisten, in deren Reihen bereits Frauen Dienst taten? Beliebt waren sie in der Bevölkerung nicht gerade, aber einen Job zu haben war viel wert gewesen. Oder trat der Mann erst in den Dienst ein, als Triest Ende Oktober 1954 zum ersten Mal in seiner Geschichte Teil eines demokratischen Staates geworden war, der Repubblica Italiana, und Frauen ab 1960 in den Dienst aufgenommen wurden? Unter anderen Umständen hätte sie den Mann danach gefragt, doch waren sie am Aufzug angekommen. Sie fuhren mit Daria Bono ins Untergeschoss, wo sie das Licht einschaltete und die Beamten zum Heizungskeller führte, den sie mit einem Schlüssel, der auf dem Türrahmen lag, öffnete. Sie war erleichtert, als sie unter den aufflackernden Leuchtstoffröhren feststellte, dass der Sarg nicht mehr da war.

»Hier ist nichts von Belang, wie Sie sehen«, sagte sie. »Nur altes Zeug für den Müll.«

»Gibt es noch einen Keller?«

»Da drüben befindet sich ein Raum mit alten Akten und der Buchhaltung. Die anderen Keller gehören zu den Wohnungen und Geschäften im Haus.«

Für Battinellis Geschmack machte sie eine Spur zu früh kehrt, er gab Pina ein Zeichen, dass sie ihr folgen möge, während er sich zuerst hinter dem Gasbrenner und der Heißwasseraufbereitungsanlage umschaute, bis sein Blick auf die hinterste, halbdunkle Ecke voller leerer Kartons und Gerümpel fiel. Einen nach dem anderen schichtete er um, während aus dem Flur die lauten Stimmen der beiden Frauen drangen, die offensichtlich darüber stritten, wie weit die Befugnisse der Polizei bei der Durchsuchung reichten. Er wusste, dass Pina ihrer Kontrahentin zur nötigen Erleuchtung verhelfen würde, und wühlte sich immer weiter vor, bis er an der Wand vor einigen hochkant gestellten und mit Luftpolsterfolie verpackten kaum zehn Zentimeter dicken Paketen stand. Sie waren gut einen Meter hoch und fast gleich breit und ordentlich verpackt. Das Klebeband hörte sich wie reißender Stoff an, als er es abzog und das erste Paket öffnete.

»Ispettore Capo«, sagte er mit blitzenden Augen, als er die

beiden Frauen im zweiten Keller antraf und Pina etwas ratlos vor den unzähligen Aktenordnern in den hohen Regalen stand. »Die Herrschaften lieben alte Kunst.«

»Hast du etwas gefunden?«

»Ja, ruf einen Lieferwagen, für all das Material ist unser Wagen zu klein.«

»Die sind schon vor der Tür, wegen des Computers und der Akten.«

»Daria«, brüllte eine zornige Stimme aus dem Erdgeschoss. »Wo verdammt bist du lausiges Flittchen, wenn man dich braucht?«

Lino La Rosa war offensichtlich von seiner täglichen Ausfahrt zurückgekommen und hatte erfahren, dass seine Tochter in Begleitung der Polizei nach unten gefahren war. Sie blieb die Antwort schuldig.

Pina führte die Frau zurück in den Heizungskeller, wo Battinelli vor einem imposanten, in starken blaugrauen Tönen angelegten Ölgemälde stand, auf dem ein Dreimaster sich mit gerefften weißen Segeln in bedrohlicher Krängung durch einen schweren Sturm und haushohe Wellen kämpfte. Am linken unteren Bildrand trug es eine Signatur: »A. Pitloo 1818«. Die anderen sechs Pakete hatte der Polizist nicht geöffnet.

»Ist ein Keller nicht der falsche Ort für ein solch schönes Bild, Signora Bono?«, fragte Pina in fast versöhnlichem Tonfall.

»Ich kenne es nicht. Es gehört mir nicht.« Sie zuckte nicht einmal mit der Wimper.

»Und wie kam es dann hierher?«

»Wie Sie gesehen haben, ist der Raum nicht gesichert. Hier kommt jeder rein, der weiß, dass der Schlüssel sich auf dem Türrahmen befindet. Alleine wegen der Wartung ist das nötig. Dass eine Heizungsanlage gestohlen wird, habe ich noch nie gehört.«

Pina kniete nun vor dem Werk und hob es vorsichtig an, insbesondere die linke Ecke des schweren vergoldeten Rahmens hatte es ihr angetan.

»Diese Flecken sehen nach eingetrocknetem Blut aus. Gilo, verpack es wieder, und behalte es im Auge. Die Kollegen sollen es in ihrem Wagen mitnehmen und direkt in die Kriminaltechnik bringen.«

Daria Bono lächelte spöttisch. Sie hatte weiße Samthandschuhe getragen, als sie es verpackte. Ihre Fingerabdrücke wären nicht zu finden. Und die Chance der Blutspur von Tonis Nase könnte ihr für die weitere Strategie von Nutzen sein.

»Signora, wir werden Sie jetzt in Ihre Wohnung begleiten«, sagte Pina trocken. »Ich liebe alte Kunst. Vielleicht werden Sie mir noch weitere Werke zeigen, oder?«

»Ich will mit meinem Anwalt sprechen.« Die Rothaarige rührte sich nicht vom Fleck.

»Probieren Sie's, aber ich befürchte, er ist immer noch nicht erreichbar.«

Die Chefinspektorin ging davon aus, dass Laurenti und Marietta nach wie vor mit Rechtsanwalt Carfì beschäftigt waren, bei dem es ebenfalls um zwei Liegenschaften ging. Einmal seine weitläufige Wohnung, dann die Geschäftsräume seiner Kanzlei, aber ohne dessen sonstige Mandate anzufassen. Eine delikate Angelegenheit.

»Daria«, brüllte es wieder aus dem Erdgeschoss. »Wo bist du, verdammt noch mal?«

Wütend und mit eiligem Schritt stapfte die Fuchshaarige durch den Flur zur Treppe. Die beiden Polizisten hielten sie nicht auf. »Zuerst muss ich mich um meinen Vater kümmern. Und dann brauche ich meine Tasche und auch meinen Hund.«

»Das Tier können wir nicht im Wagen mitnehmen, Signora. Lassen Sie es hier.«

Die Frau hielt nur kurz inne und schaute Pina böse an.

»Was ist los, dass du dich so aufführst, Lino? Brüll hier nicht so herum wie ein Irrer«, schnauzte sie ihren Vater an, kaum dass sie das Erdgeschoss erreichten.

»Warum hast du niemandem gesagt, wo du bist?« Der Alte im Rollstuhl klopfte ungeduldig auf den Stoffbeutel auf seinem Wanst. Sein Atem roch selbst auf Entfernung nach Alkohol, seine Augen waren stark gerötet.

»Wie du siehst, macht die Polizei eine Durchsuchung. Wo warst eigentlich du die ganze Zeit?« Sie drückte den Aufzugknopf.

»Die lassen mich nicht in meine Wohnung rein.« Er scherte sich keinen Deut um die Polizistin neben Daria.

Plötzlich wurde auch seine Tochter laut. »Die wird auch durchsucht. Es wurde eingebrochen. Der Safe ist weg und das Bild auch. Und ich werde dir den elektrischen Rollstuhl wegnehmen und dir einen normalen geben. Jetzt ist Schluss, Lino. Ein für alle Mal Schluss.«

»Und ich lasse dich enterben, niemand hat mich so zu behandeln. Merk dir das.«

»Du bist nicht ganz bei Trost, Lino. Das wird jeder Psychiater attestieren. Willst du es wirklich so weit kommen lassen? Morgen kommt sowieso der Arzt zu den Alten.«

Die Türen der Aufzugskabine öffneten sich, La Rosa fuhr hinein und schlug mit der flachen Hand auf den Knopf der obersten Etage.

»Rücken Sie etwas«, sagte Pina. »Ich fahre mit.«

Battinelli gab im Keller den Uniformierten Anweisung, was sie abtransportieren und dass sie danach den Schlüssel zum Heizungskeller wieder auf dem Türrahmen deponieren sollten. Die Tür des zweiten Kellers verschloss er selbst und steckte den Schlüssel ein, bevor er das amtliche Siegel anbrachte. Es lag bei Commissario Laurenti und Staatsanwalt Scoglio, was mit den alten Geschäftsunterlagen geschah. Die Buchhaltung wäre zweifelsohne von Belang, wollte man verstehen, wie das Altersheim arbeitete, doch dafür waren Kollegen nötig, die darauf spezialisiert waren.

Daria Bono unterbrach das eiserne Schweigen, erst kurz bevor der Aufzug zum Stehen kam. »Du kannst nicht in deinem Bett schlafen, drüben muss erst sauber gemacht werden. Heute früh ist eines frei geworden und bereits frisch bezogen. Der neue Gast kommt erst morgen gegen Mittag.«

»Bevor ich mir das Zimmer mit irgendeinem alten Schnarchsack teile, schlafe ich in meinem Rollstuhl. Dir kann das egal sein.«

Die Chefinspektorin war überrascht, als ihr seine Tochter einen Blick zuwarf, gemischt aus Hilfesuchen, Verzweiflung und Spott. Sie ließ sich nichts anmerken, die Szene war ideal für eine Karikatur.

Im Halbschatten

Zwölf Stunden war Laurenti im Dienst, als er mit seinen Kollegen um neunzehn Uhr im Kommissariat die Ergebnisse zusammentrug, und sein Arbeitstag würde frühestens enden, wenn sie Resümee gezogen hätten. Hausdurchsuchungen sind nichts für Spanner oder Voyeure. Auch wenn die damit befassten Polizisten beizeiten Dinge zu sehen bekamen, die ihre Fantasie bei Weitem überstiegen, ging sie der Zustand der Wohnungen oder die Lebensweise ihrer Besitzer nur dann etwas an, wenn sie mit dem Delikt zu tun hatten. Ob diese Leute aber von einem Putzfimmel oder dem Gegenteil besessen waren, interessierte so wenig wie der Zustand ihrer Unterhosen in der Schmutzwäsche. Je länger aber ein Beamter diese Tätigkeit ausübte, kam ihm viel weniger Überraschendes oder Einzigartiges unter die Augen, als ein Laie vermutete. Die Varianten menschlicher Eigenheiten waren ziemlich eingeschränkt, dennoch musste Marietta beim Anblick der Bettwäsche kurz lachen, als sie Carfìs Schlafzimmer betrat: himmelblau mit gelb und weiß aufgedruckten Sonne, Mond und Sternen.

Sie hatten mit Rechtsanwalt Carfì ihre liebe Not gehabt, betete er doch unerlässlich Paragrafen aus dem Strafgesetzbuch herunter und stellte sich ihnen in den Weg, sobald sie von ihm in seiner Kanzlei den Zugang zu den Firmenunterlagen der GelFish forderten und sich nicht mit seinen zögerlichen Auskünften begnügen wollten, sondern selbst die Schränke, Regale und seinen Schreibtisch unter die Lupe nahmen. Viermal läutete währenddessen sein Telefon, doch nach einem Blick aufs Display nahm er keines der Gespräche an. Irgendwann konnte Marietta, deren Bluse für diesen Beruf wie immer um einen Knopf zu weit geöffnet war, ihren Mund nicht mehr halten und prallte direkt mit ihm zusammen.

»Warum gehen Sie nicht ran, Avvocato? Ich schließe jede Wette, dass es dringend ist.«

Als Carfì stumm über ihre Bemerkung hinwegging, platzte es aus ihr heraus.

»Sie stellen gewiss stattliche Honorare in Rechnung, Avvocato. Wie teuer ist es eigentlich, sich von Ihnen vertreten zu lassen?«

»Das hängt vom Sachverhalt ab.« Sein Blick war spöttisch; er unterschätzte sie völlig.

»Und wie viel Kraftstoff verbraucht Ihre Motorjacht?«

»Was hat das damit zu tun?«

»Ich frage ja nur. Es ist ein flottes Ding. Ich würde gerne einmal mitkommen dürfen«, kokettierte sie, während Laurenti versuchte, sich seine Belustigung nicht anmerken zu lassen.

»Dafür sind Sie mindestens zehn Jahre zu alt und haben den falschen Beruf, Signora.« Er lachte und schaute so offensichtlich in ihre Bluse, als wollte er den Preis verhandeln.

»So, wie es geschnitten ist, läuft es über dreißig Knoten. Bei voller Fahrt also sicher vierhundert Liter pro Stunde, nicht wahr?« Natürlich kannte Marietta sich als vom Meer verwöhnte Triestinerin zumindest grob mit einer Vielzahl von Booten aus. Auf der Liste ihrer verflossenen Liebhaber standen einige, die es einst kaum hatten erwarten können, mit ihr schnellstmöglich hinauszufahren und irgendwo weit draußen und fernab ihrer Ehefrauen den Anker zu werfen und die Korken knallen zu lassen. »Den hier versammelten Akten zufolge haben Sie aber kaum Mandanten, Avvocato. Ich gehe davon aus, dass Ihre Bankunterlagen auskunftsfreudiger sind als Sie.«

Domenico Carfì entglitten die Gesichtszüge. »Erben ist kein Verbrechen, was wollen Sie?«

»Wie viele Seemeilen sind es eigentlich nach Montenegro?« Marietta grinste charmant verschlagen.

»Nehmen Sie eine nautische Karte, dann wissen Sie es.«

»Ich war schon dort. Allerdings mit einem Segelboot. In Budva, reizendes Städchen, kennen Sie sicher, es soll eines der ältesten an der Adria sein. Wir waren damals den ganzen Sommer unterwegs. Bei direktem Kurs sind es etwa vierhundert Seemeilen, schätze ich. Das könnten Sie theoretisch an einem Tag schaffen.«

»Und weshalb sollte ich das, Sie Schlaumeierchen?« Carfì starrte sie wütend an.

»Natürlich nur, wenn Sie nicht tanken müssen, und bei spiegelglattem Meer. Und ohne Begleitung, die seekrank wird oder vielleicht auch etwas Warmes essen möchte, ein Gläschen Champagner und vielleicht ein bisschen Romantik. Nicht wahr?«

»Sind Sie hier, um mir von Ihrem Urlaub zu erzählen, Signora?« Der Anwalt warf Laurenti, der die letzte Bilanz der Golden Age Residenz zu studieren schien, einen fragenden Blick zu. »Sie haben meine Zeit schon genug strapaziert.«

»In Montenegro sitzt doch die Holding Ihrer hiesigen Unternehmen, Avvocato.« Marietta beugte sich lächelnd nach vorne, als wollte sie ihm etwas übergeben. »Bargeld, Dokumente und anderes sind auf dem Seeweg leichter über die Grenzen zu bringen. Insbesondere wenn man am Zielort über die nötigen Verbindungen verfügt. Das ist doch eine interessante Theorie, Avvocato. Das müssen Sie zugeben.« Sie wendete sich schlagartig von ihm ab und trat ans Fenster.

»Nicht mehr als eine Vermutung, Signora. Wenn nicht eine

bösartige Unterstellung. Sie überschreiten Ihre Kompetenz. Commissario, ich protestiere gegen diese Methoden.«

»Meine Kollegin hat durchaus recht. Wir machen einen Ausflug zum Hafen, wenn wir mit Ihrer Wohnung und der Kanzlei durch sind, Avvocato. Aber zuvor müssen wir noch Ihre beiden Autos ansehen.« Laurenti intervenierte, um Marietta zu bremsen, bevor sie ausfällig wurde. »In Ihrem Beruf wissen Sie, dass ein Durchsuchungsbefehl sich auch darauf erstreckt. Der dunkelblaue Van in der Garage zuerst; er ist auf die Golden Age Residenz zugelassen, doch sieht es so aus, als benutzten nur Sie ihn.«

»Laut Durchsuchungsanordnung ermitteln Sie in Sachen Kunstraub und Einbruch mit Todesfolge, Commissario.«

»Es interessiert unsere Kollegen von der Finanzbehörde.«

»Das Fahrzeug ist behindertengerecht ausgestattet. Die Golden Age bietet ihren Gästen die Möglichkeit, es gegen Bezahlung zu nutzen. Sie nehmen es aber nur selten in Anspruch, die meisten sind zu gebrechlich und haben Angst, das Haus zu verlassen. Bei dem von uns offerierten Standard braucht man es trotzdem.«

»Der Zustand des Altenheims lässt einen solch opulenten Service nicht vermuten. Der Flur allein schreit nach frischer Farbe und neuen Sitzmöbeln.«

»Öfters als einmal jährlich kann man nicht renovieren, ohne dass die Leute beeinträchtigt würden. Aber alte Menschen sind genügsam. Es beschwert sich niemand.«

Laurenti wurde durch einen Anruf unterbrochen. Er trat in den Vorgarten hinaus und drehte dem Haus den Rücken zu, bevor er ihn annahm. Als er in die Kanzlei zurückkam, stapelte Marietta die Geschäftssachen der GelFish Italia, der Golden Age Residenz und der Chance Slotmachines auf Carfìs Schreibtisch, während der Anwalt gereizt ihren Bewegungen folgte.

»Zeigen Sie mir die Personalliste des Automatenbetriebs, Avvocato«, sagte Laurenti so barsch, dass der Mann widerspruchslos einen der Ordner zur Hand nahm und öffnete.

Der Commissario verglich die Namen mit seinen Notizen und nickte zufrieden. »Sie haben ein Personalproblem, Carfì.«

»Ach so?«

Laurenti nickte stumm, ging durch das Büro und wendete sich schließlich abrupt. »Wo befinden sich die Geschäftsräume der Chance?«

»Hier, Commissario. Wie Sie selbst sehen, befinden sich alle Unterlagen hier.«

»Ich sehe aber keine Spielautomaten.«

»Die stehen im Keller eines Hauses in San Giacomo. Das genügt völlig. Völlig uninteressant für Sie, Commissario.«

»Die Adresse steht vermutlich nicht hier drin?« Laurenti klopfte auf den Aktenordner. »Meine Assistentin schreibt mit, und zwar jetzt.«

Die folgende Durchsuchung seiner beiden Fahrzeuge erduldete der Mann stumm, doch als er aufgefordert wurde, in ihrem Dienstwagen zum Anleger in der Sacchetta mitzufahren, sperrte er sich mit der faulen Ausrede, die Schlüssel zur Jacht seien ins Wasser gefallen und die nachbestellten noch nicht eingetroffen. Marietta hatte bereits den Schlosser am Telefon, als er endlich nachgab.

Nun hatte die Dunkelheit über die Dämmerung gesiegt, und Laurentis Büro glich fast dem seiner Frau in ihrem Auktionshaus, wenn neue Ware gebracht wurde. Je nach Format lehnten die Bilder an den Wänden oder Regalen und verdeckten die Schriftzüge auf den Aktenordnern. Pina Cardareto und Gilo Battinelli hatten auch aus der Wohnung Daria Bonos zwei Werke mitgebracht, die sie angeblich von ihren Eltern geerbt hatte. Und auch ihren Laptop hatten die beiden Inspektoren beschlagnahmt und ihn samt einer ausführlichen Beschreibung des Ermittlungsfalls den Spezialisten übergeben. Auf dem Schreibtisch des Commissario thronte eine dreißig Zentimeter hohe grazile Marmorskulptur einer vermutlich antiken Gottheit auf dem Deckel der voluminösen Akte Diego Colombo. Eine feine Arbeit eines unbekannten Künstlers aus griechischer oder römischer Zeit. Marietta hatte sie in dem Paket auf Carfìs Motorjacht gefunden, samt siebzigtausend Schweizer Franken, einem ähnlich dicken Bündel Fünfhundert-Euro-Noten sowie einem USB-Speicherstick.

Laurenti hatte seine Frau angerufen und sie gebeten, die Werke in Augenschein zu nehmen, um zumindest eine erste Einschätzung zu bekommen, doch Laura weigerte sich, schon wieder in die Stadt zu fahren, und bat ihn, sie abzulichten und die Fotos mit nach Hause zu bringen. Nur das Segelschiff im Sturm aus der Hand des holländischen Malers fehlte in der Sammlung. Die Kriminaltechniker hatten zur Analyse die Blutspur abgenommen und das Werk dann vorschriftsmäßig als Beweismittel versiegelt.

Marietta gähnte, als es daranging, die Aufgaben jedes Einzelnen für den nächsten Morgen festzulegen. Sie müsste sich mit dem beschlagnahmten USB-Speicher befassen und sich zusammen mit dem Kollegen vom Kommissariat für Eigentumsdelikte die beiden kleinen Gauner vorknüpfen, die in der Via Carpaccio eingebrochen und den Safe aus der Wand gebrochen hatten. Es sah danach aus, als könnten sie auch die Einbrecher im Appartement von Lino La Rosa in der Golden Age Residenz No. 2 gewesen sein.

»Ich habe mit dir zu reden«, fauchte Teresa Fonda ihren Sohn Jago an, als er den Motorroller abschaltete, mit dem er durch die schmale Gasse bis zum Haus gefahren war, und den Helm abnahm.

Sie hatte sich umgezogen und geschminkt und saß ausgehfertig auf der Holzbank neben der Haustür im durchbrochenen Schatten, den der Feigenbaum vor der Straßenlaterne in den Vorgarten warf. Am Nachmittag hatte sie vergebens auf die Rothaarige mit dem weißen Hund gewartet, weder zu ihren festen Zeiten noch zuvor oder danach ließ sie sich blicken. War ihr etwas passiert? Mied sie etwa beleidigt die Piazza, weil Walter ihr, wie in aller Frühe angekündigt, die gesammelte Hundekacke der letzten Tage in die Handtasche gesteckt hatte? Die Zeitungsfrau schüttelte über sich selbst den Kopf. Es gab nun wirklich keinen Grund, sich um diese Besessene Sorgen zu machen. Nach Ladenschluss verzichtete sie auf die Busfahrt und stieg direkt neben der Malabar in ein Taxi, das sie nach Hause brachte. Natürlich sah sie den Fiat der beiden Polizisten, die sie im Auge behielten und vor einer Stunde die Schicht von ihren Kollegen übernommen hatten, ein paar Meter entfernt in einer Hauseinfahrt stehen. Lächerlich. Sie winkte ihnen zu, ging hinüber und klopfte ans Seitenfenster auf der Fahrerseite.

»Ich finde das vertane Zeit und Geldverschwendung«, sagte sie, ohne zu grüßen. »Ihr hättet mich gleich hierherbringen können. Macht Feierabend, ich bleibe heute Abend zu Hause, und Besuch erwarte ich auch keinen. Oder wollt ihr, dass ich euch einen Teller Spaghetti zubereite?«

»Wir kommen gerne darauf zurück, wenn die Sache vorbei ist«, sagte der Fahrer trocken. »Aber bis dahin kümmern Sie sich einfach nicht um uns, Signora. Guten Appetit und einen schönen Abend.«

Er schaute übers Lenkrad nach vorne und schloss das Fenster. Im Weggehen sah sie die beiden lachen. Es brauchte wenig Fantasie, worüber sie Witze machten.

Immer wieder hatte Teresa ungeduldig auf ihre Armbanduhr geschaut und gehofft, dass Jago endlich auftauchte, nachdem er auf ihre Anrufe nicht antwortete. Jetzt lag ihr Telefon drinnen auf dem Küchentisch. An diesem Abend würde sie es zu Hause lassen.

»Warum machst du mich so an?«, fragte ihr Sohn und blieb neben der Bank stehen.

»Hast du heute Abend keinen Unterricht?«

»Ich werde zu spät kommen, wenn du mich länger aufhältst. Ich wollte nur rasch meine Schulsachen holen.«

»Wo warst du heute die ganze Zeit?«

»Was ist denn jetzt los?«

»Telefonisch warst du nicht zu erreichen.«

»Ich habe vergessen, das Ding aufzuladen.«

»Bei der Arbeit warst du auch nicht.«

»Wer sagt das?«

»Dein Chef hat mich irgendwann angerufen, weil er befürchtete, dass du beleidigt seist, nachdem er dich neulich wegen deiner Zerstreutheit nach Hause geschickt hat. Er hat es mehrfach bei dir probiert. Warum bist du eigentlich so zerstreut?«

»Wie redest du mit mir, Mamma? Ich bin volljährig, liege dir nicht auf der Tasche und helfe im Laden aus, wenn du mich brauchst. Und dann sitzt du hier neben der Tür, aufgedonnert wie eine Sechzehnjährige vor ihrem ersten Rendezvous. Oder wie eine, die heute Nacht im Borgo Teresiano anschaffen geht. Spinnst du eigentlich?«

»Was ist los, Jago? Solange du hier wohnst, habe ich ein Recht zu wissen, wie es bei dir läuft und was du tust.«

»Wenn du willst, dann ziehe ich eben ganz in den Wohnwagen.«

»Quatsch. Wie geht es mit der Schule? Bist du in Verzug?«

»Mach dir keine Sorge. Ende dieses Schuljahres habe ich endlich mein Abitur in der Tasche und schreibe mich an der Universität ein. Alles kein Problem.«

»Und warum warst du nicht bei der Arbeit?«

»Es muss ein Missverständnis sein. Ich war der Meinung, ich sei die ganze Woche beurlaubt.«

»Ruf deinen Chef an und sag Bescheid. Er ist aufrichtig in Sorge. Und mir scheint, er hat dich immer gut behandelt.«

»Mach ich, Mamma, sobald das Telefon aufgeladen ist.«

»Jago«, sie fasste ihn am Handgelenk und zog ihn zu sich. »Bau keinen Mist, versprich es mir. Du bist volljährig, da gelten andere Strafen als für deine Ladendiebstähle als Sechzehnjähriger. Ich will nicht, dass du auf die schiefe Bahn gerätst.«

»Ich bin doch kein Krimineller, Mamma. Beruhige dich. Es ist alles in Ordnung. Ich muss mich diese Woche um andere Dinge kümmern, die ich viel zu lange aufgeschoben habe. Ich sage im Steinbruch Bescheid.«

»Versprich es mir, Jago.«

»Ich verspreche es.«

»Ich brauche deinen Roller heute Abend, Jago.«

»Ist dein Auto kaputt?«

»Es ist sehr warm, ich will die Luft noch ein Weilchen genießen, bevor der Herbst kommt.«

»Jetzt sag endlich, wie dein Neuer heißt.« Jago reichte ihr den Zündschlüssel

»Es gibt keinen, Jago. Ist genug Benzin drin?«

»Halb voll, Mamma.«

»Du kannst meinen Wagen haben.«

»Aber ich hab doch noch Diegos alten BMW.«

»Bis morgen, Jago.«

Teresa setzte den Helm ihres Sohnes auf, schloss den Reißverschluss der Windjacke über ihrem Dekolleté und schob den Roller auf die Gasse hinaus. Auf der Via Giulia fuhr sie fünfzig Meter auf dem Gehweg weiter und bog in einen Weg ab, der für Autos zu eng war und steil zum Karst hinaufführte. Sie hielt sich bis zur Grenze auch weiterhin auf den Landstraßen und konnte im Rückspiegel keinen Wagen ausmachen, der ihr folgte.

Zehn Minuten später bockte sie den Scooter vor einem kleinen Hotel in einer dreihundert Einwohner zählenden Gemeinde bei Sežana auf. Der Commissario würde sie verwünschen, dachte Teresa fröhlich lächelnd, als sie die Tür des Zimmers öffnete.

»Du bist spät«, sagte Raffaele Maran, der sich auf dem Bett ausgestreckt hatte, und fuhr sich durch das gebleichte Haar.

»Ich musste warten, bis Jago nach Hause kam und mir seinen Roller auslieh, sonst hätte ich sie nur schwerlich abgehängt. Sie sind wachsam geworden.«

»Jago war heute bei mir, Tessie.«

»Bei dir?« Sie hatte ihre Bluse aufgeknöpft und hielt inne, bevor sie das Stück abstreifte und sich auf den Rand des Betts setzte. »Was wollte er?«

»Er erkundigte sich nach Arbeit in der Markthalle.«

»Das nehme ich ihm nicht ab. Was hast du gesagt?«

»Die Wahrheit, Tessie. Dass das Sache der Stadtverwaltung ist und die in diesen Zeiten kaum Personal einstellen. Wenn ich einmal ausfalle, geht der Markt jedes Mal ohne mich weiter. Danach sieht es allerdings dermaßen aus, dass ich zwei Tage brauche, um Ordnung zu machen.«

»Diese Daria ließ sich heute nicht blicken, Raff.« Teresa steckte die Daumen in den Bund ihres knallengen Rocks und streifte ihn ab.

»Sie hatte Polizei im Haus. Ich habe es gesehen, als ich einer Frau die Taschen zum Auto trug. Die haben eine Menge Zeug in einen Lieferwagen getragen. Jago hat es auch gesehen und gesagt, es sei bitter, in solch einem Loch zu sterben. Woher kennt er das Altersheim?«

»Keine Ahnung, vielleicht hat er früher mal was für die erledigt. Meinst du, Jago ahnt etwas?« Teresa nahm einen Schluck vom Spumante, den Raffaele ihr eingeschenkt hatte.

Die Balkontür stand offen, ein lauer Luftzug drang herein.

Obgleich die Temperatur auf dem Karst um einiges frischer als unten am Meer war, schien der lange Sommer noch immer kein Ende zu nehmen.

Zum wiederholten Mal läutete das Telefon des Todesengels, und endlich warf sie einen Blick aufs Display. Als das Klingeln kein Ende fand, ging sie dran.

»Ja?«

Wieder saß sie im Halbschatten in ihrem Sessel am Fenster hoch über dem Teatro Rossetti. Der frisch gebürstete Gulasch hatte es sich auf ihrem Schoß bequem gemacht und leckte Darias freie Hand mit La Rosas alter Pistole, die den Bullen bei der Durchsuchung entgangen war. Sie hatte keine Lampe in der Wohnung eingeschaltet, allein die Straßenlaternen warfen ihr gelbliches Licht an die Decke.

»Wo warst du die ganze Zeit?«, fragte Domenico Carfì. »Ich habe dich mehrfach angerufen.«

»Als ich dich gebraucht hätte, gingst du nicht ran. Jetzt hat es keine Eile mehr. Die Polizei hat das Altersheim durchsucht und meine Wohnung auch. Sie beschlagnahmten eine Menge Zeug und versiegelten den Keller mit den alten Buchführungsunterlagen. Vor allem ist der Bürocomputer weg. Und meinen Laptop haben sie auch.«

»Hier waren sie auch und haben die Geschäftsbücher mitgenommen. Und sie haben Dardan und Toni in der Mangel. Angeblich auf frischer Tat bei einem Wohnungseinbruch in der Via Carpaccio erwischt. Und …« Carfì unterbrach sich.

»Was noch?«

»Wir sollten nicht zu viel am Telefon reden. Treffen wir uns im San Marco auf einen Cocktail. In einer Viertelstunde?«

»Ich bin gespannt, was du mir zu sagen hast, die Sache gefällt mir nicht.«

»So wenig wie mir, Daria.«

Noch nie hatte die Leichenschänderin den Rechtsanwalt außerhalb der Arbeitszeit getroffen. Er war nützlich, aber unsympathisch und ein Relikt La Rosas, das sie nicht loswurde, doch brannte Daria Bono darauf zu erfahren, was mit ihren beiden Gehilfen los war und was Carfì ihr noch zu berichten hatte. Sie machte sich auf das Schlimmste gefasst, legte die Waffe weg, schubste Gulasch vom Schoß, schlüpfte in ihre Schuhe und warf einen Blick in den Spiegel.

An diesem Abend trug sie ihr Haar zum ersten Mal seit vielen Jahren offen, als sie auf die Straße trat. Sie konnte sich nicht erinnern, wann sie angefangen hatte, es zu einem strengen Knoten oder herben Pferdeschwanz zu binden, vermutlich seit Diego Colombo einst spurlos verschwunden war. Er hatte ihr für die fuchsfarbene Pracht immer Komplimente gemacht. Und zum ersten Mal in ihrem Leben kam es ihr eigenartig vor, dass damals keine Trauerfeier für ihn abgehalten worden war. Das war nicht einmal für einen Schwerverbrecher verboten, vermutlich aber aufgrund der Boshaftigkeit der Zeitungsfrau passiert, die er zu ihrem Schrecken geheiratet hatte. Sogar für eine Todesanzeige in der Zeitung war sie zu geizig gewesen.

Daria trug einen leichten hellen Mantel über dem Arm und ihre Birkin Bag. Eine sanfte Brise machte die Luft im Stadtzentrum erträglicher. Gulasch setzte seine Marken an jede der alten Platanen der Viale XX Settembre, und sie ließ ihm Zeit. Sollte der Rechtsanwalt ruhig ein bisschen schmoren. Auch wenn er als Geschäftsführer zeichnete, hatte sie das Sagen über die Firmen ihres Vaters, die sie auf jeden Fall so schnell wie möglich aufzulösen gedachte. Sie wusste, dass dafür Lino La Rosas Unterschrift in einem Notariat der alten Kleinstadt Budva an der montenegrinischen Küste trotz aller Vollmachten vonnöten sein würde. Außer der Alte würde entmündigt und sie zu seinem Vormund ernannt werden. Am einfachsten aber wäre es, wenn Daria ihn beerbte. Nun war Lino La Rosa zwar ein widerlicher Kotzbrocken, aber trotz seiner Behinderung und der Mengen an Brandy, die er in sich hineinschüttete, bei bester Gesundheit. Seit Langem wälzte sie in Gedanken die Möglichkeiten, wie das am besten bewerkstelligt werden könnte, ohne dass sie dafür festzumachen wäre. Den Alten schleichend zu vergiften oder einen bezahlten Killer auf ihn anzusetzen schloss sie aus. Täglich berichteten die Medien über Leute, die der eigenen Blödheit auf den Leim gingen und deshalb für Jahrzehnte gesiebte Luft atmen mussten. Nach der Szene, die La Rosa ihr gemacht hatte, als sie nach der Durchsuchung ihrer Wohnung ins Büro der Golden Age Residenz zurückkam, war sie allerdings blind vor Wut und Hass gewesen.

Im Büro hatte der Alte ihr alle Schuld gegeben und sie angebrüllt, ohne einmal Atem zu holen, er war einfach nicht zur Vernunft zu bringen gewesen. Als er Daria auch noch vorwarf, dass der größte Fehler seines Lebens gewesen sei, sie damals zu sich zu nehmen, konnte sie sich nicht mehr zurückhalten. Außer sich vor Wut, packte sie ihn an seinem schmutzigen Pullover, schüttelte ihn durch und stieß schließlich den Rollstuhl mit einem heftigen Fußtritt gegen die Wand, wo Lino La Rosa endlich mit einem dumpfen Aufschrei klein beigab. Spürte er also doch noch Schmerzen in seinen lahmen Beinen? Danach schob sie den zusammengesunkenen, benommenen Mann in den schwach beleuchteten Flur des Altersheimes und ließ ihn einfach stehen. Nur aus wenigen Zimmern der Bewohner drang noch ein Lichtstreifen oder das Geräusch eines Fernsehers. Irgendjemand würde sich schon um Lino kümmern, und wenn nicht, sollte er eben die ganze Nacht dort schmoren.

Aufgebracht hatte die Leichenschänderin die Golden Age Residenz verlassen und war nach Hause geeilt, wo sie sich nur langsam beruhigte und zu klaren Gedanken fand. Die Zeit drängte, sie musste schnellstens eine Lösung finden und den anderen zuvorkommen. Bevor sie selbst in den Sog der Gesetze geriet und solange es ihr noch möglich war, alle Schuld Lino La Rosa, dem Rechtsanwalt sowie Dardan und Toni zuzuschieben. Noch war sie davon überzeugt, das Blatt zu ihren Gunsten wenden zu können. Ein bisschen Mitwisserschaft brachte sie nicht ins Gefängnis, Lino La Rosa war ihr Vater, gegen ihn konnte sie, aber musste sie nicht aussagen. Und er nicht gegen sie. Doch war sie nicht davon überzeugt, dass er sich daran hielt.

Daria überquerte mit dem Hündchen an der Leine die Via Battisti, ohne auf den Verkehr zu achten. Erst das schrille Reifenquietschen, die laute Hupe und der Schlag gegen ihre Hüfte schreckten sie auf. Nur knapp war sie nicht unter den Wagen geraten, dessen Fahrer leichenblass vor Schreck auf sie zustürzte. Die Leine verschwand unter der Stoßstange und dem Motorraum, wo auch ein Ärmel ihres Mantels hervorschaute. Sie vernahm das laute Winseln von Gulasch und riss an der Leine, endlich kroch das zitternde Tier hervor. Es war voller Schmierfett und Straßendreck, das Fell am Rücken vom heißen Auspuff versengt, doch ansonsten unverletzt. Sie nahm Gulasch auf den Arm, schnappte ihren verschmutzten Mantel und hörte nicht weiter auf die Vorwürfe des Autofahrers. Wenige Meter weiter betrat sie das altehrwürdige Caffè San Marco. Im hellen Licht kniff sie die Augen zusammen und ließ endlich ihren Blick durch den weitläufigen Raum schweifen, in dem alle Tische besetzt waren. Ganz hinten entdeckte sie Domenico Carfì, der alleine einen breiten Tisch belegte. Als der Rechtsanwalt sie sah, sprang er auf und ging ihr entgegen.

»Was ist passiert?«, fragte Carfì.

»Es geht schon. Du kennst die Triestiner Autofahrer. Hol eine Schale mit Wasser für Gulasch. Er steht unter Schock.«

»Steck ihn mitsamt dem Mantel in die Waschmaschine.

Magst du einen Martini-Cocktail? Sie machen ihn recht gut. Mit offenem Haar habe ich dich übrigens noch nie gesehen. Es steht dir.«

»Spar dir die Schleimerei, Carfì, bestell endlich, und dann will ich wissen, was vor sich geht. Ich bin nicht auf einen Flirt aus, schon gar nicht mit dir.«

»Darauf würde bei dir nicht einmal ein Besoffener kommen, Daria.« Er winkte dem Kellner und sprach erst weiter, als sie wieder alleine waren. »Abgesehen von den Durchsuchungen, habe ich die Inventarliste der beschlagnahmten Werke aus dem Porto Vecchio gesehen. Es fehlen nur drei Bilder, obgleich andere deutlich mehr wert wären.«

»Und welche?«

»Mantegna, Crespi, Tintoretto. Relativ kleine Formate.«

Daria Bono schwieg. Das waren die Bilder, die 1990 bei Diego am Lago Maggiore beschlagnahmt worden waren. Lino La Rosa hatte ihn verpfiffen, und Domenicos Vater, Ennio Carfì, hatte ihn schließlich auf Anweisung des Maresciallo doch rausgehauen. Damit waren die Machtverhältnisse für die nächsten Jahre klargestellt. Diego Colombo hatte für niemand anderen als La Rosa zu arbeiten, schon gar nicht auf eigene Rechnung.

»Stehen Schmuck und Edelsteine auf der Inventarliste?«, fragte sie, bevor Domenico Carfì nachfragen konnte.

»Was? Hast du so etwas dort eingelagert? Woher hast du das alles, Daria?«

»Ich scherze nur. Es scheint, als würdest du mir alles zutrauen.«

»Allerdings. Vor allem gibt es keinen Grund für Scherze. Dardan und Toni sitzen hinter Gittern. Sie behaupten, dass sie im Auftrag einer ihnen unbekannten Person eingebrochen hätten, die nur telefonisch mit ihnen in Kontakt stehe und stets aus einem Internetcafé angerufen habe. Ihren Anteil sollten sie an dem Platz vorfinden, wo sie das Raubgut deponieren sollten. Die Polizei vermutet, die beiden hätten in der jüngsten Zeit auch in andere Wohnungen eingebrochen. Du musst eiligst neue Leute für das Automatengeschäft finden. Ich verteidige die beiden, doch bei ihren Vorstrafen kommen sie nicht so bald raus, egal, ob sie es waren oder nicht. Hörst du mir überhaupt zu?«

Seit das ehrwürdige Kaffeehaus einen neuen Wirt hatte, florierte es wieder. Die Barkeeper bereiteten bei erträglichen Preisen perfekte Cocktails zu. Gute Laune und Aufbruchstimmung prägten die Atmosphäre.

Darias Blick fixierte den langen Tresen aus dunkel gebeiztem Holz. Ein graziler junger Mann mit dem Glas in der Hand kehrte ihr den Rücken zu und scherzte mit Freunden. Seine dunkle Lockenpracht fiel ihm bis auf die kräftige Schulter, während seine Arme vor Muskeln strotzten. Es war, als stünde der junge Diego Colombo dort und flirtete mit gleichaltrigen Mädchen.

»Ich fragte, ob du mir zuhörst, Daria«, sagte der Rechtsanwalt.

»Ja, weshalb? Was gibt's noch zu besprechen?«

»Sie haben auch mein Boot durchsucht.«

»Na und?«

»Den Speicherstick mit den Konten in Budva haben sie gefunden. Das Bargeld auch.«

»Die Einnahmen der letzten beiden Monate?«

Er nickte stumm.

»Was bist du bloß für ein Anwalt, Domenico?«

»Ich wollte es die nächsten Tage bei der Komercijalna banka einzahlen, bevor das Wetter unberechenbar wird.«

»Das Geld schuldest du mir. Der Rest ist dein Problem, Carfì. Ich bin nur eine kleine Angestellte für den Pflegedienst. Und du mein Chef. Auf dem Papier. Ich habe mich immer gefragt, weshalb du dich überhaupt für Linos Schweinereien hergibst.«

Domenico Carfì schwieg lange, bevor er den Faden wieder aufnahm. »Rechne damit, dass sie dich bereits morgen zum Verhör bestellen. Und Lino auch. Es wäre besser, wenn er die Finger vom Brandy lässt.«

»Mir ist es egal, wenn er sich um Kopf und Kragen redet. Ich habe mit all dem nichts zu tun und bin ein Opfer der Umstände, merk dir das. Und du, mach deinen Job besser.«

Daria hatte ihren Martini-Cocktail nicht angerührt, weckte den Hund mit einem Ruck an der Leine und verließ das Lokal, ohne sich von Carfì zu verabschieden.

»Du wirst diesen Gangster nie fassen, Papà«, spottete Marco, als er eine riesige Schüssel mit Pasta und Meeresfrüchten auftrug und sich zu ihnen an den Tisch auf der Terrasse setzte. Auf dem dunklen Meer blitzten die Scheinwerfer der Fischerboote über die Wellen. »Die Zeitung hat dich heute ganz schön fertiggemacht. Pennt ihr wirklich so bei der Polizei?«

Livias deutscher Rechtsanwalt grinste, als verstünde er doch Italienisch, während sie ihm als Erstem den Teller füllte.

»Vergiss nicht, wie oft ich dir den Arsch gerettet habe, wenn meine Kollegen dich mit deinen Joints erwischt haben.«

»Ach, du warst doch eher um den eigenen Ruf bemüht als darum, dass ich im Knast verkommen könnte.«

»Ich gebe zu, es war ein Fehler, mich vor dich zu stellen, du Gauner«, lachte Proteo Laurenti. »Aber immerhin hast du das Kochen nicht verlernt, mein Junge. Die Pasta ist verdammt gut. Lass dein Talent nicht verkommen. Warst du eigentlich selbst einkaufen, oder musste das wie üblich deine Mutter erledigen?«

»Proteo hat recht, Marco«, fügte Laura sogleich hinzu. »Es wird Zeit, dass du wieder eine feste Stelle annimmst. Drei Monate Ferien sind genug.«

»Ihr seid so was von langweilig«, sagte ihr Sohn und deutete auf seine zweite Schwester. »Patrizia ist vor eineinhalb Jahren Mutter geworden, und inzwischen stillt sie die Kleine nicht einmal mehr. Über Nacht treibt sie sich sonst wo rum, solange der Kapitän nicht da ist. Warum schickt ihr sie nicht zur Arbeit?«

»Eine Mutter muss zu Hause bleiben«, ertönte völlig unerwartet klar die sonst dünne Stimme von Urgroßmutter Camilla. »Die Männer müssen arbeiten gehen. Und ich kann mich doch nicht jeden Tag um die kleine Barbara kümmern. Sie nimmt zu und strotzt vor Kraft. Kinder brauchen eine Mutter.«

Alle bis auf Dirk platzten vor Lachen, er grinste erst höflich, nachdem Livia den Kommentar der alten Dame für ihn übersetzt hatte, während Lauras Mutter unverständig, aber erfreut über ihren Erfolg in die Runde schaute.

»Kein Grund zur Eifersucht, Brüderchen«, sagte Patrizia. »Gigi kommt in ein paar Tagen an. Wenn sein Urlaub zu Ende ist, läuft auch meine Mutterschaft ab, und ich kehre in den Job zurück.«

»Was? Bei dir sagt keiner was, wenn du noch zwei Monate Urlaub machst«, maulte Marco.

»Ein Kind allein genügt nicht, Patrizia«, sprach die Urgroßmutter weiter, die immer, wenn es sich um Familiäres drehte, ungewöhnlich präsent sein konnte. »Nutz die Zeit, solange Gigi hier ist. Gebt euch ein bisschen Mühe. Umso länger ihr wartet, desto schwieriger wird es. Aber ihr schafft das. Auch deine Mutter Laura hat zwei Schwestern, so wie du Livia und Marco. Drei Kinder sind am besten. Da verteilt sich alles. Es sieht nur so aus, als wäre es mehr Arbeit. Frag Mamma.«

»Du spinnst, Oma«, protestierte Marco. »Ich will nie Kinder haben, für die hätte ich in meinem Beruf überhaupt keine Zeit. Und wenn Patrizia gleich das nächste bekommt, ist sie nur noch in Mutterschaftsurlaub und blockiert den Job für andere. Ihr Frauen habt es gut. Erzähl Papà lieber, was du mit seiner Dienstwaffe gemacht hast.«

Laurenti erschrak. »Was ist mit meiner Pistole? Was ist passiert?«

»Oma hat einen Putzfimmel.« Während Marco über beide Backen grinste und sich kaum halten konnte, schwiegen die vier Damen betreten, und Livia übersetzte nicht einmal für Dirk.

»Was ist passiert? Raus mit der Sprache.« Eine tiefe Falte zeichnete seine Stirn, die Stimme bebte.

»Sagen wir mal so, Papà, wenn du wie ein richtiger Polizist deine Dienstwaffe tragen und diesen Ganoven fassen würdest, könnte sich damit niemand anderer zwischen die Zehen schießen.« Marco hielt sich den Bauch vor Lachen.

Livia warf ihm ungnädige Blicke zu, und Patrizia kickte ihn ans Schienbein. Ohne seinen Verrat hätte die weibliche Mehrheit in der Familie dichtgehalten.

»Was hast du getan, Camilla?«, fragte Proteo Laurenti ungläubig, die Schale der Venusmuschel fiel aus seinen Fingern auf den Teller. Er wandte sich an seine Frau. »Haltet mich nicht zum Narren. Laura, was ist passiert?«

»Du hast es soeben gehört. Es ging gerade noch gut. Als Patrizia und ich mit dir in der Stadt beim Mittagessen saßen, putzte meine Mutter unser Schlafzimmer. Wie du weißt, ist sie sehr gründlich. Na ja, sie dachte einfach, sie würde dir eine Freude machen, wenn sie deine Pistole poliert. Und frag mich nicht, wie, dabei muss sich ein Schuss gelöst haben und schlug zwischen dem großen Zeh und dem nächsten ins Parkett.«

»Aber die Beretta lag gesichert und ohne Magazin in der Schublade im Nachttisch. Es war keine Kugel im Lauf.«

»Zwei Pflaster genügten, aber ihre Flip-Flops sind dahin.«

»Scheiß auf die Badelatschen. Heißt das, sie hat auch das

Magazin in die Waffe gesteckt und sie entsichert? Camilla, woher weißt du, wie man das macht?«

Laurenti raufte sich die Haare, nur der Rechtsanwalt aß völlig unbekümmert weiter.

»Ordnung muss sein. Was glaubst du, wie es hier ohne mich aussähe?« Die Alte schaute ihren Schwiegersohn herausfordernd an.

»Ich habe es auch erst gesehen, als wir nach Hause kamen. Sie wollte es nicht erzählen, aber deine Waffe lag auf dem Nachttisch anstatt in der Schublade. Und dann das Loch im Parkett. Das Projektil steckt noch drin«, berichtete Laura.

Patrizia schlug die Hände vors Gesicht, um ihr Gelächter zu ersticken, Marco verschluckte sich, Livias Mundwinkel reichten bis hinter die Ohren, und Laura schaute aufs Meer hinaus, während die greise Camilla beleidigt davontippelte. Bevor Laurenti zu einer Strafpredigt ansetzen konnte, hob der deutsche Rechtsanwalt sein Glas, um mit Proteo anzustoßen.

»Una grande famiglia è una grande fortuna, salute Caro«, radebrechte Dirk.

Laurenti hätte dem Besserwisser am liebsten den Wein ins Gesicht geschüttet, sprang auf und raste ins Schlafzimmer. Die Beretta 92 FS war noch immer ungesichert, und ihr Lauf roch nach Maschinenöl und Schießpulver. Auch das Loch im Parkett sprang ihm sofort ins Auge. Verdammt, wie oft hatte er allen eingebläut, dass niemand sie anfassen durfte? Eine große Familie sei ein großes Glück, behauptete Livias Freund Dirk. Er vergewisserte sich, dass wirklich nur eine der fünfzehn Neunmillimeter-Patronen im Magazin fehlte und keine im Lauf war, sicherte kopfschüttelnd die Waffe, zog das Magazin heraus und legte sie in die Schublade zurück. Urgroßmutter Camilla konnte sie nicht nur mit dem Lappen poliert haben, so einfach ging es nicht, dass sich ein Schuss löste.

Proteo Laurenti strich sich über die Stirn und ging auf die

Terrasse zurück, wo die Tischrunde bereits das Thema gewechselt hatte. Und wie so oft war von der gewaltigen Portion Pasta für ihn nur ein bisschen Sugo in der Schüssel übrig geblieben, den er genüsslich mit einem Stück Brot aufwischte und mit einem großen Schluck Weißwein vom Karst herunterspülte.

»Hast du Fotos von den Bildern mitgebracht, derentwegen ich noch einmal in die Stadt kommen sollte?«, fragte Laura ihn, als sie wenig später nur noch zu zweit dasaßen. Der Tisch war abgetragen.

»Bitte hol noch etwas Wein nach diesem Schock«, bat Laurenti und suchte auf seinem Mobiltelefon.

Eine knappe Stunde später war Commissario Proteo Laurenti um einen Ausflug in die Kunstgeschichte reicher, obgleich seine Frau nicht alle Maler kannte und behauptete, einige davon seien höchstens lokale Größen, aber keine wahren Meister gewesen. Viele Menschen wollten sich nicht von Erbstücken trennen, wenn sie ein bisschen Patina angesetzt hatten und vielleicht doch etwas wert waren. Doch darüber informierten sich die wenigsten und lebten lieber mit der Einbildung, es irgendwann zu tun, wenn sie Geld brauchten. Der Anton Sminck van Pitloo war hundertprozentig echt, beharrte Laura. So viele Werke gab es nicht von ihm, und obgleich er eine gewisse Berühmtheit zu Lebzeiten erreicht hatte, war er für Fälscher, die an schnelles Geld kommen wollten, nicht besonders attraktiv. Bei der grazilen Marmorstatue auf Carfìs Schreibtisch allerdings grübelte sie lange. Proteo erfuhr, dass es sich zweifelsfrei um Hermes handelte. Sie sagte, dass die Amerikaner seinen geflügelten Stock gerne mit dem des Äskulap verwechselten, doch dann sei da die breitkrempige Kopfbedeckung. Er sei der Schutzgott des Verkehrs, der Reisenden, der Kaufleute, vor allem aber der Gott der Diebe und der Kunsthändler. Und er trug die Beschlüsse des Zeus in die Welt hinaus und wies den Seelen der Verstorbenen den Weg in den Hades. Damit bloß keiner entrinnen konnte, dachte Laurenti.

Fachleute sind da, um konsultiert zu werden. Auch wenn es sich nur um ein Verkaufsgespräch handelt, bei dem ein informierter Kunde sich erklären lässt, welchen Typ von Heimtresor er nicht kaufen, sondern besser einige Scheine drauflegen sollte für einen, der auch versierten Einbrechern Probleme bereitete. So hatte Jago am Nachmittag in einem Spezialgeschäft erfahren, dass meist schon beim Einbau der Safes die erste Hilfestellung für die Kriminellen erfolgte, weil sie nur einfach in der Wand einzementiert würden, anstatt sie mit Stahlnetzen, Stiften und Spezialzement fest zu verankern. Exakt wie die Kiste in den Gemächern am Ende des Flurs der Golden Age Residenz Nummer 2. Der freundliche Fachmann in dem Geschäft riet zu einem Modell, das man nicht einfach von hinten oder der Seite wie eine Sardinenbüchse öffnen könne, hätten die Räuber es trotz vorschriftsmäßigen Einbaus aus der Wand gestemmt. Mit dem Hinweis, dass er mit einer so hohen Ausgabe nicht gerechnet habe und keine Kreditkarte oder genug Bargeld mit sich führe, ließ er das Gerät auf den Namen La Rosa reservieren und versprach am nächsten Morgen wiederzukommen, um es abzuholen.

Im Schein der schwachen Außenleuchte seines Wohnwagens stellte er um 21 Uhr den Tresor auf die Seite mit der Tür, setzte eine Stahlbetonspitze in die batteriebetriebene Schlagbohrmaschine und nahm sich Zeit, um einen Schweißpunkt nach dem anderen auf der Rückseite zu knacken, denn er wollte auf keinen Fall zu große Hitze erzeugen und den Inhalt beschädigen. Die leichte Brise, die mit der Dunkelheit aufgezogen war, trug das Gejohle der Fans vom Sportplatz der Vesna, dem Fußballverein der Nachbargemeinde Santa Croce, heran und den Metallstaub mit sich. Ansonsten war die Nacht ruhig, doch Jago hatte keine Angst, gehört zu werden. Bis zu den nächsten Häusern war es ein halber Kilometer, und oft genug arbeitete jemand auch bis in die Nacht an einer Baustelle oder in einer Werkstatt.

Nach einer halben Stunde hatte er den Kasten geöffnet und war davon überzeugt, dass Profis so etwas in ein paar Minuten erledigten. Er zog Latexhandschuhe an und holte als Erstes ein dickes Bündel Euronoten in gemischter Stückelung sowie eine Mappe mit Geschäftspapieren heraus. Es handelte sich offensichtlich um ein handschriftliches Verzeichnis der Einnahmen der Altersheime, das auffälligerweise zwischen Überweisungen und Cash unterschied und am Fuß jeder Seite beträchtliche Summen bei den Barzahlungen auswies. Am Ende der Mappe war ein dicker Stapel Kontoauszüge der Komercijalna banka a. d. Budva eingeheftet, die über fünfhunderttausend Euro auf einem Festzinskonto auswiesen. Jago fragte sich, wo Budva lag. Er ahnte, dass so viel Bargeld zu erwirtschaften unter der Hand passierte. Die Fuchshaarige und ihr Vater waren offensichtlich noch durchtriebener, als der Zweiundzwanzigjährige es sich ausgemalt hatte. Und ihre Kunden kooperierten tüchtig bei den schwarzen Geschäften. Diese beiden Kotzbrocken machten also einen Haufen Geld. Damit ließe sich etwas anfangen.

Jago war wütend. Hätte er anstatt einer berühmten Legende einen richtigen Vater gehabt, wäre er längst viel weiter im Leben. Er stellte sich keine gemeinsame Gangsterkarriere vor. Jago sehnte sich nach einer schützenden Hand, wie sie die meisten Gleichaltrigen hatten. Und nach einer Mutter, die sich nicht krummarbeiten musste, um ihre drei Kinder durchzubringen, und die dann auch noch voller Heimlichtuerei ständig ihre Liebhaber wechselte.

Als Letztes zog er einen Stoffbeutel heraus und traute kaum seinen Augen, als er den Inhalt auf seine Handfläche kippte. Über dreißig Edelsteine in jeder Farbe zählte er. Jago hielt sie in den Lampenschimmer und ließ sie schließlich zurück in den Beutel kullern, den er in die Hosentasche steckte. Wie zum Teufel machte man die zu Geld, ohne verpfiffen oder beschissen zu werden? Sorgfältig wischte er seine Fingerabdrücke vom leeren Tresor und packte ihn in den Kofferraum des alten BMWs, verstaute sein Werkzeug im Wohnwagen, löschte das Licht und machte sich auf den Weg ins Industriegebiet der nahen Kleinstadt Monfalcone, wo das Areal der Megawerft von hellen Scheinwerfern beleuchtet war, unter denen eines der Kreuzfahrtschiffe weiß schillerte. An einem Müllcontainer stoppte er und befreite sich von dem Safe. Dann wendete er und kam wenig später auf die Panoramastraße über der Steilküste.

Letztes Jahr hatte ihn Marco Laurenti zu einer Party mit über fünfzig Freunden eingeladen, als seine Eltern angeblich im Urlaub waren. Am Ende war keiner der Gäste nüchtern, Alkohol war in rauen Mengen geflossen, der Discjockey hatte Amphetamine und Marco Marihuana aus dem eigenen Anbau ausgegeben, so viel man begehrte. Und auch Jagos zwei Jahre jüngere Schwester Jacqueline war unter den Gästen gewesen und hatte sich bald mit dem Gastgeber knutschend ins Haus verdrückt. Niemand hatte damit gerechnet, dass Marcos Eltern doch noch mitten in der Nacht auftauchen würden, aber so taten, als sähen sie nichts. Die Party ging dann viel schneller zu Ende als geplant.

Der Wagen des Commissario parkte an der Straße, Jago nahm die Geschäftsunterlagen und klemmte die Mappe unter den Scheibenwischer des Alfa. Während der viertelstündigen Fahrt ins Stadtzentrum entledigte er sich der Latexhandschuhe, warf sie einzeln mit ein paar hundert Metern Abstand aus dem Fenster und hielt schließlich in der Via Battisti im Parkverbot. Er hatte sich einen Drink mit Freunden verdient. Sie erwarteten ihn am Tresen und fragten bei seinem Anblick, ob er inzwischen auch nachts im Steinbruch arbeite. Er sah an sich hinunter, die Jeans waren fleckig, und auch seine nackten Unterarme riefen nach Wasser und Seife. Er trank einen Schluck und ging zur Toilette. Erst als er zurückkam, sah er die Rothaarige mit einem ihm unbekannten Mann am letzten Tisch am Ende des Saals sitzen. Offensichtlich stritten sie, und die Frau warf immer wieder einen Blick zu ihm herüber. Herumschäkernd schlenderte Jago zur anderen Seite der Freundesgruppe, bis ein Pilaster ihn verdeckte. Großzügig spendierte er eine Runde für alle, verabschiedete sich aber bald.

Noch einmal fuhr Jago aus dem Stadtzentrum hinauf auf den Karst und bog in ein Randviertel des Ortsteils Opicina ab, wo er den Wagen parkte, ein frisches Paar Latexhandschuhe überstülpte und auf dem Gehweg das Geldbündel vom Beifahrersitz an einen faustgroßen Stein band, den er vom Straßenrand aufhob. Die Straße war nur schwach beleuchtet, nach hundert Metern bog er zu Fuß in die Via Fiordalisi ab und machte im Dunkeln die Hausnummern aus. Vorwiegend mehrstöckige Gebäude, die von den Amerikanern in der Zeit der alliierten Militärverwaltung bis 1954 errichtet worden waren und danach als Eigentumswohnungen verkauft wurden. Dann ein Einfamilienhaus mit Vorgarten. Den Namen kannte er aus der Zeitung, und die Adresse stand im Telefonbuch. Jago trat an den Zaun und warf das kleine Paket kraftvoll über den Zaun in den Garten. Er erschrak, als er Glas splittern hörte; aus Versehen musste er ein Fenster getroffen haben. Er rannte davon und startete kurz darauf den BMW.

Von den Polizisten, die Teresa im Auge behalten sollten, war nichts zu sehen, als er den Wagen in der Via Giulia parkte und die Gassen von Parigi Piccola durchquerte. Das Haus war dunkel, nicht einmal Jacqueline war daheim, und mit seiner Mutter rechnete Jago erst gegen Morgen, falls sie nicht direkt zum Laden ging. Er duschte lange und warf seine Klamotten in den Korb mit der Schmutzwäsche.

Marietta war als Einzige im Kommissariat geblieben und wühlte in dem dicken Stapel Unterlagen, die sich seit dem Morgen auf ihrem Schreibtisch angehäuft hatten. Sie öffnete das Fenster zum Teatro Romano, um die sanfte Brise hereinzulassen, streifte ihr Pumps ab und las einen Bericht nach dem anderen. Die Ergebnisse des Tages trug sie in den zentralen File ein, damit morgen früh alle Kollegen auf dem gleichen Stand waren.

Als sie ihre handschriftlichen Notizen über die Hausdurchsuchung bei Rechtsanwalt Carfì durchging, stieg die Wut über dessen arrogante Überheblichkeit wieder in ihr hoch. Trotz des Fundes in seiner Motorjacht war er völlig kühl geblieben, als hätte er in seinem Juristenhirn bereits das Strafmaß für die verschiedenen Delikte, die ihm vorhaltbar waren, überschlagen und sie als unbeträchtlich eingestuft. In ihrer natürlichen Abneigung gegen solche Schnösel, die ihr Selbstbewusstsein aus dem Erbe ihrer Väter bezogen, und da er durch die Anspielung auf ihr Alter die Sache nur verschlimmerte hatte, sann Marietta auf Rache.

Von den anderen Papieren verborgen, kam zuunterst der USB-Stick aus dem Boot zum Vorschein. Sie steckte ihn am Computer ein und ging die Dateien durch: Bankauszüge und Buchführungsblätter mit dem Schriftzug einer Firma namens Ruža Holding Limited Liability Company d. o. o. mit Sitz in der Slobode in Podgorica. Lateinische und kyrillische Buchstaben. Dass Podgorica die Hauptstadt von Montenegro war, wusste sie natürlich. Und vor vielen Jahren hatte sie einmal einen serbischen Verehrer, der sie zärtlich Ruža, Rose, nannte. In Sachen Leidenschaft war Marietta international, und erst recht, wenn ein gut aussehender Mann eine dicke Brieftasche mit sich führte. Aber dass ausgerechnet die Holding der Gel-Fish Italia hieß wie Lino La Rosa, ließ ihren Adrenalinspiegel ansteigen.

Obgleich bereits eine Zigarette im randvollen Aschenbecher qualmte, steckte sie sich eine weitere an und hämmerte auf die Tastatur ihres Computers. Das Firmenregister im Internet brachte nicht mehr als einen nichtssagenden Eintrag; andere Angaben fand sie nicht. Dann suchte sie in Italien weiter. Sie wollte bereits aufgeben, als ihr noch eine Idee in den Sinn kam. Marietta loggte sich ins Triestiner Grundbuch ein und wurde entgegen ihrer Erwartung fündig. Im Stadtteil San Giacomo besaß die Ruža Holding tatsächlich eine Immobilie. Sie notierte sich die Adresse und suchte im Stadtplan weiter. Auf Street View sah sie schließlich die heruntergekommene Fassade eines einfachen fünfstöckigen und gerade drei Fenster breiten Hauses, das vermutlich in den Sechzigerjahren erbaut worden war und zwischen imposanteren Gebäuden aus der Jahrhundertwende eingeklemmt war. Ein durchgerostetes Fallrohr der Dachrinne hing lose über dem schmutzigen Putz. Im Erdgeschoss befand sich eine kleine Bar, das Drahtglas der Aluminiumhaustür wies tiefe Risse in der Form eines Spinnennetzes auf, die von einem heftigen Schlag stammen mussten. Gewiss war das Gebäude ohne Aufzug und die Wohnungen billig zu mieten. Ein eigentümliches Anlageobjekt einer eigentümlichen Finanzholding, die in Triest Altersheime betrieb und Spielautomaten vermietete, deren Eigner wiederum eine Firma namens GelFish war. Das Gebäude gehörte der Ruža Holding seit fünfzehn Jahren komplett. Aus dem Grundbuch ging hervor, dass das Unternehmen nach und nach die einzelnen Wohnungen gekauft hatte und Lino La Rosa einer der Vorbesitzer der Wohnung im dritten Stock gewesen war. Marietta ging noch einmal ihre Aufzeichnungen von der Durchsuchung bei Carfì durch. Die Adresse des Hauses stimmte tatsächlich mit der des Lagers der Chance Slotmachines überein. Marietta gähnte, warf einen Blick auf die Uhr und schlüpfte in ihre Schuhe. Es war allerhöchste Zeit, unter Menschen zu kommen, noch etwas zu essen und vor allem zu trinken. Sie verabredete sich telefonisch, doch bevor sie die Questura verließ, warf sie auf der Toilette noch einen Blick in den Spiegel, zog den kirschroten Lippenstift nach, richtete ihre schwarzen Haare und öffnete einen weiteren Knopf ihrer Bluse. Ihre Arbeit war noch nicht zu Ende.

Ein Taxi brachte Marietta an den kleinen Hafen von Grignano beim Schloss Miramare, wo Nereo Morandi sie am Tresen einer Tavernetta erwartete, die von zwei betagten, aber äußerst vitalen Bonvivants geführt wurde, die ein gutes Gedächtnis für die Eigenheiten ihrer Triestiner Klientel hatten.

Die Diskretion eines Wirts, das hatte auch Walter in der Malabar stets gepredigt, wiegt schwerer als das Beichtgeheimnis, die ärztliche Schweigepflicht, der stumme Geschäftssinn von Friseuren oder der Inhaberinnen guter Blumenläden. Die alle bekamen nur Ausschnitte aus dem Leben ihrer Kunden zu sehen, ein Wirt aber kannte sie mit allen Schwächen und Ticks und war oft genug besser über das Leben seiner Stammgäste informiert als ein ermittelnder Polizist oder Staatsanwalt. Nur über frühere Gäste, die längst das Zeitliche gesegnet hatten, verlor ein seriöser Wirt vielleicht ein Wort, jedoch nie über die Schattenseiten der Betroffenen.

Ihr Stammgast Nereo Morandi war dreiundsechzig Jahre alt und ein leidenschaftlicher Segler mit dauergebräunter, wettergegerbter Haut, sein welliges dunkelblondes Haar war stets wie vom Orkan zerzaust. Er war einer der ältesten Freunde Mariettas und auch ein zuverlässiger Liebhaber in Flautezeiten. Vor allem aber hatte Nereo bis zum Zerfall Jugoslawiens vor knapp dreißig Jahren seine Finanzen mit häufigen Törns nach Istrien und Dalmatien konsolidiert. Nur er wusste, welche Waren er hin- oder hertransportierte und für wen. Und er tat gut daran, stets über seine Schmuggeleien und deren Auftraggeber zu schweigen, solange er am Leben hing. Das organisierte Verbrechen auf beiden Seiten der Grenzen war nach wie vor intakt, und da das Zepter beizeiten weitergereicht wurde, war Verschwiegenheit immer wichtiger geworden, denn die Söhne der früheren Bosse saßen längst in den Parlamenten der verschiedensten Länder, in Bankvorständen, Rechtsanwaltskanzleien oder an der Spitze internationaler Großunternehmen. *Der Pate*, der 1969 erschienene Roman von Mario Puzo, der es drei Jahre später in der Monumentalverfilmung durch Francis Ford Coppola mit Marlon Brando, Al Pacino und Diane Keaton zu Weltruhm brachte, war heute nur noch Folklore. Organisiertes Verbrechen kannte keine Nationalität, sondern war ein multinationaler Großkonzern mit unbeschränktem Geschäftsfeld. Je mehr die Welt in Krisen stürzte und je mehr Regeln, Normierungen und Handelsabkommen zum Nachteil kleinerer mittelständischer Unternehmen geschaffen wurden, desto kräftiger wurde abgesahnt.

Der Skipper Nereo Morandi wäre heute zwar keine große Gefahr für die persönliche Freiheit seiner einstigen Auftraggeber mehr, ihre Imperien und ihre Nachfolger aber reagierten auf jegliche Störung allergisch. Oft genug hatte Nereo mit Diego Colombo zusammengearbeitet. Sie überführten stolze Segeljachten, deren echter Kiel durch entsprechend geformte Güter ersetzt worden war oder auf denen die Schmuggelware erst gar nicht weiter getarnt wurde. Waffen und Drogen für die Nuova Mala del Brenta, deren Boss mit dem Sohn des kroatischen Despoten Franjo Tuđman den Warenfluss über die Adria organisierte und auch ein effizientes Joint Venture mit anderen kriminellen Organisationen von der Camorra in Neapel bis zum berüchtigten Clan von Marseille abgeschlossen hatte. Erwischt wurden Nereo und Diego nie. Zigaretten, Alkohol und anderes Kleinzeug transportierten kleinere Fische. Und einer ihrer Schmugglerkollegen hatte 1982 Roberto Calvi, den Chefbanker der Banco Ambrosiano, nach Jugoslawien und von dort über Klagenfurt nach London gebracht, wo er wenige Tage später unter der Blackfriars Bridge erhängt aufgefunden wurde und die Geheimnisse der Vatikanskandalbank mit ins Grab nahm.

Im kleinen Jachthafen von Grignano lagen die Boote des Argentiniers und das von Nereo Morandi nebeneinander. Schon damals waren sie Stammkunden der beiden charmanten Eigentümer der Tavernetta gewesen. Noch beim Aperitif kündigte Marietta allen dreien an, dass sie an diesem Abend darauf hoffe, mehr über das Leben Colombos zu erfahren, und betonte sogleich, dass sie die Geschäfte dabei nicht im Geringsten interessierten, über die throne ohnehin eine haushohe Akte auf dem Schreibtisch ihres Chefs. Die drei Männer lachten genüsslich bei ihrer Rede.

Nereo führte sie an einen Tisch in der vordersten Reihe der Terrasse, wo sie nur ein paar Schritte von der Mole und weit genug von den anderen Gästen entfernt saßen. Sie bestellten Meeresheuschrecken und ein Muschelsauté sowie ein Fritto misto und eine große Karaffe Weißwein.

»Wusste ich doch, dass du nicht zum Vögeln gekommen bist, Mari«, spottete Nereo Morandi und spielte mit dem Knopf ihrer Bluse, der über ihrem Busen spannte. »Dabei habe ich erst heute die Matratze auf dem Boot frisch bezogen.«

»Man muss sich alles verdienen, Nereo.«

Sie lächelte ihn an und schob seine Hand nicht weg, sondern lehnte sich zu ihm, prostete ihm zu und steckte sich eine Zigarette an. Vermutlich war der Skipper neben Teresa der einzige Mensch, der über das wirkliche Leben von Diego Colombo Bescheid wusste. Er schlug vor, sich in seiner Erzählung an die Chronologie zu halten, solange dies möglich war.

Die Flucht des jungen Argentiniers mit der *Esperanza* von Mar del Plata nach Europa hatte über ein Jahr gedauert. Sein erstes Ziel war, so schnell wie möglich sein Heimatland zu verlassen und nicht in Uruguay anlegen zu müssen, das damals ebenfalls eine Militärdiktatur war, sondern die Punta del Diablo und die Grenze nach Brasilien zu passieren, wo das Regime bereits seit drei Jahren mildere Töne anstimmte. Allein dieser erste Törn bis Cassino bei Porto do Rio Grande do Sul, wo Italiener die Bevölkerungsmehrheit stellten und er Verwandte hatte, dauerte über eine Woche, doch das Meer war gnädig gewesen. Durstig und ausgehungert war Diego dort angekommen und erholte sich. Von dort schrieb er einen Brief an seinen Vater, in dem er sich dafür entschuldigte, in aller Heimlichkeit vorgegangen zu sein, den zweiten Brief aber schickte er an die Verwandten seiner Mutter in Triest und kündigte sein baldiges Kommen an. Dass sie ein Jahr auf ihn warten mussten und ihn längst verschollen glaubten, hatte Diego Colombo nicht gewollt. Als er schließlich doch noch auftauchte, musste er sie erst davon überzeugen, kein anderer zu sein, und wurde als Held gefeiert. Doch bis dahin war der Weg verdammt lang.

Von Cassino segelte er wieder in einem mehrtägigen Törn über Florianópolis weiter bis nach Rio de Janeiro, diesmal aber mit ausreichend Proviant an Bord. Dort blieb er fast zwei Monate und schlug sich mit Aushilfsjobs durch, um das Geld zu verdienen, das er brauchte, um sich für die Transatlantikpassage auszurüsten. Insbesondere den Dieselmotor musste er überholen und auch für einen zweiten Satz Segel sorgen.

»Diego war ein blutjunger Hund von nicht einmal vierundzwanzig Jahren«, erzählte Nereo Morandi, »und unterschätzte sein Vorhaben komplett. Ein Wunder, dass er es überhaupt geschafft hat. Denn zuerst musste er auch aus Rio fliehen. Den Großteil seiner Ausrüstung hatte er gestohlen, doch dann ließ er sich eines Abends ins staatliche Kunstmuseum einschließen, frag mich nicht, wie es heißt. Das kannte er auch nur, weil er einen vermögenden alten Mann im Rollstuhl fahren musste, bei dem er ein bisschen Geld verdiente. Und der Alte hatte so lange vor drei Gemälden haltgemacht, dass es sich ja nur um etwas Besonderes handeln konnte. Von Kunst hatte Diego nicht die geringste Ahnung. Tags darauf kam er ins Museum zurück und versteckte sich, hängte dann nachts die Dinger einfach ab und verschwand. Aber irgendjemand hatte ihn wohl gesehen und alarmierte die Polizei. Mit den Bildern an Bord legte er in der gleichen Nacht ab und hielt Kurs nach Osten. Verstehst du jetzt, was das für ein Wahnsinniger war, Mari? Jeder normale Skipper macht sich vorher über die Wetterlage kundig und plant seinen Törn sorgfältig mit nautischen Karten. Diego aber segelte einfach nach Osten, dort musste irgendwo Europa liegen. In Wahrheit hielt er eher Kurs Richtung Angola und Kongo.«

Sie wurden vom Kellner unterbrochen, der das Muschelsauté servierte und dessen Augen tief in Mariettas Bluse zu fallen drohten. Nereo hatte ihr während seiner Erzählung zu reichlich Frischluft verholfen. Als sie den Blick des Obers bemerkte, lächelte sie nur. Marietta nahm sich vor, zu Hause die Weltkarte zu konsultieren, denn ihre Geografiekenntnisse waren kaum besser, als es die des jungen Colombo gewesen waren. Sie prägte sich alle Einzelheiten ein.

»Wann hat er dir das alles erzählt?«, fragte sie den Skipper schließlich.

»Im Lauf der Jahre kam viel zusammen. Ich versuche es nur zu umreißen, Mari. Wenn es dich nicht interessiert, sag es ruhig. Es ist seine Geschichte. Wäre es meine, wäre ich vielleicht beleidigt, wenn du nicht zuhören wolltest, aber so nicht.«

»Erzähl weiter«, bat Marietta ungeduldig.

»Diego hatte immer Glück. Er brach zur ungünstigsten Jahreszeit auf, doch mitten in diesem riesigen Ozean liegt etwa sieben Grad südlich des Äquators eine Insel, von der er Gott sei Dank überhaupt nichts wusste. Er hätte sie wohl gemieden und wäre nie in Europa angekommen, sondern irgendwo abgesoffen. Ascension Island ist britisches Hoheitsgebiet und eine Militärbasis der Royal Airforce, die damals wegen des Falklandkriegs, vor dem der Kerl desertiert war, ausgebaut wurde. Heute ist es vor allem eine Abhörstation für Südamerika, das Echelon-Spionagenetz der NSA und des britischen Geheimdiensts GCHQ. Du kannst dir denken, was passierte, als er dort mitten im Sturm anlandete, mit zerfetzter argentinischer Flagge am Heck. Sie lochten ihn als verdächtigen Spion ein, hoben die *Esperanza* auf den Hafenkai und krempelten sie um. Verhöre ohne Ende und Folter, Schlafentzug und so – dazu beantwortete Diego keine meiner Rückfragen, egal, wie viel er getrunken hatte. Nach fast vier Monaten ließen sie ihn laufen, mit den Bildern, packten ihm ausreichend Proviant an Bord, erklärten ihm, dass er von jetzt an nur noch strikt Kurs nach Norden nehmen müsse und seine nächste Station die Kapverdischen Inseln seien, wenn er sich nicht wieder auf dem Atlantik verlor. Die Wetterlage war günstig und Diego dank der Briten ausreichend ausgerüstet. Von den Kapverden zu den Kanaren musste er dann mehr oder weniger nach Nordosten halten und von dort nach Gibraltar auch. Der Rest durchs Mittelmeer war letztlich ein Katzensprung von wenigen Wochen. Im Herbst lief er in Triest ein und musste, wie gesagt, seine Verwandten erst davon überzeugen, dass er er und wirklich am Leben sei. Die Medien feierten ihn, als sie Wind davon bekamen, und er musste viele Interviews geben, wodurch er bald einen Job als Skipper bekam. Triest hat heute noch berühmte Segler, denk an Stefano Spangaro und Vasco Vascotto, die die ganze Welt umsegelt und viele große Regatten gewonnen haben. Aber diesen Kurs sind die wohl nie gefahren.«

Nereo bestellte eine weitere Karaffe Wein, schlürfte die letzten Muscheln, tunkte die Weißweinsauce mit Brot auf und wischte gründlich mit seiner Serviette über Mariettas Dekolleté, auf dem ein Tropfen gelandet war.

»Zum Nachtisch will ich anderes«, sagte er, während er ihr Feuer gab und sich selbst eine Zigarette ansteckte.

»Und was weißt du von seiner Zeit in Triest, das nicht in den Zeitungen stand?«

»Nicht viel. Nur dass er von einem Maresciallo der Guardia di Finanza ausgepresst wurde, weshalb auch unsere gemeinsamen Fahrten nach Jugoslawien seltener wurden. Der Mann zwang ihn häufig, mit dem Wagen nach Österreich oder in die Schweiz zu fahren und illegal Devisen auszuführen. Riesige Beträge, Milliarden an Lire, also Zigmillionen Euro. Stell dir das vor, Mari, einer von der Finanzpolizei. Ein korruptes Schwein, das, wie Diego erzählte, drei Rollen zugleich spielte. Wenn er gegen sie ermitteln musste, presste er den Leuten einen Großteil des Vermögens und ihres Hab und Guts ab und ließ im Gegenzug die Verfahren im Sand verlaufen. Anderen aber bot er ohne Ermittlungen seine Hilfe an und nutzte seine Verbindungen ins Ausland, tauschte Devisen gegen wertvolle Kunstwerke, die irgendwann wieder in Cash gewechselt werden konnten und die Diego bei seinen Fahrten zurückbrachte. Eine andere Form von Geldwäsche, von der niemand wusste. Der Argentinier aber riskierte doppelt auf seinen Reisen, auf der Hinfahrt und auf dem Weg zurück. Er wählte stets andere Grenzübergänge und war ziemlich gewieft, erwischt wurde er nur einmal, und da hatte dieser Drecksack La Rosa ihn verpfiffen. Diego saß ein halbes Jahr in der Lombardei ein, musste aber am Ende freigelassen werden, doch hatte er beim Maresciallo eine Rechnung offen; er schuldete ihm drei Bilder.«

»Und die Werke, die er in Rio de Janeiro gestohlen hatte?«, fragte Marietta.

»Ach die. Er hat sie versteigern lassen. Ich glaube, Laurentis Frau hat das erledigt.«

»Was?«

»Ich glaube nicht, dass sie wusste, worum es sich handelte.

Heute berichten die internationalen Medien sofort, wenn in Brasilien eine Mango vom Baum fällt. Damals gab es noch keine globalisierten Schlagzeilen.«

»Und was weißt du von seinen Raubzügen? Woher hatte er den Sprengstoff für die Bombenanschläge?«

»Diego war ein gerissener Hund. Aber jetzt gehst du zu weit, Mari.« Nereo Morandi lachte. »Ich habe dir doch schon am Anfang gesagt, dass ich nicht über Geschäfte rede. Nur eines noch: Oft genug stahl er die Bilder bei den Leuten, für die er sie aus dem Ausland mitgebracht hatte. Auf Befehl des Maresciallo.«

»Und glaubst du wirklich, dass Diego Colombo damals in die Luft geflogen ist, als er die Jacht im Hafen knackte?«

Nereo Morandi hob Achseln und Augenbrauen gleichzeitig. »Ehrlich gesagt, kann ich mir nicht vorstellen, dass ausgerechnet ihm ein solch verhängnisvoller Fehler unterlaufen sein soll, denn er war in allem sehr präzise. Seinen Wehrdienst hatte er in einer Sprengstoffeinheit geleistet und wusste mit Explosivmaterial, Minen und Bomben umzugehen. Andererseits habe ich nie wieder von ihm gehört. Außerdem wäre Teresa schon längst nicht mehr hier, wenn er sich nur abgesetzt hätte. Die beiden hielten zusammen wie Pech und Schwefel. Nichts konnte sie trennen.«

»Und was ist mit der *Esperanza* passiert? Es heißt, dass sie in jener Nacht nicht mehr an ihrem Anleger lag.«

»Ach, die.« Morandi lachte und winkte ab. »Wir haben sein Boot zusammen mit meiner damaligen Freundin schon Tage vorher zur Generalüberholung rüber nach Novigrad gebracht, wo wir dann ausgiebig gegessen und getrunken haben. Die Rückfahrt haben wir mit dem Wagen gemacht, gleich nach der Grenze erwischten uns die Carabinieri, so besoffen, wie wir waren. Aber damals kam man noch gemütlich davon, wenn man in diesem Zustand am Steuer saß.«

»Und was ist danach mit der *Esperanza* passiert?«

»Ich weiß es nicht. In Jugoslawien brach der Krieg aus. Da ist vieles verschwunden.«

»Traust du Teresa Fonda?«

»Absolut, Mari.« Nereo lächelte versonnen. »Sie ist eine tolle Frau.«

»Und du bist dir ganz sicher, dass Diego nicht zurückgekommen ist?«

»Bei mir hat er sich nicht gemeldet.«

Alles wird gut

»Hat diese Daria Bono von dem Altersheim in der Via Carducci zufälligerweise einen kleinen weißen Hund?«, nahm während der morgendlichen Koordinationssitzung Roberto Fiano den Faden auf.

»Ja, kennst du sie?«, fragte Laurenti.

»Nein. Aber gestern hatte ich einen Mann hier, der zuerst Anzeige erstatten wollte, es sich dann aber anders überlegte. Er arbeitet im Mercato Coperto und fühlt sich von einer Frau namens Daria belästigt, die einen kleinen weißen Hund habe. Er war ziemlich aufgebracht. Diese Frau suche ihn jeden Tag auf und bedränge ihn, gestern habe sie ihn auch fotografiert.«

»Wie heißt der Mann?«

Wegen der Abwesenheit der Polizeipräsidentin lag die Leitung der Sitzung bei Laurenti, doch die acht um den Konferenztisch versammelten Kollegen waren ein eingespieltes Team auf Augenhöhe. Und ohne die Chefin lief es wie immer konstruktiver, und es kamen auch Dinge auf den Tisch, die nur assoziativ mit der Sache zu tun hatten, aber gegebenenfalls weiterführten.

»Raffaele Maran, Mitte fünfzig, wirkt jünger. Ein gebürtiger Argentinier aus italienischstämmiger Familie. Seit zwanzig Jahren in der Stadt. Feingliedriger, athletischer Typ mit gebleichtem Bürstenschnitt.«

»Ich wusste nicht, dass er gebürtiger Argentinier ist. Dieser

Maran steht zumindest in telefonischem Kontakt zu Teresa Fonda, falls sie sich nicht auch heimlich treffen. Gestern Abend ist sie unseren Leuten zum dritten Mal entwischt. Sie haben es viel zu spät bemerkt. Wir können bei der dünnen Personaldecke nicht mehr Leute abstellen und ganz Piccola Parigi abriegeln. Wer es darauf anlegt, entkommt immer. Hast du mit dieser Frau gesprochen?«

»Der Mann hat keine Anzeige erstattet.«

»In dem Viertel haben wir wegen Diego Colombo alle Überwachungskameras im Visier, falls du etwas gebrauchen kannst.«

»Du gibst nicht auf, Laurenti.« Rebecca Roventa war vor knapp einem Jahr aus dem Piemont zu ihnen gestoßen und leitete die Kriminaltechnik. »Ich habe dafür etwas Konkretes für dich. Die Witwe des Fahrers des Kanalreinigungsunternehmens, mit dessen Pumpwagen der Einbruch im Porto Vecchio verübt wurde, hat angezeigt, dass sie in der Nacht einen dicken Packen Bargeld erhalten hat. Schweizer Franken und Euro. Über 150 000 Euro zusammen. Es war in einen Plastikbeutel verpackt und an einen Stein gebunden, der bei ihr im Fenster landete. Erst seit gestern konnte die Frau wieder alleine für sich und ihr Baby sorgen. Sie ist fix und fertig, steht unter Beruhigungsmitteln und braucht familiäre Unterstützung. Die Familie ihrer Schwester kümmert sich um sie. Als wir auftauchten, heulte die arme Frau nur und war nicht ansprechbar, aber wenigstens hat sie es im ersten Schreck noch geschafft, die Polizei zu rufen. Die Kollegen trafen nach ein paar Minuten bei ihr ein, und kaum hatte sie ihnen den Stein gezeigt, brach sie zusammen. Sie wusste nicht einmal, dass Geld daran befestigt war. Einen Absender gibt es natürlich nicht. Fingerabdrücke sind nicht auf der Verpackung. Wir haben die obersten Scheine analysiert, aber wie immer, wenn es sich um Bargeld handelt, findet sich die halbe Welt darauf. Und bevor du danach fragst, sie wohnt in der Via Fiordalisi oben in Opicina. Es gibt dort keine Überwachungskameras. Den Rest erfährst du von den Kollegen des dortigen Kommissariats.«

Laurenti wandte sich an die Kollegen. »Hat von euch jemand einen Fall, bei dem in letzter Zeit so viel Geld gestohlen wurde?«

»Würden alle, bei denen etwas gestohlen wird, Anzeige erstatten, fiele uns die Arbeit leichter. Aber wer Angst vor dem Finanzamt hat …«, warf Lenardon von der Sektion Eigentumsdelikte ein. Die Menge an Schwarzgeld, die trotz der Limitierungen des Barverkehrs noch immer kursierte, war enorm und brauchte noch lange, bis sie abgebaut war.

»Wenn du mich fragst, Commissario«, sagte Fiano, »riecht das quasi nach schlechtem Gewissen. Das gibt es immer wieder, wenn ein Trottel, der im Prinzip nicht bösartig ist, aber überfordert, die Konsequenzen seines Handelns unterschätzt hat. Bei Sexualdelikten bricht mindestens die Hälfte der Täter unter der Last ihrer Taten zusammen und winselt dann um Mitleid und Verständnis. Und in diesem Fall scheint mir der Zeitpunkt zwischen dem Einbruch ins Lager der GelFish und dieser eigenartigen Geldübergabe so knapp, dass ich auf nichts anderes schließen würde.«

»Da stimme ich dir zu. Ein anonymer Wohltäter bedenkt in der Regel lange, ob, wie und wann er sein Wunder tätigt. Das sind keine Spontanentscheidungen.« Laurenti machte ein paar Notizen. »Ich bin froh über jedes Mosaiksteinchen. Wer von euch Lust auf den besten Espresso in der Questura hat, weiß ja, wo mein Büro liegt und dass Marietta unschlagbar ist.«

»Allerdings«, grinste Fiano. »Gott sei Dank hält sie sich an Erwachsene.«

»Wer von euch kennt sich mit Montenegro aus? Wo es sich auf der Landkarte befindet, weiß ich selbst.«

»Was brauchst du, Laurenti?«, fragte Fabrizio Galimberti

von der Antimafiasektion, der sich mit den östlichen Adriaanrainerstaaten bestens auskannte. Der junge Kollege war stets wenig kooperativ gewesen und teilte selten Genaueres aus seiner Abteilung mit.

»Dieser Packen lag heute früh auf meinem Auto, was kaum ein Zufall ist. Buchhaltungskram und Bankauszüge einer Ruža Holding Limited Liability Company d. o. o. bei einer Bank in Budva. Normalerweise bringt niemand Dokumente illegaler Auslandskonten mit.«

»Ein montenegrinisches Unternehmen mit einem Konto in Montenegro ist nichts Illegales. Vielleicht hat jemand die Mappe verloren, und der ehrliche Finder legte sie, anstatt zum Fundamt zu bringen, einfach auf den Wagen des Commissario.«

»Du bist wirklich ein großer Ermittler, Galimberti.« Roberto Fiano verzog das Gesicht. »Wenn dir die Firma etwas sagt, dann interessiert es auch uns. Und wenn nicht, dann genügt es, die Klappe zu halten. Wenn ausgerechnet du und deine Leute nicht oft genug verdeckte Hinweise zugespielt bekämt, würdet ihr euch verdammt schwertun. Also, kennst du dieses Unternehmen oder nicht?«

Galimberti schüttelte kaum merklich den Kopf. Laurenti erhob sich, bevor es zu einem Schlagabtausch kam, und löste die Runde auf. Auf dem Weg zu seinem Büro rief er Staatsanwalt Scoglio an, um zu berichten, wie die gestrigen Durchsuchungen verlaufen waren. Sie verabredeten sich zur Mittagszeit.

Wer nicht auffallen will, soll bei seinen Gewohnheiten bleiben, sagte sich Daria Bono und sah keine Änderungen des Tagesablaufs vor. So war sie wie jeden Morgen der erste Gast in der Malabar und studierte die Zeitung, während sie ihren Espresso trank, nachdem Gulasch auf der Piazza beim Verdi-Denkmal sein Geschäft verrichtet hatte. Über der Straße sah sie auch die Zeitungsfrau wie gewohnt die Kunden bedienen. Heute trug sie offensichtlich ein dottergelbes Kleid aus eng anliegendem elastischen Stoff. Und auch ein ziviler Wagen der Polizei stand seit sechs Uhr in der Straße. Sie konnte gerade noch unter dem Portikus verschwinden, als sie kamen.

Die Todesanzeigen interessierten die Leichenschänderin im Moment weniger. Die Stadtchronik berichtete ausführlich über Dardan und Toni, listete minuziös ihre Vorstrafen auf und fragte, ob mit ihnen die Urheber auch anderer Einbrüche gefasst seien, was die Polizei derzeit prüfe. Den Carabinieri sei es gelungen, einen kuriosen Fall aufzuklären, bei dem von einer fünfundneunzigjährigen Dame Lösegeld für ihren Mops erpresst wurde, den Unbekannte vor einem Supermarkt beim Teatro Romano, ausgerechnet gegenüber der Questura, entführt hätten. Es sei ein Leichtes gewesen, den kleinen Freund ohne Zahlungen aufzutreiben, war er doch vorschriftsmäßig mit einem Chip gekennzeichnet. Der Entführer war nur zehn Jahre jünger als die arme Frau. Er behauptete, dass das Tier ihm einfach gefolgt sei, obgleich es wie viele andere Hunde dort vor der Tür angeleint worden war, während sein Frauchen die Einkäufe für den Tag tätigte. Bei ihm ginge es dem Tier auf jeden Fall besser als bei einer senilen Greisin, und wenn er ihn schon zurückgeben müsse, dann solle die Alte dafür bezahlen.

Ein weiterer Artikel aber widmete sich dem Phantasma Diego Colombo und den Namen der drei Kinder seiner Witwe, der Zeitungsfrau Teresa Fonda. Diego, Jacopo, Jago und Jacqueline seien alle Varianten des gleichen Wortstamms. Auch wenn er nur der Vater des ältesten Sohns sein konnte. Diego Colombo habe übrigens auch der erste Sohn des Christoph Kolumbus geheißen, der die Privilegien seines Vaters erbte und sich als vierter Gouverneur der Neuen Welt 1509 auf Santo Domingo niederließ, während der Bruder des berühmten Seefahrers Giacomo hieß und auch Diego gerufen wurde. So stelle sich für fantasiereiche Leser doch sofort die Frage, ob der berüchtigte Dieb und Weltumsegler Diego Colombo tatsächlich so geheißen habe oder ob er damals überlebte und heute seine wahre Identität pflege.

Hatte sie es doch gewusst. Um zehn Uhr wie jeden Tag würde Daria Bono wieder in die Markthalle gehen. Diesmal wollte sie den Marktleiter mit seinem gebleichten Igelschnitt zur Rede stellen. Wortlos legte sie die Münzen für ihren Espresso auf den Tresen, zog Gulasch an der Leine aus der Bar und ging zur Golden Age Residenz hinüber, wo sie wie jeden Morgen um acht Uhr das Büro aufschloss und sich dem Tagesgeschäft widmete.

»Du warst gestern nicht mehr zu erreichen, normalerweise kontrollierst du doch jeden Furz.« Corrado Giuliani hatte es kaum erwarten können, sein Bestattungsinstitut zu öffnen und außer Hörweite seiner Frau den ersten Anruf zu tätigen. »Meine Leute haben, wie von dir bestellt, den Sarg im Heizungskeller abgeholt und nach San Giacomo geliefert. Wenn du wüsstest, wie die geflucht haben, dass sie das schwere Ding in den dritten Stock hinauftragen mussten, würdest du vor Scham erröten, Daria. Sie sind gewohnt, Leichen nach unten zu tragen, nicht nach oben. Gestern warst du nicht mehr zu erreichen. Ist etwas passiert?«

»Danke für die Lieferung, Corrado. Ich gebe dir Bescheid, wann sie die Kiste wieder abholen können.«

Die Leichenschänderin trug noch immer ihren Blazer und stand neben dem Schreibtisch, auch das weiße Hündchen war noch an der Leine. Sie hatte sogleich abgenommen, als sie ihr Büro betrat.

»Was zum Teufel war drin? Ein Mensch oder Pflastersteine?«

»Das geht dich einen Dreck an. Mit zwei Fahrten und einem

wiederverwendbaren Leihsarg hast du dreitausend Euro für die letzte Leiche gespart.«

»Ich glaube, wir sollten bald einmal über unsere Geschäftsgrundlage diskutieren. Die Vorschriften verlangen von uns Bestattungsunternehmern, Unregelmäßigkeiten sofort anzuzeigen, Daria.«

»Als hättest du dich je an die Vorschriften gehalten. Du sitzt mit im Boot, Giuliani. Vergiss das nicht.«

»Darüber habe ich die ganze Nacht nachgedacht, meine Liebe. Mir kann eigentlich nicht viel mehr passieren als eine Kontrolle durch das Finanzamt, bei der man mir höchstens nachweisen kann, dass ich ein miserabler Geschäftsmann bin, weil ich meine Leistungen unter Preis verkaufe. Ich glaube, du hättest mehr zu verlieren. Sag mir, wenn du bereit bist, neue Konditionen zu definieren. Ich bin ja dafür, entsprechende Leistungen würdig zu honorieren, aber die Zeiten der Erpressung sind vorbei. Oder sagen wir mal so, eine Hand wäscht die andere.«

Giuliani legte auf, bevor der Todesengel antworten konnte, schloss sein Büro ab und ging auf einen Espresso in die Bar drei Häuser weiter. Ein Gast haute mit der Faust auf einen Spielautomaten, der seine Münzen geschluckt hatte, aber keinen Mucks machte, während der Wirt sich damit herausredete, dass er seit gestern Nachmittag vergeblich den Verleiher zu erreichen versuche.

»Wo ist mein Vater, Jevgēnia?«, fragte Daria die stämmige Ukrainerin, auf die sie sich bisher in jeder Situation hatte verlassen können.

»Er fuhr vor einer halben Stunde raus, ohne einen Ton zu sagen. Er ließ sich nicht aufhalten. Ich konnte wirklich nichts machen. Als ich meinen Dienst um halb sechs begann, um das Frühstück zu richten, stand sein Rollstuhl mitten im Flur. Er schnarchte wie ein Dieselmotor und hatte sich komplett eingenässt. Ich brachte ihn rüber ins Bad, wenn er nicht behindert wäre, hätte er alles kurz und klein geschlagen, so hat er getobt, als ich ihn weckte. Ich glaube, im ersten Moment dachte er, Sie seien es. Nachdem ich ihn frisch eingekleidet hatte, fuhr er einfach davon. Ich hoffe, die Batterie seines Rollstuhls ist noch ausreichend geladen, nachdem er über Nacht nicht an der Steckdose hing. Sonst bleibt er irgendwo stehen, und wir müssen ihn holen.«

»Das fehlte noch. Wie sieht es drüben aus?«

»Es ist alles verstaubt.«

»Dann schick jemanden rüber, der sauber macht und aufräumt. Ich muss mich um einen neuen Computer kümmern, keine Ahnung, wann wir den anderen wiederbekommen. Immerhin haben sie uns das Back-up gelassen. Irgendwann hätten wir sowieso ein zweites Gerät gebraucht. Aber vorher will ich wissen, wie es unseren Alten geht.«

»Die Lage ist einigermaßen stabil und ruhig. Signora Rossi hatte einen Erstickungsanfall, weil sie sich beim Frühstück verschluckte, aber ein Schlag auf den Rücken hat die Sache gelöst. Jetzt jammert sie über Schmerzen in der Schulter, aber sie hat sowieso jeden Tag ein anderes Wehwehchen. Dafür weiß der Capitano heute mal wieder nicht mehr, wo er sich befindet. Oder er behauptet es nur. Sie kennen seine Streiche besser als ich, Signora. Wie damals, als er das Gesundheitsamt anrief und meldete, wir würden Hundefleisch servieren und die Tiere vorher auf der Straße fangen und schlachten. Dabei gab es die ganze Woche kein Fleisch, sondern nur Püriertes und Suppe.«

»Sie haben uns danach über Monate kontrolliert, bis zu zweimal die Woche und unangemeldet. Dieser ehemalige Kapitän des Triestiner Lloys ist ein verschlagener Teufel, Jevgēnia. Er will nur besonders betreut werden. Kümmere dich um ihn.«

»Na ja, das Essen war zu der Zeit besser … Wobei ich damit nicht behaupten will, dass es jetzt schlecht sei, Signora. Um elf Uhr kommt übrigens der Hausarzt. Haben Sie das Geld für die Visite vorbereitet? Sie wissen, dass er es in bar will.«

»Der Halsabschneider gibt sich nicht die geringste Mühe und berechnet seine angeblichen Behandlungen natürlich auch noch der Krankenversicherung. Ein anderer ist leider nicht zu finden.«

»Wenigstens wird in dieser Woche keiner mehr sterben, und falls nichts Besonderes passiert, bleibt es eine Weile dabei.«

»Ich gehe los. Ruf mich an, sobald Lino sich meldet.« Die Leichenschänderin rief ihr Hündchen und machte sich auf den Weg.

»Bei Verletzungen der Oberhaut oder der Lederhaut wächst sie wieder nach, ohne dass sich die Fingerabdrücke verändern. Nur bei tiefen Verletzungen bilden sich Narben.«

Marietta legte triumphierend die Abzüge der Fingerabdrücke und in einem Plastikbeutel das dünne, verchromte und hochglanzpolierte Etui auf den Tisch, das für wenige Visitenkarten gedacht ist – oder dafür, es einer anderen Person unterzujubeln, die es anfasst und samt ihrer Fingerabdrücke zurückgibt. Sie kam soeben von ihrem Besuch in der Markthalle zurück, wo sie Raffaele Maran ins Visier genommen hatte. Von der Statur war er Diego Colombo durchaus ähnlich, wenn man abwog, dass der seit seinem Verschwinden ein Vierteljahrhundert älter war. Sie nahm sich ein Herz und verwickelte ihn schließlich in ein Gespräch, dem der Mann nicht ausweichen konnte. Lautstark schimpfte sie über die Unordnung, den Schmutz und dass alles einen trostlosen, vergammelten Eindruck mache und die Leute vom Einkaufen abschrecke. Einige der Marktfrauen stimmten ihr zu und waren froh darüber, dass endlich jemand etwas sagte. Selbst die neuen Armaturen in den Toiletten seien abmontiert und nicht wieder ersetzt worden, eine Sauerei. Auch über die kürzlich von den städtischen Ordnungsbeamten verhängten Geldbußen von bis zu tausend Euro beklagten sie sich. Streng genommen entsprachen die Strafen den Vorschriften, doch die Beamten hatte man dort seit Jahren nicht zu sehen bekommen, und niemand wusste, wer sie plötzlich losgeschickt hatte. War etwa ein neidischer Kollege zum Verräter geworden?

Das alles war bei Weitem nicht der Fehler des Marktleiters, doch Raffaele Maran blieb nichts anderes übrig, als zu versuchen, die aufgebrachte Frau zu beruhigen, die äußerst aufreizend angezogen war. Als sie dann noch in der Handtasche wühlte und aus Versehen das silbern glänzende Etui zu Boden fiel, klaubte er es zuvorkommend, wenn auch ein bisschen ungeschickt vom Boden auf und übergab es ihr mit einem charmanten Lächeln. Dann forderte er sie auf, ihre Beschwerde schriftlich an den Bürgermeister persönlich zu richten. Das nütze schon gar nichts, riefen die Marktfrauen fast im Chor, zu oft habe man das schon probiert und nicht ein Mal eine Antwort erhalten. Ein durchaus glaubwürdiges Lamento, das auch viele andere Städter erlebten, glaubte man den Leserbriefen in der Tageszeitung. Der Hochmut der Lokalpolitiker und ihres Apparats war, gemessen an ihrer Bedeutung, kaum zu rechtfertigen. Doch Marietta hatte, was sie brauchte, und als sie in die Questura zurückkam, eilte sie als Erstes in die Kriminaltechnik, wo die Kollegen die Fingerabdrücke abnahmen und analysierten.

»Trotz der Narben lassen sich Fingerabdrücke meist noch rekonstruieren. Der Geheimdienst oder eines unserer Spezialinstitute verfügen über die entsprechenden Programme, nur dauert das einige Zeit«, wandte Chefinspektorin Pina Cardareto ein, die im Frühjahr eine Fortbildung über die technologischen Neuerungen absolviert hatte und sich die Vergrößerungen der drei Abdrücke ansah, die Marietta sichern konnte. »Niemals sind alle Finger gleich verletzt, dazu müsste man sie schon amputieren.«

»Sieh dir das doch genau an, Pina«, sagte ihre Kollegin. »Ich bezweifle, dass man mit solchen Griffeln überhaupt noch einen Tastsinn hat. Ich habe seine Hände gesehen, schön sind die wirklich nicht. Maran muss lange in Behandlung gewesen sein.«

»Beide Hände?«, fragte Laurenti.

»Soviel ich sehen konnte, ja. Aber ich schließe aus, dass er sich das in einem Feuer oder einer Explosion geholt hat. Er trug ein T-Shirt, die Arme tragen keine Narben, so wenig wie sein Gesicht.«

»Wie holt man sich solche Verletzungen?«

»Fleischwolf, Motorsäge, Trennschleifer. Starke Säure vielleicht, dann aber wären die Fingernägel auch weg.«

»Befragen können wir Maran noch nicht, sonst weiß er gleich, dass wir hinter ihm her sind«, sagte Laurenti. »Was weißt du noch über ihn?«

»Er wohnt in der Via Tigor in einer Einzimmerwohnung zur Miete. Mitte fünfzig, unverheiratet, keine Kinder. Keine Vorstrafen.«

»Du hast doch blendende Kontakte in die Stadtverwaltung. Wenn es ein Arbeitsunfall war, steht das in seiner Personalakte. Frag auch, seit wann er beschäftigt ist.«

»Später. Ich habe fast die ganze Nacht durchgearbeitet.« Marietta schob eine Strähne ihres rabenschwarzen Haares hinters Ohr. »Ich kam gar nicht dazu, mich umzuziehen.«

»Es steht dir gut, wenn du im Stress bist, Marietta.« Gilo Battinelli grinste hintergründig, er war ihrem Bericht stumm in der Tür stehend gefolgt. »Du wirkst richtig zufrieden.«

»Ich saß gestern Abend bis zehn am Computer«, protestierte sie. »Danach traf ich einen Informanten. Wirklich eine lange Geschichte, dafür kenne ich jetzt Diego Colombos Leben bis zu seinem Tod besser als jeder andere hier – wenn er wirklich tot ist jedenfalls. Bevor ich zum Personalbüro im Rathaus gehe, werdet ihr auch einiges zu tun bekommen.«

Sie berichtete von der Ruža Holding Limited Liability Company d. o. o. mit Sitz in der Slobode in Podgorica, erwähnte ihren verflossenen Übersetzer vom serbischen Ruža in Rose. Als sie dann sagte, dass laut Grundbuch das Haus in San Giacomo der Holding gehörte und Maresciallo Lino La Rosa der frühere Eigentümer einer der Wohnungen dort war, fuhr ein Ruck durch Laurenti und die Kollegen. Ein Knacks, mit dem die Bleistiftspitze brach, beendete mit einem falschen Strich Pinas aktuelle Skizze von Mariettas Hand mit der Haarsträhne hinter dem Ohr.

Bei brisanten Erkenntnissen schrien die meisten auf und wollten sich sogleich aufmachen, andere saßen stumm da und fragten sich, weshalb ihnen ein solcher Punkt bisher entgangen war. Der Kollege, der ihn aufdeckte, schien dann fast zum Feind zu werden.

»Übrigens stammen die Fußspuren vom Einbruch in der Golden Age Residenz No. 2 laut Kriminaltechnik nicht von den beiden Gaunern, die gestern in der Via Carpaccio verhaftet wurden. Der Täter hatte kleinere Füße.«

»Auch Diego Colombo hatte kleine Füße«, konnte Laurenti sich nicht verkneifen.

»Maran übrigens auch«, ergänzte Marietta. »Noch etwas. Der Durchbruch vom Büro des ersten Altersheims zum Haus daneben ist nicht im Grundriss zu finden. Ich gehe davon aus, dass er illegal gemacht wurde.«

»Hat die Zeitungsfrau auch heute früh eine Fotokopie erhalten?«, fragte Battinelli.

»Ich war nicht bei ihr.« Laurenti hob unschuldig die Hände.

»Wie kommt's?«, fragte Marietta keck. »Bisher warst du jeden Morgen bei Tessie. Gestern Abend hat sie die Kollegen zum dritten Mal in Folge reingelegt. Wenn das publik wird, halten uns alle für bescheuert. Als sie es bemerkten, haben sie sofort die Leute im Überwachungsraum verständigt. Sie gingen davon aus, dass Teresa Fonda nicht in der Stadt unterwegs war, wo sie ihre Spur irgendwann wiedergefunden hätten. Also haben sie sich auf die Autobahn und die Grenzübergänge konzentriert. Kurz nach einundzwanzig Uhr fuhr sie mit dem Scooter ihres Sohnes bei Fernetti rüber nach Slowenien. Das Bild erfasste noch knapp die erste Ausfahrt, die sie nahm, dann fuhr sie Richtung Sežana. Dort drüben gibt es genug Etablissements, die man auch nur stundenweise mieten kann. Ich finde, sie spielt ziemlich dreckig. Wir stellen unsere Leute ja nicht nur ab, um sie zu kontrollieren, sondern auch, um sie zu schützen, falls der mit den Fotokopien zudringlich wird.«

»Eigentlich nicht, Marietta. Uns geht es nur um Diego Colombo.« Laurenti überging ihre Anspielung. »Sie hätte sicher angerufen. Schaut die Aufnahmen der Überwachungskamera auf der Piazza San Giovanni an, ob sich nach der Anlieferung der Zeitungen dort jemand zu schaffen gemacht hatte. Sie werden zwischen dem Blechrollladen und der Ladentür deponiert.«

»Nach langem Hin und Her mit verschiedenen Funktionären der Guardia di Finanza zuerst in der Lombardei und anschließend hier habe ich endlich erfahren, was mit den drei Bildern damals passiert ist, die bei der Festnahme Colombos sichergestellt wurden.« Gilo Battinelli warf einen Blick auf den Zettel in seiner Hand. »Es handelte sich um einen Mantegna, einen Crespi und einen Tintoretto. Nach Colombos Entlassung aus der Untersuchungshaft, wo er sechs Monate einsaß, kam er nach Triest zurück, der Fall wurde an die hiesige Staatsanwaltschaft und von der an die Guardia di Finanza am Molo Fratelli Bandiera übertragen. Und mit ihm wurden 1990 auch diese Werke an La Rosas Dienststelle geliefert. Heute weiß aber niemand mehr, was mit ihnen passierte. Entweder sie befinden sich irgendwo in einem Lager der Staatsanwaltschaft …« Er biss sich kurz auf die Lippen.

»Oder?«, fragte Laurenti sofort.

»Oder? Es kommt durchaus vor, dass Beweismittel verloren gehen. Wie auch immer. Diese aber sind ziemlich wertvoll. Auf der Inventarliste des Lagers der GelFish im Porto Vecchio stehen sie nicht. Und gegen Diego Colombo wurde damals nicht weiter ermittelt, sondern das Verfahren eingestellt, nach der Akte wird noch gesucht. Aber auch da befürchte ich das Schlimmste. Wo würdet ihr also ganz spontan nach den Werken fahnden? Ich jedenfalls würde beim ermittelnden Beamten beginnen, vielleicht auch bei der Staatsanwaltschaft. Dort wird jetzt im Archiv gestöbert, ich habe keine Hoffnung, dass das schnell geht. Die Verliese im Gerichtspalast sind enorm. Vielleicht könnten Sie das in einem Gespräch mit dem Staatsanwalt etwas beschleunigen, Commissario.«

Laurenti hob die Brauen und machte sich eine Notiz. Die Liste wurde immer länger. »Pina und Gilo, ihr nehmt euch das Haus dieser Holding in San Giacomo vor. Seid aber diplomatisch, falls dort noch Leute wohnen. Die müssen nicht unbedingt etwas damit zu tun haben.«

»Im Keller befindet sich doch das Lager dieser Chance Slotmachines«, erinnerte Marietta.

»Die Kollegen von der Spurensicherung sollen sich das als Erste ansehen, während ihr die Stockwerke durchgeht. Sollte niemand öffnen, fragt ihr die Namen an den Klingelschildern ab. Wenn keine da sind, ruft den Schlosser, und durchsucht jede einzelne Wohnung. Nehmt genug Leute mit, die den Eingang und das Erdgeschoss sichern. Ich nehme Tessie in die Mangel und treffe mich anschließend mit dem Staatsanwalt. Haltet mich durchgängig auf dem Laufenden.«

»Die Ärmste, sei zart mit ihr«, spottete Marietta.

La Rosas elektrischer Stuhl fuhr schneller als erlaubt. Dardan und Toni, die beiden Automatenaufsteller, hatten auf sein Geheiß die Drosselung des Elektromotors überbrückt. Nur bei größeren Löchern im Asphalt oder bei Randsteinen müsse er aufpassen, die Vorderräder würden das nicht verzeihen, auch der Bremsweg sei länger. Und natürlich sei die Reichweite der Batterie begrenzt, wenn er mit dreißig Stundenkilometern auch noch Radfahrer überhole. Nach einem entsprechenden Trinkgeld, mit dem sie hätten Champagner ordern können, versprachen die beiden auch, seiner Tochter Daria nichts davon zu erzählen. Auf den täglichen Strecken fuhr der alte Grantler zwar zügig, doch nutzte er das ganze Tempo nur, wenn er entlegene Bars in Stadtvierteln außerhalb des Zentrums aufsuchte. Dann fuhr er auch gerne auf der Straße und kümmerte sich nicht um den dichten Verkehr und das Hupen der Autofahrer. Immerhin hatte er nicht die Sopraelevata, die vierspurige Stadtautobahn, genommen, die sich auf grauen Stahlbetonstelzen über den Gebäuden des Porto Nuovo und den Reparaturwerften dahinzog, um bis zu dem Lokal vorm Fischmarkt zu gelangen. Gut fünfundzwanzig Minuten brauchte er bis zu dem garagenähnlichen Gebäude mit der schon in den frühen Morgenstunden gut frequentierten Bar. Erst das zweite Mal schaute er hier vorbei, zur Einweihung seiner Spielautomaten dort war er einst von Carfì mit dem Van gefahren worden. Doch gerädert und schlecht gelaunt, wie Lino La Rosa an diesem Morgen war, nachdem er die Nacht auf dem Flur der Golden Age Residenz verbracht hatte, brauchte er Frischluft, vor allem wollte er weit genug von Daria entfernt sich beruhigen. Mit ihr hatte er noch mehr als ein Hühnchen zu rupfen.

Die mollige Inhaberin von gut und gerne sechzig Jahren erkannte ihn sogar wieder, als er mit miesepetrigem Gesicht an den Tresen fuhr. Um neun Uhr bestellte Lino La Rosa seinen ersten Brandy an diesem Tag, den er auf leeren Magen und in einem Zug hinabstürzte. Das zweite Glas brachte eine junge Kellnerin gleich darauf an den Spielautomaten, den er bereits mit Münzen fütterte. La Rosa bedankte sich mit keinem Wort und schien die lautstarken Debatten der Fischhändler nicht wahrzunehmen, die nach einem Teller Kutteln oder Gulasch zu früher Stunde längst beim Wein waren. Gleich nach der Mittagszeit wäre der Trubel vorbei, das Personal am Putzen und Spülen, um bald zu schließen und sich für die nächste Schicht in den ersten Morgenstunden des kommenden Tages auszuruhen. Ihre Arbeit ging weit über die der Kollegen schicker Lokale im Stadtzentrum mit ihrer Kundschaft von Büroangestellten und Ladenpersonal hinaus. Sie waren der unverzichtbare Serviceteil einer gut funktionierenden Verwertungskette des nächtlichen Fischfangs an Händler und Gastronomen, die bei den täglichen Auktionen am frühen Morgen ihren Bedarf ersteigerten, wenn die Stadt noch schlief.

Gegen zehn Uhr zog Lino La Rosa seine Pissflasche aus dem Stoffbeutel und winkte der Kellnerin, die ihn ratlos anstarrte. Sollte sie wirklich den widerlichen Alten zur Toilette begleiten?

»Glaub bloß nicht, dass ich ihn dir aus der Hose hole und beim Pinkeln halte«, schritt die Wirtin schließlich mit dröhnendem Lachen ein, schob den Rollstuhl in Richtung WC und öffnete ihm die Tür. »Ich mach dir erst wieder auf, wenn du das Ding ausgewaschen und das Waschbecken gereinigt hast.«

Kaum war sie hinterm Tresen zurück, nahm sie einen großzügigen Schluck vom offenen Rotwein, doch ließ sie sich nicht auf die Kommentare ihrer Gäste ein. Dienstleistung funktionierte nur, wenn man sie als Ganzes erfasste. Sie wusch das Glas, trocknete sich die Hände und warf das Geschirrtuch über ihre Schulter.

Es war kein guter Tag für Lino La Rosa. Offensichtlich spielten nur wenige an den Kisten, die in der hintersten Nische platziert waren. Nach eineinhalb Stunden hatte er deutlich mehr investiert als herausgeholt und wusste, dass es Zeit zum Aufhören war. Auf dem Rückweg befanden sich weitere Lokale, die seine Automaten betrieben. Lino La Rosa bezahlte stumm vier Brandys und wartete, dass ihm die Tür nach draußen geöffnet wurde, bevor er grußlos davonfuhr. Als er die Schienen der Güterbahn des Holzhafens überquerte, kam sein Gefährt in eine gefährliche Schräglage, nur knapp rettete er sich vor einem schmerzhaften Sturz auf die Geleise und blieb ab jetzt mit voller Fahrt auf der Fahrbahn, sollten doch die ihm entgegenkommenden Autofahrer sehen, wie sie ihm auswichen. Immer wieder blinkte die Warnleuchte der Batterieladung, und als er den Anstieg zur Via Bartolomeo d'Alviano bezwang, ertönte auch noch ein nachhaltiger Warnton. Hier gab es keine Kneipen, das Ladegerät lag ohnehin in seiner Wohnung. Noch kurz bevor der Rollstuhl am Rand der stark befahrenen, mehrspurigen Hauptstraße zum Stehen kam, war Lino La Rosa überzeugt davon gewesen, dass das Gerät ihm nicht einen solch üblen Streich spielen würde. Hier gab es weit und breit keinen Fußgänger, der ihn wenigstens ein paar hundert Meter zum nächsten Lokal schieben könnte, und seine Arme waren zu schwach für das schwere Gefährt, das er höchstens auf glatter, topfebener Strecke ein paar Meter zu bewegen vermochte. Fluchend kramte er umständlich sein Mobiltelefon aus dem Stoffbeutel und drückte auf die einzige eingespeicherte Nummer. Daria antwortete erst beim zweiten Versuch, ihre Stimme klang scharf und unfreundlich.

»Was willst du? Ich hatte dir verboten rauszufahren.«

»Dieser Scheißrollstuhl ist kaputt. Ich habe dir immer gesagt, du sollst nicht am falschen Ende sparen.« Seine Zunge klebte am Gaumen, die ersten Worte brachte er nur undeutlich über die Lippen.

»Arrangier dich, ich habe zu tun.«

»Aber ich stehe mitten auf der Straße. Das Ding ist einfach ausgegangen.«

»Vielleicht überfährt dich endlich wirklich jemand so, dass es ein für alle Mal vorbei ist. Ruf von mir aus die Polizei oder den Abschleppwagen. Oder noch besser, ruf einen Psychiater, der dir aus Versehen eine Überdosis spritzt.«

Ein Schwerlastwagen donnerte nur knapp an Lino La Rosa vorbei. Die laute Hupe übertönte ihre letzten Worte. Eine dicke Staubwolke vom Muldenkipper umwirbelte den Mann, der die Hinterräder seines Gefährts mit einem kräftigen Ruck an den Randstein manövrierte, während seine Füße noch immer in die Fahrbahn ragten.

»Was erlaubst du dir?«, hustete er. »Noch einmal, und ich ändere mein Testament.«

»Ruf doch Carfì an, du Schwein. Ich habe deine Erpressermethoden endgültig satt. Verreck gefälligst auf dieser Straße. Wo bist du überhaupt?«

»An der Kreuzung der Via Bortolomeo d'Alviano mit der Via Caduti sul Lavoro.«

Der Todesengel lachte hämisch. »Wenn du wenigstens damals bei der Arbeit gefallen wärst. Aber leider hast du nie gearbeitet, sondern nur betrogen und erpresst. Ich glaube, du hast dir einen symbolträchtigen Ort zum Sterben ausgesucht, Lino.«

»Hol mich gefälligst hier ab. Es ist eine verdammt gefährliche Ecke.«

Er hustete und verschluckte sich vor Wut. Als er das Telefon wieder ans Ohr hielt, war die Leitung tot. Lino La Rosa drückte die Wiederholtaste, doch setzte er das Gerät gleich wieder ab. Ein Auto hielt mit eingeschalteter Warnleuchte ein paar Meter vor ihm, und ein kräftiger, kahlköpfiger Mann stieg aus.

»Sind Sie wahnsinnig?«, brüllte er den Alten an. »Wieso fahren Sie hier auf der Straße, wo man Sie fast nicht sieht und keiner ausweichen kann? Der Gehweg ist breit genug. Ich habe umgedreht, um Ihnen zu helfen, bevor jemand Sie überfährt und dann Scherereien bekommt, weil heutzutage Krüppel wie Sie immer recht bekommen vor Gericht.«

Er hob den Rollstuhl von hinten auf den Gehweg und schob ihn an den Rand der Hecke, die ihn begrenzte. Die Fahrer, die wegen des stehenden Autos bremsen und ausweichen mussten, hupten empört. Der Mann lief sofort zu seinem Wagen zurück und fuhr weg. Der grüne Filzhut war La Rosa ins Gesicht gerutscht, und er musste den Kopf in den Nacken legen, um die Straße beobachten zu können. Sein Schwindel war stärker geworden, die Fahrbahn tanzte vor seinen Augen, sein Magen war flau, Übelkeit stieg auf, doch übergeben konnte er sich nicht. Er spürte Kälte an Armen und Rumpf, seine Hände zitterten, nur mit Mühe gelang es ihm, das Telefon in die Tasche gleiten zu lassen. Dann verlor er das Bewusstsein, das Taxi am Randstein sah er nicht.

Gulasch leckte schwanzwedelnd die Hand des Alten, die aus dem Rollstuhl hing, Daria Bono riss das Hündchen an der Leine zurück, nahm ihrem Vater den Hut ab und gab ihm zwei schallende Ohrfeigen. Er grunzte, nach einem weiteren Schlag riss er die Augen auf. Eine Kolonne Schwerlastwagen näherte sich. Dann ging alles sehr schnell, er spürte noch einen starken Druck im Rücken, merkte, wie sein Rollstuhl auf die Fahrbahn rollte, sah das Blech des Führerhauses hoch über sich und die Stoßstange. Lino La Rosa riss den Mund zum Schrei auf, fast zeitgleich traf ihn ein harter Schlag, im selben Moment durchfuhr ihn eine Welle unendlichen Schmerzes.

»Du machst mir etwas vor und nützt meine Freundschaft aus. Kurz nach neun hast du gestern Abend mit Jagos Motorroller den Grenzübergang Fernetti überquert und fuhrst die erste Ausfahrt nach Sežana raus. Bis dahin hast du dich auf den

Landstraßen gehalten. In den Hotels dort gibt's Zimmer zum Stundentarif, so viel man will, Teresa.«

»Keine Tessie mehr, Proteo?« Sie lächelte auf ihre entwaffnende Art. »Wenn du formal wirst, gefällst du mir noch besser, Commissario.«

»Dein Versteckspiel ist nicht besonders raffiniert. Ich hielt dich für intelligenter.«

»Mein Privatleben geht dich rein gar nichts an, Commissario. Zumindest so lange nicht, wie du mich als Verdächtige und Komplizin eines Banditen behandelst und das die Basis zwischen uns verändert.«

Geschmeidig glitten ihre Hände vom Busen bis zur Hüfte über ihr gelbes Kleid, als wollte sie den eng anliegenden Stoff glatt streichen. In anderen Momenten hätte Laurenti sich durchaus seiner Fantasie hingegeben.

»Was glaubst du eigentlich? Du erwartest, dass man dich vor einem manischen Verfolger beschützt, der dir Fotokopien von Kunstwerken zukommen lässt, die dein Diego gestohlen hat, andererseits kooperierst du nicht und spielst dann die Beleidigte. Ab sofort halten wir es anders, Teresa. Arrangier dich alleine mit deinem Brieffreund. Erstatte von mir aus Anzeige, wende dich an die Carabinieri, die Staatsanwaltschaft oder an den lieben Gott. Engagier Privatdetektiv Grandi, der für dich auf meinen Rat hin und zum Freundschaftspreis die Videokamera an deinem Haus installiert hat. Mit meiner Gutmütigkeit ist jetzt Schluss.« Er legte einen Geldschein auf den Tresen. »Gib mir ein Päckchen Zigaretten und ein Feuerzeug.«

Das Wechselgeld noch in der Hand, wandte er sich ab. »Arrivederci, Signora Fonda.«

»Proteo«, rief Teresa, während er die Tür ins Schloss zog.

Er hatte sie sehr wohl gehört, drehte sich aber nicht um, zündete eine Zigarette an, stieß wütend den Rauch aus und machte sich auf den Weg zur Malabar hinüber. Nach kaum fünf Schritten eilte Teresa aus dem Laden, holte ihn ein und verstellte ihm den Weg.

»Proteo, es tut mir leid. Komm bitte zurück, so einfach geht das nicht.«

Zögerlich wandte er sich um. Die Zeitungsfrau hielt ein Blatt in der Hand. »Und jetzt, Tessie?«

»Das steckte heute früh zwischen den Zeitungen.«

Die Fotokopie eines Werkes von Guido Cagnacci, einem italienischen Meister des siebzehnten Jahrhunderts: Die Hände der mehr als sinnlichen, halb nackten Maria Magdalena in Ekstase, den Kopf in den Nacken geworfen, hielten zärtlich einen Totenkopf. Laurenti erkannte das Bild. Diego Colombo hatte es damals aus einer Galerie gestohlen, die den Verlust anzeigte – nicht aus Privatbesitz, wo es eventuell heimlich im Tausch gegen Schwarzgeld gelandet war.

»Was soll ich damit?«

»Ich brauche dich, Proteo. Schau dir dieses Bild an. Es ist doch eindeutig, dass ich gemeint bin.«

»Du warst bei allen Bildern gemeint. Wende dich an Privatdetektiv Grandi.«

»So leicht sind wir nicht miteinander fertig. Komm bitte zurück, und hör mich an.«

Tessie hatte Tränen in den Augen. Nach einem hilflosen Achselzucken folgte er ihr in den Laden, doch war er weit davon entfernt, sie tröstend in die Arme zu nehmen, obgleich ihre Augen es herausforderten.

»Dann sprich, Teresa«, knurrte er.

»Ja, du hast recht. Ich treffe mich heimlich mit einem Mann. Das ist wahr, Proteo«, begann die Zeitungsfrau ihre Beichte. »Es ist aber nicht Diego, wie du glaubst.«

Sie schniefte, und zwei große Tränen trugen Wimperntusche auf ihre Wangen.

»Er heißt Raffaele Maran«, half ihr der Commissario kühl. »Ein gebürtiger Argentinier.«

Die Zeitungsfrau richtete die Augen zu Boden, biss sich auf die Lippen und nickte.

»Woher weißt du das?«

»Hast du meinen Beruf vergessen, Tessie?« Bevor er fortfahren konnte, wurde er vom Klingeln seines Telefons unterbrochen. Im Stillen verfluchte er die Technologie, doch Marietta suchte ihn. Er ging auf die Straße hinaus, bevor er das Gespräch annahm, und als er es beendete, kam er nicht mehr zurück, sondern wartete am Straßenrand, wo kurz darauf ein Streifenwagen mit eingeschaltetem Blaulicht vor ihm stoppte. Laurenti setzte sich in den Fond. Schon beim Anfahren ertönte die Sirene.

»Ihr wisst, wohin?«, fragte Laurenti.

»Ganz schön was los, Commissario«, sagte der Uniformierte auf dem Beifahrersitz.

»Nicht hier, Agente. In Caserta vielleicht, in Neapel, Mailand oder sonst wo, aber nicht in Triest.«

Der Fahrer schlängelte routiniert zwischen den Autos durch, bremste an Kreuzungen kurz ab, wenn die Ampel auf Rot stand, um dann gleich wieder das Gaspedal durchzutreten.

»Du bist ja richtig froh, dass du endlich mal zeigen darfst, was du kannst«, maulte Laurenti von hinten, der sich am Türgriff festklammerte. »Aber soweit ich informiert wurde, fahren wir zu einem Toten und müssen keine Leben retten oder flüchtige Gangster jagen. Also schalt das Ding aus, und fahr langsamer. Wir sind doch nicht in der Bronx.«

Erst als sie sich dem Stau näherten, der sich wegen der weiträumigen Absperrung des Unfallortes gebildet hatte, schaltete der Fahrer die Sirene wieder ein, fuhr auf der Gegenfahrbahn an den Autos vorbei und stoppte schließlich vor der Absperrung. Ein Krankenwagen stand quer auf der Kreuzung, dahinter der Lieferwagen der Kriminaltechniker und drei Polizeiautos. Vor einem der Streifenwagen stand ein Beamter an der Tür zum Fond, während sein Kollege auf dem Beifahrersitz Papiere in der Hand hielt und ins Funkgerät sprach. Die fuchshaarige Daria Bono saß mit steinerner Miene und dem zitternden weißen Hündchen in den Armen hinten.

Laurenti ging an ihr vorbei zu dem Schwerlastwagen, dessen Auflieger bei der Vollbremsung ausgebrochen war und schräg in die Gegenfahrbahn ragte. Unter der Karosserie des Gefährts lagen die Trümmer eines Rollstuhls, und hinter dem rechten Hinterrad der Zugmaschine war von einem Tuch bedeckt die unförmige Masse eines menschlichen Körpers auszumachen, der von zwei Rädern überrollt worden war.

Ein Beamter kam auf Laurenti zu. Seine Handbewegungen deuteten auf die Szene, während er berichtete. Daria Bono habe den Unfall über die Notrufnummer gemeldet und am Straßenrand gewartet, bis er und sein Kollege kurz darauf eintrafen. Auch der Rettungswagen sei rasch da gewesen, doch jede Hilfe sei zu spät gekommen. Der LKW-Fahrer stehe unter Schock und befinde sich in der Notaufnahme. Er sei noch nicht angehört worden. Eigentümlich sei die kühle Gefasstheit der Tochter des Toten. Sie habe angegeben, ihren Vater heute noch nicht gesehen zu haben, er müsse wohl wie häufig einen schlechten Tag gehabt haben. Als sie ihn endlich gefunden habe, sei er einfach mit seinem Gefährt losgefahren, ohne auf den Verkehr zu achten, und vor ihren Augen unter die Räder des Lastwagens geraten.

»Wahrlich ein schlechter Tag für den Maresciallo«, sagte Laurenti.

Er ordnete an, mit dem üblichen Prozedere zu beginnen, sobald die Kriminaltechniker mit der Arbeit fertig waren, die soeben die Einzelteile des Rollstuhls einsammelten und in ihren Lieferwagen verfrachteten, und ging zu dem Streifenwagen hinüber, auf dessen Rücksitz Daria Bono saß.

»Mein Beileid, Signora. Es muss ein Schock für Sie sein.«

Sie nickte und wich seinem Blick nicht aus.

»Brauchen Sie ärztliche Hilfe?«

»Ich? Sehen Sie das nicht selbst?«, brauste sie unvermittelt auf. »Unter den Lastwagen bin doch nicht ich geraten.«

»Die Kollegen werden mich verständigen, wenn sie Ihre Aussage aufgenommen haben. Ich erwarte Sie um fünfzehn Uhr in der Questura. Mit dem bedauerlichen Tod Ihres Vaters sind unsere Ermittlungen leider nicht beendet.«

»Bedauerlich. Leider. Sparen Sie sich die Worte, Commissario. Ich möchte nur wissen, weshalb ich noch immer hier aufgehalten werde.« Daria Bono richtete den Blick geradeaus, ihre Stimme war klar, aber leise.

»Sie können bald gehen, Signora. Ich kann gut verstehen, dass Sie den Anblick nur schwer ertragen können. Lino La Rosa war Ihr einziger Angehöriger, ich hoffe, Sie haben jemanden, der sich um Sie kümmert.«

»Das tun Sie bereits. Es genügt.«

Laurenti wandte sich ab, sprach kurz mit den Kriminaltechnikern und wies danach den Einsatzleiter an, eventuelle Zeugen des Vorgangs ausfindig zu machen und eingehend zu befragen. Unmöglich, dass auf dieser stark befahrenen Straße niemand den Unfall gesehen hatte. Dann ging er zu dem Wagen zurück, der ihn gebracht hatte.

»Fahrt mich zur Staatsanwaltschaft, bitte. Ohne Blaulicht und Sirene.« Er griff zum Telefon und wählte die Nummer Mariettas. »Krieg raus, wo Rechtsanwalt Carfì in den letzten zwei Stunden war. Gibt es etwas Neues von Pina und Battinelli?«

»Sie sind noch dort, Proteo. Ruf sie an.«

Kaum legte er auf, erreichte ihn der Anruf der Chefinspektorin. »Sie sollten das mit eigenen Augen sehen, Chef. Wie viele Bestattungsinstitute gibt es wohl in Triest?«

»Die Branche ist im Aufwind. Weshalb?«

»Wir stehen vor einem verschlossenen Sarg. In der Wohnung im dritten Stock, die unbewohnt ist. Er ist verdammt schwer. Ehrlich gesagt, habe ich so etwas noch nie gehabt. Battinelli auch nicht. Leichen habe ich schon viele gesehen, Chef, aber es graust mich, das Ding zu öffnen. Was sollen wir tun?«

»Klopfen Sie an, und fragen Sie, ob jemand zu Hause ist, Pina.« Er atmete tief durch. »In welchem Zustand ist er?«

»Er sieht neu aus. Keine Flecken am Boden.«

»Wenn die Kriminaltechnik ihn auf Spuren untersucht und Fingerabdrücke abgenommen hat, lassen Sie ihn zur Gerichtsmedizin bringen. Sie müssen dabeibleiben, wenn der Sarg geöffnet wird, Pina. Da hilft alles nichts. Halten Sie mich auf dem Laufenden.«

»Ganz schön viel los heute Morgen, Commissario«, sagte der Uniformierte auf dem Beifahrersitz wieder, als Laurenti das Telefon einsteckte. »Was meinen Sie, leidet man sehr, wenn man unter einen LKW gerät, oder stirbt man vorher am Schock?«

»Fragen Sie jemanden, dem das schon einmal passiert ist. Los, gebt endlich Gas.«

Der Fahrer beschleunigte und schaltete das Blaulicht ein. Die Sirene betätigte er nur, wenn sie bei Rot in eine Kreuzung fuhren.

Proteo Laurenti traf pünktlich am Justizpalast ein, doch Staatsanwalt Carlo Scoglio war nicht in seinem Büro. Seine Sekretärin sagte, er sei noch immer in einer Verhandlung, die sich länger als erwartet hinziehe.

Auf ihrem Schreibtisch lag die Tageszeitung. Er hatte noch keine Gelegenheit gehabt, sie zu lesen. Der Ton der Journalisten in der Stadtchronik war endlich etwas milder, natürlich wälzten sie auch am vierten Tag nach dem Raubzug im Freihafen das Thema platt und beklagten sich über den dünnen Informationsfluss aus der Questura und der Staatsanwaltschaft. Er nahm es zufrieden zur Kenntnis. Den beiden Räubern in der Via Carpaccio widmete das Blatt dafür eine halbe Seite. Der Redakteur musste über einen reichen Satz an Textbausteinen verfügen; manche Sätze tauchten immer wieder auf, egal, um welche Sachverhalte es sich drehte.

Der Staatsanwalt war gestresst und wütend, als er das Sekretariat betrat und der Commissario die Zeitung weglegte. Offensichtlich hatte er das Verfahren verloren, das ihn aufgehalten hatte.

»Was machen Sie denn hier, Laurenti?«, fragte er barsch und zog den Talar aus, während er in sein Büro hinüberging.

»Wir sind zum Mittagessen verabredet.«

»Das ist gut. Hier drin werde ich noch verrückt. Wo gehen wir hin? Ich habe nicht viel Zeit. Am besten dort drüben, die Pizza ist ordentlich.«

Laurenti war es gleich, doch wunderte er sich über den Vorschlag, denn gerade Scoglio hatte oft genug behauptet, dass hinter dem Betrieb dubiose Verbindungen nach Kampanien stünden. Außerdem zählten viele Leute des Gerichtspalasts zur Mittagszeit zu den täglichen Kunden. Wäre ein Generalverdacht erlaubt, dürfte man ohnehin die halbe Welt nicht betreten.

Noch auf dem Weg zu dem Lokal berichtete der Commissario von dem merkwürdigen Unfall unter der Hochstraße, der Lino La Rosa das Leben gekostet hatte. Der Staatsanwalt schaute ihn erstaunt an, kommentierte die Sache aber nicht, bis sie an einem Tisch draußen und weit genug von den anderen entfernt Platz fanden.

»Ich habe den Alten oft morgens gesehen, wenn ich auf dem Weg ins Büro war. Man kann nicht behaupten, dass er ein rücksichtsvoller Verkehrsteilnehmer war. Wie hat seine Tochter reagiert?«

»Gefasst. Verdammt kühl dafür, dass es vor ihren Augen geschah.«

»Sind Sie sicher, dass es kein geplanter Suizid in ihrem Beisein war? Die kaltblütige Tat eines rachsüchtigen Wahnsinnigen?«

»Daria Bono benutzte den Ausdruck nicht. Eher hatten die beiden Streit.«

»Sie ist die alleinige Erbin. Sein Tod muss in jeder Hinsicht eine Befreiung für sie sein. Wenn sie nicht auf den Kopf gefallen ist, Laurenti, wird sie alles, was Sie ermitteln, auf ihren Vater abwälzen. Und ist fein raus.«

»Auf ihn und Rechtsanwalt Carfì. Falls sie mitverstrickt ist, wäre sie dumm, wenn sie es nicht versuchte. Sie sieht zwar ziemlich verhärmt aus, aber starke Nerven hat sie. Die Durchsuchungen hat sie völlig ungerührt über sich ergehen lassen. Auch der Diebstahl des Tresors kümmerte sie scheinbar nicht. Eine Frage stellt sich aufgrund der Buchhaltungsunterlagen der Golden Age Residenz, die mir zugespielt wurden. Sie sind handschriftlich geführt, wir brauchen also ein grafologisches Gutachten. Wenn es ihre Schrift ist, kann sie trotzdem die naive Ahnungslose spielen und behaupten, sie hätte nur Anweisungen ausgeführt. Das Bargeld im Besitz des Rechtsanwalts könnte sie an ihn weitergegeben haben zur Einzahlung in Montenegro. Immerhin hat sie nie eine Bilanz unterschrieben.«

»Wir werden die beiden miteinander konfrontieren. Carfì ist gewieft genug, ebenfalls alles abzustreiten. Er hat keine Vorstrafen und käme mit einer Bewährungsstrafe davon, Bilanzfälschung ist ein Kavaliersdelikt. Steuerhinterziehung kommt noch hinzu, aber auch das wird ihm kein Kopfzerbrechen bereiten.«

Beide schwiegen, als die Pizza serviert wurde. Laurenti riss ein Stück seiner Romana ab, die mit Sardellen und Kapern belegt und einer Prise Origano gewürzt war, während der Staatsanwalt sich über die Diavola hermachte, über die er scharfes Öl goss.

»Wir müssen ihnen Widersprüche nachweisen, Laurenti.« Scoglio sprach mit halb vollem Mund. »Morgen habe ich keine Verhandlungen. Laden Sie die beiden vor, wir verhören sie gemeinsam. Sie sollen sich ruhig begegnen. Während wir sie warten lassen, beobachten wir sie über den Monitor.«

»Carfì weiß doch, dass hier Kameras hängen.«

»Er ist Zivilrechtler, Laurenti. Bei Ehescheidungen, Schmerzensgeldklagen oder bei Verkehrsunfällen braucht man dieses Mittel nicht.«

Das Klingeln von Laurentis Telefon unterbrach sie. Chefinspektorin Cardaretos Stimme klang trotz der schlechten Verbindung aufgeregt.

»Keine Leiche, Capo. Viel besser. Sie erraten es nie.« Sie klang geradezu euphorisch.

»Was gibt's Besseres als keine Leiche, Pina? Aber gehen Sie an einen Platz, wo Sie eine bessere Verbindung haben, bevor Sie weiterreden.«

»Der Sarg. Einen Moment, ich gehe nach oben.« Laurenti hörte eine Tür schlagen und ihre Schritte auf einer Treppe. »Hören Sie mich jetzt? Ich bin in der Gerichtsmedizin, der Pathologe hat mich schallend ausgelacht, als sein Assistent den Deckel abnahm. Dieser Sarg ist voller Kunstwerke, einer Münzsammlung und altem Schmuck. Deswegen wiegt er so schwer. Das Zeug ist damit von irgendwo nach San Giacomo in das Gebäude dieser Ruža Holding gebracht worden. Battinelli überprüft gerade die Todesfälle der letzten Tage in der Golden Age Residenz. Sie erinnern sich, dass wir am Vormittag Sargträgern begegnet sind, Gilo und ich am Nachmittag gleich wieder. Gemeldet wurde aber nur ein Sterbefall.«

»Gut gemacht. Erstellen Sie eine Inventarliste samt Fotos und Beschreibungen. Finden Sie heraus, wer den Sarg geliefert hat. Und laden Sie sofort Carfì für drei Uhr vor.«

Laurentis Miene lichtete sich, Scoglio starrte ihn neugierig an. In knappen Sätzen erfuhr er von der Holding in Montenegro und dem heruntergekommenen Palazzo im Stadtteil San Giacomo.

»Haben Sie Termine am Nachmittag, Staatsanwalt? Wir müssen die Konfrontation vorverlegen. Daria Bono ist auch für drei Uhr bestellt.«

»Heute?« Scoglio hob die Brauen. »Gleich nach dem Tod ihres Vaters? Ganz schön hart, Laurenti.«

»Vielleicht wird diese Frau dadurch etwas zugänglicher. Sie sind übrigens auch nicht gerade für Mitleid und Rücksichtnahme bekannt.«

»In Ordnung, Commissario. Ich lasse mich am Nachmittag vertreten. Laden Sie beide in mein Büro vor, und ich stelle gleich ein Amtshilfeersuchen nach Montenegro.«

»Na, dann viel Glück.«

»Vielleicht steigt die Auskunftsbereitschaft ja, wenn diese Ruža Holding in Podgorica in rein ausländischer Hand ist. Die wollen in die Europäische Union aufgenommen werden.«

»Da wären sie bescheuert. Dann müssten sie über zigtausend Konten von Ausländern Auskunft geben. Nicht allein die unzähligen Russen dort werden sich querstellen.«

»Nicht alle sind kriminell, Laurenti.«

»Was ist denn das?«, schimpfte Teresa Fonda, als sie in der Mittagszeit zu Hause die Wäsche in die Waschmaschine stopfte und davor wie immer die Taschen der Hosen ihrer Kinder leerte.

In Jagos Jeans steckte neben den üblichen Papiertaschentüchern ein kleiner Wildlederbeutel, wie sie selbst einige für ihre Schmuckstücke verwendete. Behutsam löste sie die Kordel und ließ den Inhalt in ihre linke Hand kullern. Mund und Augen vor Staunen aufgerissen, stieg sie ungläubig die Kellertreppe hinauf und trat vors Haus, um den Fund im Tageslicht zu begutachten.

»Ich kann es nicht fassen«, sagte sie zu sich selbst, stopfte hastig die Steine in den Beutel zurück und rannte in die Küche, wo ihr Mobiltelefon auf dem Tisch lag.

Jago antwortete auch beim dritten Anruf nicht. War er wieder auf die schiefe Bahn geraten? Was machte er überhaupt? Im Steinbruch wurde er vermisst, und zur Abendschule ging er auch nicht, wie sie bereits am Vormittag erfahren hatte. Er belog sie und suchte unter einem fadenscheinigen Vorwand Raffaele Maran in der Markthalle auf, als würde nicht nur die Polizei, sondern auch ihr Sohn sie überwachen. Teresa setzte sich an den Küchentisch und stützte den Kopf in die Hände. Es war ohnehin schon schwer genug gewesen, die drei Kinder durchzubringen und ihnen ein geborgenes Heim zu bieten. Und Fröhlichkeit, selbst wenn sie zum Heulen unglücklich war. Hatte sie also doch alles falsch gemacht? Jacqueline gab sich trotz ihres guten Abiturs als Hilfskraft in einem Restaurant zufrieden, Jago war nicht zu kontrollieren und drehte krumme Sachen.

Nur Jacopo, der Älteste von den dreien, war frei von Versuchungen, weil er die meiste Zeit auf dem Schiff unterwegs war. Wenigstens er machte ihr keine Sorgen. Als sie Maresciallo Lino La Rosa überfuhr, war sie im achten Monat mit ihm schwanger gewesen. Ob sie wollte oder nicht, die Erinnerung konnte sie manchmal nicht beiseiteschieben. Es war ein grauer Septembertag wie heute gewesen, doch hatte es nicht geregnet. Seit der Trauerfeier für ihren Mann Diego Colombo waren vier Monate vergangen. Nur wenige ihrer Freunde waren zum Gedenken erschienen; Diego war groß als Schwerverbrecher durch die Medien gegangen, der endlich am Ende seiner Taten angelangt war, und nun war die Stadt von seinem Unwesen befreit. Keiner seiner Kumpel hatte sich blicken lassen, außer Nereo Morandi. Eine Bestattung hatte es nicht gegeben, weil selbst die Polizeitaucher keine sterblichen Überreste von ihm gefunden hatten. Wie konnte sie an seinen Tod glauben? In der Adria gab es schließlich keine Piranhas wie im Amazonas oder bei James Bond, die Menschen angeblich in Sekundenschnelle verschwinden ließen, und Diego hatte all seine Coups immer lange durchgeplant, bevor er zur Tat schritt.

Nach der Explosion in der Sacchetta hatte Teresa angefangen, Lino La Rosa zu beobachten. Oft hatte sie sich damals von einer Freundin im Laden vertreten lassen. Nach geraumer Zeit kannte sie einige berechenbare Gewohnheiten des Maresciallo. Damals gab es noch die kleine Kaffeerösterei La Colombiana auf der Via Carducci, deren Edelstahltresen trotz des jahrzehntelangen Gebrauchs und der verkratzten Oberfläche stets hell glänzte. Jeden Morgen trank La Rosa dort seinen Espresso zur selben Zeit. Seinen Dienstwagen stellte er solange in der zweiten Reihe ab; um Strafzettel musste er sich keine Sorgen machen. Teresas Bauch war riesig, schien es ihr, die Brüste schwer und ihr Gesicht rund. Der Arzt hatte ihr Ruhe verordnet und verboten, die schweren Zeitungsballen oder auch nur die Kartons mit den Zigaretten hochzuheben. Auch eine kleine Tasche mit den nötigen Utensilien für die Zeit auf der Entbindungsstation stand bereit.

Es war ein Dienstag um neun Uhr, als Teresa Fonda mit Diegos gelbem BMW Touring in die Via Carducci einbog und auf der Busspur anhielt. Keine hundert Meter von der Colombiana entfernt. Der graue Dienstwagen der Guardia di Finanza stand wie immer in der zweiten Reihe, sie konnte sehen, dass auf dem Gehweg Maresciallo La Rosa in seiner perfekt sitzenden Uniform und der Schirmmütze mit wichtigtuerischen

Gesten mit einem Mann sprach. Als er sich mit einem herablassenden Schulterklopfen von ihm verabschiedete, sich zu seinem Wagen umwandte und auf die Fahrbahn trat, gab die Zeitungsfrau Gas. Er hatte die Hand bereits am Türgriff, als sie ihn erfasste. Zweimal machte ihr Auto einen kleinen Holperer, als es über den Körper rollte. Ein paar Meter weiter bremste Teresa scharf, verharrte einige Sekunden am Steuer und stieg langsam aus, als sie im Rückspiegel einen Passanten zu ihrem Wagen rennen sah. Wortlos ging sie zu La Rosa, der sie mit offenen Augen anglotzte, als sie sich zu ihm hinabbeugte. Er atmete tief. Er lebte. »Schade«, sagte sie, spuckte neben ihm auf den Asphalt und ging zum Auto zurück, wo sie auf das Eintreffen der Verkehrspolizei wartete, während sie im Rückspiegel die Sanitäter beobachtete, die mit dem Rettungswagen am Unglücksort hielten.

Teresa schüttelte heftig den Kopf, als könnte sie sich so von der Vergangenheit befreien. In der Küche belegte sie sich ein Brötchen mit Mortadella und eingelegten Peperoni und biss hinein. Noch mit vollem Mund wählte sie die Nummer Jacquelines und musste länger warten, bis ihre Tochter antwortete. Im Restaurant herrschte Vollbetrieb zur Mittagszeit.

»Was gibt's, Mamma? Ist etwas passiert?«

»Wir müssen reden, ich mache mir Sorgen um deinen Bruder.«

»Jago? Was hat er denn gemacht?«

»Ebendas weiß ich nicht. Er geht nicht arbeiten und auch nicht zur Schule. Hat er dir gesagt, was er treibt?«

»Ach, du machst dir doch ständig Sorgen um nichts. Vermutlich hat er eine neue Freundin. Was soll denn schon los sein?«

»Red du mit ihm, Jacqueline. Ich habe ein verdammt ungutes Gefühl. Wenn er wieder auf die schiefe Bahn gerät, sind das keine Jugendsünden mehr. Mit zweiundzwanzig fällt er unter das normale Strafrecht. Der Knast macht niemanden zu einem besseren Menschen.«

»Du übertreibst, Mamma. Aber wenn es dich beruhigt, fahr ich nachher zu seinem Wohnwagen hoch – wenn ich den Platz wiederfinde; ich war nur einmal dort.«

Eine sternenlose Nacht mit einer lauen Brise. Die Hochstraße auf ihren mächtigen Betonstelzen lag wie ein heller Schatten über ihm, nur wenige Geräusche von Fahrzeugen waren kurz vor vier Uhr von dort oben vernehmbar. Auch in den Industriehallen und Fabrikgebäuden würde die übliche Geschäftigkeit erst später beginnen. Nur von einem dreihundert Meter entfernten Lager eines Kurierdienstes hörte er Gabelstapler, die LKWs entluden und Lieferwagen zur Versorgung von Stadt und Umland bestückten. Er versteckte sich neben der Ausfahrt des Kanalreinigungsbetriebs hinter einem Busch des brachliegenden Nachbargrundstücks.

Am längsten hatte er für die Planung der unverdächtigsten Art der Fortbewegung gebraucht, einerseits musste er verhindern, von den unzähligen Überwachungskameras gefilmt zu werden, andererseits musste er auch eine Zollkontrolle überwinden. Vor ein paar Tagen war er zufällig auf die Lösung dieses Problems gekommen, als er am Tresen einer Bar mit einem netten Kerl plauderte, der einen der »Scheißlaster« fuhr, wie er die Flotte seines Arbeitgebers bezeichnete, mit dem er vor Tagesanbruch einen Einsatz im Porto Vecchio erledigen sollte.

Er stand sich die Füße in den Bauch und konnte nicht einmal eine Zigarette anzünden, um sich die Zeit zu vertreiben. Immer wieder schaute er auf die Uhr, rekapitulierte alle Vorbereitungen, doch fand er keinen Fehler, keine Leichtsinnigkeiten. Den Sprengsatz an der MIB School for Business hatte er gestern schon in der Aula Magnum versteckt und den Sender eingeschaltet. Ein Anruf vom Mobiltelefon würde genügen, um die hohe verglaste Fassade in Schutt und Scherben zu legen. Die beiden breiten Gummibänder der billigen Atemschutzmaske, die Nase, Mund und Kinn bedeckte, verschwanden an seinem Hinterkopf unter der tief in die Stirn gezogenen dunklen Wollmütze. Endlich näherte sich ein älterer Fiat Panda, das automatische Tor zum Firmengelände öffnete sich, der Wagen fuhr auf den Parkplatz, der Fahrer verschwand im Bürogebäude und kam kurz darauf mit einem Schlüssel in der Hand heraus. Jetzt musste er nur noch warten, bis er mit dem Scheißlaster herausfuhr, und dann in Windeseile zuschlagen. Er hörte, wie der Diesel gestartet wurde, sah die Scheinwerfer aufflammen und wie sich das schwere Fahrzeug langsam näherte und wartete, bis sich das Tor erneut öffnete. Bevor der LKW anfahren konnte, hatte er sich schon aus dem Versteck gelöst, riss die Fahrertür auf und jagte eine Ladung Tränengas in das Führerhaus. Während der Fahrer heraussprang, erwischte ihn schon der erste Schlag mit einem Stahlrohr auf den Kopf, zwei weitere folgten, doch der Kerl wehrte sich noch immer, schlug wie ein Wahnsinniger um sich. Schließlich schaffte er es doch noch, ihn in den Schlaf zu schicken. Blut strömte aus der Platzwunde an der Schädeldecke des Fahrers über das Gesicht. Er packte ihn unter den Achseln und zog ihn auf das Grundstück nebenan. Hinter dem Gebüsch legte er ihn ab, rannte zum LKW zurück und fuhr los. Das Tor blieb offen stehen.

Jago erwachte zerschlagen und in Schweiß gebadet aus seinem Traum, in dem er immer wieder das erschrockene und schmerzverzerrte Gesicht des Fahrers vor sich sah. Der Hieb mit dem Stahlrohr hatte sich wie das kurze, scharfe Knacken einer dünnen Marmorplatte angehört. Immer wieder holten ihn die Bilder ein. Mehrfach in der Nacht war er aufgestanden, hatte draußen geraucht und sich danach wieder hingelegt.

Nach dem reibungslosen raschen Raubzug in dem Lager der GelFish im Porto Vecchio hatte er sich diebisch darüber gefreut, dass das Bilderdepot jetzt für alle sichtbar war. Der Fahrer würde sich rasch wieder erholen. Erst aus den Nachrichten hatte er schließlich erfahren, dass sein Leben an einem seidenen Faden hing. Und tags darauf war er tot.

Es war elf Uhr durch, als Jago endlich zu sich kam und auf der Bettkante sitzend zu begreifen versuchte, was heute zu tun war. Nach einer schnellen Dusche und zwei Schlucken kalten Kaffees aus der ungespülten Tasse seiner Mutter setzte er sich an den Computer, den sich alle im Haus teilten. Rasch fand er ein Flugportal und dort eine gute Verbindung. Seine Mutter Teresa hatte Jago und Jacqueline vor Längerem eingebläut, dass die einzige Kreditkarte im Schreibtisch ihres Zimmers nur für Notfälle hinterlegt und niemals anders zu gebrauchen sei. Alle in der Familie manövrierten lieber mit Bargeld; die Zeitungsfrau selbst hatte ohnehin jeden Tag Bareinnahmen, die sie zweimal die Woche auf ihr Konto einzahlte. Jago entschied sich für den Notfall.

Den Buchungsbeleg versteckte er in seinem Zimmer, legte Teresas Kreditkarte an ihren Platz zurück, sperrte das Haus ab und kaufte die Tageszeitung, bevor er mit dem alten gelben BMW Diego Colombos zu seinem Wohnwagen auf den Karst fuhr. Er hütete sich, dem Steinbruch nahe zu kommen, und war erleichtert, als er ungesehen den Waldweg erreichte, der zu seiner im Wald versteckten Behausung führte.

Beruhigt stellte er fest, dass er von seiner Arbeit an dem Tresor keine Spuren hinterlassen hatte. Er räumte die Kartons von der Matratze, setzte sich hin und schlug die Zeitung auf. Noch fand er keine Meldung darüber, dass die Witwe des Fahrers das Geld erhalten hatte; dazu war es letzte Nacht zu spät gewesen. Er schaltete das Radio ein, griff nach einer großen Schachtel unter dem Bett und nahm Stapel von Unterlagen heraus. Er musste nicht lange suchen, bis er in seinem Archiv der Heldentaten von Diego Colombo einen bestimmten Artikel fand. Auch durch die Hand des Meisterdiebs hatte damals ein Mensch sein Leben verloren. Der Angestellte eines Wachdienstes war auf seiner Kontrollfahrt früher als sonst bei der Übertragungsstation der RAI auf dem Hügel von Conconello vorbeigekommen. Er hatte seinen Wagen noch nicht verlassen, als die Bombe explodierte und der gefällte Sendemast ihn begrub, während Diego zeitgleich aus der Nationalgalerie den Lucas Cranach stahl. Auch dieser Mann hatte eine junge Frau mit zwei kleinen Kindern hinterlassen.

Jago atmete tief durch und schloss die Augen. Diego hatte die Sache sicher bedauert, ihr aber auch nicht allzu lange nachgehangen. Allerdings war es nicht einmal ein Planungsfehler, sondern ein unberechenbarer Zufall gewesen, während Jago tatsächlich einen Menschen auf dem Gewissen hatte.

Erst das Geräusch eines Motorrollers und dann gleich das Klopfen an der Tür und die Rufe seiner Schwester ließen ihn zu sich kommen. Unmöglich konnte er alles zusammenpacken und unter dem Schlafplatz verstauen. Was zum Teufel wollte sie hier? Nur einmal, als er diese alte Kiste gerade übernommen hatte, war sie aus Neugier hergekommen, um naserümpfend kundzutun, er könne auch gleich in einen Müllcontainer ziehen.

»Moment, Jackie«, rief Jago und schlüpfte in seine Schuhe. Er sah Jacquelines Gesicht am schmutzigen Heckfenster. »Ich komme schon.«

»Hast du dir einen runtergeholt, oder weshalb lässt du mich so lange warten?«

Jacqueline versuchte, einen Blick über seine Schulter in den Wohnwagen zu werfen, doch Jago gab die Tür nicht frei. Trotzdem konnte sie die Stapel an Papieren sehen und die Kartons.

»Ich habe nicht mit deinem Besuch gerechnet. Ist dir langweilig, oder hast du Probleme?« Er zog zwei Klappstühle unter dem Gefährt hervor. »Bequemer geht's leider nicht. Ich komme eigentlich nur zum Lernen her. Inmitten der Bäume und dem verwitterten Kalkstein verirrt sich höchstens mal ein Reh hierher.«

»Das glaube ich sofort. Aus deinem Bau stinkt's wie aus einem Iltisstall. Hast du den überhaupt einmal geputzt?«

»Du übertreibst, außerdem lasse ich die Türe immer offen.«

»Das habe ich gesehen.«

»Du bist hoffentlich nicht nur hergekommen, um mich zu erziehen. Du bist schließlich nicht meine Mutter.«

»Mamma hat mich gebeten, mit dir zu reden, weil du weder zur Arbeit noch zur Schule gehst. Also, sag schon, was machst du die ganze Zeit?«

»Damit ist auch sie mir schon schwer auf den Wecker gegangen. Ich bin volljährig und liege niemandem auf der Tasche. Habt ihr euch jetzt gegen mich verschworen? Wenn das so weitergeht, ziehe ich zu Hause aus und penne hier.«

»In dem Drecksloch? Du spinnst, Jago. Ich will jetzt sofort wissen, was Sache ist. Ich bin deine Schwester und nicht deine Mutter. Es bleibt bei mir, verlass dich drauf. Außerdem siehst du fürchterlich aus. Man sieht dir an, dass es dir nicht gut geht. Hast du was zu trinken für mich?«

Er drehte sich stumm zum Wohnwagen und öffnete die Tür, doch als er sie hinter sich wieder ins Schloss fallen lassen wollte, stand seine Schwester dazwischen und machte große Augen. »Ist das ein Artikel über Diego Colombo? Sind die alle über ihn? Hast du die alle gesammelt?«

Ungläubig schob sie sich an ihm vorbei. Er vermochte nicht, sie aufzuhalten. Schon nahm sie den Artikel über den Tod des Wachmanns an der Sendestation auf. Dann blätterte sie weiter. Alle Zeitungsausschnitte galten dem sagenumwobenen Gewaltverbrecher. Jago rieb verlegen seine Hände an der Hose und starrte sie an.

»Und was ist das?«, fragte seine Schwester und deutete auf die drei Kartons.

»Was?«

»Das da, Jago.« Sie hob den ersten an, legte ihn auf den Schlafplatz und öffnete ihn.

»Ich male in meiner Freizeit, Jackie. Aber ich will nicht, dass das jemand weiß.«

»Du bist verrückt, Jago.« Sie hielt das kleinformatige Antlitz Christi von Daniele Crespi hoch. »Als würdest du dich für religiöse Motive interessieren. Erzähl mir keinen Mist.«

Als Nächstes erschienen Mantegna und Tintoretto, dessen Name auch noch auf einem kleinen patinabelegten Messingschild am Bilderrahmen prangte. Den Namen kannte Jacqueline.

»Woher hast du diese Bilder?«

Endlich drehte sie sich zu ihrem Bruder um und sah ihn an. Er wich ihrem Blick aus. Nach einem kurzen Moment drängte sich Jacqueline an ihm vorbei ins Freie, wo sie in einen der Klappstühle sank, ihn aber weiterhin nicht aus den Augen ließ.

»Ich habe es für Teresa getan, Jackie«, stammelte er endlich mit leiser Stimme und setzte sich zu ihr, die Ellbogen auf die Knie und den Kopf in die Handflächen gestützt. Sein Blick war zu Boden gerichtet. »Und für uns. Und eigentlich habe ich auch gar nichts gestohlen, sondern nur das zurückgeholt, was uns sowieso gehört.«

»Du warst das im Porto Vecchio, Jago?«, flüsterte Jacqueline und schaute sich rasch um, als wollte sie sich vergewissern, dass niemand da war.

»Sie gehören uns, Jackie. Ich habe sie nach fünfundzwanzig Jahren nur zurückgeholt. Dieses Schwein von Maresciallo hatte Diego damals damit in den Knast gebracht und ihn und uns übers Ohr gehauen.«

»Damals warst du noch gar nicht auf der Welt. Und jetzt spricht die ganze Stadt davon, dass Diego Colombo von den Toten auferstanden und zurück nach Triest gekommen sei, um dort weiterzumachen, wo er einst in die Luft geflogen war. Daher die ganzen Artikel in deinem Saustall. Als würde es nicht schon genügen, dass du noch immer seinen Wagen fährst, den Mamma schon längst verschrotten lassen wollte.«

»Ich bin mir sicher, dass er auch dein und mein Vater ist, Jackie. Diego ist nicht tot.«

»Und woher willst du das wissen? Das eine wie das andere? Woher?«

»Ich weiß es einfach.«

»Jago, du spinnst. Wenn du etwas weißt und das, wie du behauptest, auch mich betrifft, dann sprich. Ich habe ein Recht darauf, das zu erfahren.«

»Ich habe keine Beweise, aber ich bin mir sicher.«

Jago schluchzte. Jacqueline legte die Arme um ihn. Sie spürte die Tränen ihres Bruders an ihrem Hals. Sie umarmte ihn, so fest sie konnte.

»Du weißt, dass du dich auf mich verlassen kannst, Jago«, flüsterte sie.

Er nickte still und verbarg sein Gesicht an ihrer Schulter.

»Oh, verdammt, Jago. Verdammt, verdammt, verdammt. Wenn nur der Fahrer dabei nicht umgekommen wäre. Was ist passiert?«

Ihr Bruder stockte immer wieder bei seinem Geständnis. Jacqueline traute ihren Ohren nicht. All die Jahre hatte er den Maresciallo und seine Tochter beobachtet. Nie war ihm etwas anzumerken gewesen, außer dass er sich stets geweigert hatte, einen festen Job anzunehmen. Noch immer war er wie besessen von seinem Plan und davon überzeugt, nichts Unrechtes getan zu haben. Bis auf den Tod des Fahrers, den er als dummes Missgeschick darzustellen versuchte.

»Und woher wusstest du von dem Lager im Porto Vecchio? Da kommt nicht jeder rein.«

»Einmal habe ich einem Maurer dort geholfen, über drei Tage eine Wand zu reparieren. Zweimal kam La Rosa, er wurde mit einem dunkelblauen Van chauffiert. Als sein Fahrer die Tür öffnete, konnte ich hineinsehen. Und da wurde mir alles klar. Verstehst du das denn nicht, Jackie? Da konnte ich nicht mehr zurück. Das Schicksal wollte, dass ich zur rechten Zeit am rechten Ort war. Ich musste handeln.«

»Du bist verrückt, Jago. Wir müssen einen Plan machen, dich zu retten. Wir müssen mit Mamma darüber sprechen. Das wird nicht einfach. Und dann musst du weg von hier, weit weg, Jago. Wo dich niemand findet.«

»Gut, dass du endlich da bist«, sagte Marietta. »Alle warten nur auf dich.«

Laurenti war vom Mittagessen mit Staatsanwalt Scoglio doch wieder zu Fuß zurückgekehrt, obgleich die Zeit bis zum vereinbarten Verhör knapp bemessen war. Beim Gehen durch die Stadt aber fiel es ihm leichter, sich in Gedanken den Überblick über die Geschehnisse zu verschaffen, während ihm die tausend Augen der steinernen Skulpturen auf den Kapitellen und Fassaden zu folgen schienen.

»Ich habe eine Fotokopie der Personalakte von Raffaele Maran.« Marietta hielt triumphierend eine dünne Mappe hoch. »Er hat die Stelle als Marktleiter aufgrund seiner Verletzungen erhalten. Eine Quotenbesetzung, er gilt als Invalide. Und Pina vernimmt soeben einen Zeugen des Unfalls, der ihr sofort von der Verkehrspolizei weitergereicht wurde. Er hat sich erst eineinhalb Stunden später gemeldet, als du schon wieder gegangen warst.«

»Wenn Pina das macht, braucht es mich nicht, Marietta. Sie ist erfahren genug. Ich bin um drei wieder beim Staatsanwalt. Er will, dass wir Daria Bono und Domenico Carfì dort verhören. Also, was gibt's noch?«

»Pina ist einmal kurz herausgekommen und hat mir nur gesagt, du sollst dazukommen, solange der Mann bei ihr ist. Es sei kein Unfall gewesen.«

»Was?« Laurenti griff nach Mariettas Zigarettenschachtel, legte sie aber sogleich wieder zurück.

»Ich bin froh, dass den armen LKW-Fahrer keine Schuld trifft«, sagte seine Assistentin.

Der Commissario trat ins Büro der Chefinspektorin, die im Beisein Battinellis einem etwa fünfzigjährigen kahlköpfigen Mann das Aussageprotokoll verlas, bevor er es unterzeichnen sollte. Als sie ihren Chef sah, unterbrach sie sich.

»Dottor Rosso ist Veterinär«, stellte sie den Mann vor. »Er gibt an, nach einer Hausnummer auf der anderen Straßenseite suchend vor dem LKW hergefahren zu sein. Er kam schon zum zweiten Mal vorbei.«

»Dreimal, um genau zu sein, weil ich die Adresse nicht fand. Beim zweiten Mal habe ich gehalten, weil der alte Mann mit dem Rollstuhl noch immer auf der Fahrbahn dieser viel befahrenen Straße stand. Und das an der unübersichtlichsten Stelle. Er war eine Gefahr für sich selbst und für andere. Er konnte sich offensichtlich nicht selbst helfen, also hielt ich an und zog ihn auf den Gehweg. Er roch nach Alkohol und reagierte ziemlich unfreundlich, sagte, Hilfe sei bereits unterwegs. Mein Wagen war selbst ein Hindernis, also fuhr ich weiter, ohne zu warten, bis jemand kam. Als ich die Straße noch einmal entlangfuhr, hatte ich diesen LKW im Nacken, bei dem Mann stand eine Frau mit roten Haaren. Pferdeschwanz, sie trug ein dunkles Kostüm, und sie hatte einen kleinen weißen Hund an der Leine. Ein Malteser, soviel ich erkennen konnte. Als ich genau auf ihrer Höhe war, sah ich, wie sie den Rollstuhl sehr kräftig anschob. Zur Straße hin, vornübergebeugt, mit voller Kraft. Ich sah dann im Rückspiegel, wie der LKW eine Vollbremsung machte und sein Auflieger ausbrach. Mehr war nicht zu sehen. Ich erfuhr erst aus den Radionachrichten, dass der alte Mann unter die Räder geraten war. Daraufhin habe ich mich bei der Polizei gemeldet.«

»Danke, Dottor Rosso«, sagte Laurenti. »Würden Sie die Frau wiedererkennen?«

Der Veterinär nickte stumm. Battinelli erhob sich wie auf Kommando und ging ins Vorzimmer zu Marietta. Wenig später kam er mit zwei Fotos von Daria Bono zurück. Das erste stammte aus der Überwachungskamera auf der Piazza San Giovanni, das weiße Hündchen war an ihrer Seite; das zweite war das aus ihrem aktuellen Personalausweis.

»Kein Zweifel«, sagte Rosso mit fester Stimme. »Wer ist sie?«

»Das dürfen wir Ihnen nicht sagen. Gut, dass Sie gekommen sind.«

»Ich habe aber nicht direkt gesehen, dass sie den Mann vor den Lastwagen stieß, Commissario.«

»Keine Sorge, Dottore. Sie haben verantwortlich gehandelt, wie es das Gesetz verlangt«, sagte Laurenti. »Meine Kollegen werden auch das zu Ihrer Aussage nehmen. Sie haben uns sehr geholfen. Haben Sie die Adresse denn schließlich gefunden?«

»Ja.«

»Gut, Dottor Rosso.« Laurenti drückte ihm die Hand, bat Pina darum, ihm gleich anschließend eine Ausfertigung der Aussage zu bringen, und ging hinaus.

»Marietta«, rief er. »Informier den Staatsanwalt, dass ich mich aus gutem Grund verspäte. Ich bin drüben in der Kriminaltechnik.«

Die Labore befanden sich in der gleichen Etage, aber im

gegenüberliegenden Flügel des mächtigen Gebäudes. Rebecca Roventa, seit einem knappen Jahr die Vorgesetzte der Abteilung, hatte ihre langen rabenschwarzen Haare hinter die Ohren gestrichen und saß vor ihrem Bildschirm. Sie konzentrierte sich auf Tabellen und Kurven chemischer Analysen. Laurenti räusperte sich verhalten, als befürchte er, sie zu erschrecken. Sie schaute nicht auf, machte lediglich eine leichte Bewegung mit der Hand, die einen Bleistift hielt. Er folgte der Einladung und ließ sich stumm auf dem Stuhl gegenüber nieder und beobachtete ihr Mienenspiel. Rebecca genoss einen Ruf als äußerst methodische und gründliche Analytikerin, die ihre Abteilung gut im Griff hatte. Trotzdem schätzten ihre durch die Bank weg älteren männlichen Kollegen sie, weil alle von ihrer Professionalität und ihrer Kenntnis der neuesten Technologien und Forschungen profitierten. Die kriminaltechnische Sektion war spürbar im Aufwind.

»Ich bin gleich so weit«, sagte Rebecca Roventa leise, machte ein paar Notizen und blickte endlich auf. »Ah, du bist es. Was gibt's?«

»Deine Leute haben am Spätvormittag die Trümmer eines elektrischen Rollstuhls von der Straße aufgelesen. Es ist wohl zu früh für erste Ergebnisse?«

»Du weißt selbst, dass wir hier nicht in einer amerikanischen Fernsehserie sind und Wunder vollbringen können. Und ich weiß dafür, dass Ermittler ungeduldige Menschen sind. Ums konkret zu machen: Die Batterie des Gefährts war restlos leer gefahren. Dem Computer der Steuereinheit zufolge war die Tempobegrenzung des Elektromotors aufgehoben, das Ding fuhr also schnell, aber nicht weit. An diesem Morgen legte es seit sieben Minuten vor acht Uhr eine Strecke von elf Kilometern zurück. Ziemlich ungewöhnlich für einen Rollstuhl mit Elektromotor. Manche bewegen ihr Auto nicht einmal so weit an einem Tag. Außerdem haben wir die Fingerabdrücke von den Schiebegriffen abgenommen und eingespeichert. Und da wird's für dich viel interessanter, Kollege. Auf der Mappe mit den Buchhaltungsunterlagen, die du letzte Nacht erhalten hast, finden sie sich genauso wie auf den Banknoten, mit denen der Witwe des Fahrers der Kanalreinigung das Fenster eingeschmissen wurde. Feinanalysen dauern aber ihre Zeit.«

»Was?« Laurenti fuhr hoch. »Sag bloß, du weißt auch, zu wem sie gehören?«

Rebecca Roventa schüttelte lächelnd den Kopf. »Leider nicht, aber sonst hättest du ja gar nichts mehr zu tun, Proteo. Geh auf jeden Fall davon aus, dass es nicht die des Rollstuhlfahrers sind. Nicht, weil er wohl kaum selbst mit den Händen an die Griffe hinter sich kam, sondern weil wir seine als Erste untersucht haben. Seine Abdrücke finden sich allerdings in der Prähistorie wieder. Er muss Anfang der Neunzigerjahre einiges angestellt haben. Das Archiv ist inzwischen bis in die Siebzigerjahre digitalisiert.«

»Tu mir einen Gefallen, bitte. Untersucht auch das Raubgut aus dem Sarg.«

»Gerne. Lass es herbringen.«

»Du bist eine Märchenprinzessin, Rebecca«, lachte Laurenti. »Hoffentlich findest du niemals einen Froschkönig, der dich vom Arbeiten ablenkt.«

»Wir kennen uns noch nicht lange, Proteo.« Sie lächelte noch breiter. »Du weißt nicht, dass ich zwei Kinder von ihm habe und glücklich verheiratet bin.«

»Das hast du nie gesagt.« Er errötete leicht. Sie hatten tatsächlich nie über Privates geredet. »Wie alt sind sie?«

»Sechzehn und siebzehn. Sie sind ziemlich selbstständig.«

»Und der Froschkönig?«

»Der komponiert zeitgenössische klassische Musik. Und wenn er das nicht tut, malt er Bilder. Die sind in etwa so schräg wie seine Kompositionen.«

»Und das soll ich glauben, Rebecca? Ein andermal erzählst du mir bitte mehr, ich muss los. Danke.«

Selbst im Betrieb der Questura gab es noch Überraschungen. Breit grinsend eilte er in sein Büro, wo Marietta bei seinem Anblick vor Neugier fast platzte.

»Was Neues?«, fragte sie.

»Vom Froschkönig erzähl ich dir später. Ruf mir einen Wagen. Wo ist das Protokoll von Pina?«

Sie hielt mit den kirschrot lackierten Fingernägeln ihrer linken Hand das geheftete Papier empor und wählte die Nummer der Fahrbereitschaft. Laurenti klaute eine Zigarette aus ihrem Päckchen und lief los. Die Zeit vor dem Eingang der Questura reichte für fünf rasche Züge, bis der Wagen vor ihm hielt. Wenig später bog er in die Seiteneinfahrt des Gerichtspalasts ein. Der Commissario winkte der blonden Kollegin, die dort die Wache leitete, und rannte die Treppen hinauf. Erst auf dem Flur des zweiten Stocks verlangsamte er seinen Schritt. Er vermied das Vorzimmer des Staatsanwalts, um den beiden Wartenden auszuweichen, und öffnete ohne Anklopfen die nächste Tür. Scoglio war in seine Papiere versunken und bemerkte ihn nicht einmal.

»Verdauungsschlaf?«, fragte der Commissario leise.

»Setzen Sie sich, Laurenti. Man wartet nur auf Sie«, knurrte Scoglio, als hätten sie nicht verabredet, die beiden schmoren zu lassen und ihr Gespräch aufzunehmen, womit die dem Staatsanwalt direkt beigestellte Polizistin beschäftigt war.

»Ein paar Neuigkeiten gibt es schon, Dottore.«

Laurenti ließ das Aussageprotokoll des Veterinärs auf den Schreibtisch segeln. Scoglio rümpfte die Nase und nahm sich den Schriftsatz nur widerwillig vor. Die Papiere stapelten sich schon hoch genug vor ihm. Stirnrunzelnd überflog er die Seiten erst, dann blätterte er zurück und nahm sich mehr Zeit für die Lektüre. Schließlich lichtete sich sein Blick.

»Man fragt sich ja, was die Polizeiarbeit ohne die Hilfe von außen wäre, Laurenti. Wenn dieser Mann die Wahrheit sagt, können Sie wenigstens eine Sache lösen.«

»Bestünde die Welt aus Schweigen, Dottore, hätten wir alle weniger zu tun. Die Tatsache, dass Daria Bono ihren Vater vor den Lastwagen gestoßen hat, kann von einem Richter immer noch als ein Versehen oder eine Affekthandlung gewertet werden. Ein guter Anwalt haut sie da raus, und uns ist damit nicht geholfen. Ich werde diese Aussage erst einsetzen, wenn sie nötig ist. Wichtiger ist der Bericht aus der Kriminaltechnik. Wegen des Sargs im Gebäude der Ruža Holding haben wir alle Gründe, die Fingerabdrücke von Carfì und der Bono einzufordern. Wenn einer von ihnen sie auch auf den Buchhaltungsunterlagen und den Geldscheinen hinterlassen hat, ergeben sich weitere Verbindungen.«

»Sie wissen natürlich schon, von wem sie sind, Laurenti?« Scoglio lächelte fast.

»Und es gibt noch die Fotokopien, die Teresa Fonda jeden Morgen erhält, sowie den Einbruch in La Rosas Gemächer in der Golden Age Residenz No. 2.«

»Und der Raub im Porto Vecchio? Ein Toter, Commissario. Dort fanden sich keine verwertbaren Spuren. Haben Sie schon vergessen, dass das der Ausgangspunkt unserer Ermittlungen ist? Diego Colombo hält uns schon viel zu lange zum Narren.«

»Von ihm ging alles aus, Scoglio. Wir haben auch noch das Raubgut im Sarg. Und diesen Raffaele Maran, der aufgrund eines Unfalls nur verkümmerte Fingerabdrücke hat und sich heimlich mit der Zeitungsfrau trifft. Wir haben mit mehr als einem Fall zu tun. Vielleicht steckt nicht einmal Diego Colombo dahinter, zumindest nicht als reale Person.«

»Vermuten Sie, Laurenti. Wie oft habe ich gesagt, dass wir uns nur auf die Fakten stützen dürfen?«

»Zu denen aber wird man geführt, Scoglio. Konzentrieren wir uns auf Daria Bono und Rechtsanwalt Carfì. Wir wissen bereits, dass die keine Meister kühler Abwägungen und Planung sind. Wie wollen Sie bei dem Verhör vorgehen?«

Der Staatsanwalt wählte eine Nummer, kurz darauf trat die ihm zugeordnete Polizistin ein. »Es ist wenig ergiebig, die beiden zu beobachten, Dottore. Sie reden kaum, und wenn, dann nur Unverfängliches. Carfì ist ziemlich nervös und spielt mit seinem Telefon, dafür streichelt die Bono unablässig das Fell des Hündchens auf ihrem Schoß und blickt vor sich hin; sie scheint relativ gelassen zu sein. Ich glaube, Sie können mit der Vernehmung beginnen. Vielleicht zuerst einzeln, dann gemeinsam, das könnte sie provozieren. Entschuldigen Sie bitte meinen Ratschlag. Es ist nur ein Eindruck.«

Zum zweiten Mal heute, dass Scoglio sich den Gefühlseindruck eines Polizisten anhören musste. Abschätzig vergaß er, dass auch er nicht anders konnte, als die Lücken zwischen den bisher zusammengetragenen Fakten aus dem Gefühl heraus zu einem Ganzen zu fügen und dabei auch einer anderen Logik als der des Rechtsrahmens zu folgen.

»In Buenos Aires ist es jetzt vier Stunden früher. Ich habe mit den Verwandten telefoniert. Sie sagten, ich sei jederzeit willkommen. Morgen Abend geht mein Flug mit Alitalia über Rom. Der kostet nur achthundertfünfzig Euro. Sechzehn Stunden später bin ich in Sicherheit.« Jago Fonda fühlte sich schon wieder stark, wendig und unbesiegbar. »Ich will raus aus Piccola Parigi. Und ihr müsst auch endlich in ein schönes Haus in einer guten Lage ziehen. Ich bereite das alles vor, verlasst euch drauf. Ich habe viel zu lange gebraucht, bis ich alles verstanden habe. Diego wird Augen machen, wenn er mich sieht. Vielleicht wartet er ja auch am Flughafen auf mich.«

Teresa Fonda riss bei seinen Worten Augen und Mund auf,

und auch Jacqueline traute ihren Ohren nicht. Als Jackie ihren Bruder endlich so weit hatte, mit ihr in die Stadt zurückzufahren und seiner Mutter reinen Wein einzuschenken, war er bedrückt und verängstigt gewesen und rückte nur stotternd mit der Sprache heraus, als sie zu dritt in der Küche saßen. Umso länger aber sein Geständnis dauerte, desto sicherer wurde er und wich immer mehr vom Pfad der Wahrheit in seine Fantasiegespinste ab.

Teresa war drauf und dran, ihm ein paar Ohrfeigen zu verpassen, damit er aus seinem Wahn herausfand. Aber sie machte sich Vorwürfe, dass sie es alleine doch nicht geschafft hatte, ihnen eine gute Mutter sein und den Vater zu ersetzen. Doch war dies nicht der Moment, Schwäche zu zeigen. Wenn wenigstens Jacopo hier wäre, der Älteste von den dreien, und nicht irgendwo auf einem Öltanker auf hoher See. Er hatte auf den Schiffen gelernt, Verantwortung zu tragen. Aber jetzt musste Jago zur Besinnung gebracht und eine Strategie entwickelt werden, wie er büßen könnte, ohne im Knast zu landen.

»Du bleibst hier, Jago«, sagte sie entschieden, nachdem sie sich laut und deutlich geräuspert hatte, um seinen hysterischen Redefluss zu stoppen. Sie richtete den Oberkörper in seinen vollen Maßen auf, die jene der beiden Kinder bei Weitem übertrafen, und ihre Fäuste waren geballt. »Niemand stiehlt sich aus der Verantwortung. Noch ist niemand hinter dir her. Jetzt abzuhauen wäre das Dümmste, was du tun könntest. Du würdest damit nur auf dich aufmerksam machen. Es wäre alles anders, wenn du wirklich so klug wärst, wie du denkst. Dann hättest du nämlich schon vor Langem Urlaub beantragt, deine Tickets weit im Voraus gebucht und auch die entsprechenden Kontakte mit der Familie Diegos aufgenommen. Stattdessen hast du das Idiotischste getan, was einem einfallen kann. Ich habe euch seit Jahren gepredigt, dass mein Mobiltelefon und alle anderen Anschlüsse hier im Haus nicht sicher sind. Und heute buchst du Vollidiot über den Computer hier im Haus auch noch ein Flugticket für morgen.«

»Jeder kann machen, was er will, Mamma. Wo lebst du denn?«

»Schweig«, herrschte sie Jago an. »Hast du vom Festnetz aus auch die Verwandten angerufen?«

»Natürlich. Weißt du denn nicht, wie teuer das über das Mobilfunknetz ist? Mensch, Mamma, du hast wirklich keine Ahnung.«

»Es reicht, Jago.« Ihre Hand bebte, ihr Blick durchbohrte ihn fast. »Ganz abgesehen davon, dass ich die Telefonrechnung bezahle, hast du auch noch die Kreditkarte genommen, die nur für Notfälle da ist. Aber das ist noch nicht alles. Sie ist auf mich ausgestellt, und damit werde ich noch weniger Ruhe haben, weil der Commissario und der Staatsanwalt an Gespenster glauben. Und wenn sie, wie ich vermute, deine Buchung und deine Telefonate mitbekommen haben, dann halten sie dich spätestens beim Check-in auf oder in Rom. Du machst unnötig auf dich aufmerksam. Du wirst jetzt genau das tun, was ich dir sage: Morgen meldest du dich im Steinbruch zurück und arbeitest wieder ganz normal und diszipliniert. Und gleich heute Abend kehrst du wieder zum Unterricht zurück. Darüber gibt es keine Diskussionen. Nur dass du danach gleich nach Hause kommst und nicht mehr saufen gehst. Verstanden?«

»Mamma hat recht, Jago«, pflichtete ihr Jacqueline bei, als sie das Gesicht ihres Bruders sah, der um Fassung rang. »Sie hat viel mehr Erfahrung in solchen Dingen als du und ich zusammen. Und du brauchst Rat.«

»Rat? Niemand kann mir raten. Habt ihr das immer noch nicht verstanden?« Seine Stimme verriet seine Verunsicherung, wenn nicht Verzweiflung.

»Schluss mit dem Selbstmitleid. Schalt endlich dein Hirn

ein.« Teresa war wütend. »Erstens gibt es Auslieferungsabkommen, und du wärst in Windeseile zurück. Zweitens weiß ich sehr genau, wen ich fragen muss. Jeden Morgen kommt der beste Strafverteidiger der Stadt in meinen Laden, seit Jahren. Ich kenne ihn gut genug.«

»Wer bezahlt den?«

»Geld ist nicht das Wichtigste. Aber wenn wir schon bei dem Thema sind.« Teresa öffnete eine Schublade am Küchentisch. »Abgesehen davon, dass ich euer Dienstmädchen bin und ständig eure Klamotten wasche, leert ihr nicht einmal eure Hosentaschen. Und heute fand sich ein kleines Säckchen in deinen versauten Jeans, Jago.«

Sie legte es auf den Tisch. Jacqueline sah es mit großen Augen an, Jago hingegen hatte nicht den Mut, es zu öffnen, und musste zusehen, wie sie die farbigen Steine auf den Tisch kullern ließ.

»Weißt du, was das ist?«

»Klunker«, sagte Jago leise.

»Und jetzt erzähl mir bloß nicht, ihr würdet im Steinbruch Rubine, Diamanten, Aquamarine, Topase und Smaragde finden. Woher hast du dieses Zeug?«

Damit begann der zweite Teil des Geständnisses ihres Zweitgeborenen. Jacqueline saß bei seiner Erzählung bebend am Tisch und brachte vor Fassungslosigkeit den Mund nicht zu, während Teresa versuchte, sich nichts anmerken zu lassen. Ihr Sohn war zwar verrückt, diesmal aber an der richtigen Stelle. Und wenn es wirklich stimmte, was er erzählte, dann hatte er sich dieses Mal meisterlich gezeigt.

Als Proteo Laurenti nach den zähen Verhören wieder zu Fuß zur Questura zurückging, dämmerte es bereits. Die Tagundnachtgleiche war leider auch der Vorbote unwirtlicher Jahreszeiten, wo man sich schon vor Beginn danach sehnte, dass die Tage wieder länger würden und das Leben leicht. Der Commissario trug eine schmale Akte unter dem Arm und verzichtete auf große Umwege zur Piazza San Giovanni. Er wunderte sich, dass Teresa Fondas Zeitungsladen dunkel und der Blechvorhang vor der Tür geschlossen war. Nicht einmal ein handgeschriebenes Schild informierte den Kunden, weshalb und wie lange. Soweit er sich erinnern konnte, hatte sie stets für Vertretung gesorgt, wenn sie einmal krank oder aus anderen Gründen verhindert war. Was war passiert? Hatte ihr der Krach am Vormittag zugesetzt, oder war etwas anderes vorgefallen? War ihr gar der seltsame Verehrer mit den Fotokopien gestohlener Kunstwerke auf den Pelz gerückt? Laurenti blieb vor dem Geschäft stehen, Tessie selbst anzurufen verbot sich in dieser Situation von alleine, er wählte Mariettas Nummer.

»Ich war gerade im Begriff zu gehen. Wie ist es gelaufen?«, fragte sie sofort.

»Das erzähle ich dir morgen. Ist auf der Piazza San Giovanni etwas passiert? Oder in Piccola Parigi? Tessies Laden ist geschlossen.«

»Wolltest du sie zum Aperitif einladen und danach in ein Hotel in Slowenien führen?«

»Es ist mir ernst, Marietta.« Er hörte die Tasten ihres Computers klappern.

»Keine Vorfälle.«

»Hat sie unsere Leute etwa schon wieder abgehängt?«

»Kaum anzunehmen nach der Pleite von gestern. Nach der Mittagspause ist sie zu Hause geblieben und hat die Wäsche aufgehängt. Nachdem ihre Kinder heimkamen, war sie nicht einmal mehr im Garten. Und was die Piazza betrifft, warum fragst du nicht deinen Freund Walter?«

Natürlich hatte sie recht. Laurenti verfluchte sich, in Panik geraten zu sein, nur weil Tessie einmal nicht da war, wenn er vorbeikam.

In der Malabar herrschte Hochbetrieb zur Aperitifzeit, und fünf Kellner wirbelten, wie ein Uhrwerk aufeinander abgestimmt, hinter dem Tresen. Walter erklärte einem Kunden die Charakteristik der unverwechselbaren Weißweine vom Karst. Als er Laurentis besorgte Miene sah, wandte er sich ab und gab ihm mit einem Handzeichen zu verstehen, dass er hinter den Kulissen auf ihn warten möge. Seit vielen Jahren hatte er kein einziges Mal die Stimmung des Commissario missdeutet.

»Trink und rauch, Proteo«, sagte Walter und reichte ihm ein Glas Vitovska von Edi Kante, als er zu ihm ins Hinterzimmer kam. »Man sieht's dir an, dass du beides brauchst.«

»Ich dachte, du hast diese Woche die Vormittagsschicht.«

»Seit heute wieder abends. Das liegt mir eh mehr.«

»Warum hat Tessie heute Nachmittag geschlossen?«

»Keine Ahnung, ich habe mich auch gewundert. Als sie zur Mittagszeit vorbeikam, sagte sie bis später, wie immer. Glaubst du, dass ihr etwas passiert ist?«

»Ruf sie an und frag. Aber sag ihr bitte nicht, dass ich hier bin.«

Laurenti leerte das halbe Glas in einem Zug und steckte sich eine Zigarette an. Walters Telefonat dauerte nicht lange.

»Sie sagt, es sei alles o. k. Sie müsse nur eine Familienangelegenheit regeln. Bist du immer noch im Dienst?« Sein neugieriger Blick fiel auf die Aktenmappe, die Laurenti auf den Tisch legte und die den Titel »Collezione Monete Triestine« trug.

»Wir haben doch neulich über den Raubzug in der Via Machiavelli geredet. Diese Sammlung stammt von dort.«

»Du weißt, dass ich ein Spezialist in dieser Materie bin und selbst eine fast komplette Sammlung habe. Zeig her.«

»Geht nicht, es ist ein Beweisstück mit bestimmten Merkmalen darauf. Du müsstest Laborhandschuhe tragen.«

»Ich bin gleich zurück«, sagte Walter spürbar aufgeregt und

kam kurze Zeit später mit der Weißweinflasche zurück, die er mit Latexhandschuhen umfasste und Laurenti nachschenkte. »Da staunst du. Da wir ständig die Toilette säubern, sind wir mindestens so gut ausgerüstet wie eure Kriminaltechnik, obwohl wir die Beweise nicht sammeln, sondern vernichten. Sonst hält das keiner aus. So viel die Leute trinken, so viel pinkeln sie. Wenn man da nicht hinterher ist, wird's eklig. Jetzt zeig mir endlich das Ding.«

»Geh behutsam damit um.« Laurenti schob ihm die Mappe zu.

Walter setzte seine Lesebrille auf die Nase und öffnete den Aktendeckel. Immer wieder hielt er die einzelnen Seiten mit den in transparenter Folie eingeschweißten Münzen ins Licht. Je eingehender er sich damit befasste, desto mehr leuchteten seine Augen. Er hörte die Rufe der Kellner vorne in der Bar nicht mehr, war restlos in seine Betrachtungen vertieft. Laurenti schenkte sich erneut Wein nach und steckte sich die vierte Zigarette an diesem Tag an. Als er den Rauch ausstieß, ließ Walter die Mappe sinken, schloss den Aktendeckel und schob ihn zum Commissario hinüber.

»Das ist unmöglich«, sagte er atemlos, streifte die Einweghandschuhe ab und nahm einen tiefen Schluck aus Proteos Glas. »Danke. Du hast mich glücklich gemacht. Und du weißt gar nicht, wie sehr. Noch nie habe ich alle zusammen gesehen. Und dann noch in solch gutem Zustand. Bis soeben wusste ich nur von einer kompletten Sammlung auf der ganzen Welt. Frag mich jetzt nicht nach dem Wert. Dafür gibt es keinen Preis.«

Er schwelgte in seinen Beschreibungen, sprach von Colonnello Antonio Fonda Savio, dem Schwiegersohn von Italo Svevo, der ein großer Sammler gewesen sei und über dessen Erbe Ungewissheit herrsche, weil all seine drei Söhne im Zweiten Weltkrieg gefallen waren. Vermutlich besitze heute jemand seine Sammlung, der keine Ahnung davon habe. Genauso wie es wohl auch mit dieser einzigartigen Mappe sei.

»Was passiert eigentlich mit den Beweisstücken, wenn ein Fall abgeschlossen ist?«

»Wo es möglich ist, gehen sie am Ende des Verfahrens an die rechtmäßigen Besitzer zurück. Oft genug aber kennt man die nicht, dann bleiben die Gegenstände in der Asservatenkammer.«

»Was für eine Sünde. Ist noch niemand dort eingebrochen?«

»In diesem Fall kennen wir die Herkunft. Danke für die Expertise. Ich muss nochmals ins Büro, es wird spät werden heute. Du weißt, wie das mit anstrengenden Kunden ist.«

Die Dunkelheit hatte sich restlos über die Stadt gelegt, und es nieselte, als Laurenti von der Bar zur Questura ging. Das Verhör von Rechtsanwalt Carfì war unergiebig gewesen. Wie erwartet, redete er sich heraus und bezog sich auf Fehler, die ihm fahrlässigerweise als Geschäftsführer von zwei Firmen unterlaufen seien und für die er selbstverständlich haften werde. Fehler der Golden Age Residenz und der Chance Slotmachines, die ihm nur teilweise anzulasten seien, weil er sich auf die Sorgfalt der Mitarbeiter stützen müsse. So ergehe es einem, wenn man zu großes Vertrauen in Menschen habe, die das ausnützten. Und Daria Bono habe offensichtlich ein eigenes Spiel getrieben. Vielleicht sogar von ihrem Vater Lino La Rosa beeinflusst, Gott hab ihn selig. Domenico Carfì ließ sich sogar widerspruchslos die Fingerabdrücke und eine Speichelprobe abnehmen. Von dem Sarg im dritten Stock der Wohnung des Gebäudes der Ruža Holding wisse er nichts. Die sei unvermietet geblieben, seit der Maresciallo im Altersheim wohnte. Das Haus sei in einem solch miserablen Zustand, dass sich keine neuen Mieter fänden, und die Inhaber der Holding seien nicht zu Investitionen bereit. Genauso wenig, wie sie der Gel-

Fish eine Finanzspritze zu geben gedacht hätten. Verständlich, denn wie alle wüssten, habe die weltweite Finanzkrise die ärmeren Länder bekanntlich noch stärker getroffen als den Westen. Es sei ihm übrigens vertraglich untersagt, den Namen der Eigentümer, die auch Mandanten seiner Kanzlei seien, zu nennen.

»Rose heißt auf Serbokroatisch Ruža, Carfì.«

Die Augen des Staatsanwalts verengten sich zu einem schmalen Schlitz.

»Sollte es sich dabei zufälligerweise um Lino La Rosa handeln«, sprach er weiter, »kommen Sie mit dem Mandantenschutz nicht durch. Wie Sie selbst angegeben haben, war er lediglich Mandant Ihres Vaters. Es wird Ihnen bekannt sein, dass auch Montenegro stärker kooperiert, seit es sich in Beitrittsverhandlungen mit Brüssel befindet. Zumindest bei ausländischen Staatsbürgern. Und wie wir spätestens seit Ihrem gemeinsamen Besuch im Porto Vecchio nach dem Einbruch bei der GelFish wissen, pflegten Sie mit La Rosa persönlichen Kontakt. Als Zeuge genießen Sie kein Zeugnisverweigerungsrecht, und in einer engen verwandtschaftlichen Beziehung standen Sie nicht mit ihm.« Der Commissario haute in dieselbe Kerbe. »Oder sind etwa auch Sie ein unehelicher Sohn?«

»Mensch, Laurenti, die Toten soll man ruhen lassen.«

»Der Leichnam ist noch warm, Avvocato.«

Sie schickten Carfì hinaus, entließen ihn aber noch nicht aus dem Verhör. Die Tochter von Lino La Rosa wurde durch dieselbe Tür hereingeführt und zeigte sich kampflustig. Sie überzog Staatsanwalt Scoglio und den Commissario mit unzähligen Anwürfen.

»Weshalb nehmen Sie Diego Colombo nicht endlich fest?«, fragte sie etwa, als sie ihr das Foto von Raffaele Maran vorhielten, das sich nach der Haussuchung auf ihrer Kamera fand und das sie offensichtlich in der Markthalle geschossen hatte.

»Es sieht doch jeder, der Colombo kannte, dass er das ist.« Sie klatschte in die Hände. »Gulasch, komm. Hopp.« Sie nahm den Hund auf den Schoß, der freundlich zu den beiden Herren auf der anderen Seite des Tischs blickte und mit dem Schwanz wedelte, bis sein Frauchen ihn zwang, sich niederzulegen.

»Woher wissen Sie das, Signora? Von ihm etwa?« Laurentis Augen blitzten. »Er hat angezeigt, dass Sie ihn belästigen. Und ohne sein Einverständnis fotografieren.«

»Daran sehen Sie doch, dass er sich fürchtet, erkannt zu werden.«

»Dann würde er wohl kaum Schutz bei der Polizei suchen, Signora.«

»Ich kann Ihnen noch viel mehr über ihn erzählen.«

»Dazu später. Die beiden Ganoven aus der Via Carpaccio, Antonio Esposito und Dardan Ninković, sagten unabhängig voneinander aus, dass sie den Einbruch in Ihrem Auftrag begangen hätten und ansonsten für Sie Hausmeisterdienste erledigten und auch auf Ihre Anweisung Spielautomaten aufstellten und überholten. Offiziell sind Sie lediglich die Leiterin des Pflegedienstes der Golden Age Residenzen und nicht gewerblich tätig.«

»Dass ich mich auch um diesen Kram kümmere, ist nur ein Gefallen an Carfì. Er hat doch keine Ahnung von praktischer Arbeit. Geld bekomme ich dafür natürlich keines.«

»Als Leiterin des Pflegedienstes erledigten Sie auch die Buchhaltung der Golden Age Residenz? Ist das nicht ungewöhnlich?«

»Bei der heutigen Wirtschaftslage darf man nicht wählerisch sein und ist froh darüber, wenn man eine Stelle hat.«

»Sie sind wirklich sehr fleißig. Wo haben Sie doppelte Buchführung gelernt, Signora?«, hakte Staatsanwalt Scoglio ein.

»Wirtschaftliche Zusammenhänge interessieren mich.«

»Soll und Haben also?«

»Das weiß jedes Kind.«

»Soll und doppelt Haben aber nicht.« Der Staatsanwalt legte die Mappe mit den Buchhaltungsunterlagen und den Kontoauszügen vor sie auf den Tisch. »Die ist Ihnen offensichtlich abhandengekommen.«

»Ich kenne diese Unterlagen nicht.« Daria Bono gab nicht klein bei und streichelte seelenruhig ihren Hund.

»Wie viele Sterbefälle hatten Sie gestern in der Golden Age Residenz?«

»Einen. Sie haben selbst gesehen, wie der Sarg herausgetragen wurde, als Sie gestern Vormittag kamen, Commissario.«

»Und den gestern Nachmittag haben meine Kollegen gesehen.«

»Der war nicht von uns. Im Haus gibt es noch andere Leute, wir belegen nur das oberste Stockwerk.«

»Wissen Sie, wie Rose auf Serbokroatisch heißt?« Der Staatsanwalt übernahm wieder.

»Bin ich zum Sprachtest hier?«

»Ruža, Signora. Eine Ruža Holding in Podgorica, der Hauptstadt von Montenegro, ist Inhaberin von Konten bei der Komercijalna banka in Budva. In dieser Mappe befinden sich die entsprechenden Kontenbelege. Eine stolze Summe, die erwirtschaftet wurde. Wenn man die Einzahlungen mit dieser schwarzen Buchführung vergleicht, ergeben sich interessante Erkenntnisse. Es wurden immer glatte Beträge einbezahlt. Summiert man einzelne Monate, dann ergeben sich genau diese, während Sie die laufenden Kosten aus den erstaunlich niedrigen Überweisungen deckten. Deswegen wirft der Laden keinen Gewinn ab. Nur dumm, dass Ihnen diese Mappe gestohlen wurde.«

»Ich kenne diese Mappe nicht.«

»Darüber wird uns ein grafologisches Gutachten die Wahrheit sagen. Was war denn noch in dem Tresor, der aus der Wand des Schlafzimmers Ihres Vaters herausgebrochen wurde?«

»Schade, dass Sie ihn nicht mehr selbst fragen können. Ich weiß es nicht, ich wusste nicht einmal von dem Safe.«

»Für Lino La Rosa saß er zu hoch in der Wand. Mit seiner Behinderung konnte er ihn nicht erreichen.« Der Commissario übernahm wieder und zog die Zügel weiter an. »Sowohl die Bewohner der Golden Age Residenzen wie auch das Personal haben angegeben, dass Sie, Signora Bono, alles eisern kontrollieren würden und nichts Ihrer Aufmerksamkeit entgehe. Offensichtlich führen Sie die Einrichtung mit harter Hand. Auch Ihr Vater bekam das zu spüren. Sie haben ihn oft genug vor allen anderen angebrüllt und sogar geschlagen.«

»Man merkt sofort, dass Sie noch nie mit sturköpfigen Alten und infantilem Pflegepersonal zu tun hatten. Was mein Vater tat oder wer ihn besuchte, wenn ich Feierabend machte, weiß ich nicht. Sie sind hoffentlich nicht der Meinung, ich hätte mit ihm das Bett teilen müssen.«

»Bei dem gestohlenen Bild, das über dem Wandtresor hing, handelte es sich nicht, wie von Ihnen angegeben, um einen Kunstdruck, sondern um einen Tintoretto, wie zum Beispiel einem kleinen Schild unten am Bilderrahmen zu entnehmen war.« Laurenti hob seinen Blick von einem Blatt, das aus der Hand von Inspektor Battinelli stammte; er hatte sich bei der Befragung des Personals viel Mühe gegeben und die Ergebnisse übersichtlich in Stichpunkten zusammengefasst. »Was war im Tresor, Signora? Befanden sich darin Wertsachen, die aus anderen Raubzügen von Dardan und Antonio stammen? Abgesehen von Ihrer doppelten Buchführung natürlich. Warum haben Sie das in einen Tresor gesteckt und nicht in einen Sarg, wie die anderen Dinge? Alte Schmuckstücke aller Art, edelsteinbesetzte Colliers, Armreifen, Ringe, Broschen. Dazu Skulpturen und silberne Vasen, kleine Gemälde. Man staunt wirklich, wie viel man in einem Sarg unterbringen kann, der nur für einen Menschen angefertigt ist. Die letzte Fahrt, Signora.«

Daria Bono schaute einen Augenblick zu schnell auf und zog Gulasch an seinem Wollohr, der kurz aufheulte, dann aber ihre Hand leckte. Sie zwang sich sofort wieder zu ihrer falschen Gelassenheit und streichelte ihr Hündchen.

»Wo verstecken Sie den Tintoretto?«

»Ich habe ihn nicht. Ihre Leute kamen quasi zeitgleich mit mir dort an und haben es gesehen. Und sie haben im Flur auch die Fußabdrücke des Einbrechers gesichert.«

»Im Keller des Palazzos fanden wir ebenfalls Bilder.«

»Ich erklärte bereits, dass er wegen der Heizungsanlage leicht zugänglich sein muss. So die Vorschrift. Da kann jeder rein, der es weiß. Ich habe nichts mit diesen Bildern zu tun.«

»Merkwürdig, dass zuerst in einem heimlichen Lager voller alter Kunstwerke im Porto Vecchio eingebrochen wird und dann in Ihrem Keller Gemälde gefunden werden, nachdem ein weiteres Werk aus dem Schlafzimmer Ihres Vaters gestohlen wurde.« Es war Zeit für den Wechsel.

»Ich habe deutlich genug gesagt, dass es ist nicht mein Keller ist.«

»Die anderen Bewohner des Hauses haben unisono bestätigt, dass Sie die Schlüsselhoheit dazu haben. Sie persönlich, Signora, weil nur die Golden Age Residenz sieben Tage die Woche rund um die Uhr bewirtschaftet wird. Sie werden kaum erstaunt sein, dass Sie hiermit die erste Verdächtige sind, den Raubzug im Lager der GelFish unternommen zu haben, das angeblich von Ihrem Vater angemietet war.«

»Sie haben Hirngespinste«, schrie die Frau so laut, dass der Hund von ihrem Schoß sprang. »Ihre Beschuldigungen sind maßlos. Noch leben wir in einem Rechtsstaat.«

»Wir werden jetzt Ihre Fingerabdrücke sowie eine DNA-

Probe nehmen«, sagte der Staatsanwalt kühl und griff zum Telefon. »Der Kollege vom Erkennungsdienst macht im Moment das Gleiche mit Rechtsanwalt Carfì.«

»Das lasse ich nicht zu. Was werfen Sie mir überhaupt vor?« Sie zog den Köter wieder auf ihren Schoß.

»Weshalb verweigern Sie sich, Signora? Sie haben doch mit allem nichts zu tun. Auf diese Art und Weise belasten Sie sich unnötig. In solchen Fällen gibt es nicht einmal mehr psychologische Aspekte, die schuldmindernd wirken könnten, während Kooperation bei der Urteilsfindung stets berücksichtigt wird. Wir reden hier nicht von Kavaliersdelikten. Und wenn Sie sich weigern, müssen wir Sie hierbehalten, weil in Ihrem Fall Fluchtgefahr besteht. Offensichtlich verfügen Sie über Vermögen im Ausland. Bedanken Sie sich bei Ihrem Vater.«

»Übrigens«, klinkte sich Laurenti wieder ein, »war die Batterie in seinem Rollstuhl leer. Er konnte nicht mit eigener Kraft vor den LKW auf der Via Bartolomeo d'Alviano fahren.«

Diesmal quietschte Gulasch lauter, Daria Bono lockerte sogleich ihren Griff.

»Und diesen Verbrecher Diego Colombo in der Markthalle lassen Sie einfach laufen, damit er ungeschoren weiter sein Unwesen treiben kann. Zusammen mit seinem Sohn, dem Zweitgeborenen der Zeitungsfrau. Ich will einen Anwalt anrufen.« Ihre Stimme überschlug sich. »Ich habe das Recht auf einen Anwalt.«

»Bitte sehr, Signora. Carfì sitzt noch immer im Vorzimmer.«

»Ich meine einen richtigen Anwalt.«

»Einen Strafverteidiger?«, bemerkte Staatsanwalt ironisch. »Nennen Sie mir seine Telefonnummer.«

Nach langem Hin und Her hatte sich Daria Bono auf Anraten ihres Anwalts schließlich gefügt und die erkennungsdienstliche Identifizierung über sich ergehen lassen. Allerdings war kein Wort mehr aus ihr herauszubringen. Laurenti und Scoglio besprachen sich derweilen und entschieden, die geplante Konfrontation zwischen Dario Bono und Carfì zu verschieben. Er durfte zuerst gehen, die Frau ließen sie noch eine weitere halbe Stunde warten, bevor auch sie sich auf den Heimweg machen konnte.

An seinem Schreibtisch machte der Commissario die nötigen Stichpunkte, um das Verhör jederzeit fortsetzen zu können. Als er die Papiere zusammenpackte, stieß er auf eine Aktennotiz von Chefinspektorin Pina Cardareto.

»Dank der Überprüfung der Aufnahmen aller Überwachungskameras in der Nähe der Golden Age Residenz am Tag des Einbruchs in den Räumen La Rosas und in den folgenden zwei Stunden wurde eine Person identifiziert, die mit einem offensichtlich schweren Rucksack sowie einer großen Tasche den Palazzo verließ und von der Via Carducci in eine Seitenstraße einbog, wo sie aus dem Bild verschwand. Die Kamera vor dem Ospedale Maggiore nahm den Verdächtigen wieder auf, als er die Last in einen PKW verfrachtete und wegfuhr.«

Es folgten das Kennzeichen des Autos sowie die exakten Koordinaten der Kameras. Und einige Ausdrucke der Bilder. Lauenti biss sich auf die Lippen, als er sie unter dem Licht seiner Schreibtischlampe genauer betrachtete. Gleich morgen früh würde er sich zusammen mit Pina die Originalaufnahmen vornehmen. Wenn kein sofortiger Handlungsbedarf bestand, hatte er sich vor Langem abgewöhnt, nach jeder neuen Erkenntnis gleich zuzuschlagen.

Das Wohnhaus Daria Bonos wurde von zwei erfahrenen Leuten überwacht, die wenig Hehl aus ihrem Auftrag machten. Sie sollte wissen, dass man sie nicht aus den Augen ließ. Vor einer guten Stunde berichteten die Beamten, dass sie das Licht in ihrer Wohnung eingeschaltet habe und vom Fenster auf den Platz herabschaue. Laurenti spürte einen Mordshunger und warf einen Blick auf die Uhr. Die Restaurantküchen waren noch nicht geschlossen, wenn er sich beeilte, würde er auf dem Heimweg noch etwas zu essen bekommen. Zu Hause allerdings war während des Besuchs von Livia wegen der Gewohnheiten ihres Frankfurter Anwalts das Abendessen vorverlegt.

»Du lebst also doch noch? Du hast den ganzen Tag nichts von dir hören lassen.« Als Laura endlich ans Telefon ging, vernahm er Stimmengewirr im Hintergrund.

»Bist du nicht zu Hause?«, fragte Laurenti.

»Wir sitzen bei Matteo und Bruno unten in Grignano.«

»Regnet es denn nicht mehr?«

»Die paar Tropfen waren gleich wieder vorbei. Dirk hat uns eingeladen, Patrizia und Marco hatten aber schon etwas anderes vor. Wir sind nur zu dritt.«

»Immerhin isst er Fisch«, sagte Laurenti.

»Sei nicht so, Proteo. Er ist wirklich ganz nett. Und wenn er langsam spricht, verstehe ich das meiste, wenn er von seinem Beruf erzählt.«

»Ich hoffe, er ist damit fertig, bis ich komme.«

»Es ist wirklich spannend, wie er die Fälle löst und Prozesse gewinnt, Proteo. Er sagt, man müsse immer eine Strategie entwickeln, wie beim Tennisspielen. Livia ist über beide Ohren in ihn verliebt.«

»Meine Tochter? So langsam bekomme ich Zweifel an der Vaterschaft.«

»Sei nicht so, hör ihm einfach einmal zu, dann wirst du begreifen, was sie an ihm findet.«

»Gott sei Dank höre ich schlecht, wenn ich hungrig bin. Lass noch ein Gedeck auftragen, und bestell gleich noch eine Flasche Wein. Und für mich gegrillte Jakobsmuscheln und ein Fritto misto. Auch wenn ich heute keine Lust mehr auf Rechtsanwälte habe, will ich zumindest dafür sorgen, dass seine Rechnung einen kräftigen Sprung nach oben macht. Habt ihr Zigaretten?«

»Dirk hat sich schon über den Rauch vom Nebentisch beschwert.«

»Aber ihr sitzt doch draußen, hoffe ich. Oder ist es ihm auch zu kalt?«

»Natürlich sitzen wir draußen.«

»In zehn Minuten bin ich da.«

Mach dir kein Bild von mir

»Du musst ihm klarmachen, dass du nicht Diego bist, Raff.«

Zum ersten Mal seit vielen Jahren hatte Teresa ihn eingeladen, nach Piccola Parigi zu kommen, während Jago, wie von seiner Mutter verordnet, auf der Abendschule war. Natürlich hatte Raffaele die Polizisten bemerkt, die sich an beiden Enden der schmalen Gasse bis zur Ablösung die Beine in den Bauch stehen und später auch gegen den Schlaf ankämpfen mussten. Marans gebleichtes Haar und Teresas helles Top, das ihren Oberkörper zu einem Torso machte, schimmerten im Halbschatten vor dem Haus. Die beiden saßen am alten Holztisch vor der Küche. Tessie breitete ihre Sorgen aus, damit sie gemeinsam nach einem Ausweg aus der verfahrenen Situation suchen konnten.

»Jago hat sich in einen fatalen Wahn verrannt«, fuhr die Zeitungsfrau nach einer kurzen Pause flüsternd fort.

»Wenn du bereit gewesen wärst, Triest zu verlassen, wäre vieles anders gelaufen.«

Teresa zog ihre Hand zurück und richtete sich auf. Sie brauchte keinen anderen, der ihr Vorwürfe machte. Selbst mit ihren Eltern hatte sie damals gebrochen, weil sie ihr Insistieren nicht mehr ertragen konnte.

»Ich konnte nicht, Raff. Ich weiß, dass alles meine Schuld ist, aber jetzt ist es zu spät. Du musst mit Jago reden, bevor er noch mehr Unheil anrichtet.« Sie sprach jetzt mit klarer

Stimme und schaute sich flüchtig um, als sie es bemerkte. »Der Unterricht ist bald zu Ende. Jacqueline arbeitet bis Mitternacht. Ihr habt genug Zeit.«

»Und sagst du mir auch, was zum Teufel ich Jago erzählen soll?«

»Halte dich an das Bisherige.« Erst als sie spürte, wie sich ihre Fingernägel schmerzhaft in die Handballen gruben, entspannte sie sich wieder. »Mach es so, wie wir es immer taten. Sag ihm, dass du Diegos Cousin bist und du damals erst nach Jagos Geburt nach Triest gekommen bist, weil du der Wirtschaftskrise in Argentinien entkommen wolltest. Ich bitte dich, Raff.«

Maran schüttelte den Kopf. »Tessie, er wird sich nicht überzeugen lassen, sondern bei seiner Heldengeschichte bleiben und sie nachzuahmen versuchen.«

»Genau das darf nicht passieren. Er hat mir versprochen, seinen Rhythmus wieder aufzunehmen. Er braucht Stabilität. Niemand weiß, was er getan hat, und die Sache mit dem Flugticket kann man immer irgendwie erklären.«

»Und was sage ich, wenn er nach meinen Händen fragt, die mich immer noch bei jedem Wetterumschwung plagen? Verbergen kann ich sie nicht.«

»Die Geschichte steht fest, Raff. Selbst die Stadtverwaltung hat sie dir einst abgenommen und dir als Invalide die Stelle in der Markthalle gegeben.«

»Das war einfach damals.«

»Das spielt keine Rolle, Raff.«

»Und wenn dein Commissario anfängt nachzubohren?«

»Es verändert nichts an deiner Glaubwürdigkeit. Als Auslandsitaliener hattest du das Recht, dich niederzulassen und zu arbeiten. Und es gab die ganzen Computer und Datenbanken nicht. Und keine Flüchtlingskrise wie heute. Niemand hat es zwanzig Jahre lang angezweifelt. Ich frage mich jeden Tag, ob es damals, als du ankamst, keine bessere Lösung gegeben hätte. Auch wenn der Preis etwas höher gewesen wäre.«

»Der Preis wäre gewesen, dass ich im Knast landete, Tessie. Zwanzig Jahre Versteckspiel sind genug. Ich bin es leid, dich immer nur heimlich zu treffen und höchstens die Ferien mit dir zu verbringen.«

Das Knattern von Jagos Motorroller wurde in der engen Gasse von den Hauswänden zurückgeworfen und durchbrach die Stille des Quartiers. Kurz nachdem das Motorgeräusch verklungen war, hörten sie die quietschenden Scharniere des Gartentors.

»Raff«, sie nahm seine Hände in ihre. »Ich habe dir versprochen, dass wir, sobald die Kinder aus dem Haus sind, gehen können, wohin wir wollen. Meinst du, die *Esperanza* ist noch erhalten?«

»Sie heißt *Asunción*, wie die Insel im Ozean, seit ich sie damals nach Santo Domingo gesegelt habe. Hast du das vergessen?«

Das Licht in der Küche drang plötzlich nach draußen, Teresa ließ sofort seine Hände los und lehnte sich zurück. Sie hörten, wie ein Glas aus dem Schrank genommen, der Kühlschrank geöffnet und eingeschenkt wurde.

»Jago«, rief Teresa. »Ich sitze hier draußen. Wir haben einen Gast. Wie war die Schule?«

»Ich habe überhaupt nichts verpasst, habe alles verstanden, aber …« Er verstummte schlagartig, als er nach draußen trat und Raffaele Maran erblickte.

»Vom Sehen kennt ihr euch bereits. Setz dich zu uns, Jago.« Teresa wies auf einen Stuhl. »Raff hat dir eine Menge zu sagen. Ich bringe euch etwas zu trinken.«

»Was geht hier vor, Mamma?« Der Junge setzte sich zögerlich und nahm Raffaeles ausgestreckte Hand nur widerwillig an.

»Es handelt sich darum, ein Missverständnis zurechtzurücken, Jago. Deine Mutter hat mich darum gebeten.«

Maran suchte nach Worten. Er spürte, dass Jago drauf und dran war, das Gespräch erst gar nicht zuzulassen und ihn bei der ersten Gelegenheit sitzen zu lassen.

»Ich verstehe überhaupt nichts von dem, was ihr verzapft. Ich habe Sie gestern zwar gefragt, wie es mit Arbeit in der Markthalle aussieht, aber sonst nichts, Signore. Was soll daran falsch zu verstehen sein?«

»Duzt euch, Jago. Diese Formalien sind unnötig. Raff hat dir etwas völlig anderes mitzuteilen.« Seine Mutter stellte eine Karaffe Weißwein und Gläser auf den Tisch, verschwand aber gleich wieder.

»Das hört sich ja nach Geheimniskrämerei an. Da bin ich aber neugierig, was das wird.«

»Als du in die Markthalle kamst, hast du meine Hände angestarrt, als hätte ich Lepra.« Maran stützte die Ellbogen auf die Tischplatte und streckte ihm die geöffneten Handflächen entgegen. »Es ist nicht das, was du glaubst, Jago. Hast du schon mal vom Falklandkrieg gehört? April bis Juni 1982, Argentinien gegen die Engländer? Allerdings keine Fußball-WM. Ich war neunzehn Jahre alt und einer der elfhundert Matrosen auf dem Kreuzer *General Belgrano*. Das Schiff war fünfzig Jahre alt, aber gut gerüstet, als ein britisches Atom-U-Boot es am Nachmittag des 2. Mai bei stürmischer See mit zwei Torpedos versenkte. Der erste durchschlug in der Mitte die Panzerung. Fast vierhundert Mann von uns starben, zwanzig Minuten später wurde die *General Belgrano* evakuiert. Sogar die Verletzten konnten gerettet werden, zu denen ich gehörte. Es stürmte, und es wurde rasch dunkel, das letzte Rettungsfloß, auf dem ich war, wurde erst einen Tag später gefunden. Irgendjemand hatte mir gegen die Schmerzen Morphintabletten gegeben; ich bekam es kaum mit. Und um ein Haar hätte mir der Arzt auf dem Zerstörer, der uns aufnahm, die Hände amputiert.«

Raffaele nahm einen Schluck Wein. Jago nutzte die kleine Pause sofort.

»Das tut mir leid für Sie, aber ich habe nicht darum gebeten, mir Ihre Lebensgeschichte auszubreiten. Weshalb erzählen Sie mir das?«

»Duzt euch, Jago«, mahnte seine Mutter noch einmal durchs Küchenfenster.

»Argentinien hatte damals nicht nur eine blutrünstige Militärdiktatur, sondern steckte auch in einer Wirtschaftskrise. Der medizinische Standard war nicht mit Europa zu vergleichen, wo ich zum Glück Verwandte hatte, die mir meine Reise und die Behandlungen finanzierten. Dadurch wurden meine Finger gerettet. In dem Zustand, wie du sie heute siehst. Und obwohl das nun schon lange her ist, plagen mich die Folgen noch heute. Bei jedem Wetterumschwung brauche ich Schmerzmittel. Wenn hier die Bora bläst, geht es mir am besten, aber ein Tiefdruckgebiet ist die Hölle. Ich bin Kriegsinvalide, was einem wenig nützt, außer bei der Vergabe von Arbeitsplätzen, weshalb ich den Job in der Markthalle bekam. Das reicht zum Leben, auch wenn ich früher ganz andere Pläne hatte und Künstler werden wollte.«

»Nette Geschichte. Warum schreibst du darüber keinen Roman?«

»Glaubst du mir etwa nicht, Jago?«

Der Junge zuckte zusammen, als Raffaele ihm versöhnlich die Hand auf die Schulter legte. »Wer bist du wirklich?«

»Ich habe es dir gerade erzählt.«

»Wie lautet dein wahrer Name?«

»Raffaele Maran. Ich wurde 1963 in Mar del Plata geboren. Meine Eltern, Giuseppe Maran und meine Mutter Maria Torsa, stammen beide aus Emigrantenfamilien aus dem Friaul. Wir

Italiener stellen die stärkste Bevölkerungsgruppe in Argentinien, wie du sicher weißt.«

»Man sollte nicht mit zu hohen Einsätzen spielen, Signore. Seit wann kennst du meine Mutter?«

»Seit ich zum ersten Mal herkam. Teresa war noch ein Mädchen und nicht mit meinem Cousin verheiratet. Diego Colombo und ich wuchsen im gleichen Stadtviertel von Mar del Plata auf. Seine Eltern hatten das Hotel an der Plaza del Milenio und meine zwei Straßen weiter eine Wäscherei sowie eine Pizzeria in der Avenida Colón. Diego haute sofort bei Kriegsausbruch aus Argentinien ab, aber diese Geschichte kennst du sicher. Die Briten haben ihm vermutlich das Leben gerettet, weil er mitten im Atlantik halb verhungert auf einer Insel landete, die Basis ihrer Kampfflugzeuge war, Asuncion Island. Sie haben ihn einige Monate dort festgehalten und verhört, weil sie zuerst glaubten, er sei ein argentinischer Spion oder Saboteur. Bei seiner Freilassung war der Falklandkrieg bereits vorbei. Sie statteten ihn mit reichlich Proviant aus, der dem Kerl erst die Überfahrt ermöglichte. Ohne diese Hilfe wäre er mitten auf dem Meer verhungert oder verdurstet. Er war überhaupt nicht der kaltblütige Stratege, als den die Medien und der Volksmund ihn zeichneten. Eigentlich hatte er mehr Glück als Verstand. Aber ich habe ihm die Behandlung hier in Triest zu verdanken, weil er gleich nach seiner Ankunft von einem Chefarzt als Skipper angeheuert wurde, der mich später operiert hat.«

»Und hat Diego auch die Operation bezahlt?«

»Die Sonderbehandlungen, alles andere war wie heute durch das nationale Gesundheitswesen gedeckt. Ich habe es mit der Zeit auf meine Weise zurückgezahlt.«

»Ach ja? Ich kann mir nicht vorstellen, dass man als Leiter der Markthalle reich wird.«

»Nachdem die Hände wieder funktionierten und die Diktatur in Argentinien vorbei war, bin ich erst einmal dorthin zurück. Ich habe ihn, wenn es nötig war, aus der Ferne unterstützt. Fest in Triest bin ich erst seit zwanzig Jahren.«

»Unterstützt bei seinen Raubzügen?« Auf einmal platzte Jago vor Neugier. Er richtete sich mit funkelndem Blick auf.

»Sagen wir mal so, ich habe ihm logistisch zugearbeitet. Ich stand in seiner Schuld. Als er sich 1991 in die Luft jagte, hatte ich bereits alles abbezahlt. Er hatte massive Probleme mit einem Maresciallo von der Guardia di Finanza gehabt, der ihn erpresste.«

»Lino La Rosa. Ich habe davon gehört.«

»Das Schwein drohte damit, ihn hochgehen zu lassen, wenn er nicht weiter seine Aufträge ausführte. Diego konnte nicht anders, La Rosa kannte zu viele Details. Allerdings wusste auch Diego einiges über seinen Auftraggeber. Die drei Bilder, die er aufs Schiff brachte, gehörten ihm selbst und nicht dem Maresciallo. Doch der wollte in seiner Habgier auch die. Und ich würde nicht einmal darauf schwören, dass es nicht La Rosa selbst war, der die Bombe an der Jacht anbrachte und sich damit von Diego befreite.«

»Hast du Diego den Sprengstoff beschafft?«

»Ich habe ihm zugearbeitet. Und noch etwas habe ich getan, Jago. Ich will, dass du das weißt. Nach Diegos Tod hatte deine Mutter Teresa massive ökonomische Probleme. Ihre Eltern unterstützten sie nur widerwillig, weil sie Diego gegen deren Willen geheiratet hat. Fast bis zur Entbindung Jacopos stand sie im Zeitungsladen und kurz darauf schon wieder, mit dem Säugling. Ich hatte für Diego viel Geld, das er mir anvertraute, auf Santa Domingo deponiert, weil die damals kein Rechtshilfeabkommen mit Italien hatten. Das habe ich ihr auf mehreren Reisen in Tranchen gebracht. Es half ihr, aber sie musste weiter arbeiten, schließlich warst du bereits unterwegs. Und zwei Jahre später kam deine Schwester. Teresa ist eine große Kämpferin, Jago. Sie lässt sich nicht unterkriegen. Das musst du wissen und respektieren, denn sie hat euch alle drei alleine großgezogen. Mach ihr keine Vorwürfe, das hat sie nicht verdient.«

»Diego war also nicht tot, als die Jacht explodierte.« Jagos Blick strahlte vor Hoffnung, dafür war seine Stimme dünn und aus Angst vor Enttäuschung brüchig.

»Du glaubst an Gespenster, Jago.«

»Und seit wann hast du dann ein Verhältnis mit meiner Mutter?«

»Seit ein paar Jahren, Jago.« Teresa Fonda trat mit einem Teller eingelegter Sardellen aus der Küche. Ihre Stimme klang fast fröhlich. »Esst etwas, sonst seid ihr gleich betrunken.«

»Seit ein paar Jahren?«, raunte ihr Sohn. »Und was ist daran so schlimm, dass man es vor den eigenen Kindern verheimlichen muss?«

»Ich wollte genau das verhindern, was jetzt passiert ist, Jago.« Tränen liefen über ihre Wangen, doch zwang sie sich zu Festigkeit. »Hör endlich auf zu träumen.«

»Und ihr beide glaubt, das geht alles so einfach?« Jago sprang entrüstet auf und warf dabei seinen Stuhl um. »Wenn ihr überhaupt die Wahrheit sagt.«

Wütend rannte er ins Haus. Teresa lief hinter ihm her. Kurz darauf vernahm Raffaele das Aufheulen des Motorrollers vor dem Haus.

»Er fährt ins Restaurant zu Jacqueline, hat er gesagt«, schluchzte Tessie, wollte aber nicht in den Arm genommen werden. »Er ließ sich nicht aufhalten. Er müsse alles mit ihr besprechen. Hoffentlich baut er jetzt keinen Mist.« Sie tippte eine Nachricht an ihre Tochter ins Telefon. Sie möge sich sofort melden, sobald Jago bei ihr auftauche. »Ich habe Angst«, sagte sie schließlich.

Die ganze Nacht hielt sie die alte Beretta ihres Vaters in der Hand. Immer wieder streichelte sie fast zärtlich den Lauf der

Waffe, während Gulasch zitternd auf ihrem Schoß lag und immer wieder die andere Hand leckte. Sie hatte sie aus dem Geheimfach des Biedermeiersekretärs geholt, das den Polizisten bei der Durchsuchung ihrer Wohnung verborgen geblieben war, was ihr zumindest eine Anzeige wegen unerlaubten Waffenbesitzes ersparte – zu jung und zu desinteressiert waren sie an antiken Möbeln, die fast alle ein Versteck enthielten.

Nur einmal verließ sie ihren Platz, um gerade das Allernötigste in ihre falsche rote Birkin Bag zu packen, die nicht als Reisegepäck erkannt werden konnte. Dann trank sie in der Küche ein Glas Wasser, löschte das Licht im Salon und setzte sich wieder auf den Stuhl am Fenster, durch das die Straßenlaternen vor dem Teatro Rossetti ihr mattes Licht an die Decke des Salons warfen. Das Auto mit den beiden Polizisten stand unverändert an seinem Platz. Der Anflug eines Lächelns huschte über ihr Gesicht, als die Bilder des Rollstuhls vor dem Lastwagen vor ihr vorbeizogen. Sein grüner Filzhut, der bis auf die andere Fahrbahn segelte, als die Stoßstange den Alten erfasste, umwarf und das schwere Fahrzeug ihn überrollte. Hatte er noch geschrien? Daria erinnerte sich nicht. Viel gelitten hatte er auf jeden Fall nicht, dazu ging alles viel zu schnell. Daria hatte sich mit dem Hündchen an der Leine nur ein paar Schritte entfernt an eine Straßenlaterne gelehnt, zugesehen, wie der Fahrer aus dem Führerhaus sprang und sich mit beiden Händen vor Entsetzen an den Kopf fasste. Erst als Rettungswagen und Polizei eintrafen, löste der Todesengel sich von der Laterne und ging auf den ersten Polizeibeamten zu.

»Er ist einfach losgefahren«, sagte sie mit tonloser Stimme. »Er war mein Vater.«

Der Mann führte sie zum Streifenwagen und ließ die Frau auf dem Rücksitz Platz nehmen. Ihre Papiere reichte sie ihm, ohne dazu erst aufgefordert werden zu müssen, und gab auch den Namen des Toten, sein Geburtsdatum und den Wohnsitz an. Aus dem Funkgerät krächzte die Stimme des Beamten in der Zentrale, der weitere Einsatzfahrzeuge schickte.

Lino La Rosa würde ihr niemals mehr das Dasein verleiden. Alles, was noch kommen sollte, wäre ein Leichtes gegenüber der Last ihres bisherigen Lebens. Daria Bono würde bald einundvierzig Jahre alt, siebenundzwanzig davon verbrachte sie mit dem zynischen Drecksack. Fast drei Jahrzehnte ohne Träume, Hoffnungen und ohne Liebe. Allein das Ende hatte sie sich stets anders ausgemalt. Immer wieder stellte sie sich vor, ihn im richtigen Moment mit seiner Waffe zu richten, und immer wieder hatte sie diesen Moment aufgeschoben. An seinem Geburtstag im Mai wollte sie ihn leiden sehen. Zuschauen, wie er um Gnade winselte, wenn er abseits aller Wege auf dem Karst in den Lauf der eigenen Waffe geblickt hätte. An den Rand eines der vielen Abgründe im Kalksteinhochplateau über der Stadt hätte sie ihn gelockt, sich viel Zeit gelassen bis zum Schuss und ihn um sein Leben betteln hören. Und ihn dann in den Höllenschlund hinabgestoßen. Ohne sich ein einziges Mal umzusehen, wäre sie zu ihrem Wagen zurückgegangen und in die Stadt hinuntergefahren. Erst am Abend hätte sie dann begonnen, im Zentrum nach dem Alten zu suchen, die Bars und Spielsalons abzuklappern und ihn schließlich ganz aufgelöst bei der Polizei vermisst zu melden. Die Leiche hätte man erst nach vielen Jahren und höchstens zufälligerweise gefunden, wenn sie längst die Zelte hier abgebrochen haben würde.

Morgen früh würde sie wie immer zur selben Uhrzeit und ohne Eile das Haus verlassen und zuerst Gulasch sein Geschäft an den alten Platanen in der Viale XX Settembre verrichten lassen, um sich dann gemächlich der Piazza San Giovanni zu nähern, dort wieder einen Kaffee zu sich zu nehmen und die Zeitung zu lesen, um anschließend in die Golden Age Residenz zu gehen.

Seinen Urlaub hatte sich Proteo Laurenti wahrlich anders vorgestellt, als hinter einem Gangster herzulaufen, der vor einem Vierteljahrhundert von der Erdoberfläche verschwunden war. Ursprünglich wollten Laura und er nach der ersten Woche zu Hause noch für zehn Tage zum Familienbesuch in seine Geburtsstadt Salerno fahren und anschließend in Acciaroli am Cilento faulenzen, wo sein ältester Bruder ein Ferienhaus besaß. Dort im Süden dauerte der Sommer länger, und am Saisonende hätten sie die Strände und Buchten für sich gehabt.

Das zumindest hatte er gestern Abend Livias Freund erzählt, als er hungrig zu ihnen in das kleine Restaurant am Meer gestoßen war. Dirk, der Frankfurter Rechtsanwalt, entsprach doch nicht ganz dem Klischee des besserwisserischen Deutschen, hatte sich Laurenti widerwillig eingestanden. Als endlich nicht zu viele Menschen um ihn waren, fragte der Mann viel mehr, als er kommentierte, was dazu führte, dass der Commissario ihm nach und nach die Besonderheiten der Kriminalität an der nordöstlichsten Grenze Italiens erklärte, die nur vordergründig so ruhig war, wie die Statistik glauben machte. Die Aktivitäten des organisierten Verbrechens ganz Europas bewegten sich durch diese Gegend, über Jahrzehnte waren die Finanzinstitute auf die Geschäfte nach Osten spezialisiert gewesen, der Hafen brachte das Seinige. Ganz langsam begann die Stadt Triest, ihre neue Rolle in Europa zu finden und vielleicht auch ihre Chance zu ergreifen, wobei die Gefahr bestand, dass die Weichen wie in der Vergangenheit hinter den Kulissen gestellt wurden, um jegliche Erneuerung zu verhindern. Ob es voran- oder zurückging, entschieden angeblich stets unsichtbare Machtgefüge. Wenn aber aufgrund der lange eingeübten Lethargie niemand etwas entschied, so war man genauso gut darin, auch das mysteriösen Drahtziehern in die Schuhe zu schieben. Von seinem aktuellen Fall sprach Laurenti nicht, erfuhr dafür, dass Dirk sich im Beruf mit feindlichen Übernahmen, betrügerischem Bankrott oder Euribor-Zinsmanipulationen beschäftigte, mit Anlagebetrug und Insidergeschäften. Ein spannendes Geschäft und überaus komplex, erklärte Livias Freund, weil er nicht einmal seinen Mandanten vertrauen könne. Bankmanager, Unternehmensvorstände, Aufsichtsräte – alle erwarteten nur, dass er die Schwachstellen in der Anklageschrift finde. Verbrechen, die das Schicksal von Zigmillionen Menschen betrafen. Proteo Laurenti war zufrieden, dass Dirk dann noch eine weitere Flasche Wein bestellte und am Ende die Rechnung übernahm. Zu Hause hatten Laura und Proteo noch zu zweit auf der Terrasse gesessen und die Stille der Nacht genossen, während der Himmel sich weiter verfinsterte. Die vollkommene Mondfinsternis beginne um zwei Uhr, erklärte sie, und nur wenige sähen sie.

Als ihn um 4 Uhr 10 das Telefon aus dem Schlaf holte, hatte Laurenti gerade erst eineinhalb Stunden geschlafen. In dieser Woche versuchten offenbar alle, ihn zum Frühaufsteher umzuerziehen. Lauras regelmäßiger Atem neben ihm ließ vermuten, dass sie das Klingeln nicht einmal gehört hatte. Proteo tapste auf Zehenspitzen aus dem Schlafzimmer und antwortete erst, als er die Tür hinter sich geschlossen hatte. In der Sacchetta sei eine Motorjacht explodiert, lautete die knappe Nachricht. Der Eigner sei Rechtsanwalt Domenico Carfì.

Zumindest kam der Anruf nicht von Staatsanwalt Scoglio, der ihm bereits den Urlaub versaute. Bei ihm könnte er sich rächen, sobald er Augenschein vom Tatort genommen hatte, nahm sich Laurenti vor und setzte sich, ohne Kaffee getrunken zu haben, in den Wagen.

Zu dieser Zeit war die Küstenstraße wie leer gefegt, und auch im Stadtzentrum waren kaum Autos unterwegs, außer den Löschwagen der Feuerwehr, deren Blaulichter von Weitem zu sehen waren. Noch immer stoben Funken und Flammen in die Dunkelheit, ein paar wenige Schaulustige standen an der

Mole und glotzten herüber. Nachtschwärmer vermutlich, die nicht zu Bett gingen, bevor der erste Bäcker öffnete und warme Brioches verkaufte. Aber immerhin drehte der Kameramann des Lokalfernsehens bereits sein Gerät auf dem Stativ. Beruhigt nahm Laurenti zur Kenntnis, dass nur ein Rettungswagen am Ufer stand, die Sanitäter lehnten an den geschlossenen Türen und schauten den Feuerwehrleuten bei der Arbeit zu.

Eine Nacht totaler Mondfinsternis war ideal für ein Verbrechen, sagte sich Laurenti, als ein Beamter vor ihm salutierte und die Absperrung öffnete, hinter der er seinen Wagen abstellte und ausstieg. Die Kamera des TV-Senders schwenkte auf ihn, er drehte ihr den Rücken zu. Pina Cardareto erwartete ihn. Ihren wirr in alle Richtungen stehenden Haaren zufolge war sie ebenfalls unsanft aus den Federn geholt worden, schwarze Jeans, schwarzes T-Shirt, der Griff der Beretta ragte aus ihrem Hosenbund. In groben Zügen umriss sie Zeitpunkt und Ablauf der Explosion. Die Chefinspektorin zeigte einen besorgniserregenden Überschuss an Adrenalin, das auch ihre Kommentare färbte.

»Bisher keine Verletzten.«

»Das war damals bei Diego Colombo nicht anders.«

»Solche Motorjachten haben zwar zwei Tanks an Bord, die ein paar tausend Liter Sprit fassen, aber sie explodieren nicht von alleine. Bisher hatte immer jemand seine Hand im Spiel, wenn solche Dinger in Flammen aufgingen. Dieser Kahn gehört, wie Sie wissen, Rechtsanwalt Carfì. Deswegen habe ich Sie verständigt, Commissario.«

Vom dreistöckigen Aufbau der Jacht ragten nur noch wenige Metallstreben empor, die Kunststoffwände waren geschmolzen, der Rumpf glich einer halb abgebrannten Kerze. Die Löschmittel erstickten allmählich das Feuer und wurden zusammen mit Treibstoffresten von der Wasseroberfläche abgepumpt. Auf das Heck waren noch immer zwei Löschkanonen gerichtet und jagten stoßweise Schaumberge darauf. Ein paar Millionen Euro in vormals seetüchtiger Form schmolzen dahin.

»Gut gemacht, Pina. Sie wissen selbst, der erste Moment ist der grausamste, wenn man aus dem Schlaf geholt wird. Danach läuft es von alleine. Weiß Carfì Bescheid?«

Pina lächelte gehässig und schüttelte den Kopf. »Nein, wenn ihn niemand anderes geweckt hat. Ich wollte Ihnen die Genugtuung nicht nehmen.«

»Und was meinen Sie, wenn wir ihn gar nicht anrufen? Und er es erst aus den Frühnachrichten im Fernsehen erfährt?«

»Er wird sich fürchterlich aufführen, das steht fest, aber mir soll es recht sein. Er reitet sich jedes Mal noch tiefer in den Schlamassel, wenn er die Fassung verliert.«

»Was sagen die Leute von der Feuerwehr?«

»Der Kommandant bestätigt lediglich den Verdacht auf Fremdeinwirkung.«

»Lassen wir sie ihre Arbeit machen, Pina. Ich brauche dringend einen Espresso.«

»Um diese Zeit, Commissario, bekommen wir ihn am Fischmarkt oder aus unserer Maschine im Büro.«

»Fahren wir«, sagte Laurenti und gab ihr den Autoschlüssel. »Und dann zeigen Sie mir auch die Aufnahmen aus der Überwachungskamera in der Via Carducci vom Eingang der Golden Age Residenz No. 2 und vom Ospedale Maggiore. Und ich erzähle Ihnen dafür von Daria Bono.«

»Das wird ein langer Tag heute«, sagte die Chefinspektorin, nachdem sie den Fahrersitz vorgeschoben und Laurentis Wagen gestartet hatte.

»Oder ein kurzer, meine liebe Pina.« Der Commissario hielt sich am Türgriff fest, als sie das Gaspedal durchdrückte. »Eigentlich bin ich noch immer im Urlaub.«

Vor der Questura warteten bereits die ersten Flüchtlinge darauf, dass in drei Stunden, um acht Uhr, die Schalter in der Eingangshalle öffneten, wenn sie nicht gar auf den Stufen zu dem mächtigen Gebäude genächtigt hatten. Ein Zeitungsladen aber war zu dieser Stunde in der ganzen Stadt noch nicht geöffnet. Solange die Espressomaschine aufheizte, ging der Commissario mit dem Computer auf die Website der größten lokalen Tageszeitung und lud die heutige Ausgabe des *Il Piccolo* herunter. Beim zweiten Espresso erschien sie groß auf seinem Bildschirm. Natürlich dominierte der grausame Tod des Rollstuhlfahrers sowie ein Foto des Lastwagens und des Unfallorts die Titelseite, daneben ein giftiger Kommentar, der mehr Sicherheit für benachteiligte Menschen im Straßenverkehr forderte. Im Innenteil erfuhren die Leser sowohl von der Golden Age Residenz wie auch den Gewohnheiten des Ex-Maresciallos. Nicht nur sein früheres Leben und das Verfahren wegen Bestechlichkeit und Erpressung von Steuersündern wurden in Erinnerung gerufen, auch eine ganze Liste von Bars und Spielsalons samt zugehöriger Karte wurde aufgeführt, die der Mann sieben Tage die Woche jeden Morgen aufsuchte. Der Lokalreporter hatte gut recherchiert, doch von seiner Tochter, den Hausdurchsuchungen, von seinen Verbindungen zum Lager der GelFish im Porto Vecchio und zu Rechtsanwalt Carfì hatte er noch keine Lunte gerochen, worüber der Commissario erleichtert war. Als er mit der Lektüre durch war, rief ihn Pina, die inzwischen die Aufnahmen der Überwachungskameras hochgeladen hatte.

»Zuerst die vom Hauseingang der Golden Age Residenz No. 2«, sagte sie. Der Streifen dauerte dreißig Sekunden, bis die schwer bepackte Person aus dem Bild lief und in einer Seitenstraße verschwand. »Der Rucksack ist groß genug für einen kleinen Safe. Und wie man sieht, wiegt er einiges.«

Sie zoomte einige Bildausschnitte heran, Laurenti biss

sich auf die Unterlippe und wartete stumm, bis die Bilder vom Parkplatz vor dem Ospedale Maggiore über den Schirm liefen.

»Ehrlich gesagt, hatte ich bis soeben noch gehofft, dass die Qualität der Ausdrucke meine Wahrnehmung täuschte, Pina.«

Die kleine Polizistin schaute neugierig zu ihm auf. »Heißt das etwa, dass Sie den Kerl kennen, Commissario?«

»Kein Zweifel.« Er nickte und hob die Achseln.

»Aber dann hätten wir ihn bereits gestern Abend festnehmen können. Wer ist es?«

»Sie haben zwar recht, aber es hatte keine Eile. Er heißt Jago Fonda und ist der Sohn der Zeitungsfrau.«

»Und jetzt, Commissario?«

»Wir bereiten seine Festnahme vor, aber vorher fragen Sie bitte die Ergebnisse der Überwachung seiner Mutter ab. Ich bin gespannt, ob sie Bescheid weiß. Ich werde dafür den Staatsanwalt aus den Federn holen.«

»Der wird sich freuen, Chef.«

Er ging in sein Büro zurück und griff zum Telefon. Scoglios Mobiltelefon war gegen die Vereinbarungen ausgeschaltet. Laurenti wählte die Nummer des Festnetzanschlusses, obgleich er wenig Hoffnung hatte, dass der Mann so schnell wieder von seiner Gattin aufgenommen worden war. Ganz wider Erwarten antwortete der Staatsanwalt bereits beim dritten Rufton.

»Und dafür mussten Sie mich unbedingt wecken?«, maulte Scoglio nach dem Bericht über die brennende Jacht in der Sacchetta.

Im Hintergrund zeterte ziemlich ungehalten seine Frau. Laurenti verstand jedes Wort und grinste schadenfroh. Laura hatte ihm im langen Eheleben zwar wegen vielem eine Szene gemacht, aber niemals wegen seines Berufs. Während er über die Aufnahmen der Überwachungskameras sprach, verließ Scoglio vermutlich das gemeinsame Schlafzimmer, zumindest wurde die keifende weibliche Stimme immer leiser. Als er mit seinem Bericht durch war, schimpfte der Staatsanwalt zwar, weil die Polizei den Sohn der Zeitungsfrau auch ohne Haftbefehl hätte festsetzen können, versprach aber, dass das Dokument in weniger als einer Stunde bei ihm im Büro abholbereit sei.

Pina saß bereits triumphierend vor Laurenti, als er das Gespräch beendete. »Rein theoretisch haben wir Zeit bis zum Abend, Chef. Jago hat gestern mit der Kreditkarte seiner Mutter für sich einen Flug mit Alitalia über Rom nach Buenos Aires gebucht.«

»Was hat er?« Er winkte sogleich ab, als sie den Satz wiederholen wollte, stand auf, ging ins Vorzimmer hinüber und ließ den dritten Espresso aus der Maschine.

»Und er hat von zu Hause aus auch mit seinen Verwandten telefoniert, die mehrfach versicherten, dass er jederzeit bei ihnen willkommen sei. Zugegeben, sie hätten ihm das kaum abschlagen können, so wie er redete.«

»Wollen Sie auch noch einen Kaffee, Pina?«, rief Laurenti herüber.

»Wenn Sie ihn machen, gerne. Ich habe dafür kein Händchen.«

»Zucker?«

»Drei, bitte. Und viel Milch.«

Er brachte ihn schwarz. »Sie ruinieren den Espresso, Pina. Bei der Brühe, die Sie zubereiten, kann ich es allerdings verstehen.«

Sie verzog das Gesicht beim ersten Schluck und stürzte den Rest in einem Zug hinunter.

»Haben Sie Jagos Mobilfunknummer?«

Sie nickte.

»Dann lassen Sie ihn überwachen. Die Kollegen sollen uns jeden Positionswechsel mitteilen. Er kommt nicht weit. Und noch etwas, ich untersage jeden Gebrauch von der Schusswaffe, wenn er abzuhauen versucht. Ist das klar?«

Sie nickte noch einmal, zog die Waffe aus dem Hosenbund, nahm die Patrone aus dem Lauf und steckte sie ins Magazin zurück. Als sie das Büro verließen, kam ihnen Kollege Battinelli entgegen.

»Ich habe von dem Anschlag gehört«, sagte Gilo, als müsse er sich dafür rechtfertigen, ebenfalls schon auf den Beinen zu sein.

»Dann komm mit.«

»Ich weiß jetzt übrigens, wer den Sarg voller Schmuck geliefert hat. Beim elften Anruf lag ich richtig. Ein Corrado Giuliani ist der Inhaber des Bestattungsinstituts Pace Eterna am Campo San Giacomo. Das Ding wurde von Daria Bono telefonisch bestellt.«

»Eins nach dem anderen«, sagte Laurenti. »Marietta wird sich seiner fürsorglich annehmen. Wenn ich die Gute jetzt aus den Federn hole, macht sie allerdings kurzen Prozess mit ihm. Wir warten noch.«

Viertel vor sechs stoppte der Alfa Romeo am oberen Ende der Via Giulia neben dem Fiat der beiden Kollegen, die um zwei Uhr die Schicht zur Überwachung Teresa Fondas übernommen hatten. Laurenti bat sie, Position in den Nachbargassen zu beziehen, falls Jago versuchen sollte, sich durch die Gärten zu schlagen. Er beschrieb den jungen Mann in wenigen prägnanten Sätzen, und noch bevor sie am Gartentor Sturm klingeln konnten, wurde die Haustür aufgerissen. Teresa trug helle Pumps, bordeauxroten Lippenstift und ein beigefarbenes Schlauchkleid, das sie wie eine Sanduhr aussehen ließ. Sie hielt bereits die Handtasche und die Hausschlüssel in der Hand, offensichtlich war sie wie jeden Morgen seit fünfundzwanzig

Jahren zur gleichen Uhrzeit auf dem Weg zu ihrem Zeitungsladen an der Piazza San Giovanni. Dunkle Ringe um die Augen zeichneten ihr Gesicht. Sie kam Laurenti entgegen.

»Wo ist er? Habt ihr ihn etwa gefunden, Proteo?«

»Wovon sprichst du, Tessie?«

»Jago ist die ganze Nacht nicht nach Hause gekommen, obwohl er es versprochen hatte. Er wollte gegen Mitternacht zu Jacqueline ins Restaurant, ist aber nie dort angekommen. Ich habe ihn ständig anzurufen versucht, aber er ging nicht ans Telefon. Was ist mit ihm?«

»Das frage ich dich, Tessie. Du hast mir doch erzählt, dass er manchmal nächtelang durch die Stadt zieht, so wie mein Sohn Marco auch. Sie sind volljährig. Was hat er angestellt, dass du so besorgt bist?«

Teresa schaute ihn misstrauisch an, bevor sie antwortete. »Ach, nur ein Disput zwischen Mutter und Sohn. Nichts wirklich Besonderes«, sagte sie schließlich. »Aber was macht ihr hier? Und gleich so viele.«

»Ach, nur ein Disput zwischen Recht und Verbrechen, Tessie. Nichts wirklich Besonderes. Selbst wenn du sagst, er sei nicht zu Hause, müssen wir uns dessen trotzdem selbst versichern. Du gestattest hoffentlich, dass wir eintreten.«

Ohne die Antwort abzuwarten, gab der Commissario Pina und Gilo ein Zeichen, die sich an der Zeitungsfrau vorbei durch die Tür drückten. Die Chefinspektorin lief sofort die Treppe ins Obergeschoss hinauf, während Battinelli sich im Erdgeschoss und im Garten hinter dem Haus umsah und dann in den Keller hinabging.

»Was ist los, Proteo? Ich bin seine Mutter. Du musst es mir sagen«, beschwor Teresa ihn.

»Ich bin mir bei dir nie sicher, ob du mich nicht an der Nase herumführst, Tessie. Dein Sohn hat ein massives Problem, und du wusstest es natürlich schon vor uns. Er hat sich offensichtlich für eine Karriere als Einbrecher entschieden. Leider in einem Objekt, das auch meine Abteilung interessiert.«

Die beiden Kollegen kamen zurück, Pina schüttelte den Kopf. »Sein Bett ist unberührt.«

»Signora Fonda hat wohl die Wahrheit gesagt«, fügte Gilo an. »Auch wenn er nicht hier geschlafen hat, stehen in der Küche drei Weingläser. Soll ich sie mitnehmen?«

Laurenti schüttelte den Kopf. »Die helfen uns kaum weiter. Noch ist Weintrinken kein Verbrechen. Wo finden wir deinen Sohn, Tessie? Auf dem Weg zum Flughafen vielleicht? Sein Flug geht aber erst am Abend.«

Sie errötete. »Muss ich dir antworten, Commissario?«

»Musst du nicht. Es freut mich aber, dass deine Sorgen so blitzschnell verfliegen. Sollen wir dich ein Stück mitnehmen?«

»Ich nehme lieber den Bus.«

»Noch etwas, Tessie. Ruf mich an, falls du am Laden wieder eine Fotokopie erhältst.«

Sie fasste ihn am Handgelenk, ihr Blick schien ihn fast zu durchbohren. »Versprich mir, dass du mich über alles informierst, was Jago betrifft. Behandelt ihn anständig, bitte.«

Teresa Fonda sperrte das Haus ab und lief zur Bushaltestelle voraus. Als die Polizisten zur Via Giulia kamen, war der Bus bereits angefahren.

»Die Überwachung von Teresa Fonda ist vorbei«, wies Laurenti die beiden Beamten an, die zu ihrem Wagen liefen, um sie nicht aus den Augen zu verlieren. »Wir behalten nur noch ihr Telefon und ihren Internetzugang unter Kontrolle. Geht nach Hause und schlaft euch aus. Ihr habt es verdient.«

»Ganz schöne Wuchtbrumme, Ihre Freundin Tessie«, murmelte die Chefinspektorin, als sie den Wagen startete.

»Solange Sie als Frau das sagen, Pina, ist der Ausdruck vermutlich politically correct.«

»Wir haben das Signal«, sagte Battinelli, während Pina den

Wagen zurück ins Zentrum lenkte. »Jagos Mobiltelefon sendet von Aurisina oben im Karst.«

An diesem Morgen wartete Daria Bono entgegen ihrer Gewohnheit nicht direkt vor der Bar, sondern an der Grünfläche um das Verdi-Denkmal, bis sich der Blechrollladen des Lokals hob, doch die Zeitungsfrau kam nicht heraus. Die Leichenfledderin zog eine Runde um die Piazza San Giovanni und schielte unauffällig in den kleinen Laden auf der anderen Straßenseite, wo die Frau, die in ihrer Einschätzung einer Bonbonniere voller Karamellen glich, die ersten Kunden bediente und nicht zu ihr herüberschaute. Auch schien sie, was trotz der Spiegelung des Schaufensters zu sehen war, heute nicht zu lächeln und wie ein Flittchen mit den Männern zu scherzen. Der Todesengel wandte sich ab, betrat die Bar und schlug sofort die Zeitung auf. Wie nicht anders zu erwarten war, widmete das Blatt dem Ableben ihres Vaters eine ganze Seite. Der LKW und die Reste des Rollstuhls prangten auf dem Farbfoto, und ein kleineres zeigte sogar das Schild der Golden Age Residenz am Hauseingang in der Via Carducci. In einem separaten Kasten wurde das Leben des Maresciallo samt seiner Sünden aufgeführt, für die er nie verurteilt worden war. Auch eine Schwarz-Weiß-Aufnahme von 1991 hatten die Redakteure aus dem Archiv gekramt. Ein Krankenwagen und ein Auto der Stadtpolizei standen am Unfallort vor der Rösterei La Colombia, wo ihr Vater zum ersten Mal überfahren wurde. Von Teresa Fonda. Leider hatte Lino La Rosa da noch überlebt, dachte Daria und blätterte weiter. Eine ganze Seite nahmen die Traueranzeigen für einen einflussreichen Rechtsanwalt und Freimaurer ein, von dem die ganze Stadt wusste, dass er gemeinsam mit ein paar wenigen anderen Eminenzen über Jahrzehnte das Schicksal der Stadt diktiert hatte. Alles von Rang und Namen schloss sich voller Opportunismus der Trauer seiner Angehörigen an.

Scheinbar wagte niemand durch Zurückhaltung aufzufallen. Zu seiner Beerdigung käme die ganze Nomenklatura Triests, auch seine angeblichen Gegner. An dem Tag wäre leicht Beute zu machen, doch leider hatte Daria Bono mit der Inhaftierung von Dardan und Toni ihre zuverlässigsten Helfer verloren. Sie legte die Münzen für den Espresso auf den Tresen und verließ grußlos wie immer die Bar. Beruhigt stellte sie fest, dass ihre beiden Bewacher nach wie vor draußen warteten und ihr mit einigem Abstand folgten, als sie sich auf den Weg zum Altersheim machte.

Eine Stunde früher als üblich nahm sie den Aufzug zum vierten Stock, zog Gulasch an der Leine hinter sich her, als sie zielstrebig ihr Büro ansteuerte und es, anders als sonst, hinter sich mit dem Schlüssel absperrte. Sie schob das Regal zum Durchbruch ins Nebenhaus zur Seite und zog es hinter sich wieder an seinen Platz. Dann setzte sie das weiße Hündchen in die rote Birkin Bag auf ihr minimales Reisegepäck und die alte Beretta ihres Vaters, doch musste sie den leichten Pullover herausnehmen, um Gulasch ganz darin verschwinden zu lassen, und legte ihn über die verbliebene Öffnung. Nur die Schnauze des Köters ragte noch heraus. Eilig durchschritt der Todesengel den Flur der Golden Age Residenz No. 2 und lief, ohne auf den Aufzug zu warten, das Treppenhaus hinunter. Sie wartete unten im Flur, bis andere Leute den Palazzo verließen, und ging zielstrebig zur Parkgarage am Largo Barriera. Erst als sie in ihrem roten Auto saß, durfte der kleine Hund sein Gefängnis verlassen und wurde auf den Rücksitz befördert, wo er sich auf die Hinterbeine stellte und zum Seitenfenster hinausschaute. Fünfundsiebzig Kilometer waren es bis zum Bahnhof von Udine, wo sie den doppelstöckigen Intercity-Bus der Österreichischen Bundesbahn nach Villach besteigen würde und dann mit dem Zug zum Flughafen Wien-Schwechat weiterführe. Dort wollte sie ein Ticket für den ersten Flug kaufen, auf dem sie den Hund mitnehmen durfte. Wohin, war ihr egal. Niemand würde sie wegen Lino La Rosa ins Gefängnis stecken.

Sie wagte es nicht, den Blick zu wenden, als sie wieder durch die Via Carducci und an der Golden Age Residenz vorbeifuhr. Nur der Kopf des weißen Hundes am Seitenfenster des roten Wagens verriet sie, der einem der Beamten auf dem Gehweg nicht entging. Die beiden Polizisten liefen los, ihr Wagen parkte noch immer ein paar hundert Meter weiter an der Piazza San Giovanni. Erst als Daria Bono die Viale Miramare hinausfuhr, bemerkte sie ihre Verfolger weit hinter sich im Rückspiegel, doch der Verkehr war dicht um diese Uhrzeit; sie würden sie mit dem langsameren Fahrzeug nicht so schnell einholen. Nach dem Abzweig zum Schloss Miramare konnte sie endlich beschleunigen und Abstand zu der Kolonne schaffen. Alles, was er hergab, holte sie aus ihrem roten Flitzer heraus und raste mit waghalsigen Überholmanövern durch die Kurven der Strada Costiera in Richtung Autobahn. Der Todesengel war zuversichtlich, die Schatten abzuhängen.

Ein erster Silberstreifen hob sich über den dunklen Karst im Osten und schob sich unter den Nachthimmel. Jago Fonda tat die ganze Nacht kein Auge zu. Ihn plagte das schlechte Gewissen gegenüber seiner Mutter, deren Anrufe er nicht beantwortete. Er saß im Wohnwagen und studierte seinen alten Plan. Einige tausend Euro Bargeld hatte er aus der Beute bei Lino La Rosa zurückbehalten und nicht der Witwe des Fahrers ins Fenster geschmissen. Sie würden eine Zeit lang reichen. Erst recht, wenn er Europa einmal verlassen hätte. Woanders, hatte er gehört, bekäme man mehr für sein Geld.

Als er sich gegen sieben Uhr in die Büsche schlug, um sich zu erleichtern, vernahm er das Motorengeräusch eines atypisch langsam fahrenden Autos auf der Hauptstraße. Nicht einmal betrunkene Rentner fuhren so, wenn sie am hellen Nachmittag wankend aus einer Osmizza kamen, einer der vielen Besenwirtschaften auf dem Karst. Jago lief ein paar Meter durch das Wäldchen, dann erkannte er Laurentis Wagen mit drei Personen darin. Auch wenn die Einfahrt in den Schotterweg von dicken Sträuchern umgeben war, würden sie ihn bald finden, wenn sie noch ein paarmal auf und ab fuhren. Er rannte, so schnell er konnte, zum Wohnwagen zurück, packte seine Brieftasche und den Reisepass und startete Diegos alten gelben BMW Touring. Hier oben kannte er sich aus. Sicher lenkte er den Wagen über Wurzelwerk und zwischen den Bäumen hindurch und bremste schließlich zehn Meter vor der Provinzialstraße, schaltete den Motor ab und stieg aus, ging ein Stück zurück und horchte in die morgendliche Stille. Nun stand er oberhalb von seinem Wohnwagen.

»Er war bis vor Kurzem noch hier«, rief eine Frauenstimme. »Der Kaffee ist lauwarm. Er kann nicht weit sein. Soll ich die Fahndung auslösen?«

»Ja, aber veranstalten Sie keine Hatz, Pina. Nur die üblichen Maßnahmen und kein Waffengebrauch. Geben Sie das eindringlich durch. Er kommt nicht weit, Flughafen und Grenzen sind gesichert. Fordern Sie eine Streife an, die hier Position bezieht. Ich schau mir den Wohnwagen an, dann fahren wir los. Gilo, ich brauche Latexhandschuhe und Plastikbeutel.«

Das genügte, der Commissario würde in Kürze die drei Bilder finden. Dann ginge es nicht mehr nur um den Einbruch in den Gemächern von La Rosa. Jago fuhr mit dem BMW auf die Landstraße hinaus und gab Gas. Er raste durch das Zentrum von Aurisina weiter nach Sistiana, bog dort auf die Küstenstraße Richtung Triest ab und drückte das Gaspedal durch. Wenn es stimmte, was der Commissario gesagt hatte, konnte er sich jetzt nur in der Stadt verstecken. Oder hatte der Bulle etwa absichtlich laut gesprochen, um ihn in eine falsche Richtung zu locken?

Das herauszufinden blieb jetzt keine Zeit. In Kürze würde die Polizei alle Verkehrsadern in die Stadt unten am Meer oder aus ihr heraus kontrollieren. Der Pendlerverkehr nach Triest hatte bereits eingesetzt, Jago überholte, so gut es ging, ein Auto nach dem anderen und scherte sich nicht um das Gehupe und die ärgerlichen Lichtsignale im Rückspiegel. Eine Baustelle zwang ihn, sich in den Verkehr einzufädeln, sein Hintermann tobte. Erst kurz vor der Galleria Naturale, einem Tunnel durch den weißgrauen kahlen Stein der Steilküste, setzte Jago wieder zu einem Überholmanöver an, doch der vor ihm fahrende Wagen zog plötzlich trotzig zur Straßenmitte. Es gab kein Vorbeikommen, nach dem Tunnel erst gab es die nächste Chance, doch plötzlich rasten zwei aufgeblendete Scheinwerfer aus der Gegenrichtung auf die stadteinwärts führende Fahrspur. Das rote Auto rammte den hinteren Kotflügel des vorausfahrenden Wagens, scherte aus und krachte frontal auf Jagos BMW. Die Fahrzeuge drehten sich um die eigene Achse und prallten gegen die Felswände. Der Knall des Aufpralls und das Geschrei von über den Stein schürfenden Blechs wurden vom Echo im Tunnel verstärkt. Dann herrschte Stille. Erst die Rufe herbeieilender Menschen unterbrach sie.

Tränen füllten ihre Augen, als die Zeitungsfrau kurz nach neun das bedrückte Gesicht des Commissario in der Ladentür sah. Rasch hängte sie das Torno-subito-Schild an die Glastüre und sperrte ab.

»Er wird überleben, Tessie.« Laurenti hütete sich, sie zum Trost in den Arm zu nehmen. »Jago hat wahnsinniges Glück gehabt. Ich komme direkt von der Unfallstelle, die Auskunft der Ärzte in der Notaufnahme der Uniklinik Cattinara lässt hoffen. Er hat sich offensichtlich alles gebrochen, was man sich brechen kann, aber es sind keine inneren Organe verletzt, und es besteht keine unmittelbare Lebensgefahr. Sie werden allerdings viel Zeit brauchen, ihn wieder zusammenzuflicken.«

»Ihr habt ihn gejagt.« Sie lauerte wie ein sprungbereiter Panther.

»Nein, wir verfolgten ihn nicht. Er hat sich selbst gejagt. Meine Leute waren in der Gegenrichtung hinter der Unfallgegnerin her, die auf der Stelle tot war. Jago ist ersten Zeugenaussagen zufolge zwar gerast wie der Henker und hat andere durch seine waghalsigen Überholmanöver gefährdet, aber er konnte nicht ausweichen, als sie die Herrschaft über ihren Wagen verlor und auf der Gegenfahrbahn landete. Ein unglücklicher Zufall. Eines unserer Fahrzeuge befand sich ein paar Autos hinter ihr. Wenn du willst, bring ich dich zu ihm ins Krankenhaus.«

»Wer war das?«, schluchzte sie und schüttelte entschieden den Kopf.

»Hast du heute eine Fotokopie erhalten?«

»Was hat das damit zu tun? Ich hatte doch versprochen, dann anzurufen.«

»Die Frau mit dem weißen Köter, der du jeden Morgen in der Malabar begegnet bist. Dreifacher Bruch der Halswirbelsäule. Sie war die Tochter des Manns auf der Titelseite.« Laurenti tippte auf den Stapel Tageszeitungen. »Du wirst sie nicht mehr sehen.«

Er konnte das Zucken ihres Mundes nicht interpretieren. War es ein Lächeln, oder weinte sie?

»Einfach wird es für deinen Sohn trotzdem nicht werden, Tessie. In seinem Wohnwagen versteckte er drei wertvolle Kunstwerke. Von Andrea Mantegna die *Madonna della Vittoria*, dann Daniele Crespis *Cristo Salvator Mundi* und *La Maddalena penitente* von Tintoretto, die büßende Maria Magdalena. Die sagen dir doch etwas. Du hast die Fotokopien erhalten, aber auf der Inventarliste des Freilagers fehlten sie.«

»Glaubst du mir jetzt endlich, dass es Diego seit fünfundzwanzig Jahren nicht mehr gibt?« Zwischen Schluchzen und Lachen klangen ihre Worte scharf.

»Vielleicht hat es ihn nie gegeben, Tessie. Du musst dich nicht mehr verstecken, um Raffaele Maran zu treffen. Gegen ihn liegt nichts vor; Vermutungen zählen nicht. Jago aber steckt bis zum Hals in der Scheiße. Er lagerte auch Sprengstoff dort oben; Nonex heißt das Zeug. Damit wurde, zeitgleich mit dem Raubzug im Porto Vecchio, die Fassade der MIB Business und Management School in die Luft gejagt und, wenn mich nicht alles täuscht, heute Nacht noch eine Jacht in der Sacchetta. Das wird die Kriminaltechnik analysieren. Vermutlich hat er es im Steinbruch gestohlen. Das werden wir bald wissen. Kümmere dich um einen guten Strafverteidiger, der sich seiner Sache annimmt, Tessie. Er hat wohl auch den Fahrer des LKWs auf dem Gewissen, mit dem er in den Freihafen gefahren ist. Vielleicht kann ihn ein psychiatrisches Gutachten retten. Willst du nicht ins Krankenhaus?«

»Später, Proteo. Sie würden mich sowieso nicht zu ihm lassen, solange er operiert wird.«

Die Zeitungsfrau nahm das Schild von der Tür, um die wartenden Kunden hereinzulassen und zu bedienen. Als Laurenti bemerkte, dass sie trotz der verheulten Augen schon wieder zu kleinen Scherzen und ihrem Lächeln imstande war, ging er stumm hinaus. Nicht einmal ihr Make-up schien sie zu kümmern.

Zur Mittagszeit versammelten sich die Kollegen um den Besprechungstisch in seinem Büro, um den Stand der Dinge zusammenzufassen. Fast sadistisch berichtete Marietta von ihrem Zusammenprall mit Rechtsanwalt Domenico Carfì, der zeterte, als sie ihm eröffnete, dass er wohl ein neues Motorboot brauche. Battinelli hingegen hatte Corrado Giuliani, den Bestattungsunternehmer, für den Nachmittag vorgeladen. Die Fingerabdrücke auf dem Sarg stammten eindeutig von Daria Bono. Pina lagen dafür bereits die Abdrücke der Schuhsohlen vor, die Jago Fonda beim Unfall trug und die sie im Krankenhaus beschlagnahmt hatte. Sie waren mit denen identisch, die nach dem Einbruch in Lino La Rosas Gemächern im Flur der Golden Age Residenz No. 2 gesichert wurden.

»Ihr habt jetzt einiges zu tun«, sagte Laurenti schließlich. »Passt auf, dass euch bei der Erstellung der Protokolle und Berichte nichts entgeht. Lasst sie zur Sicherheit gegenlesen.«

»Und was machst du?«, fragte Marietta empört.

»Ich habe Urlaub, meine Gute. Und ich rufe den Staatsanwalt an, danach gehe ich schwimmen und schlafe erst einmal kräftig aus. Und dann ...«

»Scher dich zum Teufel, Chef.«